SWING TIME ZADIE SMITH

摇摆时光

[英] 扎迪·史密斯———————著   赵舒静———————译

上海译文出版社

献给我的母亲，伊冯

音乐一变，舞蹈也变。

——豪萨族谚语

目录

序幕

　　奇耻大辱的日子，这是我的头一天。被丢上飞机，送回英格兰老家，安排在圣约翰伍德一处临时租来的公寓里。公寓房间在八楼，窗户俯瞰板球场。我觉得选在这里是故意的，因为门卫什么问题也不回答。我一直待在公寓里。厨房墙上的电话响了又响，但他们警告我别接电话，自己的手机也要关掉。我看别人打板球，我不懂这项运动，消遣不起来，可怎么说都比盯着房间看强啊。这是一套豪华公寓，设计力求中规中矩，所有的尖角都磨圆了，像苹果手机一样。等板球赛结束，我就盯着闪闪发亮的入墙式咖啡机，盯着佛祖的两张照片（一尊铜像，一尊木像），盯着大象跪在同样跪着的印度小男孩脚边的一张照片。房间都是颇有格调的灰色调，中间由饰有棕色羊毛细线的古风走廊连接。我盯着细线上凸起的条纹。

　　两天就这样过去了。第三天，门卫打电话来说没人堵着大堂了。我看着我的手机，它躺在厨房操作台上，还是飞行模式。我已经离线七十二小时了，至今都记得当时的感受：论身体上的坚忍，论精神上的刚毅，这回都该跻身我们这个时代的伟大案例。我穿上夹克下了楼。在大堂里，我碰到了门卫。他逮住机会大吐苦水

（"你可不知道过去几天这下面是什么样——简直是要人命的皮卡迪利广场！"），不过看得出他也很纠结，甚至有一丝失望：真可惜风头过去了——他在这四十八小时里自我感觉非常重要。他得意地告诉我，他让好几个人"别想了"，还让什么什么人明白，如果他们以为能绕过他，"他们得重新想想"。我倚在他桌边听他讲。我离开英国太久了，很多简单的口头习语听着像外国话，快听不懂了。我问他晚上会不会有更多人，他说他觉得不会，从昨天开始就一个人也没了。我问他，如果我有客人留宿一晚是不是安全。"我觉得没问题啊。"他说话的口气让我觉得自己问得很傻。"后门总好走。"他叹了口气，就在这时一个女人过来问他，能不能在她外出时替她收一下干洗衣物。她态度粗鲁、毫无耐心，说话时没看着他，倒是盯着他桌上的一台日历仪——带电子屏幕的灰色方块，给站在它面前的每个人通告时间，精确到秒。这是二零零八年十月二十五日十二点三十六分二十三秒。我转身离去；门卫应付完那个女人，赶紧从桌子后面出来给我开门。他问我去哪；我说我不知道。我走出去，走入这座城市。这是一个美好的伦敦秋天的午后，有点寒意却晴朗，叫不出名字的树下有金色的落叶。我走过板球场和清真寺，经过杜莎夫人蜡像馆，走上高志街，走过图腾汉厅路，穿过特拉法尔加广场，最后发现自己到了泰晤士河河堤，于是便过桥。我想起那两个年轻小伙，还是学生，有一天深夜过桥时突遭行凶抢劫，被扔过围栏投进了泰晤士河——过桥时我常想起这件事——一个活下来了，一个死了。我想不通幸存者是怎么挺过来的，在黑暗中，在彻骨的寒冷中，惊魂未定，鞋子倒还在脚上。想到他，我走在桥的内侧，靠近铁路的那侧，不去看水面。到了南岸，我第一眼就瞧见了一张海报：下午有和一位奥地利电影导演"对话"的活动，二十分钟后就在皇家节日大厅开始。我心血来潮，决定买张票。我走过去，买到了后排的座位——最后一排。我期待不高，只想从自己的问题里稍微解脱一会儿，只想坐在黑暗中听听别人讨论我从没看过的电影，可节目中途导演要主持人播放电影《摇摆时光》里的一小段舞，这电影我熟悉，可我只在儿时才一遍又一遍地看。我在座位里坐得笔直。前面的大屏幕上，弗雷德·阿斯泰尔[①]和三个黑影跳着舞。可它们跟不上他，阵脚大乱。最后它们举了白旗，三只左手摆出了很有美国范儿的"噢好逊"的手势，走下台去。阿斯泰尔一个人继续跳。我知道那三个黑影也都是弗雷德·阿斯泰尔。我小时候知道吗？其他人不会像那样摆手，其他舞者不会像那样屈膝。这时，导演聊起了他的一个理论——"纯电影"，他将其定义为"光与影的交错，久而久之便表现为一种节奏"，可我只觉得无聊，听不进去。在他身后，同样的电影片段不知出于什么原因又播了一遍，我的脚跟着音乐在前面的座位上轻轻打着节拍。我感到体内涌起一阵奇妙的轻盈感，一种荒唐的快乐，毫无来由。我丢了工作（我的生命里只有工作），还丢了隐私，但这一切和我观看着舞蹈、用自己的身体感受它精准的节奏而获得的快感相比，都显得微不足道了。我感觉自己离开了身体所在的位置，升上天去，盘旋着从远远的地方审视自己的生活。我不禁想起了别人描述的吃了迷幻药的体验。我一眼看见了我的人生岁月，但它们不是一次次经历层层叠加成的实实在在的形态，而是恰恰相反。真相显露在我面前：我总

---

① 弗雷德·阿斯泰尔（Fred Astire，1899—1987）：美国电影演员，舞蹈家。

是依附于别人的光，我从未有过自己的光。我的生活是影子。

活动结束后，我穿过城市走回公寓，给在附近咖啡馆等候的拉明打了电话，告诉他人群已经散去了。他也被炒了鱿鱼，不过我没让他回塞内加尔的老家，而是带他来了这里，伦敦。十一点时他来了，穿了件连帽上衣，以防有人拍照。大厅里没人。戴着帽子，他更显年轻帅气，我居然对他没什么感觉，简直是暴珍天物。之后，我们端着各自的手提电脑并排躺在床上，我不想查看邮件，于是玩起了"谷歌"搜索，一开始漫无目的，后来就有明确的想法了：我找的是《摇摆时光》中的那段视频。我想给拉明看看，好奇现在身为舞者的他会有什么反应，可他说他从没见过或听说过阿斯泰尔，电影片段播放时他坐在床上皱着眉头。我搞不懂我们在看什么：黑漆漆的弗雷德·阿斯泰尔。在皇家节日音乐厅，我坐的是后排，没戴眼镜，开场是阿斯泰尔的远景。但这些都不足以解释我是如何在自己的记忆中屏蔽了孩提时代留下的影像：流转的眼神，白色的手套，"宝洋哥"① 式的微笑。我自觉无趣，关了手提电脑去睡觉。第二天一大早我就醒了，没管床上的拉明，急忙去厨房打开我的手机。我原以为会有几百条消息，几千条。我只收到大约三十条。以前艾米一天要给我发几百条消息，现在我终于回过神来，她再也不会给我发消息了。明摆着的事情，不知道我为什么那么久才明白过来。我往下拉了拉叫我心情低落的短信列表——一个远亲，一些朋

---

① "宝洋哥"：指美国踢踏舞演员比尔·罗宾逊（Bill "Bojangles" Robinson，1878—1949），他是白人歌舞杂要表演中的第一位黑人演员。音乐剧《摇摆时光》末尾的Bojangles of Harlem，即弗雷德·阿斯泰尔与自己的三个巨影共舞的创意片段，便是向比尔·罗宾逊致敬。

友，几个记者。我看到了一条标题：婊子。地址栏是一片乱码，附件的视频已打不开。消息的正文只有一句话：现在所有人都知道你是什么货色了。这种风格的留言，像是对你怀恨在心、对"什么是正义"有着坚定想法的七岁小姑娘写给你的。一定就是这样，如果你能无视时光的流逝。

第一部分　早年

1

如果一九八二年的所有礼拜六都能记作一天，那我就是在那个礼拜六的上午十点遇到的特蕾西，当时我正走过铺了沙色砾石的教堂院子，两人都牵着母亲的手。还有很多别的姑娘在场，可出于显而易见的原因，我们注意到了彼此，哪里相似，哪里不同，姑娘们就这样。我们的棕色皮肤完全一样深浅——就像同一块褐色料子分成了我俩，我们的雀斑分布在同样的地方，身高也相仿。但我表情生硬、一脸苦相，长着严肃的长鼻子，眼角下垂，嘴角也是。特蕾西是圆脸，神气活现，像肤色黑一点的秀兰·邓波儿，可就是鼻子跟我一样不好看，我一眼就瞧出来了，可笑的鼻子——像小猪一样鼻孔朝天。可爱是可爱，但也不怎么雅观：她永远都在展示两个鼻孔。鼻子上我们打了个平手。头发上她则赢得全面胜利。她有打着卷的齐臀鬈发，扎成了两股辫子，用什么油抹得锃亮，辫梢扎着黄色丝绸蝴蝶结。黄色丝绸蝴蝶结是我妈不了解的玩意。她用黑色发带把我的爆炸头扎成一个蘑菇云顶在脑后。我妈是女权主义者。她自己的发型是半英寸的非洲头，脑壳形状完美，她从不化妆，我们

3

娘儿俩穿衣也是尽可能朴素。你要长得像纳芙蒂蒂①，头发什么样就无所谓了。化妆品、保养品、金银珠宝、昂贵服饰，她统统不需要，这样一来，她的经济条件、政治地位和审美情趣就完美而方便地统一了。配饰只会破坏她的风格，包括（或者说当时我认为包括）她身边七岁的马脸丫头。看着特蕾西，我诊断出相反的问题：她的妈妈是白人，肥胖，深受痤疮折磨。她稀疏的金发紧紧系在脑后——我妈管这叫"基尔伯恩面部提拉式发型"。但特蕾西的魅力扭转了败局：她是她妈妈最醒目的配饰。这家人的风格虽然不是我妈喜欢的类型，却让我着迷：商标、镀锡手镯和耳环，各种水钻，还有我妈拒绝承认存于世间的那种名贵运动鞋——"那不是鞋子"。除了相貌，我们两家就半斤八两了。我们都住公租房，都不拿救济金。（这事儿上我妈很自豪，特蕾西妈妈很愤慨：她试了好多次都没能"搞到残疾抚恤金"。）在我妈看来，正是这些表面上的相似之处让品味的问题显得格外重要。她的穿衣风格属于尚未到来、但她期待到来的未来。于是她穿毫无特点的白色亚麻裤子、蓝白相间的条纹 T 恤、磨破的平底凉鞋，留着朴素美的非洲头——一切都那么不起眼，那么低调，和这个时代、这个地方格格不入。有朝一日我们会"离开这里"，她会完成学业，化身真正的"激进潮人"②，或

---

① 纳芙蒂蒂（Nefertiti，前 1370—前 1330）：埃及法老阿肯纳顿的王后，传说拥有绝世美貌。
② 激进潮人：知名作家汤姆·沃尔夫（Tom Wolfe）于 1970 年提出的概念，旨在讽刺那些只为实际好处或赶时髦而鼓吹激进主义的社会名流。当时富豪圈流行与文艺界巨子联合开派对，请黑豹党等激进派出席。

许会和安吉拉·戴维斯[①]、格洛丽亚·斯坦恩[②]相提并论……草底鞋也是这幅宏伟蓝图的一部分，暗暗指向更高级的概念。我穿得土里土气，展现了母亲对我的出色家教——在我妈向往的圈子里，把你的女儿打扮成小婊子的模样会被视为格调低下。唯有在这个层面上，我才称得上配饰。但特蕾西系着令人激动的黄色蝴蝶结，穿着沙沙作响的百褶裙和露出几寸稚嫩的栗壳色肚皮的露脐装，是她妈妈理直气壮的心愿与寄托，她唯一的快乐。妈妈和女儿们在教堂入口狭路相逢时，我们和这对母女挤到了一起，我饶有兴致地看着特蕾西妈妈把女儿推到自己身前，推到我们前面，她将自己的身体作为屏障，把我们挡在后面时手臂上的肉晃来荡去，直到她又自豪又忧虑地出现在伊莎贝尔小姐的舞蹈课上，准备将她宝贵的货物托付给别人临时照料。相比之下，我妈虽然带我去了，却一副厌烦的表情，牢骚满腹，她觉得舞蹈课荒唐可笑，她不如干点别的。她瘫坐在沿着左墙一字排开的塑料椅子上，掩饰不住对整项活动的鄙视之情。若干个礼拜六后有了变化，我爸接手了。我等着特蕾西爸爸来接手，但他从不出现。实际上，如我妈所料，没有"特蕾西爸爸"这回事，至少在传统的、已婚的角度而言没有。这，同样也属于格调低下。

---

① 安吉拉·戴维斯（Angela Davis，1944—　）：美国政治活动家和激进人士，黑豹党领袖。
② 格洛丽亚·斯坦恩（Gloria Steinem，1934—　）：美国女权运动先锋。

2

现在我想说说教堂了，还有伊莎贝尔小姐。朴实的十九世纪建筑，门面装点着巨大的沙色石块，跟你在更简陋的房子上看到的便宜覆面差不多（尽管不是），室内朴素如谷仓，顶上有漂亮的尖顶。它叫圣克里斯托弗①教堂。它简直就像我们唱着歌谣用手指头比划出来的教堂：

这里有座教堂
这里是它的尖顶
打开门
所有人都在

彩色玻璃窗上描述了圣克里斯托弗把小耶稣扛在肩上过河的故事。画得可真简陋：圣人看着像只有一条胳膊的残疾人。原来的窗

---

① 圣克里斯托弗（St Christopher）：传说中背童年耶稣过河、传播福音、最终殉道的圣徒。

户在战时碎掉了。圣克里斯托弗教堂对面是一栋高层的公租房，声名狼藉，特蕾西就住在里面。（我家更好一点，楼层低，隔着一条街。）公租房建于六十年代，取代了被炮弹摧毁的一排维多利亚式建筑——就是炸毁教堂的同一轮轰炸，但两幢建筑之间的纽带从此断裂。教堂无法吸引路对面的居民信仰上帝，于是做了务实的决定，生出多种功能：蹒跚学步娃娃的操场、把英语作为第二语言学习的课堂、驾照培训。这些都很受欢迎，办得风生水起，但礼拜六早上的舞蹈课是新开设的，没人知道好还是不好。课程本身只要两英镑半，但妈妈们对芭蕾舞鞋的市场价格嚼着舌头，一个女人听说是三英镑，另一个听说是七英镑，有人发誓说唯一能买到芭蕾舞鞋的地方是考文特花园的弗里德品牌店，但凡你瞧一眼，他们就得收你十英镑——那么"踢踏舞"穿什么鞋，"现代舞"又穿什么鞋呢？跳现代舞可以穿芭蕾舞鞋吗？什么才叫现代舞？你没人可问，没人是过来人，你进退维谷。少见哪个母亲有那个好奇心照着钉在附近树上的自制小传单上的号码打过去。因为害怕自制小传单，很多有可能成为优秀舞者的姑娘没能走出那条街。

我妈就是少数派：自制小传单吓不倒她。她对中产阶级的生活习性有着了不起的直觉。比方说，她知道在汽车后备厢旧货市场①（尽管这个名字听着不怎么样），你能发现更上档次的人，以及他们翻烂了的"企鹅"平装本（有时是奥威尔的书）、他们用旧了的陶瓷药片盒、他们摔裂了的康沃尔郡陶器、他们不要了的陶轮。我们

---

① 汽车后备厢旧货市场：英国人会把旧货置于汽车后备厢中，拉到规定的集市摆摊销售。这种活动通常只有3月初至10月底天气比较暖和的时候才有。

的公寓里满是这种东西。我们家可没有挂着晶晶亮的人造露水的塑料花，也没有水晶摆件。这都是计划的一部分。就连我讨厌的东西（比如我妈的平底凉鞋），在我们想要吸引的人眼里往往就成了有吸引力的，我学会了不去质疑她的方法，就算满怀羞耻感。开课前的一周，我听到她在逼仄的厨房里用优雅的腔调说话，可等她挂掉电话，答案就都有了：芭蕾舞鞋五个英镑——如果你去市郊的大卖场买，而不是去市里买。踢踏舞鞋可以再等等。芭蕾舞鞋可以用来跳现代舞。什么是现代舞？她没问。她只扮演关心子女的家长，但从来不当无知的家长。

我爸被派去买鞋。皮革的粉色比我想要的浅，像猫肚子的颜色，鞋底像花灰色的猫舌头，也没有长长的一路交叉到脚踝的粉色丝绸蝴蝶结，没有，只有一条可悲的小松紧带，我爸自己缝上去的。我痛不欲生。可也许它也像平底凉鞋一样，是为了格调高雅故意走"简洁"路线的？我还能这样自我安慰，直到走进大厅——老师让我们在塑料椅子那儿换好舞蹈服，然后到对面墙的练功扶手那儿去。几乎所有人都穿着粉色的绸缎鞋，而不是我脚丫子塞进的浅粉色猪皮鞋，有的孩子（我知道的领救济金的姑娘，没有父亲的姑娘，或者既领救济金又没有父亲的姑娘）鞋上还有长长的缎带，交叉地绕在她们的脚踝上。站在我旁边、左脚伸在母亲手里的特蕾西，她的鞋两样都占上了：深粉色的丝带纵横交错。还有一件肥大的芭蕾舞短裙，这是其他人做梦都没想过的东西，效果无异于第一次游泳课就穿着潜水服。再说说伊莎贝尔小姐，她长相甜美、为人友善，可就是老，大概四十五岁那么老了。真叫人失望。她体格结实，看着像农民的老婆而不像芭蕾舞者，浑身上下都是粉色和黄色，粉色和黄色。她的头发是黄的，不是金色，黄得像金丝雀。她的皮肤粉粉的，藕粉色，现在想起来，她可能是得了红斑痤疮。她的紧身舞衣是粉色的，田径裤是粉色的，芭蕾舞无扣式开衫是粉色马海毛的，可她的鞋子是黄色丝绸的，色调和头发一致。这一点我也难以释怀。怎么会有黄色！她旁边的角落里坐着个白种老男人，戴着软毡帽，弹一架直立式钢琴，弹的是《夜与日》，这曲子我喜欢，我很得意能听出来。这些老歌是从我爸那儿听来的，我爷爷曾是个机灵的酒吧驻唱，（我爸认为）他小偷小摸是因为创作欲望受了挫，至少是部分的原因。弹钢琴的人叫布思先生。他弹琴时我响亮地跟着哼唱，哼哼时加了不少颤音，希望有人听见。我唱歌比跳舞强（我一点都跳不好），不过我对自己会唱歌这事儿太过得意，我知道我妈觉得很讨厌。唱歌是我天生就会的，但女人天生就会的东西都不能取悦我妈，完全不能。要她说，那你会呼吸、会走路、会生孩子还嘚瑟喽？

我们的母亲起着扶手和脚架的功能。我们一只手搭在她们肩头，一只脚搁在她们弯曲的膝盖上。此刻我把身体交给了我妈（抬起、拉住、抓紧、挺直、松开），但我的心思全在特蕾西身上，在她芭蕾舞鞋的鞋底上，我现在看见弗里德的字样清清楚楚地印在皮革上。她的足弓像飞舞的蜂鸟，自成曲线。我的脚又宽又平，每换一个姿势都仿佛吱嘎作响。我像个学走路年纪的娃娃非要摆齐木头积木。舞起来，舞起来，舞起来，伊莎贝尔说，是呀，那是可爱的特蕾西。称赞声让特蕾西猛地扭过头来，她小小的猪鼻子张得老大。除了这点，她是完美的，我着了迷。她的妈妈也一样着迷，对舞蹈课的投入是"她的为母之道"贯彻始终的特点。她比其他妈妈来得都多，在场时，她的注意力很少离开女儿的脚。我妈的注意力总在别处。坐着无所事事，她从来做不到，她总在学什么。比方说，她可能手里拿着《黑色雅各宾派》带我来上课，等我找她帮忙换下芭蕾舞鞋、换上踢踏舞鞋的时候，一百页已经读完了。后来，我爸接手后，他要么睡一觉，要么"出去走走"——作为家长，这是去教堂院子里抽烟的委婉表达。

在认识初期，我们非敌非友，连熟人也算不上：我们很少说话。可我们总是相互在意，无形的纽带将我们维系，让我们没法儿跟其他人太热络。真要说的话，我跟莉莉·宾厄姆的话更多（她和我一个学校），而特蕾西的备选是悲催的老丹妮卡·巴比克——她穿着有破洞的紧身衣，说话口音很重，和特蕾西住在一个楼道。不过，尽管我们在课上和这些白人姑娘嬉笑打闹，尽管她们有充分的理由相信自己是我们的焦点、我们最关注的人（我们在她们眼里也算得上好友），可一到喝饮料吃饼干的课间休息时间，特蕾西和我每次都会有意无意地站到一起，像两片铁屑被磁铁吸引。

结果不只是我对特蕾西的家庭好奇，她对我的家庭也很好奇，她用权威的口气说，我们两家有些事情"弄反了"。有一天的课间休息，我一边急着把饼干浸入橙汁，一边听她的理论。"别人家都是爸爸做的。"她说，因为我知道她说得多半在理，所以也想不出别的话可说。"你爸是白人意味着……"她还在说，可就在那时莉莉·宾厄姆来了，站在我们旁边，于是我始终没明白爸爸是白人意味着什么。莉莉身材瘦长，比其他人高一个头。她有又长又直的金发、红润的脸颊，性格开朗外向，在我和特蕾西两人的眼里，这都是托了埃克塞特路二十九号那栋白色房子的福。我最近刚被邀请去过，急切地向从没受邀去过的特蕾西汇报，里面有私家花园，有装满"零钱"的巨大果酱罐，有和真人一样大小的斯沃奇手表挂在卧室墙上。所以，有些话不能在莉莉·宾厄姆面前说，于是特蕾西闭上嘴，鼻孔朝天，穿过房间问她妈妈讨芭蕾舞鞋去了。

3

我们儿时想从母亲那里得到什么呢？百依百顺。

噢，这话说得既好听，又合理，又高尚：女人有权安排她的生活、她的抱负、她的需求，等等等等（我自己一直要求的就是这些），可作为一个孩子，不对，真相是一场消耗战，理性全无，一点也没有，你想要母亲永远承认她是你的母亲，唯一的母亲，承认她和生活中其他事物的战斗业已结束。她要放下武器，来到你身边。如果她拒绝如此，那就真的是战争了，我和我妈之间就是一场战争。成年后我才发自肺腑地钦佩她，钦佩她不遗余力在这个世界上刨出一点属于她自己的生存空间，尤其是她生命最后的苦痛年月。我年幼时，她拒绝顺着我，这叫我无法理解，很受伤害，特别是她通常拒绝的理由都让我不能接受。我是她唯一的孩子，她没有工作（当时还没有），她跟娘家人也不来往。在我看来，她有的是时间。可就算这样她也不对我千随百顺！我对她最早的记忆是一个策划从我这里、从母亲这个角色里逃跑的女人。我同情我爸。他还很年轻，他爱她，他想生更多的孩子（他们每天都为这吵），但在这件事情上，在其他所有事情上，我妈都拒绝让步。她母亲生了七个孩子，她外婆生了十一个。她不想倒退到那种生活。她觉得我爸要更多的孩子是想套牢她，她想的基本没错，可这里的"套牢"不过是"爱"的另一种说法。他多么爱她！比她知道的或屑于知道的都更多。她是活在自己梦境中的人，默认周围所有人每时每刻都跟她一个想法。所以当她开始在身心两方面都超越我爸的时候（起初还缓缓的，后来越来越快），她自然以为他也在相同的时间经历着相同的过程。可他还是老样子。照顾我，爱着她，努力追上她，以他自己缓慢刻苦的方式读着《共产党宣言》。"有人带着《圣经》呐，"他骄傲地告诉我，"这是我的《圣经》。"话很感人，本想感动我妈的，可我已经注意到，他似乎永远在读这同一本书，没什么别的书，他每节舞蹈课都带着它，可永远停留在开头的二十页。在婚姻的语境里，这是一个表示浪漫的举动：他俩最初是在社会主义工人党的会议上相识的，在多利士山。可就连这也是误会一场，因为我爸去那儿纯粹是为了那些穿着短裙、没有宗教信仰、长相标致的左翼姑娘，我妈去那儿可真的是为了卡尔·马克思。我的童年在日渐悬殊的差距中度过。我看着我妈自学成才，迅速、轻松地把我爸甩在身后。我家休息室里的书架是我爸搭的，放满了二手书、开放大学的课本、政治学的书、历史学的书、研究种族的书、研究性别的书，每逢有邻居来坐坐，发现这堆奇怪的藏书时，我爸都喜欢称它们为"主义们"。

礼拜六是她"不用管事"的日子。不用管什么？不用管我们。她得专攻她的主义们。所以等我爸带我上完舞蹈课，我们得想法子继续游荡，找点事儿做做，直到晚饭时间才能回家。转好几辆公交车往南去，去到泰晤士河以南很远的地方，到我妈的哥哥、我爸的挚友——朗伯舅舅的家里去。这成了我们的老习惯。他在我妈家里排行老大，也是她娘家我唯一见过面的人。当年我外婆离开老家投奔英格兰，在一家敬老院当清洁工，是他一手带大了我妈和其他弟妹。他懂我爸的苦衷。

"我朝她走一步，"盛夏的一天，我听见我爸抱怨说，"她就往回退一步！"

"辣（拿）她莫（没）有办法。老是辣（那）样。"

我在花园里，周围种着土豆。真的是农田，没有哪样是用来装饰的，没有哪样是用来观赏的，一切都是为了吃，种成长长的一直溜儿，绑在竹签上。农田的尽头是室外厕所——我在英格兰看见的最后一个。朗伯舅舅和我爸坐在后门那儿的折叠躺椅上抽大麻。他们是老朋友了，朗伯是我爸妈结婚照里唯一的家属；他俩在工作上也有共同语言：朗伯是个邮差，我爸是皇家邮政派发部的经理。两人都是冷幽默，都胸无大志，我妈对这俩都瞧不上眼。他俩吸着大麻，埋怨我妈的不可理喻之处，我把手臂穿过土豆藤，让它们绕在我的手腕上。我觉得朗伯的大多数植物都有咄咄逼人之势，有两个我那么高，他种的一切都长势疯狂：密密麻麻的蔓生植物，高高的草，臃肿的葫芦。在伦敦南部，这土质算是好的了，伦敦北部的土壤含的黏土太多，可当时我还不懂，搞不清这里那里的：我以为到了朗伯家就是到了牙买加，朗伯的花园在我看来就像牙买加，闻着也像牙买加，你在那儿吃椰子甜糕。就算现在回想起来，朗伯的花园也总是够热的，我口渴，害怕虫子。园子狭长，面朝南方，室外厕所紧靠右手边的篱笆，所以你可以看着日头落到厕所后面，让空气如涟漪般荡漾。我特想上厕所，但宁可死死憋着，直到我们再次

14

回到伦敦北部——我害怕那间厕所。地板是木头的,植物从木板缝里长出来——草叶,蓟,你跳上坑位时还有一朵蒲公英的头状花絮拂过你的膝盖。蜘蛛网结在角落里。这是个又丰饶又衰败的园子:番茄熟过了头,大麻太熏,土鳖虫藏在最下面。朗伯一个人住在那里,我觉得那里是等死的地方。就算在那个年纪,我也觉得我爸好奇怪:他竟会跑上八英里去朗伯家寻求安慰,可朗伯自己已然是他惧怕得不行的没人搭理的状态了。

园子里都是一排排的蔬菜,走得我没趣了,我往回溜达时看着两个男人演技拙劣地把大麻烟卷藏在手心里。

"你无聊了?"朗伯问。我承认是挺没劲的。

"以前介(这)房子里都是崽子,"朗伯说,"可现在孩子也有孩子了。"

我想象的画面是我这个年纪的孩子怀里抱着婴儿:我觉得伦敦南部的人就是这种宿命。我知道我妈离家就是为了逃避那一切,就是为了她女儿不会还没长大就变成孩儿妈,因为她女儿活着不仅为了生存,和我妈一样,她要茁壮成长,学习很多不必要的技能,比如踢踏舞。我爸向我伸出手来,我爬上他的膝头,用手覆上他越长越大的秃斑,感受他梳头时盖在秃斑上的湿哒哒的小股头发。

"她胆小,呃?你不怕你的朗伯舅舅吧?"

朗伯的眼睛充着血,他的雀斑和我的很像,但起了泡;他的脸圆圆的,表情和蔼,浅棕色的眼睛据说证实了家谱里有中国血统。可我怕他。除了圣诞节,我妈自己从不拜访朗伯,可她莫名地坚持让我爸和我去看看他,不过有附加条件:我们得保持警惕,不能让自己被"拽回去"。拽回到哪里去?我绕在我爸身上,骑到了他背上，看见他颈背处留着的一小撮长发——他无论如何都坚持要留。虽说我爸只有三十几岁，可我从没见过他满头头发的样子，从不知道他原本是金发，也从不知道他也会长白发。我所看到的是这染上去的栗色，如果你摸一摸，颜色就会沾到手指上，我见过它从哪儿来——澡盆边上有一个浅浅的、打开的圆罐子，边缘是一圈棕色的油膏，中间的一块已经用光，像极了我爸的脑袋。

"她需要陪伴，"他很苦恼，"书没意思，对吧？电影也没意思。真人才好呀。"

"对辣（那）女人莫（没）有办法。她小时候我就知道。她是犟脾气。"

说得没错。什么都拿她没办法。我们到家时，她在看开放大学的公开课，手里拿着便笺本和铅笔，美丽、安详，蜷在沙发上，光着的脚垫在屁股下，可她一扭头，我就看出她恼了，我们回来得太早了，她需要更多的时间，更多的平静，更多的安宁，让她好学习。我们是恣意破坏神殿的流氓。她学的是"社会学与政治学"。我们不明白为什么。

4

如果说弗雷德·阿斯泰尔代表权贵阶级，那么我代表的就是社会底层，吉恩·凯利①如是说。照这个说法，"宝洋哥"比尔·罗宾逊才是真正适合我的舞者，因为"宝洋哥"为哈勒姆区②的弄潮儿跳舞，为贫民窟的孩子跳舞，为小佃农跳舞——为所有奴隶的后代跳舞。不过在我看来，舞者是不论出身的，没有父母，没有兄妹，没有国籍，没有民族，没有任何职责义务——我爱的正是这些。其他的事，所有的细节，统统不重要。那些电影中荒谬的情节，我都无视：歌剧一般地来去走台，时来运转，蛮横的遇上了讨喜的，生出种种机缘巧合，黑脸杂剧③演员，女仆，管家。我觉得它们不过是通往舞蹈的一条条道路。故事是你为了韵律付出的代

---

① 吉恩·凯利（Gene Kelly, 1912—1996）：美国著名男演员，主演过《雨中曲》等多部歌舞片，曾获奥斯卡终身成就奖，是与弗雷德·阿斯泰尔齐名的好莱坞歌舞片巨星。
② 哈勒姆区：位于纽约曼哈顿，黑人聚居地。
③ 黑脸杂剧：19世纪起源于美国的一种综艺节目，常由白人把脸涂黑扮演黑人，以唱跳的方式来逗乐观众。

价。"抱歉,小伙儿们,那是去查塔努加的火车吗?"[1] 每个音节都能在腿脚、腹部、臀部找到对应的动作。相较之下,芭蕾舞课上,我们是跟着古典乐录音跳舞——特蕾西直白地称其为"白人音乐",伊莎贝尔小姐从收音机翻录到一盘盘磁带上的音乐。可我不怎么认同这种音乐,我听不出它的拍号,尽管伊莎贝尔小姐大声喊出每一小节的节拍,想帮我们,可我就是无法将这些数字跟扑面而来的小提琴乐或铜管乐器组的震撼冲击联系在一起。我懂的比特蕾西多:我知道她的成见中有不对的地方(黑人音乐、白人音乐),我知道肯定存在两者水乳交融的世界。在电影和相片里,我见过白人小伙坐在钢琴前,黑人姑娘在其身边唱歌。我多想和那些姑娘一样!

十一点一刻,芭蕾舞课刚结束,是我们第一次的休息时间,布思先生进了大厅,手里提着个人黑包——从前乡下医生提的那种包,里面装着上课用的乐谱。如果我能脱身,意思是如果我能摆脱特蕾西,我就会跑向他,跟着他缓缓走向钢琴,我在银幕上看到的姑娘们怎么站,我就怎么站,我请他弹奏《我的一切》、《纽约之秋》或《第四十二街》。踢踏舞课上,他只能来来回回弹那五六首曲子,我得跟着跳舞,但是大厅里的其他人忙着聊天、吃喝的这段上课前的时间,我们可以自己安排,我让他弹一曲,我合唱,觉得害臊就不压过钢琴的音量,不觉得害臊就再大声一些。有时在外面樱桃树下抽烟的爹妈们会进来听我唱歌,忙着穿衣系带准备上课的姑娘们会停下动作,扭头看我。只要不故意压低音量,我意识到我

---

[1] "抱歉,小伙儿们,那是去查塔努加的火车吗?":歌词来自 1941 年的音乐剧《太阳峡谷小夜曲》中的插曲,节奏感很强。

的声音有种魅力，引人入胜。并非我天赋异禀：我的音域算窄的。是情感。不管什么样的情绪，我都能非常清晰地表达，我能够"表情达意"。我让感伤的曲子很感伤，快乐的曲子很快乐。"结业考试"时我学会了用声音虚晃一枪，这手法好比有的魔术师让你看他们的嘴，其实你本该看他们的手。可我骗不了特蕾西。我走下台时看见她了，她双臂叉在胸前、鼻孔朝天地站在舞台侧翼。她比所有人都优秀，她妈妈的厨房留言板上挂满了金色奖牌，即便如此，她从不满足，她还想要"我"这个类别（"歌舞"）里的金奖，虽说她唱一个音都费劲。无法理解。我真心觉得如果我能像特蕾西跳得那么好，我肯定别无他求了。说到节奏感，有的姑娘四肢有，有的姑娘髋关节或小小的臀部有，可她每条韧带都有，也许每个细胞都有。她的每个动作都有孩子们梦寐以求的干脆和精准，她的身体可以和任何拍号自行协调，无论多么复杂。也许你可以说她有时候精准过了头，不是太有想象力，或缺乏灵魂。可通情达理的人都不会挑她舞蹈技巧上的刺。我从以前到现在都对特蕾西的技巧抱有敬畏之心。她懂得掌握任何事情的时间节点。

5

夏末的一个礼拜天。我在阳台上看着同一楼层的几个姑娘在下面的垃圾桶旁跳双绳。我听见我妈喊我。我往下一看，看见她和伊莎贝尔小姐手拉着手走进了公租房。我挥挥手，她一仰头，面带微笑大吼一声："待在那儿!"我从没见过我妈和伊莎贝尔小姐课外时间在一起，打老远就猜得出是我妈硬拉着伊莎贝尔小姐干什么。我想去找我爸商量商量——他在客厅里刷墙呢，可我了解我妈，对陌生人尽展魅力，对自己人脾气暴躁，那句"待在那儿!"就是个好例子。我看着这对奇怪的组合步入公租房，走进楼梯间，零落的黄色、粉色和红棕色映在玻璃砖上。此时，垃圾桶旁的姑娘们换了甩绳的方向，换了跳绳的人——她勇敢地冲入猛烈甩动的绳圈，唱起了新的童谣，一首关于猴子气坏了的童谣。

我妈终于来了，脸上带着不愿多言的神色审视了我一番，开口第一句话就是："把鞋脱掉。"

"噢，咱们不急。"伊莎贝尔小姐喃喃道，可我妈说："早知道比晚知道好。"然后消失在房子里，片刻后又出现了，手里提着一大袋自发面粉，她开始往阳台上撒，直到地面像初雪后的薄薄的白毯。我得赤脚在上面走。我想到了特蕾西。我在想伊莎贝尔小姐是不是要挨家挨户地走一遍。多浪费面粉啊！伊莎贝尔小姐弯下腰来看。我妈用胳膊肘当支点，往后靠在阳台上，抽着烟。她和阳台之间有个角度，香烟和她嘴巴之间有个角度，她戴着贝雷帽，仿佛戴顶贝雷帽是世上再自然不过的事情。她和我之间也有个角度，讽刺的角度。我走到阳台的另一端，回头看自己的脚印。

"啊，你们瞧呀。"伊莎贝尔小姐说。可我们要瞧什么？属于平足。我的老师脱下一只鞋，印上自己的脚印对比：她的脚印里，你只能看见脚指头、足掌和脚后跟；我的呢，是满满的、平平的人脚轮廓。我妈对这结果饶有兴趣，可伊莎贝尔见我脸色不好便说了点安慰的话："跳芭蕾舞要有足弓，没错，但平足可以跳踢踏舞，你当然可以。"我虽不觉得这是真话，但很中听，我以此为据坚持上课，这样就能和特蕾西一起了，我后来才回过神来，我妈正是想把我们分开。她盘算着我和特蕾西念不同的学校，住不同的街道，必然是舞蹈课才让我们走到一起，可夏天过去、舞蹈课结束的时候，我们还是老样子，关系还越来越好，到了八月份，我们几乎天天黏在一起了。从我家的阳台可以看见她家的公租房，她家也看得见我家，都不用打电话，也不用一本正经地约定，虽说我们的母亲在大街上遇见都很少点头打招呼，我俩却不当回事地在对方家进进出出了。

6

我们在两个家里表现得完全不同。在特蕾西家，我们玩新玩具、试新玩具，它们貌似源源不断。百货零售商 Argos 的产品目录，我只被允许在过圣诞时从中挑三样便宜的东西，过生日时从中挑一样，可它是特蕾西每天必读的《圣经》，她虔诚地阅读，用专用的小红笔圈出她挑选出来的物件，通常我也在旁边。她的卧室让我大开眼界。我自以为了解我们共同的境遇，如今全然颠覆。她的床是粉色的芭比跑车造型，她的窗帘带褶边，她所有的橱柜都是珠光白的，房间当中，仿佛有人哗啦一下把圣诞老人雪橇上的货全都卸在了地毯上。你得在玩具中跋涉。坏掉的玩具成了岩床，上面是一波一波新买的玩具，几乎按照当时它们的电视广告投放的顺序排得跟地质层一样。那年夏天流行的是会撒尿的洋娃娃。你给它喂水，它就到处撒尿。这让我瞠目结舌的新科技，特蕾西竟有好几个，还能自导自演一出出的戏码。有时她会打乱撒尿的洋娃娃。有时她会让它坐在角落，它羞耻愧疚、一丝不挂，两条塑料腿和胖出肉窝来的小屁股形成四十五度夹角。我俩扮演这个尿失禁的可怜孩子的爹妈，在特蕾西给我安排的对话中，我有时能听出奇怪的、尴尬的东西，影射了她自己的家庭生活，抑或是她看过的很多肥皂剧？我不确定。

"轮到你了。说：'你个贱人——她连我的骨肉都不是！她尿在身上难不成还是我的错喽？'快说，轮到你了！"

"你个贱人——她连我的骨肉都不是！她尿在身上难不成还是我的错喽？"

"'听着，伙计，你带她！你带她，看你怎么过！'现在说：'没门儿，臭婊子！'"

一个礼拜六，我战战兢兢地向我妈提起有撒尿洋娃娃这样的玩具，小心翼翼地用了"小解"这个词，而不是"撒尿"。她在学习。她从书里抬起头，露出又怀疑又厌恶的神情。

"特蕾西有一个？"

"特蕾西有四个。"

"你过来一下。"

她张开双臂，我感觉我的脸贴在她胸口的皮肤上，紧致、温暖、鲜活，仿佛我妈体内还有个年轻优雅的女人呼之欲出。她一直在蓄长发，最近新"做"了发型，脑后的辫子编出了夸张的海螺壳形状，像一尊雕像。

"你知道我现在在读什么？"

"不知道。"

"我在读有关桑科法的书。你知道它是什么？"

"不知道。"

"它是一只鸟，回头看自己，像这样。"她用尽全力扭过她漂亮的头颅。"来自非洲。它回头看，看看过去，从过去中学习。有些人从不知道学习。"

我爸在狭小的厨房里默默地烧饭，他是我们家的煮夫。这段话其实是对着他说的，是说给他听的。两人最近争论得厉害，有时恶言恶语，我经常扮演传递信息的唯一导管（"你解释给你妈听"或"你给你爸带话"），有时就像现在这样，微妙的、不带脏字的讽刺。

"哦。"我说。我想不通这和撒尿洋娃娃有什么关系。我知道我妈正在变成，或者说企图变成"知识分子"，因为他们吵架时，我爸经常向她抛出这个词想要羞辱她。可我并不怎么理解这个词，只知道知识分子就是这类人：学习开放大学的在线课程，喜欢戴贝雷帽，经常会说"历史的天使"这种话，家里其他人都想看周六晚上的娱乐节目时会唉声叹气，会停下脚步和基尔伯恩大道上的托洛茨基主义者①辩论（别人对他们都避之不及）。不过在我眼里，她转型的最大后果就是她说话时陌生而莫名的迂回。她仿佛总是在说我听不懂的成人笑话，要么自娱自乐，要么激怒我爸。

"你和那个姑娘在一起时，"我妈解释说，"跟她玩是待她好，可她是那样养大的，她只能走那么远了。你受的教养可不同——别忘记这点。她满脑子只有傻乎乎的舞蹈课。不是她的错——她就是那样养大的。可你有脑子。平足又有什么关系，因为你有脑子，你知道你从哪里来，要到哪里去。"

我点点头。我能听见我爸砰砰敲平底锅泄愤。

"你可别忘了我刚才说的喔？"

---

① 托洛茨基主义者：简称"托派"，主张"不断革命论"，在马克思主义的谱系上属于左派。

我保证不会。

我家里一个洋娃娃都没有，所以特蕾西过来时只能被迫变成另一种模式。我爸从单位带回来一本本 A4 大小、有横格线的黄色便笺簿，我们在上面脑洞大开地写故事。这是需要协力完成的项目。特蕾西因为阅读障碍症（当时我们还不知道有这个词）选择口述，而我呢，费好大劲才能跟上她脑子里天生就能千回百转的剧情。我们所有的故事几乎都是关于一个冷傲的、漂亮的芭蕾舞首席女演员，她来自"牛津街"，最后关头断了腿，于是我们勇敢的女主人公（通常是地位低下的服装师，或卑微的剧院厕所清洁工）替补上场，转危为安。我注意到，这些勇敢的姑娘通常皮肤白皙，有着"丝般的"秀发和蓝色的大眼。有一次我写了"棕色的眼睛"，特蕾西从我手里抢过笔，把它划掉了。我们趴在地上写字，就平趴在我房间的地板上，如果我妈正巧路过看见我们的模样，这会是她唯一对特蕾西生出一丁点儿喜欢之情的时刻。我利用这点儿好感为我的朋友赢得更多的特许权（特蕾西可以留下来吃点心吗？特蕾西可以留下来过夜吗？）其实我知道，如果我妈真停下来念念我们写在黄色便笺簿上的东西，特蕾西这辈子都甭想进这个公寓了。在好几个故事里，非洲男人操着铁棒"埋伏在暗处"，要敲碎洁白舞者的膝盖；在一个故事里，芭蕾舞首席女演员有着可怕的秘密：她是"混血"——我颤抖地写下这个词，因为经验告诉我，这个词能让我妈暴跳如雷。不过，如果说这些细节让我不自在，那么跟与特蕾西合作的快乐相比就不算什么大事儿了。我深陷于她的故事，沉迷于它们无休止地拖延叙事上的满足——这也许又是她从肥皂剧里学来的，或从她亲身经历的教训中提炼而来。你刚以为快乐的大结局来了，特蕾西就能想出什么奇妙的新剧情，摧毁或逆转大团圆，以至于"圆满"的那一刻似乎永不到来——我觉得我俩都认为"圆满"这个词只意味着观众们站起来疯狂地欢呼喝彩。我多希望我还留着那些便笺簿。芭蕾舞女遭遇种种人身危险的无数个故事中，我只记得那么一句话了：蒂芙尼高高跃起吻她的王子脚尖绷得直直的噢她看起来那么性感可就在那时子弹射向了她的大腿。

7

　　秋天，特蕾西去了位于尼斯登的女子学校，里面的姑娘基本全是印度人或巴基斯坦人，野得很：我常在汽车站看见高年级的姑娘，制服动过手脚（衬衫不系扣子，裙子改短了），路过白种小伙时朝他们大喊污言秽语。成天打架斗殴的野蛮学校。我的学校在威尔斯登，要文明一点，学生的背景更复杂：一半的黑人，四分之一的白人，四分之一的南亚人。一半的黑人中至少有三分之一是"混血"，这得算小类别下面的子类了，不过事实上我一看见他们就心烦。我宁愿相信我和特蕾西情同姐妹、意气相投、孤独于世、彼此需要，可现在我不得不面对我妈一个夏天都在鼓励我交往的形形色色的孩子——这些姑娘和我背景相似，可我妈称之为"更宽广的视野"。有个姑娘叫塔莎，一半圭亚那血统，一半泰米尔血统，她爸爸竟是"泰米尔猛虎组织"①的，我妈吓得不轻，遂向我灌输永远不要和这个姑娘有任何交集的想法。有个龅牙妹叫艾瑞，成绩总是名列前茅，她的父母跟我家情况一样，可她住在威尔斯登格林一套

―――――――――

① 泰米尔猛虎组织：斯里兰卡北部的激进武装组织。

漂亮的复式公寓里。有个姑娘叫安诺舒卡，她爸爸来自圣卢西亚，妈妈是俄国人，舅舅（照我妈的说法）是"加勒比海地区最重要的革命诗人"，可这番美言我几乎一个字都理解不了。我的心思不在学校，也不在学校里的人上。在操场上，我把图钉揿到鞋底里，有时候半小时的休息时间全在一个人跳舞，没有朋友也心满意足。等我们放学回家（在我妈之前，所以她管不着），我扔下书包，丢下烧饭的爸爸，直奔特蕾西家，在她家阳台上一起练"时间步"①，之后一人来一碗"快点天使"甜点——我妈说这"不是食物"，可我觉得很好吃。等我回家的时候，我爸妈已经一言不合吵翻了天。我爸关注的是些鸡毛蒜皮的家务事：谁几点用吸尘器吸了什么，谁去了或应该去自助洗衣店。我妈呢，作为回击，会绕到八竿子打不着的话题上去：具备革命觉悟的重要性，或者性爱和人民斗争相比是多么微不足道，或者奴隶制在年轻人心灵和头脑中的后遗症，等等。她现在已学完大学入学考试课程，被北面亨登地区的米德萨斯理工学院录取，我们跟她的差距更大了，我们让她失望，她不得不一直解释她话里的那些术语。

在特蕾西家，音量大的只有电视机。我知道我该同情特蕾西，因为她没有父亲（这个问题摧残了我们这层楼上一半的家庭），也知道有爹有妈，我该心存感激，可当我坐在她家还裹着塑衬的白色真皮大靠椅上吃着"快乐天使"甜点，太太平平看着《花开蝶满枝》或《红舞鞋》时（特蕾西妈妈只受得了色彩鲜亮的音乐剧），我无法不注意到来自纯女性小家庭的平和。在特蕾西家，对男人的

————————

① 一种节奏舞步。

失望已经是老皇历了：她们从不对他抱有希望，因为他几乎不回家。特蕾西爸爸没能煽动革命，也没干成别的，她们都不意外。可特蕾西却坚定地忠诚于对他的记忆，她维护她从不现身的爸爸远胜于我维护我全心全意的爸爸。每次特蕾西妈妈说他坏话，她肯定会把我带进她的房间或其他私密的地方，迅速把她妈妈说的话整合成她自己的"官方版本"：她的爸爸没有抛弃她，没有，绝没有，他只是太忙了，因为他是迈克尔·杰克逊的伴舞之一。很少有人跟得上迈克尔·杰克逊的舞步，事实上没几个人做得到，也许全世界也就只有二十个舞者能胜任。特蕾西爸爸就是其中之一。他甚至不需要跳完试演——他就是这么棒，他们一眼就知道了。这就是他不着家的原因：他总在没完没了地全世界巡演。下次他回伦敦的时候大概是明年圣诞，迈克尔要在温布利球场演出。天气好的话，我们可以从特蕾西家的阳台上看见这个球场。我现在很难说当时信了多少（我当然知道迈克尔·杰克逊最后不再同家人共演，现在一个人独舞了），但和特蕾西一样，她妈妈在场时我从来不提这茬。其实，我觉得它绝对是真的，同时又明显是假的，也许只有孩子才能适应这样的双面生活。

8

　　我在特蕾西家看"流行音乐排行榜"节目，电视上放起了《颤栗》[①] 的录像，我们所有人都是第一次看。特蕾西妈妈非常兴奋：她都没站起来就疯狂舞动，在她皱巴巴的躺椅里上下扭动。"来吧，姑娘们！跟我一起！动起来——来吧！"我们离开沙发，开始在地毯上前后滑行，我跳得很糟，特蕾西技术很好。我们旋转，我们抬起右腿，脚丫像牵线木偶一样晃荡，我们像僵尸一样跳抽筋舞。有太多的新信息：红色的皮裤，红色的皮夹克，曾经的非洲头变成了比特蕾西的鬈发还要蓬松的造型！当然还有棕色皮肤、身着蓝衣的漂亮妞儿，潜在的受害者。她也是"混血儿"吗？

　　　　鉴于我个人的坚定信念，我希望强调这一点：这部影片并　　不表达对超自然力量的信仰。

　　开头致谢的那幕这样写道。是迈克尔自己说的，可这话什么意

――――――――――――――

① 《颤栗》：迈克尔·杰克逊的第六张录音室专辑，于 1982 年发行。

思呢？我们能理解的只有"影片"这个词的严肃性。我们看的不是音乐录像，而是应该正正经经在电影院看的作品，这真是世界大事，嘹亮的号角。我们是现代人！这是现代生活！我总觉得现代生活和它孕育的现代音乐都离我很远（我妈要我当一只总是回首的桑科法鸟），可碰巧我爸告诉过我，弗雷德·阿斯泰尔就曾亲自造访迈克尔，拜师学艺，求迈克尔教他"月球漫步"，就算现在我也觉得颇有道理，因为伟大的舞者不受时间和世代的局限，他永存于世，无论什么年纪的什么舞者都能认出他来。伦勃朗①理解不了毕加索，可尼金斯基②能懂迈克尔·杰克逊。"别停下呀，姑娘们——起来！"特蕾西妈妈大喊道，因为我们倚着她的沙发休息了一下。"跳够了再停！动起来！"那首歌有多长——比一辈子还长！我只觉得它怎么都结束不了，只觉得我们掉入了无限轮回，不得不永远这样魔性地跳舞，就像《红舞鞋》里的莫伊拉·希勒。"时间流逝，爱情流逝，生命流逝，可红舞鞋还在跳！"但随后它就结束了。"真他妈的绝了！"特蕾西妈妈忘情长吁，我们鞠个躬，行个屈膝礼，跑去了特蕾西的房间。

"她喜欢在电视上看见他，"我们刚独处，特蕾西就向我吐露，"这让他们的爱更深。她看见了他，她知道他还爱着她。"

"哪个是他？"我问。

"第二排，右手边最后一个。"特蕾西回答，一个停顿都不打。

---

① 伦勃朗：指伦勃朗·哈尔曼松·凡·莱因（Rembrandt Harmenszoon van Rijn，1606—1669），荷兰人，欧洲 17 世纪最伟大的画家之一。

② 尼金斯基：指瓦斯拉夫·尼金斯基（Vaslav Nijinsky，1889—1950），波兰血统的俄国芭蕾演员和编导，在 20 世纪芭蕾史上素有"最伟大的男演员"之誉。

我没试过将特蕾西爸爸的这些"事实"和我真正见到他的少之又少的场合对应起来，根本做不到。第一次见面尤为恐怖，那是在十一月初，我们看过《颤栗》后没多久。我们三人都在厨房里，往连皮的烤土豆里塞奶酪和培根，我们要给它们裹上铝箔，带去朗德伍德公园看烟火表演时吃。特蕾西这栋公租房里的厨房比我家那栋楼里的还要小：你开烤箱时，门会刮到对面的墙。同时容纳三个人意味着有一个人要坐在操作台上，这次是特蕾西。她的工作是给土豆削皮，我站在她旁边，负责把土豆和用剪刀剪碎的干酪、培根混合在一起，然后她妈妈把它们重新塞回土豆皮里，放回烤箱烤至褐色。尽管我妈不断暗示特蕾西妈妈懒散邋遢，到哪哪乱，但是我觉得她家的厨房比我家的整洁有序。食物虽不健康，却认真精心地准备；相较之下，我妈虽向往健康饮食，在厨房里却待不满十五分钟就会自艾自怜、狂躁不已，通常，这场从头到尾误入歧途的尝试（做蔬菜千层面、用秋葵做个什么菜）会成为所有人的噩梦：她找茬吵架，气势汹汹地叫嚷着拂袖而去。最后我们吃的又是"芬德斯"脆皮馅饼。在特蕾西家，事情简单得多：你动手时就清楚地知道要做脆皮馅饼、披萨（速冻现成的）还是香肠配薯条，美味可口，没人为此大喊大叫。这些土豆要算"特殊款待"了，是烟火之夜的传统美食。尽管才下午五点，外面已经乌漆墨黑，公租房的上上下下都能闻到火药味。每间公寓都有秘密的军火库，胡乱的砰砰声和局部的小火灾在两个礼拜前糖果店刚开始销售烟花时就开始了。没人会等官方活动。猫是这场大型纵火盛会最常见的受害者，可偶尔也有孩子伤亡。因为此起彼伏的砰砰声（我们对这声音司空见惯了），所以一开始特蕾西家前门上的敲门声没能引起注意，可后来我们就听见有人一会儿大声喊叫，一会儿小声说话，声音时而惊慌失措，时而小心谨慎，相互矛盾。是一个男人的声音，他在说："放我进去。放我进去！你在吗？开门，娘们！"

我和特蕾西瞪眼望着她妈妈，她妈妈同样站着冲我们瞪着眼，手里还端着一碟被奶酪塞得鼓鼓的烤土豆。她没看手上的动作，想把碟子端低一点儿放到操作台上时误判了距离，摔了。

"路易？"她说。

她抓起我俩，把特蕾西拽下操作台，我们踩上了土豆。她拖着我们穿过走廊，把我们塞进特蕾西的房间。我们一动也不敢动。她关上门走了。特蕾西径直上了床，开始玩"吃豆小子"游戏。她不愿看我。我显然什么都不能问她，甚至不能问路易是不是她爸爸的名字。我就站在她妈妈推我进来的位置，等着。我从没在特蕾西家听见过这样的骚乱。不管路易是谁，他现在已经被放进来了（或者说他破门而入），三句话不离"我操"，他把家具掀翻在地时发出了响亮的撞击声，还有女人恐怖的哀号，听起来像尖叫的狐狸。我站在门边望着特蕾西，她钻在芭比床的被窝里，仿佛听不到我所听到的声音，甚至不记得我也在场：她只是盯着"吃豆小子"，头也不抬。十分钟后事态平息了：我们听见前门狠狠地关上了。特蕾西赖在床上，我像被种在地上一样一步也动不了。片刻之后有轻轻的敲门声，特蕾西的妈妈进来了，脸哭得红红的，手里端着一碟和她的脸一样红红的"快乐天使"。我们一言不发地坐着吃，后来又去了烟火大会。

9

　　我们认识的母亲都有一种漫不经心的毛病，或者说在外人看来像漫不经心，可我们却从另外的角度来理解。在学校教师的眼里，我们的母亲连出席家长会这种事也不放在心上。家长会上，教师们坐在一排排的桌子边，放空目光，耐心地等待着这些从不出席的母亲。我们的母亲被教师告状孩子在操场上撒野时，她们并不斥责我们，而是冲着老师大吼大叫。我知道每当这时，她们肯定显得没心没肺。可我们对母亲有更深的了解。我们知道，她们自己还是学生的时候就害怕学校，和我们现在一样，害怕专横的规章守则，感觉这些规矩让她们丢了脸，害怕她们买不起的新制服，害怕教师莫名地热衷于不停轻声纠正她们操的土话或伦敦东区口音，害怕她们横竖都做不好任何事的感觉。"被约谈"引发了深深的焦虑——以前为了她们是谁、她们做了什么或没做什么，现在为了她们孩子的所作所为。我们的母亲从没真正摆脱过这种恐惧，她们中的很多人自己还是半大的孩子时就成了我们的母亲。所以"家长会"在她们看来和"留校教育"差不多。依旧是个可能丢人现眼的场合。不同之处在于，现在她们长大了，谁也不能强迫她们出席了。

我说的是"我们的母亲"，可我妈当然不在此列：她愤怒，但不羞耻。她总是参加家长会。那年，家长会不知怎么安排在了情人节：大厅装饰得挺矫情，墙上钉了粉色鸡心纸，每张课桌都显摆着皱皱巴巴的卫生纸做的蔫儿吧唧的玫瑰花，下面的花茎是一根绿色的烟斗通条。我跟着她，她在教室里绕场一周，威吓教师，无视这些教师想聊聊我学业进展情况的一切努力，相反，她作了一系列的即兴演讲，学校管理层怎么无能，地方议会怎么盲目愚昧，我们多么迫切地需要"有色教师"——我想这是我头一次听说"有色"这个新的委婉用语。那些可怜的教师紧紧抓住课桌的边缘，仿佛小命就要不保。情到深处，她为了强调某个观点一拳头砸在课桌上，纸玫瑰和铅笔们撒落一地："这些孩子值得更多的倾注！""这些孩子"并非在指我。这一幕我历历在目，她盛气凌人，像个女王！给她当女儿我真自豪，给这片街区唯一没有羞耻感的母亲当女儿。我俩秋风扫落叶一般出了大厅，我妈得意凯旋，我满腔敬畏，对我的在校表现一概不知。

我还真记得一个令她羞耻的场合，那是圣诞前的几天，礼拜六的傍晚时分，舞蹈课结束了，朗伯舅舅家也去过了，我和特蕾西在我家一遍遍地看弗雷德和金姬的一套舞步——《重整旗鼓》。特蕾西立志有朝一日自己跳出整套舞步（这事儿在我看来好比把西斯廷教堂天花板上的壁画画到自家卧室的天花板上），虽说她只练过男步，可我俩谁也没想学一学金姬的女步。特蕾西站在客厅门口跳踢踏舞（地上没有铺地毯），我跪在录像机旁边想倒带就倒带，想暂停就暂停。我妈在厨房，坐在高脚凳上学习。四点左右，我爸反常地"出门了"，没有解释，就是"出门了"，没交待干什么，我也想不出有什么跑腿的活儿要他干。当中我大着胆子进厨房拿了两杯饮料。往常我妈会塞着耳塞俯在书上，完全注意不到我，可这次我发现她凝视着窗外，脸上挂着眼泪。她看见我时吓得魂都没了，仿佛我是个鬼魂。

"他们来了。"她几乎是在自言自语。我顺着她视线的方向，看见我爸领着两个白皮肤年轻人穿过公租房，一个是约莫二十岁的小伙，一个是大概十五六岁的姑娘。

"谁来了？"

"你爸希望你见的人。"

我想，她感受到羞耻是因为事态不在她的掌控：她无法左右局势，也无法从中保护我，唯独这次，没她什么事。于是她快步去客厅让特蕾西回家，可特蕾西故意慢吞吞地收拾东西：她想好好看一眼他们。他们真是奇葩。靠近了看，小伙留着乱蓬蓬的金发，蓄着胡子，穿着又脏又丑又旧的衣服，牛仔裤打着补丁，破烂的帆布背包上别着好些个摇滚乐队的徽章：他穷，可他似乎不以为耻、反以为荣。姑娘也是奇装异服，但整洁一些，她真的"白得像雪"，就像童话里说的，顶着夸张的黑色波波头，前额剪平，齐耳。她一身黑衣，脚踏黑色马丁靴，个头娇小，眉清目秀——除了她想用一身黑衣掩饰的难看的大胸。我和特蕾西站着直勾勾地看他们。"你该回家了。"我爸对特蕾西说。我目送她离去，意识到不管怎样她都是我重要的盟友，那一刻失去了她，我顿觉自己毫无防御能力。白皮肤的少男少女轻手轻脚地走进我们小小的客厅。我爸让他们坐，可只有姑娘坐下了。我妈平时是个毫不神经质的人，这回张皇失措，说话结结巴巴，吓着我了。小伙叫约翰，不愿意坐下来。我妈想劝他坐，他既不看她，也不搭腔，然后我爸一反常态提高了嗓门，我们就看着约翰大步流星走了出去。我跑去阳台，看见他在下面的公共绿地上，哪儿也没去（他得等姑娘），在身旁一小圈乱踩乱踩，嘎扎嘎扎碾碎脚下的白霜。就剩下姑娘了。她叫艾玛。我回来时，我妈让我坐在她身边。"这是你的姐姐。"我爸说完就去泡茶了。我妈站在圣诞树旁，假装整理树上的灯。那姑娘转向我，我们四目相对。就我所见，我俩毫无共性，整桩事情只有荒唐二字可以形容，我看得出这个叫艾玛的人也是这么想的。除了我俩一黑一白这个明显到好笑的事实，其他也都不同：我是大骨架，她是窄身段；我在同龄人中是高个子，她在同龄人中是小身板；我的眼睛大大的，棕色，她的眼睛细长，绿色。但同时，我感觉我俩都看出来了：下坠的嘴角，悲伤的眼睛。我记得我脑子里一团浆糊，我没问自己诸如这样的问题：谁是这个艾玛的妈妈，或者，她是什么时候、怎么会认识我爸的。我的脑子转不过来了。我只是想：他生了我这样的，还生了她那样的。两个截然不同的生物怎么可能来自同一个源头？我爸端着一碟茶回来了。

"咳，这事儿有点突然，是吧？"他边说边把茶杯递给艾玛。"对我们所有人而言都突然。我已经很久没见过……可你知道你妈突然决定……唉，她是想一出是一出的女人，没错吧？"我姐一脸茫然地看着我爸，他立马打住了本想说的话，转而随便闲聊起来。"噢，我知道艾玛还跳芭蕾舞呢。你俩有共同语言了。她在皇家芭蕾待过一阵子，全额奖学金，但不得不停下来。"

他的意思是，在舞台上跳舞？在考文特花园？作为主角？或者按特蕾西的说法，在伴舞的"尸体"的行列？可是不对啊，"奖学金"三个字听起来像是在说学校的事。那么，有"皇家芭蕾学校"这种地方吗？可是如果真有，为什么我没被送去？还有如果这个艾玛被送去了，谁付的钱？她为什么要停下来？因为她的胸太大？还是子弹射向了她的大腿？

"也许有一天你俩会一起跳舞！"我妈打破了沉默，这种充满母性的废话，她很少说。艾玛抬起头胆怯地看着我妈（这是她头一次敢正眼看她），不管她看见的是什么表情都足以使她魂飞魄散：她的泪水决堤了。我妈离开了房间。我爸对我说："出去转悠转悠吧。去吧。穿好外套。"

我溜下沙发，抓起挂衣钩上的粗呢大衣，出去了。我沿着走道，试图把我知之甚少的父亲的过往和这新的现实拼合在一起。他来自白教堂，伦敦东区的一个大家庭，虽然不像我妈的家庭那么大，但也差得不多，他的父亲犯了点小事儿，在监狱里进进出出，我妈有一次向我解释，这就是我爸为什么对我的童年倾注了那么多心血的原因：烧饭，送我上学，带我去舞蹈课，准备我的午餐等等——在当时，这些活儿对于一个父亲来说很不寻常。我是他对自己童年的弥补、报偿。我也知道，他自己有阵子"不太好"。有一回，我们在看电视，正好放了有关克雷兄弟①的事情，我爸若无其事地说，"噢好吧，人人都认识他们，那时候你没办法不认识他们。"他的很多兄弟姐妹都"不太好"，整个伦敦东区都"不太好"，一切都强化了我的这个想法：我们生活的伦敦一角是位于一片大沼泽之

---

① 克雷兄弟：来自伦敦东区的一对孪生双胞胎，是 20 世纪五六十年代英国最著名的黑帮。

上、空气清新的小山峰，四面八方都有可能把你拽入真正的贫穷和犯罪的危险。可没人提过儿子和女儿。

我下楼到了公共绿地，倚在一根混凝土柱子上看着我的"哥哥"踢起一小片一小片半冻的草皮。长头发、长胡须，还有那张长长的脸，我觉得他挺像成年的耶稣——伊莎贝尔小姐教我们舞蹈课的地方，墙上有一个十字架，我只在那儿见过耶稣的脸。和我对那姑娘的反应不同（总觉得我哪儿被忽悠了），看着这个小伙，我感觉我无法否认他的存在天经地义。没错，他肯定是我爸的儿子，只要见过他的人就会明白这个理。没理的是我。冷冰冰的现实攫住了我：把声音当作思考和研究的对象从嗓子眼里剥离出来的本能此时再度觉醒，我看着这个小伙想：是啊，他是对的，我是错的，真有意思呀。我想我可以把自己当作正规军，把小伙当成冒牌货，可我没那么做。

他转身发现了我。他脸上的神情告诉我，他在同情我。他努力示好于我，跟我在混凝土柱子周围玩起了捉迷藏，我感动不已。每当他乱蓬蓬的金发脑袋从障碍物后冒出来，我都有那种魂灵出窍的感觉：这是我爸的儿子，看着就像我爸的儿子，有趣吧？我俩玩着玩着就听见楼上传来咆哮声。我试着不去理会，可我的新玩伴停下了奔跑的脚步，站在阳台下面听。突然间，愤怒又在他眼中闪过，他对我说："我告诉你吧：他谁也不关心。他表里不一。他脑子进水。娶了个黑娘们！"

然后那个姑娘就从楼梯上跑下来了。没人追她，我爸我妈都没追。她还在哭。她跑向小伙，两人拥抱，就这么相拥着穿过草坪出了公租房。雪轻轻地下。我看着他们走。我爸去世后我才再次见到他们，我的整个童年都没人再提起这事儿。很长一段时间里，我都以为这是一场幻觉，或者也许是我看了什么糟糕的电影胡编乱造出来的。特蕾西问起这事，我如实说了，但也没少发挥：我说威尔斯登大道上我们每天都路过的一栋带蓝色破遮阳篷的房子就是皇家芭蕾学校，说我漂亮残暴的白人姐姐就去了那儿，说她如日中天，但连从窗户冲我挥挥手都不愿意，你能相信吗？她听时，我见她脸上有将信将疑的神色，主要通过两个鼻孔表达。当然啦，特蕾西很有可能进去过那栋房子，也清楚地知道它是什么地方：破旧的活动举办场所，当地很多便宜的婚礼就在这里举办，有时候也用作赌博游戏厅。几个礼拜后，我坐在我妈可笑的车后座（一辆法国风十足的雪铁龙 2CV 小白车，公路税付讫证的旁边还贴着一张呼吁核裁军的贴纸），我看见一个半埋在网纱和长鬈发里的丑八怪新娘站在我的皇家芭蕾学校外，抽着烟，可我没让这番景象渗透我的幻想。那时，我朋友对真相麻木不仁的做派已经传染给了我。现在，仿佛我们想同时坐上一个跷跷板，两头都不能太用力，一种微妙的平衡形成了。我可以编造邪恶的芭蕾舞女演员，她可以讲她爸伴舞的故事。也许我从未摆脱添枝加叶的习惯。二十年后一顿令人头疼的午餐上，我跟我妈再次提起我幽灵一样的哥哥姐姐的事情，她叹口气，点了根烟说："想必你添油加醋了。"

10

在政治还远未成为我妈的职业生涯时，她就很有政治头脑了：宏观地看待人是她的天性。还是个孩子时我就注意到了，本能地感知到她精确剖析周遭人物（她的朋友、她的邻里、她的家人）的能力中透着一股子冷淡凉薄。我们都是她熟识喜爱的人，同时也都是她的研究对象——米德萨斯理工学院教的那些东西在真实生活中的案例。她一直过着分裂的生活。比如说，她从不卷入街坊邻居对于"时髦"的狂热潮流（热爱闪亮的贝壳装和耀眼的假珠宝，一整天一整天地泡在美发店，给孩子穿五十英镑的运动鞋，分期付款好几年买一个躺椅），不过她也不完全是谴责的态度。我妈喜欢说，人们不是因为品位低下才贫穷，是因为贫穷才品位低下。可尽管她写大学论文或在饭桌上给我和我爸上课时能波澜不惊地从人类学角度阐述这些事情，但我知道真实生活中的她经常怒不可遏。她不再接我放学（现在我爸来接），只因那儿的场面惹恼了她，尤其是每天下午，时间仿佛崩塌了一样，所有那些母亲都变回了孩子，来接她们的儿女，所有大孩子小孩子如释重负地从学校出来，终于能自由自在地用他们自己的方式对话，自由自在地大笑、打趣、从停着的冰激凌车上买冰激凌吃，自由自在地发出他们认为再正常不过的那点噪音。我妈忍无可忍。她依然关爱这个群体（心智上、政治上），但她不再是其中一员。

不过她偶尔也会卷进去，通常是因为算错了时间。她发现自己深陷要和另一个母亲搭腔的泥沼，一般是在威尔斯登大道上碰见特蕾西妈妈。在这种场合她会摆出波澜不惊的脸，故意提及我学业上的每一个新成绩，或者编造一些，她知道特蕾西妈妈的谈资多半是伊莎贝尔小姐的称赞，这在我妈眼里一文不值。我妈自豪于比特蕾西妈妈更努力，比所有妈妈都努力，自豪于把我弄进了一所不算垃圾小学的公办学校，而不是读那几所骇人的野鸡学校。她在进行一场名为关爱的比赛，可她的竞争对手，比如特蕾西妈妈，和她一比简直就是赤手空拳，完全就是一边倒的战斗。我常常想：这是守恒的吗？其他人必须要输，我们才能赢？

初春的一个早晨，我爸和我在我们楼下的车库旁撞见了特蕾西。她神色紧张，尽管她说她只是回家抄近道才路过我们的公租房，但我肯定她是在等我。她态度冷淡：我怀疑她压根没去上学。我知道她有时会在她妈的认可下逃课。（我妈有次在一个上学日的下午看见了她俩，刚看完《女人心》，从主干道上的电影院出来，两人笑着，手里提着一堆购物袋。我妈震惊了。）我看着我爸和特蕾西热情地打了招呼。和我妈不同，他不怕和她有瓜葛，他觉得她一门心思跳舞很可爱，值得钦佩（这符合他的价值观），很明显特蕾西也喜欢我爸，甚至有点儿爱上他了。他像一个父亲那样跟她说话，这让她既痛苦又感激。可有时候他过了头，不明白让她拥有几分钟一个父亲，再夺走时就痛苦了。

"要考试了吧？"他正在问她，"你准备得怎样了？"

特蕾西骄傲地把鼻子往上一抬："我六个科目全要考。"

"你当然啦。"

"不过现代舞我不是一个人跳，有舞伴。芭蕾是我的强项，然后是踢踏舞，还有现代舞，再是歌舞。我打算至少拿三个金奖，不过如果两个金奖、四个银奖，我也知足了。"

"你也该知足了。"

她小手叉腰。"那你来看我们吗？"

"噢，我肯定去啊！求之不得！给我的姑娘们打气。"

特蕾西喜欢跟我爸吹吹牛，只要他在，她就滔滔不绝，有时甚至会脸红，她和其他成年人（包括我妈）交流时常说的单音节答案（"是"和"不"）消失不见了，取而代之的是一气呵成的喋喋不休，仿佛她觉得只要一停下就可能彻底失去我爸的关注。

"有新闻。"她转向我不经意地说，我现在明白我们为什么会撞见她了。"我妈搞定了。"

"搞定什么了？"我问。

"我要转学了，"她说，"我要转到你的学校。"

回家后，我把这个消息告诉了我妈，她也吃了一惊，表现出些许不快，因为这证明特蕾西妈妈在女儿身上花的心思比其他事情都多。她把空气嘬进牙缝："我真是小瞧她了。"

11

　　直到特蕾西转来我的班级，我才明白我这个班级到底是什么情况。我原以为就是一教室的学生，其实是一场社会实验。食堂阿姨的女儿和艺术批评家的儿子是同桌；囚犯的儿子和警察的儿子是同桌；邮务员的孩子和迈克尔·杰克逊伴舞的孩子是同桌。特蕾西当上我新同桌后的头一件事就是用一个简单、有说服力的类比清楚地阐明了这些微妙的差异：椰菜娃娃①对上垃圾桶小子②。她把所有学生都归入这类或那类，还宣布说我在她来之前结下的企图跨越类别的友谊都是徒劳无益、毫无价值的，因为事实就是，这样的友谊从未真正存在过。椰菜娃娃和垃圾桶小子之间不会有真正的友谊，现在没有，英格兰没有。她把我们课桌上我心爱的椰菜娃娃卡牌全收了，换成了她的垃圾桶小子卡牌，而且立即引领了新的潮流——她在学校做什么都有人跟风。就连特蕾西归入"椰菜娃娃派"的孩子

---

① 椰菜娃娃：20 世纪 80 年代风靡美国的洋娃娃，和传统的漂亮娃娃不同，它们以胖脸、短手和小眼睛出名。
② 垃圾桶小子：美国 Topps 公司于 20 世纪 80 年代推出的一系列卡牌，印的每个人物都怪异好笑，据说设计者的初衷就是戏仿"椰菜娃娃"。

也开始收集垃圾桶小子的卡牌，就连莉莉·宾厄姆也收集了，我们相互较劲，比谁攒的卡牌最恶心：脸上挂着鼻涕或坐在马桶上的垃圾桶小子。她另一项惊人的创新是拒绝坐下。她只愿意站在桌边，弯腰写作业。我们的老师——亲切和蔼、精力充沛的雪曼先生，跟她斗智斗勇了一个礼拜，可特蕾西和我妈一样，有着钢铁般的意志力，最后只要她高兴，她就站着好了。我倒不觉得特蕾西对站着有特殊爱好，她只是有她的原则。其实原则可以是任何事，但关键是，她得赢。雪曼先生在这件事上输掉一分，显然他觉得必须在其他方面扳回一城，于是一天早上，我们都在兴冲冲地交换垃圾桶小子卡牌而不听他说话时，他突然发起飙来，像疯子一样尖叫，一张桌子一张桌子地收缴卡牌，有的从桌子里面搜出来，有的从我们手里抢过去，直到他自己的讲台上堆了一大堆，然后他把牌洗成了一座横躺的塔，一把撸进抽屉，动作夸张地用个小钥匙把抽屉锁了。特蕾西什么也没说，可她的猪鼻孔鼓起来了，我心想：天哪，雪曼先生没意识到她永远都不会原谅他了吗？

当天下午放学后，我们一道走回家。她不想和我说话，她还在生气，可等我准备回自家公租房时她又抓住我的手腕，带我穿过马路去了她家。电梯上升的一路，我们都没说话。我预感重大的事情要发生。我能感觉到她愤怒的气场，强大得几乎要震动起来。我们走到她家前门时，我看见门环坏了（黄铜的、张着口的"犹大之狮"，从主干道上卖非洲物品的小货摊上买来的），在一根钉子上晃荡，我怀疑她爸是不是又来过。我跟着特蕾西进了她的房间。门一关，她就转向我，目光如炬，仿佛我就是雪曼先生，她单刀直入地问我：既然来了，我想做什么。我没概念：我从没被灌输过"做什么"的想法，她才是提议的人，今天之前我从无计划可言。

"呵，你他妈的不知道，那还来干吗？"

她翻倒在床，拾起"吃豆小子"就玩。我感觉自己的脸烧了起来。我弱弱地提议练习三声步，可特蕾西牢骚满腹。

"没必要。我已经练到翼步了。"

"可我还不会翼步！"

"瞧，"她说，眼睛没离开游戏屏幕，"你不会翼步就拿不到银奖，更别说金奖了。所以说你爸干吗来看你出丑？没必要啊，对吧？"

我看着我笨拙的脚，不会跳翼步的脚。我坐下，轻轻地抹眼泪。哭改变不了什么，我哭了一会儿只觉得自己可鄙，就不哭了。我决定埋头收拾芭比的衣橱。她所有的衣服都塞在男友肯恩的敞篷车里。我打算把它们掏出来，弄平，挂在它们小小的衣架上，放回衣橱。在家我妈从来不许我玩这种游戏，因为它体现了家庭内部的压迫。这辛苦的工作做到一半，特蕾西不知为何对我心软了：她从床上跃下，跷着二郎腿加入了地板上的我。我们一起把那个小小的白种女人的生活收拾妥当。

12

　　我们最喜欢的录像带上标着"周六卡通和《雨打鸳鸯》①"，每个礼拜从我家挪到特蕾西家，又从她家到我家，放了无数遍，动态跟踪功能不好了，从上下两个角度侵蚀画面。因此我们不敢冒险在播放状态下快进了，这会让动态跟踪功能损坏得更厉害，于是我们"盲进"——黑色的胶带在卷盘上迅速转移时，通过估算胶带的厚度来猜测哪里该停。特蕾西是快进的专家，她似乎靠本能就知道到哪个点我们就过了不相关的卡通片段，到哪个点该按停止键找到某首歌，比方说，《脸贴脸》。我得说，如果我想看这段视频（我几分钟前就看过，就在写这段话之前），简直不费吹灰之力，几秒钟就能搞定，把我想要的内容输入搜索栏，它就出来了。可在当年这是门技术活儿。能在自己家里快进、快退真实发生的事件，我们还是第一代人：就连很小的孩子也能按下那些笨重的按钮，观看完成时变成现在时或将来时。特蕾西用这招的时候全神贯注：不等到弗雷德和金姬精确出现在她想要的位置（在夹楼上，周围是九重葛和陶

---

① 《雨打鸳鸯》：弗雷德·阿斯泰尔和金姬·罗杰斯主演的歌舞片。

立克柱），她不会按停止键。一旦开播，什么都逃不过她的眼（而我从来不行）：零星几根鸵鸟毛掉在地上了，金姬背部的肌肉太弱，弗雷德用力才能把后仰的她拉起来，打断了流畅度，破坏了身形。她注意到了最重要的东西：演出当中的舞蹈课。看弗雷德和金姬，你总能看到舞蹈课。一定程度上他们的演出就是舞蹈课。他看她的眼神没有爱意，就连假惺惺的电影里的爱意都没有。他看着她，就像伊莎贝尔小姐看着我们：别忘了 x，请记住 y，现在胳膊抬起来，腿放下来，旋转，弯腰，鞠躬。

"瞧瞧她。"特蕾西说，她诡异地笑着，一根手指戳着屏幕上金姬的脸。"她看上去吓惨了。"

一起看录像的日子里，有次我得知了路易重要的新消息。特蕾西妈妈就烦我们反反复复地看同一段录像，这一天她不在家，我们正好想干什么就干什么了。一到弗雷德倚在栏杆上休息的那幕，特蕾西就拖着手脚爬到前面，再一次按下按钮，于是我们回到了前头。这段五分钟的录像，我们肯定看了有十多遍。突然间特蕾西看够了：她起身叫我跟上。外面天黑了。我纳闷她妈妈什么时候回家。我们走过厨房，到了浴室。和我家的浴室一模一样。一样的软木地板，一样的黄绿色的浴室设备。她双膝跪地，推了推浴缸的侧板：它一下子就陷下去了。水管旁的 Clarks 鞋盒里躺着一把小手枪。特蕾西端起鞋盒给我看。她跟我说，这是她爸的，他放在这里的，圣诞节迈克尔来温布利球场演出时，路易既要当他的保镖，又要当他的伴舞，必须这样混淆视听，这是顶级机密。她说，你要告诉了谁，你就死定了。她把侧板放回原来的位置，去厨房沏茶了。我往家里走。我记得自己无比羡慕特蕾西迷人的家庭生活，和我家比起来真是既神秘又具爆炸性，回家的路上我努力想出些类似的秘密，下次见到特蕾西时可以当作谈资，比如可怕的疾病或新生的宝宝，可什么也没有，什么也没有，什么也没有！

13

　　我们站在阳台上。特蕾西夹起从我爸那儿偷来的一根烟，我站着准备给她点烟。我还没点，她就把烟吐了，一脚踢至身后，朝下指着我妈。她就在我们下面的公共草坪上，冲上面笑呢。这是五月中旬一个周日的早晨，暖和晴朗。我妈像苏维埃农民一般挥着巨大的铲子，一身行头很醒目：斜纹粗棉布工作裤，浅褐色修身露脐短装跟她的皮肤完美贴合，Birkenstock 凉鞋，黄色的小方巾叠成三角戴在头上。方巾系在脖子后面，歪歪地打成一个小结。她解释说，她要亲自在公共草坪上挖出一个长方形，长八英尺，宽三英尺，打造人见人爱的蔬菜园子。特蕾西和我看着她挖。她挖了一阵子，时不时停下来把脚踩在铲口上休息，朝我们喊几嗓子，什么生菜，什么各种品种，什么种植的最佳时机，没哪句是我们感兴趣的，可她的话在那套行头的映衬下不知怎么显得格外有说服力。我们看见好几个人从公寓里走出来，要么表示忧虑，要么质疑她无权那么做，可他们都不是她的对手，我们观察她是如何在几分钟的时间里把父亲们打发走的（基本只要看着他们的眼睛就行了），不胜佩服，可母亲们要难搞一点，是啊，对付母亲们她要多花点力气，用口水淹死她们，直到她们明白自己是不自量力，她们反对的小小溪流完全被我妈的滔滔洪流吞没。她说的一切都那么有说服力，那么无法反驳。这是扑面而来的大浪，不可阻挡。谁不喜欢玫瑰？谁这么心胸狭窄，老城区的孩子播下一粒种子就会让你不痛快？我们的祖先不都是非洲人吗？我们不都是国家的公民吗？

开始下雨了。我妈的行头不防雨，回屋去了。第二天一早上学前，我们兴奋地去看这番好戏有没有下文：我妈这样的大美人，在没有获得政府批准的情况下违法地挖了一个大洞。可铲子就躺在她之前撂下的地方，沟里灌满了水，看起来像是谁挖了一半的坟。第二天依然下雨，挖掘工作没有进展。第三天，灰色的淤泥翻涌而上，溢到了草坪上。

"黏土，"我爸边说边戳进去一根手指，"这下她有麻烦了。"

可他错了：是他有麻烦了。有人跟我妈说，黏土不过是土壤中的一层，如果你挖得够深就能越过它，然后你只要去花园当中挖点儿堆肥，填在你违法的大坑里就好了……我们从我爸正挖着的洞里望下去：黏土下面是更多的黏土。我妈从楼上下来，也往里面瞅了瞅，宣布她对黏土感到"非常高兴"。她再也没提过蔬菜的事，如果有人提起这茬，她一秒都不迟疑就启用新的党派路线：挖这个洞从来就不是种生菜的，挖这个洞一直就都是找黏土的。现在黏土找到了。其实她楼上就有两台陶轮！对孩子而言是多棒的资源！

陶轮很小很重，她买来是因为她"喜欢它们的造型"，彻骨的二月里，电梯门出了故障：我爸蹲好马步，端起肩膀，把这鬼玩意儿硬生生地拽上三层楼梯。它们只有基础功能，有点儿简陋，像是农民的工具，在我们家除了挡住客厅门不让它关上，从来没派过别的用场。现在要派上用场了，我们必须要用：要是不用，那我妈就完全没有理由在公共花园里挖个大坑了。她让我和特蕾西召集其他孩子。我们只成功说服了公租房里的三个孩子：为了凑数，我们带上了莉莉·宾厄姆。我爸把黏土舀进手提袋，用小车运上公寓。我妈在阳台上放了张搁板桌，往我们每人面前扔了一大团黏土。玩黏土会弄得很脏，也许我们最好是在浴室或厨房里玩，可阳台具备公开展示的功能：在这高处，我妈得以向众人展示培养孩子的新理念。实际上，她给整栋公租房提了一个问题。如果我们不把孩子甩在电视机前整天看卡通片和肥皂剧，又会如何？如果我们给他们一团黏土，浇上水，教他们怎么拉坯，直到黏土在他们手中成形，又会如何？那会是怎样的社会？我们看着黏土在她掌中旋转。它看着像阴茎（一条长长的褐色的阴茎），等特蕾西悄悄咬耳朵把这个想法说给我听，我才敢承认其实我也是这么想的。"这是花瓶，"我妈宣布，为了表达得更清楚，她又补充说："只能插一朵花的花瓶。"我肃然起敬。我看了看周围其他孩子。他们的母亲可曾想到从泥土里挖出一个花瓶来？或种一朵花插在里面？可特蕾西完全没当回事，她还在为黏土阴茎的想法乐不可支，这下我也被逗乐了，我妈对我俩露出不悦之色，把注意力投向了莉莉·宾厄姆，问她想做什么，花瓶还是杯子。特蕾西屏声息气地再次提起那猥琐下流的第三个选项。

她在笑话我妈——真解气。我从没想过我妈能够（或应该）成为别人找乐的对象，可特蕾西觉得她浑身上下都好笑：她当我们是成年人，一本正经地跟我们说话，让我们做跟自己完全不搭调的选择，还宽容地放任我们，吃饱了撑着允许我们在她家阳台上搞得一团糟（所有人都知道真正的母亲有多讨厌一团糟），还有脸管这叫"艺术"，还有脸管这叫"手艺"。轮到特蕾西的时候，我妈问她想用陶轮做什么，花瓶还是杯子，特蕾西收住了笑，沉下了脸。

"我明白了，"我妈说，"那你想要做什么呢？"

特蕾西耸耸肩。

"未必要有用，"我妈循循善诱，"艺术就是未必有用的！比方说，一百年前的西非有一些农村妇女，她们做了些形状怪异的壶，毫无用处的壶，人类学家无法理解她们做了干吗，可那是因为科学家他们默认'原始人'只做有用的东西，可实际上她们做壶只因为它们好看，和雕塑家没有区别，不是用来取水，不是用来装粮食，就是因为它们好看，就是为了表示：我们生活在这里，生活在此刻，这是我们做的。好啦，你也能做，对吗？是的，你可以做个装饰性的东西。那是你的自由！去吧！谁知道？你也许是下一个奥古斯塔·萨维奇①！"

我习惯我妈的高谈阔论，一起头我就自动屏蔽，我也熟悉她那周学了什么就在日常对话里冒出什么的路子，可我肯定特蕾西这辈子从没听过这样的话。她不知道什么是人类学家，不知道雕塑家是干什么的，也不知道奥古斯塔·萨维奇是何方神圣，甚至不知道"装饰性"这个词是什么意思。她以为我妈在耍她。她怎能知道，我妈根本不会用正常的方式和孩子说话呢？

---

① 奥古斯塔·萨维奇（Augusta Savage, 1892—1962）：非裔美籍雕塑家、教师，哈勒姆文艺复兴的代表人物。

14

每天特蕾西放学回家，家里基本都没人。谁知道她妈妈去哪儿？"去主干道了。"我妈说——这句话的意思是"喝酒"，可我每天都路过"科林·坎贝尔爵士"酒吧，却从没见她在那儿。见到她的时候，她往往在街上跟人说悄悄话，常一边哭一边用手帕轻轻地抹眼泪，要不就是坐在公租房围墙另一侧的公交车站，两眼放空，抽着烟。反正不肯坐在那间小公寓房里——我可没有责怪她的意思。相反，特蕾西很喜欢待在家里，她从不喜欢去游乐场或者上街转悠。她的铅笔盒里放着一把钥匙，自己开门，径直走向沙发，开始看电视，英国的肥皂剧开演之前先看澳大利亚的肥皂剧，这个过程从下午四点开始，直到《加冕街》的致谢名单出来才结束。其间要么是她自己弄些茶点吃，要么是她妈妈带着外卖回来了，和她一起赖在沙发上。我梦想着她这般的自由。我回家的时候，要么我妈，要么我爸，总有人想知道"今天在学校怎么样啊"，他们对此非常执着，我不说出点儿什么来就不放我一个人待着，于是我无师自通地开始对他们撒谎。此时，我把他们想象成两个孩子，比我还天真无辜，我有责任保护他们，让他们不舒服的事情我就不说，省得他们胡思乱想（我妈）或多愁善感（我爸）。那个夏天，问题变严峻了，因为"今天学校里怎么样？"的真实回答是"操场上流行'抢阴道'游戏"。是特蕾西家公租房里的三个男生起的头，可现在所有人都在玩了，爱尔兰孩子，希腊孩子，甚至保罗·巴伦——他是纯种盎格鲁-撒克逊人，警察的儿子。它像追人游戏，但女生从不"追人"，只有男生"追人"，女生只是一味地跑啊跑，直到我们发现自己被堵在什么静悄悄的地方，在食堂阿姨和操场监察员都看不到的时候，我们的短裤被拉开，一只小手迅速伸进我们的阴道，他们粗鲁地、疯狂地挠我们的痒痒，然后就跑了，整个游戏从头再来。哪个女生被追得最久、追得最厉害，你就知道她最受欢迎。笑得放纵又故意慢慢跑的特蕾西通常是最受欢迎的那个。我也想受欢迎，有时候也慢慢跑，难以启齿的真相是我想要被他们追到，我喜欢从阴道流向耳朵的电流，渴望着热乎乎的小手。可说实话，手真的出现了吧，又激起我的条件反射——那是从我妈那儿继承的、根深蒂固的自我保护意识。我总是夹紧双腿，试图推开手，到头来总是推不开的。我起初的那些抵抗只让自己更不受欢迎。

　　至于你喜欢这个男生还是那个男生追你，不，没人关心这种问题。无所谓渴望的强弱，因为在这个游戏中，渴望是微弱得几乎不存在的因素。重要的是你是他们眼中值得追的那类女生。这不是关乎性爱的游戏，而是关乎地位（或者说权力）的游戏。我们并不渴望或害怕男生本身，我们只是渴望被向往，害怕不被向往。除了那个患有严重湿疹的男生，我们由衷地害怕他，特蕾西和其他人一样害怕，因为他会在你的短裤里留下灰色的死皮屑。当我们的游戏从操场上的胡闹演变成课堂上的冒险，患有湿疹的男生就成了我每天的噩梦。现在，游戏是这样的了：一个男生往地上扔一支铅笔，总挑雪曼先生背对着我们、眼睛看着黑板的时候。那个男生会爬到课桌下捡回铅笔，直奔女生的胯下，扒开她的短裤，把手指头插进去，只要他觉得能脱身，停留的时间越长越好。现在的游戏没有随机性了：只有起头的三个男生玩，他们只选离他们课桌近、他们认为不会有意见的女生下手。特蕾西是其中之一，我也是，还有和我住在同一条楼道的叫萨沙·理查兹的女生。在操场上撒野时基本都有份的白人姑娘，此时神秘地退出了：仿佛她们一开始就没参与似的。患湿疹的男生和我隔着一张课桌。我讨厌那些长着鳞皮的手指，它们让我又害怕又恶心，可与此同时，我又不禁享受那无法控制的电流从内裤涌入耳朵的快感。当然，没法对我爸妈形容这样的事。其实，这是我头一次向人描述这事——连自己的日记里也没有写过。

现在回想起来感觉怪怪的，我们当时居然都只有九岁。可回首那段岁月，我依然带着几分感恩，因为我意识到自己已属相对幸运之列。那是性爱的时节，没错，但严格说来和性爱并不沾边——"快乐的少女时代"莫过于此。直到老大不小时，我才明白和感激这份幸运，我才发现，我背景各异的女性朋友，她们少女时代的性爱时节已被叔叔和父亲、堂兄表弟、朋友、陌生人的暴行剥夺和破坏，数量之多竟超乎我的想象。我想起了艾米：她七岁受到虐待，十七岁遭人强奸。除了个人的幸运，也有地理和历史原因的幸运。种植园里的姑娘们遭遇了什么，维多利亚时代济贫院里的姑娘们又遭遇了什么？我经历的最接近的遭遇（其实差远了）是在乐谱储藏室，我当然要感谢历史的幸运，但也要感谢特蕾西，因为是她用她自己特殊的方式拯救了我。那是周五放学时分，再过不久整个学年就要结束了，我去储藏室借几份乐谱，我要找的是《我们都笑了》，阿斯泰尔唱起来又轻松又好听，我要在周六早晨把谱子交给布思先生，这样我们就能二重唱了。我的另一份幸运是雪曼先生，他既是我们的班主任，也是学校的音乐老师，和我一样热衷于老歌：他有个文件柜，装满了格什温①的曲子、波特②的曲子等等，都放在这里的乐谱橱柜里，每逢周五，我想借什么都可以，周一还回来。当年，这种学校的储藏室都是一个模样：杂乱，太小，没有窗，天花板上的瓦片少了很多。老旧的小提琴和大提琴琴盒倚着一面墙堆放，还有高音竖笛的塑料盒子，里面满是口水，吹口被咬得像狗儿的玩具一样。还有两架钢琴，一架坏了，罩在防尘套里，一架音走得离谱；还有好些个非洲鼓，因为它们相对便宜，人人都能敲。头顶的灯不亮了。你得在门还没关的时候想好你要的东西，锁定它的位置，然后，如果那东西不在你伸手可及的范围里，那你就只好让门关上，在黑暗里摸索了。雪曼先生跟我说过，他把我要的文件夹放在左手边最里面角落的一个灰色文件柜顶上，我锁定那个文件柜后就让门轻轻关上了。伸手不见五指。我手里拿着文件夹，背对着门。一小束光线在房间里扫射一通后消失了。我转身——我感到有人摸我。这双手我马上就认出来了——患湿疹的那个男生，另一双我也很快意识到了，属于这家伙的好朋友——一个瘦长、动作不协调、名叫约旦的孩子，他智力低下，容易受教唆，有时冲动起来颇

---

① 格什温：指乔治·格什温（George Gershwin，1898—1937），美国著名作曲家，出身于俄国犹太移民家庭，写过大量的流行歌曲和数十部歌舞表演、音乐剧，是百老汇舞台和好莱坞的名作曲家。
② 波特：指科尔·波特（Cole Porter，1891—1964），美国著名作曲家，百老汇的音乐创作巨星，童年时期就展现出惊人的音乐天赋。

具危险性，这一系列的症状在当时没有明确的诊断，至少没人对约旦和他母亲说过。约旦和我一个班，可我从不管他叫约旦，我叫他"怪人"，大家都这么叫，可如果这算侮辱，那他老早就不当回事了，开开心心地回应，仿佛这就是他的真名。他在班级里的地位很特别：尽管他有些状况（不管是什么），可是他又高又帅。我们还是孩子的相貌，他已经有青年的模样，手臂上有肌肉，发型利索，在真正的理发店里将两侧的头发刮了个干净。他读不进书，没有真正的朋友，可他很有用，男生们一有恶毒的计划就捎上他当同伙，他经常是老师们关注的焦点，他最轻微的捣乱行为都会换来严重的后果，我们其他人看在眼里觉得很有意思。特蕾西会跟老师说"去你妈的"（她真的那么干过），连去过道罚站都不需要，可约旦的大部分时间都在过道里待着，无非是犯了点我们其他人看来不痛不痒的坏事（回头讲话、不脱棒球帽），一段时间后，我们意识到这些教师，尤其是白人女教师，其实是怕他。我们对他刮目相看：让一个成年女人害怕你，这仿佛具有特殊意义，是一项壮举，虽然你是只有九岁的智障。我自己跟他关系还不错：他有时把手指伸进我的短裤，可我不认为他知道自己在做什么，回家的路上，如果我们正好一起走，我有时会唱歌给他听（他百看不厌的动画片《猫老大》的主题曲），这叫他平静、快乐。他会跟上我，脑袋靠着我，像满足的小宝宝一样发出轻轻的咕噜声。我不觉得他是有攻击性的人，可现在他在乐谱柜这里，对我上下其手，学着湿疹男生的样子狂笑不已，而湿疹男生笑得更别有用心。显然，这不是操场上的游戏了，也不是教室里的游戏了，这是新的、或许具有危险性的升级版。湿疹男生在笑，我也该笑，一切都该是个玩笑，可每次我企图穿回哪件衣服，他们就又扒下来，对此我也该一笑了之的。然后笑声停止了，出了什么紧急状况，他俩不出声地动手，我自己也闭了嘴。此时小束光线又出现了。特蕾西站在门口：我看见了她的剪影，轮廓周围一片光明。门从她身后关上了。她没有马上说什么。她只是站在黑暗里，什么也不说，什么也不做。男生们手上的动作慢下来：这是孩童版的"性的荒诞"，和成人一样，片刻之前还无比迫切、令人沉迷的东西，突然（通常和开灯联系在一起）变得无足轻重、毫无意义，甚至悲情满满。我望着特蕾西，她仍像浮雕一样灼伤我的视网膜：我看见她的轮廓，她朝天的鼻子，均匀地分成几股、系着绸缎蝴蝶结的辫子。终于，她后退一步，大敞开门。

"保罗·巴伦在门口等你呢。"她说。我盯着她看，她又说了一遍，这遍带着怒意，仿佛我在浪费她的时间。我拉好裙子，仓皇逃窜。我俩都知道保罗·巴伦不可能在门口等我，他妈妈每天开着"大众"汽车来接他，他爸是警察，他的上唇颤抖个不停，长着小狗一样水汪汪的蓝色大眼睛。我这辈子都没能和他说满两句话。特蕾西说他曾把手指伸进她的短裤里，可我观察过他玩那个游戏，他毫无目标地围着操场跑，找棵树躲在后面。我强烈怀疑他并不想抓住谁。可这个正确的名字在正确的时间出现了。但凡我还属于那个不求更好、不配更好的学校，我就能被随便摆弄，可保罗·巴伦属于另外的世界，他不能被随便摆弄，和他之间子虚乌有的羁绊，哪怕只有一瞬间，也给了我某种保护。我下坡跑向大门，看见我爸在那儿等我。我们从冰激凌车上买了冰激凌，一起走回家。走过交通信号灯时我听见好大的声音，望向马路对面，看见特蕾西和湿疹男生、"怪人"一起嬉笑打闹，尽情地骂脏话，此刻，车站排队的人、站在门口的店主、母亲们、父亲们的咂嘴声和不满鼓噪四起，像一团摇蚊将他们团团包围，他们反倒还挺享受。我爸是个近视眼，他眯着眼望向马路对面骚乱声传来的方向："那不是特蕾西吧?"

第二部分　早和晚

1

　　我的人生路和艾米产生交集时，我还是个孩子，可我能管它叫命运吗？同一时刻，每个人和艾米都有交集，她出道以来就不受时空的局限，不是和一个人有交集，而是和所有人有交集，他们全是她的，她就像《爱丽丝梦游仙境》中的皇后，一切尽在她的掌控之中，当然啦，几百万人和我有同样的感受。从前他们一听她的唱片，就觉得仿佛和她见了面——现在他们也如此。她的首张单曲在我十岁生日的那周问世。当时她二十二岁。她有次告诉我，到了那年年底，她再也不能在街上走路了，墨尔本、巴黎、纽约、伦敦、东京都不行。有次，我们一起从伦敦飞罗马的途中，随便聊了聊伦敦这座城市，它的好与不好，她承认从未坐过地铁，一次也没有，也完全无法想象这样的经历。我说全世界的地铁系统基本相同，可她说她上一次坐在车厢里还是离开澳大利亚前往纽约的时候，二十年前的事了。当时，她离开冷冷清清的家乡只有六个月而已，可她一夜间就成了墨尔本的"地下"明星，然后再过了六个月，在纽约她已经不需要"地下"这个修饰词了。从此她成了无可争议的明星，她毫不感伤，没有神经衰弱症，从不自怜，这是艾米的一个显著特点：她没有悲情的一面。发生的一切她都当作自己的命运去接受，不惊讶、不疏远地接受自己，正如我认为埃及艳后就是埃及艳后那么简单。

我买了她的首张单曲，送给莉莉·宾厄姆当她的十岁生日礼物。她的生日派对正好比我自己的早几天。特蕾西和我都受邀出席。礼拜六早晨的舞蹈课上，莉莉亲手把自制的纸质小邀请函递给了我们，很意外。我很高兴，可特蕾西也许怀疑莉莉是出于礼貌才顺带邀请了她，所以接过邀请函时一脸酸样，直接递给了她妈，她妈紧张得要命，几天后在路上拦住了我妈，连珠炮般地向我妈提了许多问题。是不是把孩子送去就可以了？她作为母亲要不要一起进去？邀请函上说要去电影院——可谁来付票钱？客人还是主人？一定得带礼物吗？我们要买什么样的礼物？我妈能不能帮个忙把我们一起送去？仿佛派对要开在人生地不熟的异国他乡，而不是步行三分钟就能到的公园另一头的房子里。我妈居高临下地说她会送我俩去的，如果要求陪着就陪着。至于礼物，她建议买张唱片，流行的单曲，可以作为我俩一起送的，便宜又体面：她会带我们去主干道，去伍尔渥兹超市找个合适的礼物。可是我们有备而来。我们清楚自己想买哪张唱片，知道歌曲和歌手的名字，我还知道我妈从来不看小报，只听雷鬼音乐台，她不会知道艾米有多红。我们唯一的顾虑是唱片封面：我们谁也没见过，不知道它长什么样。考虑到歌词，还有我们张着大嘴在"流行音乐排行榜"节目上看过的表演，封面长什么样我们都不意外。她可能在她的单曲封面上全裸，她可能骑乘在一个男人（或女人）身上做爱，她可能竖起中指——上周末她就在儿童电视节目直播过程中竖了中指。可能是艾米展现炫目撩人的舞步的照片——因为她，我们暂时放弃了弗雷德·阿斯泰尔，现在我们只想和艾米一样跳舞，一逮住没人的机会就模仿她，练习她躯干的波动起伏（像欲望的波浪流经身体），还有她抖动又窄又平的臀部、从肋骨腔中抬起她小小胸部的样子——这种微妙地操纵肌肉的方式我们还没掌握，我们胸部下面的肌肉还没发育。到超市时，我们跑在我妈前面，直奔唱片的货架。她在哪儿？我们寻找铂金发色的精灵短发，淡蓝到发灰的摄人心魄的眼睛，还有带着小尖下巴的精灵般的脸，半男半女，一半是彼得·潘，一半是爱丽丝。可我们找到的不是"很艾米"，既没裸体也没干别的：只有她的名字和歌名印在唱片套的左侧，剩下的空间被我们难以理解的金字塔图像占据，一只眼睛盘旋在金字塔顶部，占据着三角形斜面的一个角。唱片套是灰绿的颜色，金字塔的上方和下方都印着我们读不懂的语言文字。我们又迷糊又欣慰地把它交给我妈，她凑到脸跟前看（她也有点儿近视，但还不到戴眼镜的程度），皱着眉头问我是不是"关于钱的歌"，我回答得很小心。我知道比起性，我妈更容易在钱的方面假正经。

"和什么都不相关。就是一首歌而已。"

"你觉得你朋友会喜欢？"

"她会喜欢的，"特蕾西说，"人人都喜欢。我俩也能买一张吗？"

我妈的眉头没有松开，叹了口气，去货架又取了一张唱片，走到收银台付掉了两张的钱。

这是不需要家长们陪同的派对（我妈向来好打探中产阶级的内

部情况，对此颇为失望），但它又不像我们了解的那些派对，没有跳舞，没有派对游戏，莉莉的妈妈压根儿没打扮，看着像流浪的人，头发也没梳。门口的尴尬寒暄后（莉莉的妈妈一看见我们就大喊"你们打扮得真漂亮！"），我妈就回去了，然后我们被领到了客厅的一大群孩子那里，全是女孩，没人穿特蕾西那种粉色、镶钻、褶边的高端时髦货，但也没人穿我这种仿维多利亚式、白色领口的黑天鹅绒裙——我妈觉得这条裙子"完美至极"，是她从慈善商店帮我"淘"来的。其他姑娘穿着粗布工装裤和活泼的套头衫，或者款式简洁、棉质的原色连衫裙，当我们走入房间，她们都停下手里的动作，扭头盯着我们看。"她们多漂亮！"莉莉的妈妈又说了一次，然后离开了，留下我们。我们是仅有的黑人姑娘，除了莉莉谁也不认识。特蕾西马上就变得不友好起来。走过来的路上，我们还吵着该由谁把我们一起送的礼物拿给莉莉，自然特蕾西赢了，但她现在把包装精美的单曲唱片扔在沙发上，提都不愿提，等她听见我们要去看的电影是《奇幻森林》时，她谴责它"幼稚"，"只是一部卡通片"，全是"愚蠢的小动物"，她的声音在我听来突然变得很响、很突兀，吞音严重。

莉莉的妈妈又出现了。我们挤进一辆长长的、蓝色的车，它有好几排座位，像一辆小型巴士，等位子都坐满了，她叫特蕾西、我和另外两个姑娘坐在后面的空间里，就是后备厢里，后备厢里衬着一条脏兮兮的格子呢地毯，沾满了狗毛。我妈给了我一张五英镑的纸币，以备万一我俩哪个要付钱买什么的情况，我焦虑得很，就怕丢钱：我不断把它从上衣口袋里掏出来，在膝盖上展平，然后对折再对折。这时，特蕾西在逗另外两个姑娘，给她们表演我们一周一次坐在校车后排去帕丁顿体育公园上体育课时的老戏码：只要空间允许，她就跪在座位上，两根手指在嘴边摆出 V 字形，冲着后面汽车里懊恼的男司机伸吐舌头。五分钟后，我们停在了威尔斯登大道上，旅程结束让我很欣慰，可这目的地让我沮丧。我原想我们是要开去市中心的大电影院，可我们就停在当地的小剧场了，离基尔伯恩大道没多少路。特蕾西挺高兴：这是她的老本营。莉莉妈妈的心思在售票口，于是特蕾西给所有人演示了怎么偷糖果福袋，后来，我们一进到黑漆漆的剧院里，她又表演怎么保持好平衡坐在没掀下来的座位上，挡得后面的人完全看不见银幕，还表演怎么踢你前面的座位，直到前面的人转过身来。"够了，到此为止。"莉莉妈妈不停地咕哝，可她树立不了权威，可能连自己都觉得尴尬，就索性由她去了。她不希望我们吵闹，可同时她也受不了把嗓门拔高到一定程度才能阻止我们吵闹，特蕾西看出了这一点，也看出莉莉妈妈不打算像我们的母亲那样捆她、骂她、揪着她的耳朵拖出电影院，那可好办了，她就无法无天了。她全程叽歪个不停，调侃剧情和插曲，描述自己如果是其中一个角色或所有角色会怎么全盘颠覆吉卜林①和迪士尼的版本。"如果我是那条蛇，我就直接张嘴一口吞了那个傻子！"或者"如果我是那只猴子，这小子一踏上我的地盘我就杀死他！"参加派对的其他客人挺喜欢这些插科打诨，我是笑得最大声的那个。

后来到了车上，莉莉妈妈试图引导孩子们礼貌地谈谈影片的价

---

① 吉卜林：指约瑟夫·鲁德亚德·吉卜林（Joseph Rudyard Kipling, 1865—1936），英国小说家、诗人，诺贝尔文学奖得主，《奇幻森林》的作者。

值。几个姑娘说了些好的地方，轮到特蕾西了，仍坐在最后一排（我叛逃到了第二排）的她打开了话匣子。

"叫什么——毛克利？他长得像库什德，是不是？我们班的。不像吗？"

"是啊，像的，"我回应道，"他就像我们班的库什德。"

莉莉妈妈有点夸张地表达她的兴趣：红灯停车时，她立即扭过了头。

"可能他的父母是印度来的。"

"才不是，"特蕾西扭头望向窗外，若无其事地说，"库什德是个巴基佬！"

我们一言不发地开回了家。

蛋糕还是有的，不过装饰得有点寒碜，而且是自家做的，然后我们唱了《生日快乐》，可离我们父母来接人还剩半小时的时间，莉莉妈妈未曾料到这样的情况，一脸愁苦地问我们想玩什么。隔着厨房的门，我能看见一长条绿草坪，长满了藤蔓和灌木，我想去外面玩，可没获准许：太冷了。"你们大伙儿为什么不上楼探索一下，来次冒险？"我能看出特蕾西惊着了。成年人叫我们"别惹麻烦"、"去找点儿事情做做"或"去做点儿有用的事"，可我们不习惯他们告诉（命令！）我们去探险。这是来自异世界的话。向来优雅、友好、亲切的莉莉把所有客人都带去了她的房间，向她们展示她的玩具，旧玩具、新玩具，我们能想到的都有，看不出丝毫乱发脾气和不愿分享的迹象。我以前来过莉莉家一次，就连我对她的玩具的占有欲都比她自己强。我像房间的主人一样，走来走去向特蕾西展示莉莉房间里很多好玩的玩意儿，规定这样东西或那样东西她能拿多久，给她解释墙上那些东西的来源。我带她看了巨大的斯沃奇手表，告诉她不许摸。还给她指了指斗牛比赛的大画片，是宾厄姆一家最近去西班牙度假时买的；斗牛士的下面不是斗牛士的名字，而是印着巨大的、红色的花体字：莉莉·宾厄姆。我原以为特蕾西会和我第一次看见它时一样惊讶，可她只是耸耸肩，扭头没睬我，对莉莉说："有人要玩吗？我们打算玩'大演员'。"

特蕾西非常擅长需要动用想象力的游戏，比我强，而她最喜欢的游戏就叫"大演员"。我们经常玩，总是只有我们两个，不过现在她把这六七个姑娘都拉到"我们的"游戏里来了：一个被遣去楼下取包在包装纸里的单曲唱片，它能当我们的背景音乐；有几个被派去为即将上演的演出制作门票及宣传演出的海报；有几个负责去各个房间收集枕头和靠枕，用作我们的座位，特蕾西告诉她们哪里要腾出来，当作我们的"舞台"。演出要在莉莉十几岁的哥哥的房间里举办，那里有台电唱机。他不在家，我们霸占了他的房间，好像我们天生就有这权利似的。可等一切都安排妥当了，特蕾西突然向她的工人们宣布，这场表演终究只有她和我两个演员，其他人都是观众。有姑娘大着胆子质疑这种设定，特蕾西反过来咄咄逼人地质问了她们。她们去过舞蹈课吗？她们得过金奖吗？比她多吗？几个姑娘开始哭。特蕾西略微改弦易辙：谁和谁可以负责"灯光"，谁和谁可以负责"道具"和"服装"或者介绍演出，莉莉·宾厄姆可以用她爸的摄像机全程录像。特蕾西用的是安慰婴儿的口吻，她们居然就不生气了，真让我吃惊。她们承担起子虚乌有的愚蠢工作，看起来还挺高兴。然后我们"排练"的时候所有人都被赶到了莉莉的房间。就在这时，她向我展示了"服装"：从宾厄姆太太的内衣抽屉里拿的两件蕾丝贴身背心。我还没来得及开口，特蕾西就把我的裙子拉过了头顶。

"你穿红的这件。"她说。

我们放着唱片，排练起来。我知道这事儿不太对劲，这次和我们以前跳舞都不一样，可我觉得自己没有主动权。特蕾西和往常一样，担任编舞：我唯一能做的就是尽可能跳得好一点。等她觉得我们准备就绪了，我们的观众就被邀请回莉莉哥哥的房间，坐在地板上。莉莉站在房间后部，重重的录像机架在她白里透红的窄肩上，虽然我们还没开始跳，可一看见两个姑娘穿着她这辈子也许从没见过的她妈妈的紧身衣，她浅蓝色的眼睛里满是疑惑。她按下了"录像"的按钮，开启了一连串的因与果，并在二三十年后成为我认为的"命中注定"（我没法不把它想成"命中注定"），可无论你认为"注定"二字究竟意味着什么，我能肯定且理性地说，其实际后果之一就是现在我没必要描述这个舞蹈了。不过也有镜头没捕捉到的东西。最后大合唱的那刻（特蕾西坐在椅子上，我双腿分开骑在特蕾西身上的那刻），正巧莉莉·宾厄姆的妈妈上楼告诉我们谁谁的妈妈来了，她打开她儿子的卧室门，看见了我们。这便是录像戛然而止的原因。她愣在门口，像罗得的妻子①一样纹丝不动。然后她爆发了。把我俩扯开，把服装扒下来，告诉我们的观众回到莉莉的房间，我们穿回自己的傻衣服时，她就默默地站着看。我不停地道

---

① 罗得的妻子：《圣经·创世记》中的典故，说上帝决定降天火毁灭索多玛和蛾摩拉这两个罪孽之城，事前遣天使叫好人罗得携妻子、女儿出城，但"不可回头望"。罗得的妻子没有将神的吩咐放在心里，逃亡时留恋回头，变成了一根盐柱。

歉。特蕾西平时会对发怒的大人顶嘴，但这次什么也没说，只是每个动作里都饱含鄙夷，甚至拉上裤袜的动作也能带着挖苦。门铃又响了。莉莉·宾厄姆的妈妈下楼去。我们不知道跟着好，还是不跟着好。接下来的十五分钟里，门铃响了又响，我们就待在原地。我一动不动，只是傻站着，可向来深谋远虑的特蕾西干了三件事。她从录像机里取出录像带，把单曲唱片塞回唱片套，将两者放入她妈觉得很适合她背的、粉色绸缎的抽绳钱袋里。

我妈什么事都迟到，这回是最后一个来的。她被带上楼来找我们，像律师透过监狱的围栏来和她的客户说话，途中莉莉妈妈上气不接下气地讲述了我们的所作所为，还包括一句反问："你就不好奇这个年纪的孩子是从哪儿学来这些念头的吗？"我妈马上辩解，骂骂咧咧，两个女人吵了片刻。我很震惊。那一刻，她和得知孩子在校品行不端的母亲们没什么区别，甚至漏出了几句土话，她失控的样子我还不习惯。她从背后一把抓住我们的裙子，我们三人飞一样地下了楼，可莉莉妈妈紧追不舍，在走廊里又复述了特蕾西是怎么骂库什德的。这是她的王牌。其他事情我妈都能斥为"典型的中产阶级道德观"一笑而过，可她不能无视"巴基佬"这种话。当时"黑人和亚洲人"是一根绳上的蚱蜢，我们在医疗表格里勾选"黑人和亚洲人"的格子，参加"黑人和亚洲人"的家庭补助小组，待在图书馆"黑人和亚洲人"的专区：这被视为关乎团结的问题。可我妈还是袒护特蕾西，她说："她只是个孩子，不过是听见什么就学什么。"莉莉妈妈小声回应："怪不得。"我妈打开前门，把我俩推出去，重重地摔门而去。可我们一到了外面，她所有的怒气就冲我们而来，只冲我们，她像拖着两袋垃圾一样往回走，边走边喊："你们自以为和她们是一类人？你们是这么想的？"我清楚地记得被一路拖走的感觉，我的脚指头在人行道上拖行，也记得我妈眼里噙着泪水，她标致的脸因愤怒而扭曲的这一幕让我多么茫然无措。莉莉·宾厄姆十岁生日的每一幕我都记忆犹新，可对我自己的生日却毫无记忆。

走到我家和特蕾西家的分岔口时，我妈松开了特蕾西的手，发表了一通简短有力、关于种族诨名历史由来的演讲。我耷拉着脑袋，在街上哭泣。特蕾西不为所动。她抬起下巴和小小的猪鼻子，等到演讲结束，直瞪瞪望着我妈的眼睛。

"不就是个词嘛。"她说。

2

　　艾米要来我们位于卡姆登区霍利街的办公室，就在一天后。消息传出的那天，人人都受影响，没有人完全免疫。会议室里弥漫着一丝兴奋，就连 YTV 最老练的雇员也朝唇边端起咖啡，俯视着恶臭的运河，微笑着回想起年轻时的自己：还是孩子时就在客厅里伴着艾米早期的、下流的迪斯科音乐跳舞，或者伴着她蹩脚的、九十年代风格的民谣跟大学里的小情人分手。无论我们对音乐有什么个人偏好，电视台对大红大紫的流行歌星还是心存敬意的，而艾米还有特殊的一面：她的命运和电视台的命运从一开始就休戚相关。她是一个彻头彻尾的视频艺术家。你听迈克尔·杰克逊的歌可以不去想伴随歌曲的画面（也许只能说他的音乐有真正的生命），可艾米的音乐是她视频世界的一部分，有时似乎只在她的视频世界里才真正存在，无论你何时何地听到这些歌（在商店、在出租车，甚至只是某个路过的孩子耳机里回响的节奏），你就身临其境于视觉的记忆中，身临其境于她的手、大腿、肋骨腔或腹股沟的动作，她当时的发色，她的服装，那双有寒意的眼睛。基于这个原因，艾米和她所有的模仿者成了我们这种商业模式的基础，且不说是好是坏吧。

我们知道美国 YTV 从某种角度而言建立于她的传奇之上，就像供奉精灵之神的神殿，而她屈尊进入我们英国这个低端得多的礼拜堂被视为意料之外的巨大成功，我们所有人都高度戒备。我部门的头头佐伊专门召集我组人马开了个会，因为可以说艾米是来找我们的，找我们"明星与艺术家关系"部门，要录制一段获奖词，她下个月无法亲自去苏黎世领奖。当然要录的还很多，新兴市场不一而足（"我是艾米，你在观看日本 YTV！"），如果我们说服得了她，就为《YTV 新闻》做一场访谈，甚至去地下室为《舞蹈时间流行榜》录一段现场表演。我的工作是收集所有这些需求（有的来自我们位于西班牙、法国、德国和北欧国家的办公室，有的来自澳洲，还有其他地方的），将它们汇总成一个文件，在艾米抵达的四周之前就传真给她位于纽约的团队。然后，会议到了尾声时，我中了奖：穿着皮裤和抹胸紧身背心的佐伊从她坐着的桌子上滑下（抹胸下面，你能看见石头般结实的褐色肚皮和宝石般的肚脐眼环），甩甩她狮子鬃毛似的、有一半加勒比血统的卷毛，转向我，用漫不经心、小事儿一桩的口气说："你那天得去市中心接她，带她到 B12 工作室，好生伺候。"

我像《窈窕淑女》中踩着渐强的音乐飘上楼的奥黛丽·赫本一样走出了会议室，准备在我们敞开式布局的办公室里一路跳舞，转呀转呀转出门，一路转回家。我二十二岁。倒也不是特别吃惊：仿佛我过去一年里的见闻和经历都是朝这个方向迈进的。在萎靡的九十年代，YTV 有股子疯狂的欢脱——摇摇欲坠基础之上大获成功的气氛，而这也表现在我们工作的大楼：我们占据卡姆登区以前的"觉醒吧不列颠"电视演播室的三层楼和地下室（大楼正脸保留了已跟我们风马牛不相及、冉冉升起的蛋黄色大太阳）。纽约 VH1 有线电视就在我们楼上。我们外部的供热管道涂着俗气的原色，像低配版的蓬皮杜国家艺术文化中心①。里面时髦现代，光线昏暗，家具暗黑，像詹姆斯·邦德②宿敌的老巢。在音乐电视或早餐电视节目诞生前，这里曾是二手车销售厅，昏暗的室内设计似乎是为了故意掩饰这栋建筑的偷工减料。通风系统粗制滥造，老鼠从摄政运河爬上来在里面做窝，到处拉屎。夏天，一旦打开通风系统，整层整层的人就染上了夏季流感。你拧一下造型新奇的调光器，旋钮很可能就掉在你手里了。

这是一家极为重视外表的公司。二十几岁的前台接待员成了制片助理，原因仅仅是他们看起来"有趣"、"胜任"。我三十一岁的上司从制片部门实习生到明星关系部的头头只用了四年半的时间。我自己上岗后的八个月里升了两次职。有时候我会想，如果当初留下来会怎样——假如数字时代没干掉影像明星的话。当时我觉得很幸运：没有什么明确的职业发展计划，可我的事业却也进展得不错。能喝加了分。在霍利街，能喝是必须的：出去找酒喝，喝不倒，把其他人喝到躺在桌子下面，哪怕服着抗生素、哪怕生着病也绝不拒绝喝酒。我人生的那个阶段，不想晚上和我爸单独相处，于是所有的办公室酒局和派对我一概不拒，我酒量很好，这个典型的英式技能我从十三岁时就开始锻炼了。在 YTV，最大的不同在于酒是免费的。公司多的是钱。"免费赠品"和"免费酒吧"是办公

---

① 蓬皮杜国家艺术文化中心：法国首都巴黎的现代艺术博物馆，打破建筑设计常规，钢架外露、管道纵横，并且根据不同功能分别漆上红、黄、蓝、绿、白等颜色。
② 詹姆斯·邦德：《007》系列小说、电影的主角。

室里出现频率最高的名词。和我之前的工作相比，甚至和学校相比，这份工作简直像是无休无止的游戏，我们从不期待成年人的到来，而他们也从不来。

我最初的任务之一是核对我们部门派对的来宾名单，差不多一个月就有一场。它们选址在市中心昂贵的场所，总有拿不完的免费赠品：T恤衫、运动鞋、迷你光碟播放机、一摞一摞的CD。官方的赞助商是这家或那家伏特加公司，非官方的赞助商是哥伦比亚贩毒集团。厕所的小隔间，我们鱼贯而入，鱼贯而出。第二天早晨衣衫不整，鼻子流血，手里提着高跟鞋。我还整理公司的出租车收据。人们一夜情后回家或度假赶飞机就叫车。他们在周末凌晨来往于彻夜营业的卖酒商店或家庭派对时就叫车。我也曾叫车去我朗伯舅舅家。有个经理因为醒晚了没赶上火车竟打车到了曼彻斯特，成了办公室上下闻名的人物。我离职后听说不准这样了，但那年的交通账单超过了十万英镑。我曾问佐伊为什么会有这样的政策，她说因为员工们身上经常携带录像带，过地铁安检会"坏掉"。可我们的大多数员工甚至不知道有这种官方借口，报销交通费是他们认为理所当然的，是"在媒体工作"的特权，是他们觉得最起码的待遇。和大学里选择搞金融、当律师的老朋友每个圣诞节信封里的奖金一比，他们当然会这样想。

至少金融家和律师一天到晚都在工作。我们闲得蛋疼。我的活儿通常十一点半就干完了——你得知道我十点左右才到办公室。噢，那会儿的时间感觉真不一样！我一小时半的午餐时间里真的就只是吃午餐。办公室里还没兴起电子邮件，我也没有移动电话。我穿过装卸处的出口，径直去运河，沿着水边走，手里拿着塑料纸包裹的、典型的英式三明治，享受这一天：光天化日的毒品交易，嘎嘎争抢游人面包屑的肥胖野鸭，装点漂亮的船屋，翘了课、双脚垂在桥上的悲催的"哥特族"年轻人——我自己十年前的写照。我经常一路走到动物园那么远。我会坐在草堤上，抬头看着斯诺顿大鸟舍，里面飞着一大群非洲的鸟，骨白色的身体，血红色的鸟喙。直到在它们自己的家乡看到它们，我才知道它们的名字，当然叫法不一样。吃完午餐，我就溜达回去，有时手里还拿本书，不紧不慢的，现在回头想想，我无论如何也无法理解自己当时竟没觉得这有什么不寻常的，也没觉得运气特别好。我也把自由自在的时间当作上帝赋予的权利。没错，和同事们的放肆行径相比，我自认为努力、认真，比其他人懂得分寸——我的背景所致。我职位太低，参加不了他们一次次的"促进团队关系的公司旅行"，我只能给他们订订机票（去维也纳，去布达佩斯，去纽约），暗地里咋舌于公务舱的价格，咋舌于居然还有公务舱这回事，不知道我在归档这些"开销"时，这样的事情是不是从以前开始就一直发生着，在我的周围发生着，在我的童年发生着（可我看不到，在觉察不到的层次），也不知道我是不是遇到了英格兰历史上尤为快活的时刻，金钱有了新的意义和用途，"免费赠品"成了一种社交规范，虽说在我住的街坊里从没听过，但在别的地方相当普遍。"免费赠品现象"：把东西白送给不需要它们的人。我想起学校里可以轻松胜任我这份工作的孩子们，他们在音乐方面懂得比我多得多，真的很酷，真的"接地气"（我走到哪儿都被误认为有这样的气质），可他们出现在这些办公室里的概率就像登月一样低。我不禁想：为什么是我？

办公室里到处都是乱扔的一大堆一大堆亮闪闪的杂志和免费赠

品，弥漫着"大不列颠形势大好"的气息（还有些地方就连我都看得出很不好），一阵子后，我们开始明白，公司肯定是正好赶上了这波乐观的大潮。乐观与怀旧交织：我们办公室的小伙们都像死灰复燃的摩德派[1]，留着三十年前的 Kinks 乐队的发型；姑娘们都染成朱莉·克里斯蒂[2]那样的金发，穿着短裙，化着脏兮兮的烟熏妆。每个人都骑着踏板车上班，每个人的办公室小隔间都摆着迈克尔·凯恩[3]在《阿尔菲》或《意大利工作》里的剧照。他们怀旧的时代和文化，其实对我来说毫无意义，可也许就是因为这个原因，同事们觉得我很酷，只因我和他们不一样。中年经理一本正经地来桌边问我新潮的美国嘻哈乐，默认我对此应该颇有研究，而我的知之甚少在这种场合下倒显得有城府了。我敢肯定，就连那天交给我陪伴艾米的任务，也是因为我看着太"酷"，不会太激动。大多数事情，他们总认为我不喜欢："哦，不，别问她了，她不会喜欢的。"讽刺的口吻，当时什么事情都如此，还带着冷冷的自卫式的傲慢。

我最意外的收获是我的上司佐伊。她最初是个实习生，但不像其他人那样有信托基金或有钱的爹妈，甚至还不如我，连不花租金临时跟父母合住都不行。她住在乔克农场地区一处污秽满地的废弃房屋里，一年多都没有薪水，可还是每天早上九点准时上班（在 YTV，准时几乎是不可思议的美德），然后"不要命地工作"。她本

---

① 摩德派：20 世纪 60 年代英国的一类年轻人，穿戴整齐时髦，爱骑小型摩托车。

② 朱莉·克里斯蒂（Julie Frances Christie, 1940—　 ）：英国女演员，获 1965 年奥斯卡最佳女主角奖。

③ 迈克尔·凯恩（Michael Caine, 1933—　 ）：英国演员，20 世纪 60 年代的"劲酷"偶像，70 年代的首席动作影星，1993 年被授予荣誉爵位，主要作品有《苹果酒屋的规则》、《哑巴歌手》等。

是个被人收养的孩子，在威斯敏斯特的抚养院进进出出，我认识其他从那个地方出来的孩子，所以觉得她似曾相识。她对眼前的机会有着一样的热望，有无比狂躁的分裂人格——你有时能在战地记者或士兵身上发现这样的特点。照理说她会害怕生活。可她却天不怕地不怕。跟我相反。可在办公室里，我和佐伊被视为同一类人。她的处事之道，和我一样，总被人设定好了，可办公室里的人对她的看法错得离谱：她是撒切尔主义的热情支持者，觉得出人头地全靠自己，所以其他人最好以她为榜样，学着点儿。出于某些原因，她"在我身上看到了自己的影子"。我佩服她的胆量，可我没在自己身上看见她的影子。毕竟我读过大学，她没有；她吸毒，我不吸；她打扮得像"辣妹"组合里那个黑妞，而不像经理人；她讲不好笑的黄段子，跟最年轻、最漂亮、头发最邋遢、肤色最白、玩非主流音乐的男实习生上床，而我持身谨慎，不以为然。不管怎么说，她还是喜欢我的。她喝醉或嗑药嗑嗨了的时候就会跟我说，我们是姐妹，有义务彼此扶持的两个棕色皮肤的姐妹。就在圣诞前，她送我去了在萨尔茨堡举办的欧洲音乐大奖，我的任务之一是陪惠特妮·休斯顿试音。我不记得她唱的歌了，她的歌从来不是我的菜，可站在空荡荡的音乐厅里，听她没有任何伴奏、没有任何辅助的清唱，我发现声音的纯粹之美、不朽的灵魂和其中隐含的苦痛，超越了我所有的意识，超了我的批判力、情感感知力，或人们所说的"好品位"，它直达我的脊椎，让那里的肌肉抽了筋，我溃不成军。往回走到"出口"标志时我的眼泪夺眶而出。等我走到霍利街时，这事儿已经传得人尽皆知了，不过对我倒也没什么害处，相反，他们以为我是个虔诚的音乐爱好者。

3

现在看看真是好笑，近乎可悲（也许只有科技可以对我们的记忆实现这么可笑的报复），可在当时，我们一有艺人走红需要写档案交给主持人、广告商等人时，我们就得去地下室一个小小的图书馆，拉出四卷本的《摇滚传记》。艾米这个条目下的所有信息，事无巨细我都已熟记在心（生于澳大利亚本迪戈，对核桃过敏），只有一个细节不知道：她最喜欢的颜色是绿色。我记好笔记（手写的），校对好所有相关的要求，站在复印室里一台闹哄哄的传真机旁慢慢将文件塞进去，心想就在我发送的这一刻，纽约（我梦寐以求的城市）也有人在类似的装置旁等着我的文件过去。这感觉真摩登，战胜了距离和时间。当然见她我需要新衣服，可能还得做新发型，说话走路都要脱胎换骨，对生活要有新态度。穿什么呢？那时我唯一的购物场所就是卡姆登市场，在纵横交错的马丁靴和嬉皮风围巾里，我很高兴淘到了一条宽松款的、滑滑的降落伞材质的翠绿色工装裤，还有一件绿色的紧身露脐背心（锦上添花的是，背心正面有用黑、绿、红三色勾勒的《低端理论》[①] 专辑封面），还有一

---

① 《低端理论》：美国嘻哈组合 A Tribe Called Quest 的第二张专辑，于 1991 年 9 月 24 日发行，专辑封面采用黑、绿、红三色。

双时髦到爆的乔丹气垫鞋，也是绿的。最后我戴上了假的鼻环。又怀旧又未来，又嘻哈又非主流，有"暴乱女孩"①和"激烈女人"②的朋克摇滚风。女人总相信衣服能以这样或那样的方式解决问题，可到了礼拜二，她马上就要来了，我意识到没有哪件衣服能帮上我的忙，我太紧张了，无法工作，无法集中精神做任何事情。我坐在灰色的大显示器前听着调制解调器的嗡嗡声，坐等着礼拜四的到来，心烦意乱地在小白框里一次又一次地键入特蕾西的全名。我上班无聊或焦虑时就会这么做，尽管它哪个症状也无法缓解。这事儿我已经重复过好多遍：打开搜索浏览器，等待"慢"无边际的拨号，搜到的总是同样的三块信息：特蕾西的作品列表、她的个人网页，还有她常去的聊天室（用的是假名"说真话的人＿里冈恩③"）。作品列表是不动的，没变过。里面提到她前一年参加了音乐剧《红男绿女》的大合唱，但没有新增的表演了，没有新的动态。她的网页倒是一直在更新。有时我一天看两次，发现音乐变了，再或是炸开的粉色烟火图变成了一闪一闪的七彩鸡心。一个月前，她就是在这个页面上提到了聊天室，还留下了自带超链接的评语（有时很难听到真话!!!），这一条信息对我来说就够了：门打开了，我一周要浏览好几回。我不觉得其他跟踪那个链接的人会知道在那稀奇古怪的对话里"说真话的人"就是特蕾西，只有我知道。但据我所见，反正也没人在看她的网页。有股子伤感、朴素的纯

---

① "暴乱女孩"：20 世纪 90 年代早中期的草根女权主义运动，多与朋克摇滚联系在一起。
② "激烈女人"：20 世纪 80 年代的朋克摇滚乐队。
③ 里冈恩：指洁妮・里冈恩（Jeni LeGon，1916—2012），非裔美国踢踏舞大师。

粹：她选的歌，没人听；她写的话，通常是陈词滥调的谚语（"道德世界的弧线很长，但最终走向正义"），只有我在看。似乎唯独在聊天室里她才现身，不过这里还真是个稀奇古怪的世界，满屏都是附和声，人们显然早已达成共识。我感觉她在里面消耗的时间久到吓人，尤其是深夜，现在我已经看完她所有的细节，无论是当前的还是历史记录，总算能跟上对话的逻辑（换个更好的说法，我不再被它吓到），能追踪、理解其中的论点。我不再热衷于向同事们讲述我的疯狂故友特蕾西的故事、她荒诞的聊天室奇遇、她注定没好下场的妄想。我还没有原谅她或忘记她，可把她当作谈资不知怎的让我厌倦了。

其中最诡异的事情还要数那个让她着了魔的男人，那个权威，曾是早餐时段电视节目的记者，曾在我现在这栋楼里办公，我们还是孩子时，我记得经常和特蕾西坐在一起，怀里端着碗麦片粥看他的节目，待他无聊的成人节目结束，就轮到放我们周六早晨的卡通片了。有一回，那是大学的第一个寒假，我去芬奇利路上的一家连锁书店买几本教材，正在电影专区晃荡时看见了他本人，他在那家庞大的书店一个遥远的角落里推广他的一本书。他坐在纯白色的桌子前，穿一身白，顶着一头早衰的白发，面向一大群听众。两个女店员站在我旁边，从货架后探头张望这场罕见的聚会。她们在笑话他。可让我吃惊的与其说是他的发言，不如说是他听众的奇怪构成。有一些是中年的白种女人，穿着图案和谐的圣诞套头衫，看着和十年前就喜欢他的家庭妇女没什么两样，可现在这群人中大部分是年轻的黑种男人，跟我自己的年纪差不多，膝头拿着已经翻烂的他的书，聚精会神地听着精心设计的阴谋论。因为这个世界是幻化作人形的蜥蜴统治的：洛克菲勒家族是蜥蜴，肯尼迪家族是蜥蜴，高盛几乎所有人都是蜥蜴，威廉·赫斯特①也当过蜥蜴，还有罗纳德·里根和拿破仑——这是全球性的蜥蜴阴谋。最后女店员们笑不动了，走了。我一直听到结束，目之所见让我深感困惑，不知道从何理解。后来，等我开始看特蕾西的有关内容（如果你可以不管他们疯狂的大前提，无视他们细枝末节、钻牛角尖的学问，把许多不同的历史阶段、政治理念和事实搅和在一起，将它们糅成一种包罗万象的理论，即使错得好笑，也需要一定深度的研究和持续的关注），是啊，这时我才更好地理解那些表情严肃的年轻人那天为什么会聚集在书店。可以领会弦外之音了。到头来难道不是为了诠释权力？诠释那显然存于世间的权力？少数人掌控、多数人无法靠近的权力？我的老友在那个人生阶段觉得完全缺失的权力？

"呃，那他妈的什么玩意儿？"

我在转椅里扭过头，看见佐伊凑在我肩膀旁，看着一闪一闪的蜥蜴人图像——它的蜥蜴脑袋上顶着珠宝王冠。我把页面最小化了。

"专辑图片。烂透了。"

"听着，礼拜四早晨——你要上了，他们确认了。你准备好了吗？要的东西都有了？"

"别担心。没问题。"

"噢，我知道没问题。不过你如果想要喝酒壮胆，"佐伊说着轻

---

① 威廉·赫斯特（William Hearst，1863—1951）：美国报业大王，赫斯特国际集团的创始人，被称为"黄色新闻大王"。

轻拍拍自己的鼻子,"喊上我。"

还没到要喝酒壮胆的程度。很难回忆起到底到了什么程度。我的记忆和艾米的记忆从来没有多少交集。我听她说起过,她雇我是因为那天她感觉"我们一见如故",或因为我有时给她留下了"很能干"的印象。我觉得是因为我无意中待她不客气了,在她生命的那个阶段,很少有人待她不客气,而我的无礼肯定让她记住了我。两周后,她发现自己急需一位年轻的新助理,于是就想起我来。总之她从全黑玻璃的车里现了身,正和她当时的助理吴美玲吵着什么。她的经纪人朱迪·瑞恩在她俩身后两步的距离,冲着电话里大吼。我听见艾米说的第一句话就是训斥:"现在你嘴里说出来的任何话对我都毫无价值。"我注意到她没有澳洲口音,已经没有了,但也不是太典型的美国口音或英国口音,而是全球化的口音:它是纽约、巴黎、莫斯科、洛杉矶和伦敦的混合体。当然现在有很多人这么说话,但艾米是我听到的头一个。"你只会帮倒忙,"她现在说,美玲回答:"我完全能理解。"片刻后这个可怜的姑娘发现我在她面前,她朝下看我的胸口找姓名牌,等她抬起目光,我看得出她情绪崩溃,拼命忍住不要哭。"我们按时到了,"她极力稳住气息,"一切都能按时就好了。"

我们四个站在电梯里,一声不响。我下定决心打破沉寂,可还没张嘴,艾米就转向我,朝我的上衣噘起了嘴,像个生着闷气的漂亮少年。

"有趣的选择,"她对朱迪说,"见这个艺术家的时候穿那个艺术家的上衣?专业。"

我低头看看自己，脸红了。

"噢！不！艾米小姐……我的意思是，艾米夫人……艾米女士。我无意冒……"

朱迪声音洪亮地笑了一嗓子，像海豹在吠。我极力说点别的，可电梯门开了，艾米大步流星迈了出去。

为了完成各项任务，我们得在走廊里穿梭，走廊里站满了人，像戴安娜葬礼时圣詹姆斯公园的林荫道。没人在工作。每当我们在哪个工作室停下脚步，里面的人几乎马上就不淡定了，无论在公司的职位是高是低。我看见一位总经理告诉艾米，他婚礼上的第一支舞就是她的一曲民谣。佐伊絮絮叨叨谈《一起行动》让她产生的共鸣，它如何帮助她成为一个女人，她如何理解了女人的力量，她如何不害怕做个女人等等，我听得饱受折磨。我们终于脱了身，沿着另一条走廊走入另一部电梯去地下室（艾米同意在地下室录一段简短的访谈，佐伊很高兴），这时我鼓起勇气，用二十二岁年轻人厌世的口吻说，我料想她日日夜夜、没完没了地听人说这些话，该有多么无趣。

"其实，绿色女神小姐，我很享受。"

"噢，好吧，我只是以为……"

"你只是以为我鄙视我的粉丝。"

"不对！我只是……我……"

"噢，你不是我的粉丝并不意味着他们不是好人。青菜萝卜各有所好。话说谁是你的菜呢？"她再次打量了我，缓缓地、上上下下地看。"噢，对呀。这我们已经知道了。"

"您的意思是——音乐上的？"我问。我犯了个错，不该去瞧吴美玲的脸色。她脸上的神情在说，好几分钟前我就该结束对话了，根本就不该开始。

艾米叹口气："当然啦。"

"呃……有很多……我想我喜欢更有年代感的东西，比如比莉·哈乐黛①？或者莎拉·沃恩②。贝西·史密斯③。妮娜④。真正的歌手。我不是那个意思……我的意思是，我觉得……"

"唔，我要说错了你可以纠正我，"朱迪说，她自己浓烈的澳洲口音倒没有因为离家的几十年有丝毫改变，"该不是电梯里就开始访谈了吧？谢谢你。"

我们出了电梯，到了地下室。我尴尬得不行，想走在她俩前面，可艾米跳到了朱迪前面挽起了我的胳膊。我感觉"心都跳到了嗓子眼"——老歌里面就是这么唱的。我向下看去（她只有五英尺二英寸），头一回近距离面对那张脸，非男非女，眸子里透着冰冷、阴沉、猫一般的美感，等着世界上的其他人赋予它色彩。我见过的皮肤最白的澳大利亚人。有时她没化妆时，完全不像是在温暖的地球长大的，而她也有意保持这肤色，时刻注意防晒。她有股子格格不入的感觉，仿佛来自只有一个人的部落。我下意识地微笑。她也朝我笑。

"你说什么？"她问。

---

① 比莉·哈乐黛（Billie Holiday，1915—1959）：美国爵士歌手、作曲家。
② 莎拉·沃恩（Sarah Vaughan，1924—1990）：美国爵士歌手，音域宽广，是与埃拉·菲茨杰拉德、比莉·哈乐黛齐名的20世纪爵士歌坛三大天后。
③ 贝西·史密斯（Bessie Smith，1894—1937）：美国歌手，有"蓝调天后"美誉，死于酒驾。
④ 妮娜：指妮娜·西蒙（Nina Simon，1933—2003），美国歌手，创作歌曲类型主要包括有蓝调、节奏蓝调和灵魂乐。

“噢！我……我觉得声音就好比……就好比……”

她又叹了口气，假装看手表。可她没手表。

“我认为声音就好比服装。”我坚定地说，仿佛这个想法由来已久，而不是当时随口说说的。“所以说，你看一九六八年的照片，从人们穿什么就能知道是一九六八年，你听贾尼斯①唱歌，你就知道是一九六八年。她的声音是时代的标志。就像历史或……别的什么。”

艾米抬起一条咄咄逼人的眉毛：“我明白。”她松开我的胳膊。“但我的声音，”她的口气同样坚定，“我的声音就是这个时代。如果你听着觉得像电脑，好吧，我很抱歉，可那是因为它精准无误。你可能不喜欢，你可能活在过去，可我他妈的唱的是这个时代，这个当下。”

“可我真心喜欢！”

她又做出中学生噘嘴的滑稽动作。

“只不过比不上‘部落’乐队。比不上‘操妞日’乐队。”

朱迪朝我们慢慢跑来：“抱歉，你知道我们在往哪个工作室走吗？或者要不要我……”

“嗨，朱迪！我和年轻人在这儿聊天呢！”

我们到工作室了。我为她们开门。

“瞧，我想说，我真是一开始就引起误会了……真的，小姐……我是说，艾米……你走红的时候我才十岁……我买了单曲。见到你我高兴疯了。我是你的粉丝！”

---

① 贾尼斯：指贾尼斯·乔普林（Janis Joplin，1943—1970），美国红极一时的摇滚女歌手，27岁死于吸毒过量。

她又朝我笑了：她跟我说话的口气像在调情，跟所有人都这样。她的手轻轻托住我的下巴。

　　"我可不信。"她说完一伸手就摘下了我的假鼻环，递给我。

4

　　现在，艾米上了特蕾西的墙，清清楚楚。她和迈克尔·杰克逊、珍妮·杰克逊、普林斯①、麦当娜、詹姆斯·布朗②分享这块地盘。夏天里，她的房间差不多成了这些人——她最喜欢的舞者的圣殿，贴满了他们光亮的大幅海报，全是动作中的造型，所以她的墙看起来像象形文字，虽然我难以破译，但显然，弯曲的胳膊肘和大腿、张开的手指、律动的骨盆，这些姿势都传达着某种信息。她不喜欢为宣传而拍的照片，她喜欢我们没钱去的音乐会上的定格画面，连舞者脸上的汗都看得清的那种。她说，这种的才"真实"。我的房间也是舞蹈圣殿，可我沉迷于美好的想象，我去图书馆借了"米高梅"和"雷电华"电影公司的大偶像们七十年代的老传记，撕下他们土气的大头照，用"蓝丁胶"粘在我的墙上。就这样，我

---

① 普林斯：指普林斯·罗杰斯·尼尔森（Prince Rogers Nelson, 1958—2016），美国黑人歌手、词曲作家、演员，以全面的音乐才能、华丽的舞台表演、古怪的性格而著称。
② 詹姆斯·布朗（James Brown, 1933—2006）：美国黑人歌手，被誉为美国灵魂乐的教父，说唱、嘻哈和迪斯科等音乐类型的奠基人。

发现了法雅·尼古拉斯和哈罗德·尼古拉斯兄弟①：他俩在半空中劈腿的照片，成了我房间入口的标记，两人一副要跃过走廊的模样。我知道他们自学成才，虽然跳得出神入化却没受过正规训练。我对他们有一种占有式的自豪感，仿佛他们是我的兄弟，仿佛我们是一家人。我想尽办法想引起特蕾西的兴趣（她想嫁我的哪个兄弟呀？她想吻哪个呀？）可就算是最短的黑白电影片段，她也坐不住，凡是和黑白电影有关的，她都觉得无趣。它不"真实"——太多的删节，太多的人工处理。她想看舞台上的舞者，流着汗的，真实的，而不是戴着礼帽、穿着燕尾服的。可是我被优雅吸引。我喜欢优雅掩藏了痛苦。

一天晚上我梦见了棉花俱乐部②：凯比·卡洛威③在，哈罗德和法雅也在，我站在指挥台上，耳朵后面别着一朵百合花。梦里，我们都风度翩翩，无人知道痛苦，我们不用为我妈买给我的历史书里可悲的页码雪耻，不用被称为丑陋或愚蠢，不用从电影院的后门进场，不用在区别对待的喷泉式饮水器上喝水，不用坐在公交车后排的座位上。我们的人不曾被人挂脖于树，不曾被人绑住手脚突然扔过船舷，丢入黑漆漆的水中——不，在我的梦里我们是金色皮肤！没人比我们更漂亮、更优雅，我们是蒙天眷顾的人，无论你在哪见到我们，在内罗毕、巴黎、柏林、伦敦，或在今晚的哈勒姆区。乐

① 法雅·尼古拉斯（Fayard Nicholas，1914—2006）和哈罗德·尼古拉斯（Harold Nicholas，1921—2000）兄弟：美国踢踏舞大师组合，"闪电舞"的发明者。
② 棉花俱乐部：纽约夜总会，虽然表演者多为黑人，但只招待白人。
③ 凯比·卡洛威（Cab Calloway，1907—1994）：美国歌手、爵士乐队领队、演员，1930年开始在纽约棉花俱乐部乐队演出，20世纪三四十年代棉花俱乐部乐队在美国和欧洲广泛巡演。

队开始演奏，我的听众坐在桌前，手里端着饮料，兴高采烈地等着我（他们的姐妹）开口唱歌，我张开嘴巴，却发不出声音。我醒了，发现自己尿床了。我十一岁。

我妈帮忙的方式很特别。她说，你仔细看看棉花俱乐部，能看出哈勒姆文艺复兴运动。瞧：这里有兰斯顿·休斯[①]和保罗·罗伯逊[②]。仔细看看《飘》：这里有全国有色人种协进会。可在当时，我妈的政治和文学观点引不起我的兴趣，还不如胳膊和大腿，还不如韵律和歌曲，还不如嬷嬷的红色丝绸衬裙，还不如百里茜走调的声音。我要找的信息、我自认为需要加强的知识，却是从一本老旧的、偷来的图书馆藏书——《舞蹈的历史》里挖掘出来的。我读到了一个个世纪、一代代传承下来的舞步。和我妈关心的历史不同，这种历史很少被书写下来——它需要去感受。特蕾西即使不感兴趣，也该在我感到的同一刻，来感受我感受到的一切——我当时觉得这一点很重要。我一路跑到她家，闯入她的房间说，你知道的，你跳起来落地劈叉时（她是伊莎贝尔小姐舞蹈课上唯一能做这个动作的女生），你知道该怎么跳起来劈叉，你说你爸也行，你是从你爸那儿学的，他是从迈克尔·杰克逊那儿学的，然后杰克逊是从普林斯或者詹姆斯·布朗那儿学的，那么好，他们都是从尼古拉斯兄弟那儿学的，尼古拉斯兄弟是源头，他们是第一个，所以即使你说你不知道或不在乎，你还是跳得像他们，你还是从他们那儿学

[①] 兰斯顿·休斯（Langston Hughes，1902—1967）：美国文坛黑人文学方面有举足轻重分量的人物，写过小说、戏剧、散文、历史、传记等各种文体的作品，但主要以诗歌著称，被誉为"黑人民族的桂冠诗人"。
[②] 保罗·罗伯逊（Paul Robeson，1898—1976）：美国著名男低音歌唱家、演员、社会活动家，晚年致力于黑人音乐的研究工作。

的。她正在卧室窗口抽她妈妈的香烟。她抽烟时看起来比我成熟得多，比起十一岁，倒更像是四十五岁，她甚至可以从那张开的鼻孔里喷出烟来，在我大声说出我特地前来告知的大事时，只觉得话在我嘴中化成了灰。我甚至不知道自己在说什么，不知道自己要表达什么意思，真的。为了不让烟进房间，她一直背对着我，可等我亮完观点（如果那就是我的观点），她朝我转过身，用冰冷的、仿佛我们完全陌生的口气说，"你再也别提我爸。"

5

"这样可不行哦。"

此时我只为她（艾米）工作了一个月，此话一出，我无法反驳，这样可不行，问题在我。我年轻，缺乏经验，再也找不回我们第一天见面时的印象——她也许就是个普通的人类女人而已。然而，其他人的反应压过了我的本能反应（前同事的、老同学的、我自己的双亲），每种反应都让我有压力，无论是倒抽一口凉气还是一脸怀疑的笑，所以现在我每天早晨来到艾米骑士桥的住所或切尔西的办公室时，我都要努力击退强烈的不真实感。我在这儿干什么？我经常一说话就结巴，或者一转身就忘了她说过的基本情况。我会在电话会议的中途突然不知道对话进行到哪儿了，体内的另一个声音叫我太分心，它不停地说：她不是真的，这一切都不是真的，全是你幼稚的白日梦。一天结束时，关上她乔治亚风格的别墅沉甸甸的黑门，我惊讶地发现自己并非身处梦里的城市，而是伦敦，离皮卡迪利地铁线只有几步之遥。我坐在其他下班的人旁边，他们读着这个城市的报纸，我也经常取一份，但我感觉我的旅途更遥远：不仅仅是从市中心回到远郊，而是从另一个世界回到他们的世界，那个世界在二十二岁的我眼里，是中心的中心，是他们所有人忙着阅读的报纸中的世界。

"不行是因为你不自在。"艾米告诉我，她坐在灰色的大躺椅上，而我坐在她对面一模一样的躺椅上。"为我工作，你首先得自在。你不自在。"

我合上腿上的笔记本，垂下脑袋，几乎松了一口气：这么说我可以回到我真实的工作中去了（如果它们还要我），也回到现实。可艾米居然没炒我鱿鱼，而是顽皮地朝我的脑袋扔了个靠枕："唔，我们该怎么办好呢？"

我想笑笑承认我不知道。她的脑袋靠在窗上。在她脸上，我看见了一如往常的不满、不耐烦的神色——我后来才习惯，她的辗转不安、心绪起伏是我工作日的常态。可最初的日子里我还不了解，只能理解为厌倦，尤其是对我感到厌倦和失望，我不知如何是好，于是把目光从偌大的房间里的这个花瓶落到那个花瓶（她把每个角落都塞满了花），落在远处外面的美景，落在照射在骑士桥鼠灰色屋顶上的余晖，搜肠刮肚想找点有趣的事说。我当时还不明白，美是厌倦的一部分。墙壁上挂着很多色调昏暗的维多利亚时期的油画，画的是绅士贵族，背景是他们的深宅大院，可她自己这个时代的东西一件也没有，看不出有澳洲风情的东西，也没有她个人风格的东西。这可是艾米在伦敦的家，可没哪样东西跟她有关。家具奢华，格调高雅但无特色，像任何一所高档的欧洲酒店。艾米在此居住的唯一线索是窗台边的一块铜牌，和盘子一个大小、一个形状，铜牌中央你能看见什么东西的花瓣和叶子，乍一看像一朵睡莲，可其实是阴道的全貌：阴户、阴唇、阴蒂——艺术品。我不敢问是谁的。

"可你在哪儿觉得最自在呢?"她向我转过身问道。我看见新点子像新唇膏一样染红了她的脸。

"你指某个地方?"

"这个城市里。某个地方。"

"我从没想过这个问题。"

她起身:"那就想想吧,我们去那儿。"

汉普斯特德西斯公园是第一个涌现在我脑海里的名字。然而艾米的伦敦,跟你在机场取的那些小地图一样,其版图仅以圣詹姆斯公园为中心,北边只到摄政公园,西边只到肯辛顿(偶尔进入拉德布罗克丛林路的野地),东边只到巴比肯。她不知道亨格福德桥的南边是什么,正如她不知道彩虹的尽头是什么。

"是个大公园,"我解释道,"离我长大的地方很近。"

"好啊!来吧,我们出发。"

我们在城里骑行,绕过公交车,和偶尔撞见的邮差比个赛,三个人骑成一行:她的保镖在第一个(他的名字叫格兰奇),然后是艾米,最后是我。艾米在伦敦骑行的主意让朱迪火冒三丈,可艾米喜欢,她称之为"她在这座城市里的自由",大概每骑过二十个信号灯会遇到一次这样的情况:旁边的司机会把身体凑到方向盘上,摇下窗玻璃,觉得灰蓝色的猫眼和优美的尖下巴有点眼熟……不过这时信号灯就变了,我们绝尘而去。她骑车时也算是乔装打扮成都市里的普通人了(黑色的运动胸罩,黑色的背心,蹩脚的黑色自行车短裤,裤裆处还破了洞),只有格兰奇容易招人耳目:一个六英尺四英寸高、两百五十磅重的黑人骑着钛框架的赛车,时不时停下来从口袋里掏出标记好 A 到 Z 的地图,一脸怒气地研究。他是从哈勒姆区来的（"我们那儿讲的是坐标"），伦敦人不会像他们那样给街道标号，他觉得无法饶恕，只好把整个城市标记好。在他眼里，伦敦就是没完没了的糟糕食物加糟糕天气，搞得他在这里的唯一工作（确保艾米的安全）都更难开展。在瑞士小屋站，他招着手把我们领到了一个交通安全岛，剥下他的紧身短夹克，露出一对巨大的二头肌。

"我可告诉你们，我一点都不知道这个地方在哪。"他一边说一边用地图啪啪拍打车把。"你在什么小路上骑到一半就下来了——克赖斯特彻奇克罗斯路，该死的西格布里角。然后这玩意告诉我：请见第53页。操他妈的，我骑着车呢。"

"别灰心，格兰奇。"艾米用吓人的英国口音说，然后把他的大头拉到她的肩头开心地揉巴了一阵子。格兰奇抽回脑袋，怒视着太阳："什么时候开始这么热的？"

"嗨，这可是夏天。英格兰的夏天有时很热的。应该穿短裤的。"

"我可不穿短裤。"

"我觉得瞎扯淡可不管用。我们还在安全岛上呢。"

"我受够了。我们回去。"格兰奇说，口气很笃定，我很惊讶有人这么跟艾米说话。

"我们不回去。"

"那你们最好带着这个。"格兰奇说着把标记好 A 到 Z 的地图扔在艾米自行车前面的车篮里。"因为我看不懂。"

"从这儿开始我就认识路了。"我主动说，满心羞愧，这事儿是我起的头。"真的不远。"

"我们需要一辆车。"格兰奇坚持说，看都没看我。我们几乎从来不对视。有时候我觉得我们是两个潜伏的特工，一不小心被派到了同一个任务对象身边，小心翼翼不要有眼神交流，生怕谁暴露了谁的身份。

"我听说那儿有讨人喜欢的男孩儿，"艾米用唱歌一样的声调说话（意思是在模仿格兰奇），"他们藏‐昂在树‐勿里。"她一脚踩上踏板，一蹬腿冲入车流。

"我可不把玩和工作混为一谈。"格兰奇嗤之以鼻，一脸正色地重新跨上他精致的自行车。"我可是个专业的人。"

我们又开始上坡，坡陡得要命，我们上气不接下气地追着艾米的笑声。

我总找得到汉普斯特德西斯公园（我这一辈子走的路都会回到汉普斯特德西斯公园，无论愿不愿意），可我从没刻意找过肯伍德别墅。我从来都是偶遇。这次也一样：我带着格兰奇和艾米骑过小巷，路过池塘，越过山坡，挖空心思想着哪里停下来才有最漂亮、最安静、最有趣的地方，能取悦这个动辄觉得无聊的超级巨星，就在这时我看见了小小的铸铁门和树后面白色的烟囱。

"禁止骑行。"艾米把告示念出来，格兰奇见势不妙，又开始抗议，不过被镇压了。

"我们要待一小时，大概。"她说着从自行车上下来，把车给他。"也许两小时。我会给你打电话。你带那玩意儿了吗？"

格兰奇双臂交叉在巨大的胸肌前。

"带了，可我不会给你。我不在就不能给你。没门儿。想都别想。"

可等我下车时，我看见艾米伸出倔强的小手，接过裹在保鲜膜里的什么小东西，握在掌心——我后来发现是给我的一根大麻香烟。长长的美式设计，里面根本没有烟草。我们坐在木兰树下，正对肯伍德别墅，我靠在树干上抽烟，艾米平躺在草地上，她黑色的棒球帽低低地压住眼睛，她的脸朝我抬起。

"感觉好点了？"

"可是……你不想来一根？"

"我不抽。很明显。"

她像在舞台上一样大汗淋漓，抓起背心上下扇动制造出一条风道，于是我瞥见了曾让世人心为之动、神为之夺的白皙腰肢。

"我包里的冰可乐呢？"

"我不喝那狗屁玩意儿，你也不该喝。"

她用胳膊肘撑起身体，更紧地抱住我。

"我看你还是不自在。"

她叹口气，一个翻身让肚皮朝下，看着夏天里成群乱转的人去从前的马厩吃吃烤饼喝喝茶，或踏入艺术和历史的殿堂。

"我有个问题，"我知道我嗑嗨了，也知道她没把她的后半句提议放在心上，"你待所有的助理都这样？"

她想想："不，这倒不是。人人都不一样。我总是做点什么的。每周七天、每天二十四小时在我面前的人，我总不能招个畏畏缩缩的。没时间。我也没耐心慢腾腾、讲技巧地来了解你，也不适应英式礼貌，每次要你做点儿事都得说'请'和'谢谢'——如果你给我干活，你要手脚麻溜。我已经形成习惯了，我发现一开始好好相处几个小时，后面能省了不少时间，免了不少误会和麻烦。你尽管放轻松，相信我。我还跟美玲一起洗过澡。"

我借此引出个傻乎乎的笑话，想再听她笑一次，可她却斜着眼看我。

"还有件事该让你知道，不是因为我听不懂你的英式讽刺，我只是不喜欢。我觉得幼稚。我和英国人相处时百分之九十九的时间都是这个感觉：长大吧！"她的脑路回到了那次一起洗澡的美玲身上："居然想知道她的乳头是不是太长。妄想狂。"

"长吗？"

"什么？"

"她的乳头。长吗。"

"他妈的长得真像手指头。"

我一口把可乐喷在草地上。

"你真有意思。"

"我们祖祖辈辈都是有意思的人。老天才知道为什么英国人觉得自己是世界上唯一可以有意思的人。"

"我可不那么像英国人。"

"噢，宝贝儿，你和英国人一样。"

她伸进手袋掏出手机，开始浏览短信。玩手机还没成风时，艾米就已经是生活在手机里的人了。她在这方面很潮，其他方面也是。

"格兰奇，格兰奇，格兰奇，格兰奇。他要是没活儿干就不知道该干什么了。他和我一样。我们一样烦躁。他让我想起自己有多累人。累别人。"她的拇指在她崭新的黑莓手机上滑动。"我希望你冷静、镇定、处变不惊。希望你在这儿就能这样。老天爷，他已经给我发了十五条短信了。他只要看着自行车就行。说他在……'男士池塘'是个什么鬼?"

我详细地解释给她听。她一脸狐疑。

"我了解格兰奇,他绝对不会在池子里游泳,他就连在迈阿密都不游泳。氯不好,他信得很。不,他只会看着自行车。"她用一根手指戳了戳我的肚皮。"我们搞定了吗? 如果你还想要就再来一根。过了这村就没这店了——好好利用。一个助理只有一次。其他时间,我工作,你们就得工作。老规矩。"

"我现在彻底放松了。"

"好! 可除了现在这样,附近还有什么可玩的吗?"

于是乎我们就在肯伍德别墅里面转悠起来,一个眼睛尖、直觉准的六岁丫头跟了我们好一阵,可她心烦意乱的妈妈不愿意听她的。我红着眼跟在我的新雇主后面,第一次注意到她欣赏画作的奇特方式,比方说,她无视所有的男人,不仅无视那些男画家,也无视画里的男人,走过伦勃朗的自画像时都不会停下脚步,伯爵公爵都不入她的眼,一句话就打发了一个笑眼颇似我爸的商船船员——"该剪头发了"。风景也不是她的菜。她喜欢狗、动物、水果、衣服,尤其是花。多年间,我逐渐了解到,我们刚在马德里普拉多美术馆里看见的银莲花或在伦敦国家美术馆里看见的牡丹花,大约一周之后就会出现在我们当时恰好居住的房子或酒店的花瓶里,摆得到处都是。画里的很多小狗,也会从帆布走进她的生活。在肯伍德别墅看过乔舒亚·雷诺兹①的画后几个月就有了科莱特——从巴黎买的一只随地大小便的猎犬,接下来的一年里我每天要遛两次狗。

---

① 乔舒亚·雷诺兹 (Joshua Reynolds, 1723—1792):英国 18 世纪肖像画家。

可她喜欢女人的画像胜过一切：她们的脸，她们俗艳的饰品，她们的发型，她们的胸衣，她们小小的尖头鞋。

"噢我的上帝，这是朱迪嘛！"

艾米在红色锦缎房间的另一头，站在一幅等身画像前笑了。我追过去，看着她说的凡·戴克①的画。毫无疑问：就是浑身上下隆重得吓人的朱迪·瑞恩，不过是四百年前的朱迪，穿的是蕾丝和缎子质地、不讨人喜欢的"黑白帐篷裙"，她的右手一半像慈母、一半像恶妇，搭在无名青年侍者的肩头。她猎犬般的眼睛，丑恶的刘海，没有下巴的长脸——全部栩栩如生。我们笑个没完，我觉得我们之间有了什么变化，拘谨或害怕什么的消失了，所以几分钟后当艾米说《宝宝学院》这幅画叫她着迷时，我觉得至少可以自在地表达不同意见了。

"有点煽情，不是吗？而且诡异……"

"我喜欢！我就喜欢诡异。裸体的宝宝们相互画对方的裸体画。我现在对宝宝们喜欢得不要不要的。"她不舍地看着无邪的脸上挂着腼腆傻笑的小男孩。"他让我想起了自己的宝宝。你真不喜欢？"

我当时并不知道艾米怀上了第二个孩子卡拉。没准她自己都不知道。在我看来，整幅画显然荒唐好笑，粉色脸颊的婴儿尤其可憎，可当我看着她的脸，我意识到她是认真的。我记得我在想，孩子究竟是什么东西，能让女人有这番变化？能重新塑造他们的母亲？能让他们的母亲变成年轻时的自己根本无法想象的模样？这个

---

① 凡·戴克（Van Dyck，1599—1641）：佛兰德斯巴洛克艺术家，英国国王查理一世的首席宫廷画师。

想法吓着我了。我一个劲地夸她儿子杰伊比这些小天使还漂亮，因为大麻，我说出来的话既没有条理也没有说服力，艾米转向我，皱着眉头。

"你不想要孩子？还是你觉得自己不想要？"

"哦，我知道自己不想要。"

她轻拍我的头顶，仿佛我俩的年龄差不是十二岁，而是四十岁。

"你，几岁来着？二十三？想法会变的。我从前和你一模一样。"

"不，我一直都知道。从很小的时候。我不是母性爆棚的那种类型。从来不想要孩子，绝对不生。我见过生娃对我妈的改变。"

"她的什么改变？"

她这么直白地问，我不得不认真想想怎么回答。

"她年纪轻轻就生了我，然后成了单亲妈妈。她有很多想做的事，可她做不到，当时做不到——她被套住了。她要费尽气力才能给自己争取一点时间。"

艾米把手放到嘴唇上，摆出一副要给我上上课的架势。

"好吧，我就是单亲妈妈。我可以向你保证，我的孩子从来不耽误我做任何事情。他现在简直就是我的灵感来源啊，如果你真想知道的话。当然，这是一种平衡，可你得真的想去做。"

我想起了牙买加保姆埃斯特尔，她每天开门把我放进艾米家，然后就消失在育儿室了。我妈的情况和艾米的情况有着本质差异，但艾米似乎看不到这一点，而这也是我最初学到的课程之一：她看待人与人之间的差异，从不涉及阶级或经济，通常基本只考虑性格差异。我看着她脸颊上的愠色，还有我自己的两只手（我的手就在面前，像政客在表明看法），我意识到我们的讨论迅速而诡异地白热化起来，而我俩本无此意，好像"孩子"这个词是种催化剂。我把手重新收回身体两侧，微微一笑。

"反正我就是不合适。"

我们穿过美术馆往回走，找出口时刚好和一个导游顺路，他在讲我童年时期就听过的一个故事，一个棕皮肤女孩的故事：她是加勒比奴隶和她的英国主子生下的孩子，被带到了英格兰这所白色的大别墅里，由又有钱又有地位的亲戚们养大，其中之一正好是首席大法官。我妈最爱的轶事秘闻。但我妈不像导游那样讲，她不相信凭着伯祖父对他棕皮肤侄孙女的怜悯，英格兰的奴隶制就能结束。边桌上堆着小传单，我拿起一份，看见上面写着女孩的父亲和母亲是"在加勒比相识的"，仿佛他俩在鸡尾酒会时漫步于海滩度假胜地。我觉得好玩，转身想给艾米看，可她在另一个房间里全神贯注地听导游讲故事，像团员似的徘徊在旅游团的外围。能证明"爱情的力量"的故事总能打动她——如果是这样，跟我又有什么关系？可我就是忍不住，我开始把话头引向我妈，讽刺现场的解说，直到那个导游恼火透了，带着他的团出去了。我们也走向出口时，我成了艾米的导游，带她穿过一条低矮的、常春藤架起的荫凉通道，给她讲了"桑格号"的故事①，仿佛这条大船就漂浮在我们眼前的湖

---

① "桑格号"的故事：这里指的是发生于1781年的"桑格号"屠杀惨案。当时，黑奴一律被当作货物运输，由于海路遥远、环境恶劣，不少黑奴在途中死亡。贩运奴隶的船主往往会为他们的"货物"投保，按照"海上紧急抛货条款"，在海上损失黑奴可以获赔，于是有的船主甚至会把生病的黑奴抛入大海，并编造理由骗取保险。"桑格号"是英国利物浦一家贩奴公司的奴隶船，1781年9月在驶往美洲的途中爆发了瘟疫，船长下令将133名染有瘟疫的黑奴投入大海，妄图骗保，最终由于船员告发，惨案大白天下，引起社会强烈关注。威廉·透纳著名的风景画《奴隶船》就是基于这个事件。

面上。这是个很容易想象的画面，我太熟悉了，它无数次驶入我儿时的噩梦。导航错误使它在驶向牙买加的途中远离了航道，饮用水见底，满船都是饥渴的奴隶（"哦？"艾米一边说一边从蔷薇丛中拔下一枝野蔷薇），船长害怕奴隶撑不过接下来的旅程了，可他不想第一次出航就遭受经济损失，于是把一百三十三个男人、女人和孩子集合起来，手脚锁在一起扔下了船：之后保险公司会赔偿受损的货物。悲天悯人的伯祖父也经手了这个案件（我妈这样告诉我，我也这样告诉艾米），他判船长败诉，但依据是船长之前犯了导航的错误。应该船长自己承担损失，而不是保险公司。那些翻跳扭动的身体依然是货物，你依然可以抛弃货物，以保全其他货物。你只是得不到赔偿罢了。艾米点点头，把她刚拔的蔷薇塞进她左耳和棒球帽之间的缝隙，突然跪下抚拍一群拽着主人路过的小狗。

"大难不死，必有后福。"我听见她对一只达克斯猎狗说，然后她直起身子再次面对我："如果我爸不是年纪轻轻就死了会怎样？我不可能是现在的样子。是因为痛苦。犹太人、同性恋、女人、黑人……还有爱尔兰人呢。那是我们他妈的秘密力量。"我想起我妈（伤情感心的历史读物，她都没耐心看），于是我退缩了。我们甩下狗，又往前走。天空晴朗无云，汉普斯特德西斯公园碧草如茵、百花斗艳，池塘在阳光下成了金色，可我却摆脱不掉不适、失衡的感觉，我试着寻找原因，发现自己又回到了美术馆那个无名侍者跟前，他耳朵上戴着个小小的金耳环，一脸哀求地抬眼看着我们笑话过的朱迪的翻版。她没有看他，她永远不会看他，画她的时候就不让她看他。可我是不是也避开了他的目光呢，正如我避开格兰奇的目光，格兰奇也避开我的？我能一清二楚地看到这个卑微的摩尔人，仿佛他就站在我眼前的路上。

　　艾米坚持要在女士池塘里游泳，以此给这个特殊的午后画上句号。格兰奇又在门口候着，守着脚边的三辆自行车，愤怒地翻着马基雅维利①的企鹅口袋书。一层花粉形成的薄雾萦绕在水面上，仿佛被困在浓厚昏沉的空气里，可水是冰冷的。我穿着短裤和 T 恤畏畏缩缩地下了水，顺着梯子一点点往下挪，这时两个眉开眼笑、被 Speedo 泳衣和泳帽全副武装的英国女人在一旁迅速地上下划水，主动凑上来鼓励所有将要加入她们的人。（"只要你进来，就会觉得真的很不错。""只要不停蹬腿，腿就不麻了。""伍尔夫②也在这儿游过，你也可以！"）我右边和左边的女人，年纪得是我三倍了，直接就从露天平台上跳下了水，可我实在无法把腰以上的部位浸入水中，于是转身假装欣赏风景来拖延时间：白发苍苍的女士们在臭气熏天的浮萍里场面壮观地游出个圈来。一只漂亮的蜻蜓轻轻掠过，它有艾米最喜欢的那种深浅的绿色。我看着它落在我手边的露天平台上，收起彩虹色的翅膀。艾米人呢？一瞬间我吸食大麻的后遗症来了，麻痹无力、胡思乱想：她在我之前就下水了吗，在我纠结于自己的内衣时？已经溺水了？明天我就将面临审讯，向全世界解释为什么会让一个投了巨额保险、人见人爱的澳洲人独自在伦敦北部一个彻骨的池塘里游泳？女妖精一般的尖叫声穿透了这文明的画

---

① 马基雅维利：指尼可罗·马基雅维利（Niccolò di Bernardo dei Machiavelli, 1469—1527），意大利政治思想家和历史学家。
② 伍尔夫：指艾德琳·弗吉尼亚·伍尔夫（Adeline Virginia Woolf, 1882—1941），英国女作家、文学批评家和文学理论家，意识流文学代表人物，20 世纪现代主义与女性主义的先锋。

面：我回头看见艾米赤身裸体地从更衣室朝我跑来，越过我的头顶、越过梯子作跳水状，双臂展开，背部呈现出完美的曲线，仿佛被无形的领舞者从下面高高托起，然后干净利落地落入水中。

6

我不知道特蕾西爸爸坐牢去了。是我妈在他坐牢的几个月后告诉我的："我看见他又进去了。"她不需要说更多，也不用告诉我少和特蕾西掺和，反正我们的关系自然而然就在降温：姑娘们之间会发生这种事。起初我痛心疾首，以为一辈子都这样了，可其实只是短暂停滞，我们有过好多次，也就持续几个月而已，有时更长一些，可总会过去的，总是跟她爸"出来"或从牙买加回来同步（并非偶然）——在街坊邻居里待不下去时，他经常开溜去牙买加。他"进去"或离开时，特蕾西就仿佛进入了待机模式，像录像带一样暂停了。虽说我们在班级里已经不是同桌（莉莉的生日派对后我俩就分开坐了，我妈跑去学校要求的），可我清楚地知道她的每一天，"家里有麻烦"的日子我能立马察觉，她做的每件事或不做的每件事都能表现出来。她可着劲儿为难我们的老师，不是像我们其他人这样明目张胆的不良行为，不是骂人或打架，而是彻彻底底地神飞天外。她的身体在这儿，心却不在。她不回答问题，也不问问题，不参与活动，不记笔记，甚至不打开练习本，每当这样的时候，我就觉得特蕾西的时间停止了。如果雪曼老师开始咆哮，她就无动于衷地坐在课桌边，眼睛一动不动盯着他脑袋上方的某个位置，鼻子朝天，他说的一切，无论是威胁还是多高的嗓门，都对她不起作用。如我所料，她从没忘记过那些垃圾桶小子的卡牌。被送去校长办公室也吓不倒她：她站着，大衣也不脱（反正从来不脱），走出房间时跟没事人一样。每当她进入这种状态，我就抓住机会做些跟她一起时不敢做的事。比方说，我更多地和莉莉·宾厄姆一起，享受她的幽默感和温柔善良：她还和洋娃娃一起玩，对性爱一无所知，喜欢画画，喜欢用硬板纸和胶水做手工。换句话说，她还是个孩子，我有时希望自己也是。她玩的游戏里，没人死亡，没人恐慌，没人报复，没人害怕被揭穿是个骗子，也绝对没有黑白之争，有一天我们玩时她严肃地跟我解释，她自己是"不介意肤色的"，只看人的内心。她有个硬板纸做的俄罗斯芭蕾舞小剧院，是在考文特花园买的，对她而言，完美的下午意味着在舞台上摆弄硬板纸做的王子，让他遇见硬板纸做的公主，爱上她，她父亲吱吱嘎嘎的《天鹅湖》当作背景音乐。她喜欢芭蕾，不过她自己跳不好舞，八字腿太厉害，没什么大希望；她知道所有的法语词汇，知道狄亚格列夫①和帕芙洛娃②可悲的生平。踢踏舞她不感兴趣。我给她看我已经看了千百遍的《暴风雪》，她的反应让我始料未及，她觉得受了冒犯，甚至可以说受了伤害。为什么所有人都是黑皮肤？她说，影片里只有黑人，这不厚道，这不公平。在美国也许你能这么干，

---

① 狄亚格列夫：指瑟吉·狄亚格列夫（Sergei Diaghilev, 1872—1929），俄国芭蕾舞团创办人、芭蕾舞剧制作人，死于糖尿病。
② 帕芙洛娃：指安娜·帕芙洛娃（Anna Pavlova, 1881—1931），俄国首席芭蕾舞女演员，她的《天鹅之死》是芭蕾史上的经典。她因拒绝接受手术死于胸膜炎。

但这儿不行，在英格兰不行，在英格兰人人平等，没有必要"大肆宣传"。我们不喜欢这样，她说，如果有人跟我们说只有黑人才能上伊莎贝尔的舞蹈课，那对我们不好、不公平，不是吗？我们会难过的。或者说只有黑人才能读我们的学校。我们不喜欢那样，对吧？我什么也没说。我把《暴风雪》塞回帆布背包，在威尔斯登斑斓的日落和流转的云朵下走回了家，一遍遍地回味这堂奇怪的课，不明白她说的"我们"到底是什么意思。

7

　　在特蕾西和我的冷淡期里，我觉得礼拜六的日子不好过，于是巴望着布思先生能跟我聊聊天、提提建议。我把我从图书馆看来的新信息告诉他，他作一番补充或给我解释我不理解的地方。举个例子，布思先生以前不知道"弗雷德·阿斯泰尔"其实应该是"弗雷德里克·阿斯特利兹"，可他知道"阿斯特利兹"的意思，他解释说这肯定不是来自美国，而是欧洲，也许是德国或奥地利名字，也可能是犹太名字。在我眼里，阿斯泰尔就等于美国（如果国旗上有他，我都不会觉得惊讶），可现在我知道其实他很多时候待在伦敦，和他姐姐一起跳舞，在这儿也很有名气，如果早个六十年出生，我就能去沙夫茨伯里剧院看他了。布思先生还说，他的姐姐跳舞比他好得多，所有人都这么说，她才是明星，他就是个陪衬，不会唱歌，不会表演，开始谢顶，会跳一点点，哈哈哈，他向他们证明了自己，对吧？听布思先生说着说着，我纳闷自己有没有可能也是个大器晚成的人，很晚才显山露水，有朝一日（很久很久以后），特蕾西会坐在沙夫茨伯里剧院的前排看我跳舞，我们的位子完全互换，世界终于认可我才是更优秀的那个。他的晚年——布思先生从我手中拿过图书馆的书念起来——他的晚年，日常生活和早年相比没什么变化。他早上五点醒，早餐吃一个煮鸡蛋，体重一直保持在一百三十四磅。他沉迷于《指路明灯》和《事过境迁》这样的电视连续剧，如果看不了肥皂剧，他就会给管家打电话，检查出了什么问题。布思先生合上书，微笑着说："这个怪家伙！"

我向布思先生抱怨阿斯泰尔的一处缺点（在我看来，他不会唱歌），他的强烈反对让我措手不及，我们通常什么意见都一致，总是一起笑，可现在他谨小慎微地挑出《我的一切》的乐谱，放在钢琴上说："可是唱歌不仅仅指引吭高歌，对吧？不是谁的声音最抖、最高就最好，不是的，它需要快慢有节、长短有致，需要细腻，恰如其分地表达出歌曲的情感，歌曲的灵魂，以求一开口就触动你的内心，比起摧残你可怜的耳朵眼儿，你不想要真实的触动吗？"

他不说话了，完整地弹奏了《我的一切》，我跟着他唱，有意识地像阿斯泰尔在《丝袜》里那样表达每个乐句（一些词缩短了，另一些半唱半吟），尽管我自己听着不太自然。我和布思先生一起思考，全身心地爱着谁是什么感受，完全占有他们是什么感受，即使他们回报我们的爱只有一丁点儿。表演时，我通常单手扶琴，面向外，因为电影里的姑娘们就是这样的，这样我就可以留意教堂大门上的钟，知道什么时候最后一个孩子也进来了，所以不能再唱了，可这一回，我想好好配上那优美的旋律（配上布思先生的演奏，不是"引吭高歌"，而是唱出真实的感觉），曲到中途，我本能地走了心，就在这时我看见布思先生在哭，非常轻柔，但真的是在哭。我不唱了。"他想让她跳舞，"他说，"弗雷德想让赛德跳舞，可她不跳。她是你称为知识分子的那种人，从俄罗斯来，她不想跳舞，她对他说：'跳舞的问题在于，你跳，跳，跳，可你还在这里！'然后弗雷德说：'我当然知道啦。'有趣。有趣！瞧，亲爱的，上课时间到了。你最好穿上舞鞋吧。"

我们系好缎带，准备回到队伍里时，特蕾西用我听得见的音量对她妈妈说："看见了吧？所有古怪的老歌，她都喜欢。"有种谴责的口气在里面。我知道特蕾西喜欢流行乐，可我觉得旋律没有老歌优美，此时我正打算这么说。特蕾西耸耸肩，把我的话扼杀在摇篮里。她耸肩的动作有碾压我的力量，能终止任何话题。她转身对她妈妈说："还喜欢老神经呢。"

她妈妈的反应让我震惊：她幸灾乐祸地望过来。那时我爸在外面，在教堂院子里，在樱桃树下的老地方；我能看见他，他一手提着一小袋烟草，一手拿着香烟纸，他都懒得在我面前遮掩这些东西了。可在我家，我不能说其他孩子的坏话，也不能让我爸我妈幸灾乐祸，或想法子让他们站在我的这边。特蕾西和她妈妈是站在一边的，我深受打击，觉得这有点反常，而且她们似乎心知肚明，因为有些情况下她们遮遮掩掩。我敢肯定，如果我爸在场，特蕾西妈妈绝对不敢幸灾乐祸。

"最好离古怪的老男人远一点。"她指着我说。我抗议说布思先生不是古怪的人，他是我们亲爱的老钢琴手，我们喜欢他，我还没说完，特蕾西妈妈就不耐烦了，双手叉在巨大的胸脯前，目视前方。

"我妈觉得他有恋童癖。"特蕾西解释。

走出那堂课时我紧紧抓着我爸的手，可我没说发生了什么事。

无论什么事情，我都没想过向父母求助，不再会这么做了，如果有，我也只想保护他们。我到其他地方寻求帮助。书开始进入我的生活。还算不得好书，还是那些娱乐圈的老传记，我不读经书圣典，但我把它们当作经书圣典，从中获得慰藉，尽管它们是为了捞钱才出版的粗制滥造的作品，内容无疑是作者信手拈来的，可对我很重要。我把有些页码折了角，一遍遍地读里面的句子，像维多利亚时代的女士阅读她的圣诗。他做得不对——这是很重要的一句。阿斯泰尔自称每次在银幕上看见自己，脑子里想的都是这句话，我注意到了这个第三人称代词。我的理解是：阿斯泰尔觉得影片里的人和他本人并无特殊关系。这句话我铭记在心，或者说，这句话勾起了我已有的感受，大抵是人要把自己当作陌生人看待，对自己保持独立的、不偏不倚的视角，这一点很重要。我认为，若你想在这个世界有所建树，就需要那样思考问题。没错，我觉得那是种特别优雅的态度。此外，凯瑟琳·赫本①对弗雷德和金姬的著名评语也叫我念念不忘：他给她气质，她让他性感。这是普遍规律吗？所有的友谊（所有的关系）都牵涉这隐秘莫测的才能的交换，力量的交换？它也适用于民族和国家吗，还是只在个体间发生？我爸给了我妈什么——我妈又给了我爸什么？我和布思先生给了对方什么？我给了特蕾西什么？特蕾西又给了我什么？

---

① 凯瑟琳·赫本（Katharine Hepburn，1907—2003）：美国女演员，四届奥斯卡金像奖最佳女主角。

第三部分　暂停

1

艾米向我解释说，政府没有用，信不得，慈善机构有自己的日程，教堂比起肉体更关心灵魂。如果我们想在这个世界上看到真正的变化，好吧，那我们就得亲力亲为，是的，我们要自己推动想看到的变化，她一边继续往下说一边调整跑步机的坡度，直到在隔壁跑道上的我看来，她仿佛在往乞力马扎罗山上冲刺。"我们"指的是和她一个圈子的人，有钱，在全球都有交际，又正好热爱自由和平等，渴望公正，觉得有义务用自己大笔的钱做点儿什么。这属于道德范畴，但也属于经济范畴。如果你跟着这个逻辑一路到传输带的尽头，几英里后你就得出了新的观点：财富和道德本质上是一回事，因为一个人越有钱就越能做善事，或者说越有做善事的可能性。我用背心擦去汗水，看着我俩面前的屏幕：艾米七英里，我一英里半。等她终于跑完，我们走下机器，我递给她一条毛巾，我们一起走去剪辑室。她想看看我们给潜在捐助人拍摄的一部宣传片，刚开始剪辑，音乐或声音都还没配上。我们站在导演兼编辑的人身后，看着没有声音的艾米为学校工程破土，她手里拿着大铲子，在村里老人的帮助下奠基。我们看着她跳舞，一起跳的还有她六岁的女儿卡拉和一群穿着灰绿相间校服的漂亮姑娘，我们听不到伴奏的音乐，她每一脚踩在地上都扬起漫天的红色尘土。我回想起几个月前在现实中、在这一切发生的那刻就目睹过全程，心想现在看到的样子，在这种格式下看到的样子竟如此不同，因为编辑极尽软件所能地移花接木，把在美国的艾米、在欧洲的艾米和在非洲的艾米编连拼接，把熟悉的事件用全新的顺序去呈现。十五分钟后，她满意地起身揉着年轻导演的头发说，你就是这么搞的呀，然后直奔淋浴房去了。我留下来帮忙完成剪辑。二月份那会儿，施工现场架了个缩时摄影相机，所以我们现在可以在几分钟的时间里看完学校拔地而起的整个过程，学校里挤满了急速移动、分不清谁是谁的蚂蚁一般的工人——这以超现实的手法表现了，当有钱有势有善心的人决定做点什么时，一切都有可能。这批人用寥寥几个月的时间就能在西非的农村里造好一所女校，只因他们决定要做。

　　我妈喜欢说艾米做事的方式"幼稚"。可艾米觉得她已经尝试过我妈的路线了——政治路线。八九十年代时，她曾支持总统候选人，主持宴会，筹措竞选经费，在体育场的平台上向观众们慷慨陈词。我出道的时候她已经不玩这一套了，正如她曾鼓励投票的那一代人（我这代人）已经不玩这一套了。如今她致力于"以接地气的方式让变化发生"，她只想"在社区层面上和社区合作"，我由衷地敬佩她的献身精神，只是偶尔（她一些有钱有势有善心的朋友来位于哈得孙谷的别墅吃午餐或游泳，顺便讨论这个或那个项目时）免不了看见我妈预言的情况。我努力听一听这些形形色色（因为弹吉他、唱歌、服装设计或模仿秀而出名）、有钱有势有善心的人在鸡尾酒会上闲聊他们的计划，比如终结塞内加尔的疟疾或在苏丹开凿干净的井等等，这种时刻我真的觉得我妈就在我肩头，无形的道德批判，或讽刺的评论，从几千英里外往我的耳朵里灌毒药。不过我知道艾米自己对权力一点兴趣都没有。驱动她的是别物：不耐烦。在艾米看来，世界上的贫穷是因为马虎草率犯下的错误，很多错误之一，只要人们具备她对待所有事物的那种专注力，问题就迎刃而解了。她讨厌开会，讨厌漫长的讨论，不喜欢从太多的角度考虑一件事情。最让她受不了的就是"从一方面是这样"和"从另一方面是那样"。相反，她用信念做决定，她用"心"做决定。这些决定往往很突然，而且一旦决定了就决不改变或撤回，因为她相信自己把握时机的出色能力，相信时机——它是神秘的力量，是一种宿命，运作于地球和宇宙的层面，也运作于个人。实际上艾米觉得这三个层面是休戚相关的。她认为，一九九八年六月二十日（她驾临我们公司后的六天）烧毁 YTV 英国总部的是刚好的宿命：深更半夜电线不知怎的就出了问题，燃起一场划破天际的大火，毁掉了绵延数英里，直到当时还保存完好，未因伦敦地铁而腐蚀的录像带。我们接到通知，办公室再要能上班，得等九个月。与此同时所有人都搬去了国王十字车站一栋丑陋无比、毫无特色的办公楼。我花在交通上的时间多了二十分钟，我怀念摄政运河、卡姆登市场和斯诺顿的鸟儿。可我在国王十字车站的办公楼只待了六天。佐伊捎给我一份传真件，收件人是我，上面有个电话号码要我打过去，没有解释原因。电话另一端是艾米的经纪人朱迪·瑞恩的声音。她说艾米本人要求穿绿衣服的棕皮姑娘到她切尔西的办公室面试一个岗位。我受宠若惊。我在那栋大楼外面徘徊了半个小时才进去，从电梯到走廊一路都在颤抖，可当我走进房间，我明白这事儿已经定了，从她脸上就能看出来。艾米的脸上没有忧虑，没有疑惑：在她眼里，这一切不是巧合，不是运气，甚至算不上快活的意外。这是"宿命"。员工们嘴里说的"熊熊大火"不过是宇宙要让我俩——艾米和我走到一起冥冥之中的安排，与此同时，很多其他事情它就顾不上了。

2

　　艾米对时间有着不同寻常的态度，可她的方式很直接，让我不胜佩服。她和她圈子里的人不太一样。她不需要整容，不喜欢活在过去，不捏造生日，不转移视线，不歪曲事实。在她这里一切真的只关乎意志。十年间我目睹了这股意志多么所向披靡，目睹了它巧能成事的力量。还有她为之付出的努力——所有的体能锻炼，所有的熟视无睹，后天练就的天真无知，她不期而遇的灵光显现，她像十几岁的丫头一样在不断恋爱又分手。这一切在我看来简直自带外挂，拥有让时间膨胀的力量，仿佛她其实在以光速前行，远离我们剩下的人（困在地球上，衰老得比她快的人），而她俯视着我们，弄不懂这是为什么。

　　她本迪戈的手足前来拜访时，或她和从中学就相识的朱迪相处时，这股效应最为明显。这些半老不老的人，有的只是搞砸的家庭、皱纹、失望、触礁的婚姻、生理的病痛——这些和艾米有什么关系？这些人怎么可能和她一起成长，怎么可能和她睡一样的小伙，怎么可能在同一年以同样的方式、同样的速度在同一条街上奔跑？不仅因为艾米看起来很年轻（她确实如此），更是因为她身上有一种不可思议的年轻的力量在游走。它深入骨髓，影响她的坐、动、思、言，影响一切。有些人，譬如说她脾气火爆的意大利厨师马可这类人，对此冷嘲热讽、赤口毒舌，他们说这全是因为钱，说这是有钱没工作的副作用——从来没有真正的工作。可和艾米一同游走各地时，我们遇见了很多家财万贯、无所事事的人，他们比艾米闲多了（她以自己的方式努力工作），却大多老得像玛士撒拉①。你有理由认为，很多人也确实认为，让艾米永葆青春的是她年轻的情人们（毕竟这是她自己多年来的观点），是没生孩子。可这个理论在她取消南美洲和欧洲的行程、诞下儿子杰伊的那年不攻自破，她两年后又生下小宝宝卡拉，快刀斩乱麻地和第一任中年老爸兼男友了断，结识并更迅速地和第二任老爸兼丈夫了断，第二任自己还是个毛头小子呢。当然啦，人们会想，压缩在寥寥数年间的丰富阅历当然会留下痕迹喽。可团队里的其他人从旋风中出来时已经筋疲力尽、弹尽粮绝，恨不得一躺十年，艾米自己却基本不受影响，差不多还是老样子，浑身充满惊人的力量。她一生完卡拉就回到工作室，回到健身房，回到旅途，更多的保姆受聘了，家庭教师出现了，几个月后她从这纷纷扰扰中现了身，宛如二十六岁的熟女。她差不多四十二岁了。我的三十岁生日就要到了，这是艾米念念在心的事情之一，还有两个礼拜呢，她就不断地说我们要来一场"女士之夜"，就我们俩，关掉手机，全神贯注，一门心思，鸡尾酒，这些都不是我期待或要求的，可她不依不饶，然后当然这天还是来了，谁也没提我生日的事，我们一整天都在向挪威供稿，结束后她和孩子们吃饭去了，我独自坐在房间里想看点书。十点钟了，她还在舞

---

① 玛士撒拉（Methuselah）：《旧约全书》提到的老人，据说活了 969 岁。

蹈室，而我的阅读被朱迪打断。她脑袋上一成不变的卷羽发型是她在本迪戈的青春岁月的遗迹。她只在门口探了个头，目光都没离开手机，告诉我我得提醒艾米我们第二天早上要飞柏林。我们现在在纽约。艾米的舞蹈室大得像舞厅，像装了镜子、有一大圈胡桃木练功扶手的箱子。是从她别墅的地下室挖出来的。我进去的时候她正好劈叉在地，一动不动像是死了，她的脑袋垂在胸前，长长的刘海（当时是红色的）遮住了她的脸庞。音乐在放。我等了等看她会不会理我。她没理我，而是一跃而起跳了一组舞步，全程面朝镜子里的自己。上次看她跳舞已经有段时日了。我现在很少坐在人群里看她演出了：她的那一面——我在更深、更细的层面上无比了解的某个人矫揉造作的表演，感觉很遥远。我为这个人预约堕胎、雇用遛狗工、订花、写母亲节卡片、涂乳霜、打针、挤痘、擦拭难得一见的失恋的泪水，等等。大多数日子里我不会觉得自己在为艺人工作。我和艾米的工作、我为艾米做的工作大多发生在汽车里，或者沙发上、飞机上、办公室里，在各式各样的屏幕里，在成千上万的邮件中。

可她就在这儿，跳着舞。我听不出配乐是什么曲子（我现在很少去舞蹈室了），可舞步很熟悉，这么多年来它们没多大变化。她日常训练的很大一部分是令地板吱嘎作响的走路：一种有力、有节奏的舞步，无论她走到哪儿你都听得出来，像一只大猫一板一眼地在笼子里踱步。现在叫我吃惊的是它丝毫不减的情色意味。通常我们夸赞一个舞者时会说：她举重若轻。艾米可不是这样。我觉得根据我的观察，她的一部分秘密在于她能从劳神费力之中召唤出愉悦欢喜，她没有哪个动作是顺从本能、自然而然地流淌到下一个动作的，每个"舞步"都一清二楚，编排好的，可当她抛洒汗水完成这些动作时，辛苦本身就显得情色盎然了，就像看着一个女人在马拉松比赛的最后越过终点线，或一步步攀上她的性高潮。同样都是女性意志得以彰显的欣喜若狂。

"让我练完！"她对着镜子里的自己大喊。

我走到远远的一个角落，沿着玻璃墙滑下，坐在地板上重新打开我的书。我打算给自己立个新规矩：每天晚上阅读半小时，雷打不动。我选的书不厚，可我还没看多少。你为艾米效力时，读书基本上没可能，团队里的其他人都觉得这个想法很不现实，我觉得从某种程度上说是无情的背叛。即使在长途飞行中（即使我们飞回澳洲），工作人员要么回复和艾米相关的邮件，要么翻阅一堆杂志假装在工作，因为艾米就在你手里的那本杂志上，就算没有也很快会上的。艾米自己读读书，有时是我推荐的正经书，更多时候是自选书或朱迪和格兰奇放在她面前的讲怎么节食的垃圾书，但艾米的阅读是不受我们干扰的，艾米毕竟是艾米，她想做什么就做什么。有时候她会从我给她的书里找到什么灵感（某个时期、某个角色或某个政治观点），最终将其转化成扁平的、庸俗的形态，转化成一段影片、一首歌或别的什么。但这无法改变朱迪大体上对阅读的态度，她觉得读书缺德，因为它占据了我们原本可以为艾米工作的宝贵时间。但有时候就连朱迪也有必要看看书（因为看书会成为艾米进军电影界的契机，或有助于某个项目的开展），这种情况下，她会利用我们长途飞行的时间读完某本书的三分之一，脚跷得老高，脸上一派噘了柠檬的表情。她看书从不过三分之一（"我明白大概意思了"），然后立马端出四个可能的判决之一。"挺活分"——意思是不错；"很重要"——意思是相当不错；"有争议"——意思是可能好可能坏，你永远不知道；"笨样儿"，发音时要配合叹气和翻白眼，意思是不好。如果我要她说点儿理由来，朱迪会耸耸肩说："我知道什么呀？我不过是本迪戈来的小野丫头。"这句艾米也听得见的话，足以让任何项目胎死腹中。艾米从不低估心灵家园的重要性。尽管她已将本迪戈抛在身后（说话不再像家乡人，唱歌常模仿美国人的口音，经常把自己的童年说成活地狱），但她依然将家乡视为有力的符号，几乎是业界领头羊的标志。她的理论是，明星可以把纽约和洛杉矶收入囊中，可以坐拥巴黎和东京——但只有超级明星才会有克里夫兰、海得拉巴和本迪戈这样的背景。超级明星俘获所有地方的所有人。

"你读什么呢？"

我把书举起。她从劈叉的姿势收起两条腿，对封面皱皱眉头。

"没听过。"

"电影叫《歌厅》①？基本差不多吧。"

"同名书？"

"书可比电影早。我觉得它可能有用，毕竟我们要去柏林了。朱迪派我来提醒你。"

艾米朝镜子里的自己扮了个鬼脸。

"朱迪可以多拍拍我的马屁呀。她最近弄得我够呛。我想她可能绝经了？"

"也可能是你太烦人了？"

---

① 《歌厅》：美国20世纪70年代的电影，改编自百老汇歌舞剧，描述30年代德国纳粹兴起之时，柏林成为一个醉生梦死的地方。

"哈哈。"

她躺下来，抬起右腿举到胸前，等着。我走过去跪在她前面，把她的膝盖朝胸口压。我的体格结实得多（更宽、更高、更重），每次我这样给她压腿，都觉得自己得小心点，觉得她很柔弱，我会压断她，不过她有着我无法想象的肌肉，我见过她把年轻的男舞者举得几乎和她脑袋一样高。

"挪威人真没劲，是不是？"她喃喃自语，然后突发奇想，仿佛我们过去三个礼拜的对话都没发生过，"我们为什么不出去？比方说，现在。朱迪不会知道的。我们从后门出去。喝点鸡尾酒？我特想喝。我们不需要理由。"

我朝她笑笑。我试想了一下，生活在一个随心而动、率性而为的世界里是什么感觉。

"什么事那么好笑？"

"没有。我们走吧。"

她冲了个淋浴，换上她普通百姓的行头：黑色牛仔裤、黑色背心，还有压得低低的黑色棒球帽——她的耳朵戳在头发外面，有种意想不到的憨态。我说她喜欢到外面跳舞时，人家都不相信我，我们确实不经常去，后来的年头不经常去，可真的是有，而且从来没捅过娄子，可能因为我们去得很晚，去的是同性恋吧，等到小伙儿们认出她来，他们通常激动高兴、善意满满：他们想保护她。数年以前她是他们的，后来她成了所有人的，现在照顾她证明了她依然真的属于他们。没人讨要亲笔签名，没人要她摆姿势拍照，没人给报社打电话——我们只是跳舞。我唯一要做的就是表态我跟不上她，当然也没必要打肿脸充胖子，我确实跟不上。等我的腿肚子有灼烧感，像站在水龙头下面汗流不止时，艾米还在跳呢，我只好找个位子坐下等她。我就这么坐在场外，突然感到肩头一记重击，什么湿湿的东西滴到了我脸上。我抬起头。是艾米，她咧嘴笑着，俯视着我，汗水从她脸上滴到我脸上。

"起立，士兵。我们起航了。"

这时是凌晨一点钟。不算太晚，可我想回家了。但等我们接近住所时，她拉下隔板告诉埃罗尔不要停，开过房子往"七分之一和小树林"酒吧的方向开，埃罗尔试图抗议时，艾米吐吐舌头把隔板拉上去了。我们在一家小小的、脏兮兮的钢琴酒吧外停下了。我已经听得见有个男人用百老汇式的颤音大着嗓门在唱《歌舞线上》里的曲子。埃罗尔摇下车窗怒视大敌的门。他不想让她走。他用哀求的眼神看着我，拉拢我，仿佛我们是一条船上的两个人（在朱迪看来，我俩明天都得负责），可一旦艾米下定决心，我肯定拉不回来。她打开车门，拉我下车。我俩都醉醺醺的：艾米兴奋过了头，处于再次满电的危险状态；我精疲力竭，酒后感伤。我们坐在昏暗的角落（整个酒吧全是昏暗的角落），手里拿着酒保端来的两杯伏特加马提尼——这酒保和艾米差不多年纪，激动得手忙脚乱，不知该怎么伺候她，我搞不清他怎么才能在瘫软之前解决把酒放到我们面前的现实问题。我从他颤抖的手中接过玻璃杯，忍受艾米一遍又一遍地跟我讲"石墙事件"①的历史，石墙这样，石墙那样，仿佛我从

---

① "石墙事件"：20世纪五六十年代，美国的司法制度严重歧视同性恋者，接吻、牵手、在同性恋酒吧出现都是被逮捕的理由。"石墙事件"发生于1969年6月27日纽约"石墙"旅馆外格林威治村的同性恋住所，这是同性恋者首次抗拒警方逮捕并引发暴力冲突，被认为是美国乃至世界现代同性恋权利运动的起点。

没到过纽约、什么都不知道。钢琴旁一群开"脱单派对"的白种女人唱着《狮子王》里的什么歌；她们的声音销魂刺耳，还总是忘词儿。我知道这很幼稚，可我因为生日的事气鼓鼓的，唯有愤怒能让我清醒，我不提什么事惹毛了我，暗暗地闹着别扭。我喝着马提尼，一言不发地听艾米从"石墙事件"扯到了她早年跳舞打零工的事，那是在字母城①，七十年代末，她所有的朋友都是"疯癫癫的黑人小伙、同性恋、女歌手；现在全死了"，这故事我听过百八十遍，我都能自己讲了。我正绝望于没办法让她闭嘴，就在这时她突然用烂醉时才会有的口气宣布她"要尿尿"。我知道她没体验过几次公共厕所，可我还没来得及站起来，她已经在我前面二十码了。我费力穿过醉醺醺的脱单女时，钢琴手抬着头一脸期待地看着我，抓住了我的手腕："嗨，姑娘。你唱歌吗？"此时艾米跳下地下室的台阶，消失在视线外。

"这首怎么样？"他冲乐谱点点头，一只手无力地掠过他乌黑闪亮的光头。"这些姑娘唱歌再也听不下去了。你会吗？《玫瑰舞后》②里的？"

他优雅的手指拂过键盘，我唱起开头的乐章，知名的序曲，讲的是只有死人才待在家里，像妈妈这样的人，噢，他们可不同，他们不会坐以待毙，他们有梦想有胆量，他们不会待着等死，他们总会努力站起来——去外面的世界！

---

① 字母城：位于纽约曼哈顿的东村区，之所以叫这个名字是因为这里的大道以 A、B、C、D 依次命名。
②《玫瑰舞后》：舞台剧、电影，描述对舞台表演有高度热忱却生不逢时的玫瑰，将自己的梦想寄托在两个女儿身上，但小女儿厌倦管束与男友私奔，大女儿沦为当红脱衣舞女。

我一只手搭在钢琴上，改为面朝它的姿势，闭上眼睛，我还记得我当时在想起头时声音要轻，至少我还是有意识这么做的（轻轻地起头，轻轻地唱），不要超过钢琴声，不要被人注意，或者说不要太被人注意，因为我还和以前一样觉得不好意思。可也因为要尊重艾米，她没有唱歌的天资，尽管这是我们之间不可言说的事实。她并不比我眼前坐在酒吧凳子上喝迈泰酒的脱单女更有天资。可我有天资，不是么？抛开一切不说，我当然有啦？此刻我觉得我没法憋着嗓子了，我的眼睛依然闭着，可我的声音抬高了，不断抬高，我越唱越响，我觉得我控制不了了，真的，声音是我发出的，但它现在又高又远，摆脱了我的掌控。我的手在空中比划，我的脚跟在地板上打拍子。我觉得我是房间里所有人的焦点。我甚至情绪化地幻想自己身处一长列有胆量的兄弟姐妹、音乐制作人、歌手、乐师、舞者中，因为我不也拥有我的族人常有的天赋吗？我可以把节拍变成乐章，变成韵律和乐符，让它减速，让它提速，控制我自己生命的节拍，最后终于站在这个舞台上（如果不去别的地方）。我想起妮娜·西蒙把每个乐符和下一个乐符狠狠地、精确地分开，正如她的偶像巴赫教她的那样，我想起她称自己的音乐为"古典黑人音乐"（她讨厌爵士乐这个词，认为是白人硬套在黑人头上的词汇，她断然拒绝），我想起她的声音，她能把音拖到你忍无可忍的地步，强迫她的听众顺从它，顺从她的时间表，顺从她对歌曲的理解，她对听众毫无怜悯之心，无情地追逐自己的自由！可我太顾着想妮娜的事情，不知道已经要结束了，我以为我还有一段要唱，结尾的和弦结束了，可我还在继续唱，还没意识到噢，是啊，是啊，赶紧停下吧，结束了。就算有雷鸣般的掌声我也没听见，一切似乎已归于平静。我只感觉钢琴手在我背上迅速拍了两记，他的手黏黏的、冷冷的，还带着在前一个俱乐部演出时干掉的汗渍。我睁开眼睛。是啊，酒吧里喧嚣已过，或者压根没有过，一切都和之前一样，钢琴手已经在和下一个表演者说话了，脱单女高高兴兴地边喝酒边聊天，仿佛什么也没有发生过。凌晨两点半。艾米不在自己的位子上。她不在酒吧里。我跌跌撞撞地在那又小又挤的地方找了两圈，踢开臭气熏天的厕所里的每扇门，手机在我耳边不停拨号，她的手机却总是留言状态。我又磕磕绊绊地回到酒吧，跑上楼梯到了街上。我恐慌不已，叫喊起来。天在下雨，我吹直的头发以惊人的速度卷翘回来，打在我头上的每一滴雨都催生一个卷，我伸进去摸到了羔羊毛的触感，潮湿而富有弹力，浓密而充满活力。汽车喇叭响了响。我一抬头看见埃罗尔停在之前我们下车的地方。后车窗降下来，艾米探出头来，缓缓鼓掌。

"喔，好极了。"

我赶忙一边道歉一边朝她奔去。她打开车门："快进来。"

我坐在她旁边，仍不住道歉。她凑上前去跟埃罗尔说话。

"去趟市中心再回来。"

埃罗尔摘下眼镜，捏捏鼻梁。

"快三点了。"我说，可她抬起隔板，我们出发了。开出十来个街区，艾米和我都一言不发。正当我们穿过联合广场时，她转向我："你开心吗？"

"什么？"

"回答问题。"

"我不知道你为什么问我这个问题。"

她舔舔大拇指，擦去从我脸上流下来的睫毛膏。我根本不知道。

"我们在一起，多久了？五年？"

"快七年了。"

"好的。那你现在应该知道，我不希望我的人，"她说得很慢，像在跟智障说话，"为我工作时不开心。我觉得没意义。"

"可我没有不开心！"

"那你是什么？"

"开心啊！"

她摘下帽子，扣在我的头上。

"这一辈子里，"她说着重新靠回皮座椅里，"你得知道你想要什么。你得去想象，然后去实现。可这个问题我们谈过很多次了。很多次。"

我点头笑笑，醉得没什么其他反应了。我把脸嵌进胡桃木和窗玻璃之间，从这儿我能清楚地看到整个城市，从上到下。我看见豪华公寓的屋顶花园，看见这个时间点还在外面的寥寥无几、零零落落的人溅着水花走过积水的人行道，我从这个视角不断看见怪诞偏执的组合。一个拾罐子的中国老妇，戴着老式的圆锥形帽子，在一栋房子的窗前拖着她的战利品（几百甚至几千个罐子被她收集在一张巨大的塑料布里），我知道房子里住的是个中国富豪，是艾米的朋友，曾和艾米讨论过开连锁酒店的事情。

"在这座城市里你真的得知道你到底要什么，"艾米说话了，"可我觉得你还不知道。好吧，你很聪明，我们都懂。你以为我说的跟你没关系，可是有关系。脑子和心、眼相连——就是想象，想象而已。想要它，看见它，得到它。不要道歉。我从来不为我想要的东西道歉！可我看见你道歉——我看见你一辈子都在道歉！仿佛你有幸存者愧疚感之类的！可我们不再是在本迪戈了！你已经离开本迪戈了——对吧？就像鲍德温①离开哈勒姆区。就像迪伦②离开……管他妈的从哪儿来的。有时候你得跳出来——从他妈的本迪戈跳出来！感谢上帝我们都跳出来了。很久以前。本迪戈在我们身后了。你听得懂我在说什么，对吧？"

我不住地点头，尽管我真的不知道她在说什么，除了和艾米在一起时常有的那种强烈感觉：她认为她的故事放之四海而皆准，醉酒时更是如此，在这样的时刻，我们所有人都来自本迪戈，我们所有人的父亲都在我们尚小时去世，我们都想象过自己的好运并成功逆袭。艾米和其他人之间的界限模糊了，难以分辨。

我想吐。我像狗一样把脑袋伸进纽约的夜空里。

"瞧，你不会一辈子干这个的。"一小会儿后我听见她说，这时我们已经进入时代广场，车开在八十英尺高、顶着两英寸非洲头的索马里模特下，模特穿着毫无特色的 GAP 卡其布制服，在一栋大楼的侧面欢快跳舞。"太他妈的明显了。所以问题就是：这之后你打算怎么做？你打算怎么过你的生活？"

我知道这个问题的正确答案应该是"单飞"做这或做那，或干天马行空的事，比如"写本书"或"开个瑜伽静修馆"，因为艾米

---

① 鲍德温：指詹姆斯·鲍德温（James Baldwin，1924—1987），美国黑人作家、散文家、戏剧家和社会评论家，出生于纽约哈勒姆区。
② 迪伦：指的可能是鲍勃·迪伦（Bob Dylan，1941— ），美国歌手、创作人、作家、演员、画家，2016 年诺贝尔文学奖得主。

觉得实现这些事情，你只要走进譬如出版社的办公楼，然后大声宣布你的目的。她自己的经历就是如此。她如何知道时间会一波波地向人席卷而来？她如何知道时间席卷下委曲求全、差强人意、苟且偷生的生活？我直勾勾地盯着跳舞的索马里模特。

"我很好！我很开心！"

"好吧，我觉得你脑子里装太多了，"她边说边拍自己的脑袋，"也许你要多上上床……你懂的，你好像从来不跟谁上床。我的意思是：是我的错吗？我安排得太满了，是吗？一直太满。你从来不跟我说这方面的。"

车里亮起来。是推广什么玩意儿的巨幅数字广告，可在车里感觉柔和又自然，像破晓一般。艾米揉揉眼睛。

"唔，我有项目要给你，"她说，"如果你想做项目的话。我们都知道你是大材小用了。不过，如果你想换东家，现在是个好机会。我对这个非洲项目很上心——别啊，眼睛别朝着我打转啊；我们得敲定细节，我当然知道，我又不是傻瓜——但这事儿一定要做的。朱迪一直在和你妈接头。我知道这个你也不想听，可她已经接头了，你妈也不像你想的那样不是个东西。朱迪觉得那个地方……好吧，我酒劲儿上来了，想不起在哪儿了，丁点儿大的国家……西面的？可她觉得那是个有趣的方向，我们可以努力努力，有潜力。朱迪说的。而你值得尊敬的议员老妈，正好知道不少。朱迪说的。问题是，我需要全力以赴，需要想在这儿的人。"她指着自己的心脏说，"不是还在迷茫为什么在这儿的人。"

"我想在这儿。"我看着她指的地方说，尽管在伏特加的作用下她小小的胸部有了分身术，然后交叠，又再重合。

"我现在转弯？"埃罗尔通过麦克风满怀希望地问她。

艾米叹气道："你现在就转。好了，"她转向我，"你这几个月一直怪怪的，从在伦敦时就开始了。很多负能量。这种负能量该好好疏导，否则它一直在回路里传播，影响所有人。"

她说到此处用了不少手势，以示某些未知的物理学定律。

"在伦敦发生什么事了吗？"

3

等我回答完她的问题,我们已经绕回到联合广场,我抬起头,看到巨大的倒计时板上的数字不断变化,其中央的空洞如同但丁的炼狱吐出滚滚烟雾。它叫我有种喘不上气的感觉。伦敦的那几个月里,很多事情叫我喘不上气:因为长期不住,我终于放弃了自己的公寓;在人头攒动的竞选活动上,我站着等了一夜,看着一个戴蓝领带的男人登台向穿红裙子的我妈认输。我在爵士咖啡馆看到一张怀旧的"九十年代嘻哈乐之夜"的传单,超级想去,可连一个能同去的朋友都想不到,过去几年里我不着家的日子太多了,居无定所,没怎么打理个人邮件,一是没时间,二是艾米不赞成我们上网"社交",怕我们闲聊走漏了什么消息。不知不觉中我的友谊断送了。于是我独自一人去了,喝得醉醺醺的,最后跟一个门卫上了床——一个高大的美国人,从费城来,自称曾是职业篮球手。和他这个行当的大多数人一样(包括格兰奇),他受到雇用是因为身高和肤色,是因为这两者相加所暗示的威胁。我和他一起抽了两分钟的烟,觉得他性格温顺,与人为善,不适合这份工作。我身上带了一小包可卡因,是艾米的厨师给我的,等我的门卫休息时,我俩去了洗手间的小隔间里，在擦得锃亮的壁架上大快朵颐——这简直就是专门为此设计的。他跟我说他讨厌这份工作，讨厌它的侵犯性，害怕用手去碰任何人。等他下班，我们一同离开，他在出租车里给我按摩脚丫子，我们咯咯地傻笑。我们去了我的公寓，公寓里所有东西都打好包了，等着搬去艾米位于马里波恩的豪宅，他抓住励志的引体向上单杠（我安在卧室门上方却从来没用过）试图上拉，却把这蠢玩意连同一些灰泥从墙上扯了下来。上床时，我基本感觉不到他在我体内——大概是可卡因叫他萎了。他也不像介怀的样子。他愉快地像头大熊一样在我身上睡着了，凌晨五点又同样愉快地祝我好运，自己走了。我早晨醒来时鼻子在流血，清楚地感到自己的青春，或者至少是这方面的青春，离我而去了。六周后一个周日的清晨，朱迪和艾米在米兰疯狂给我发短信说整理艾米一九九二年到一九九八年间的舞台服装的事，可我呢，瞒着她俩在皇家自由医院的无预约门诊处等待性传染病及艾滋病检测结果，听着几个远不如我幸运的人被带去边上的房间里哭。这些事我都没和艾米说过。我却说了特蕾西的事。所有人中偏偏说了特蕾西。我们之间的整个历史，在时间和伏特加里迷迷糊糊穿前插后的来龙去脉，放大的憎恨，削弱或消亡的愉悦，我说得越久就看得越清、想得越清（仿佛真相沉入了井中，如今却从伏特加井里涌上来跟我见面），在伦敦，其实只发生了一件事：我见到了特蕾西。这么多年未见，今又见到。其他事情都不重要了。仿佛上次见面和这次见面之间什么也没有发生过。

"等等，等等……"艾米醉得厉害，已经无法掩饰对另一人的长篇大论有多么不耐烦——"这是你交情最久的小姐妹，对吧？是的，这个我知道。我见过她吗？"

"从没见过。"

"她是个跳舞的?"

"对。"

"最棒的人了!他们的身体告诉他们该做什么!"

我之前坐在椅子边缘,可现在我泄了气,脑袋重新枕回由单面可视玻璃、胡桃木和皮革构成的冷冷的夹角里。

"好了,千金难买老交情。"艾米的口吻会让你以为这个说法是她发明的。"没有我亲爱的老朱迪,我该怎么办?我们十五岁就认识!她睡了我带去学校舞会的男人!可她居然给我打电话了,是的她打了。别人不会那么做……"

艾米会把关于我的故事全都变成关于她的故事,我习惯了,通常顺着她就好,可酒壮尿人胆,那一刻我竟相信其实我俩的生命有同样的重量,同样值得讨论,同样值得付出时间。

"是那次我和我妈共进午餐后的事,"我缓缓解释道,"我和那个叫丹尼尔的家伙一起出去的那晚?在伦敦?倒了血霉的约会。"

艾米皱起眉头:"丹尼尔·克莱默?是我安排你俩约会的。搞金融的那小子?瞧,这事儿你什么都没告诉我。"

"好了,就是倒霉——我们去看演出。她就在那场狗日的演出里。"

"你跟她说话了。"

"没!我八年没和她说话了。我刚跟你说过。你真在听我讲吗?"

艾米用两根手指戳了戳太阳穴。

"什么在前什么在后搞不清了,"她喃喃地说,"外加我脑袋疼。

瞧……老天，我不知道……也许你应该给她打电话！我看你挺想打的。现在就打给她——操，我来跟她说。"

"不要！"

她从我手里抢过手机，一边笑一边翻我的通信录，我伸手要夺回来，她把它举出窗外。

"还给我！"

"噢，来嘛——她会喜欢的。"

我终于爬到她身上，一把夺过手机，塞在我大腿之间。

"你不了解。她对我做了可怕的事。我们当时二十二岁。可怕的事。"

艾米拱起一条标志性的、几何形状的眉毛，把埃罗尔刚拉下来的隔板又给拉了上去——埃罗尔想知道我们走房子的哪个入口，前门还是后门。

"哎呀，我现在真的有兴趣听听……"

我们转入华盛顿广场公园。广场周围的别墅身披红色外墙，高雅宏伟，门脸映着暖色调的灯火，可公园里面黑漆漆、湿哒哒，除了五六个流浪的黑人就再也没人了——这几人坐在远处右手边角落里的棋桌上，身体裹在垃圾袋里，胳膊大腿从洞里伸出来。我脸贴着玻璃窗，合上眼，感受着雨点，讲述我记忆中的故事，虚构与现实参差不齐、痛不欲生地宣泄而出，仿佛我边讲边在碎玻璃碴上奔跑。可等我睁开眼，迎来的又是艾米的大笑。

"他妈的一点儿也不好玩！"

"等等——你现在是认真的吗？"

她费劲地把上嘴唇收进嘴里，用下牙咬住。

"有没有可能，"她说，"是你小题大做了？"

"什么？"

"说实话，如果这故事是真的，我唯一觉得可怜的就是你爹。可怜的家伙！超级寂寞，想找找乐子……"

"别说了！"

"他又不是杰夫瑞·达莫①。"

"那不正常！根本是做了不正常的事！"

"正常？你知不知道这世界上但凡有电脑的男人，包括总统，这一刻要么在看阴道，要么刚看完阴道……"

"不是一回事……"

"完全是一回事。唯一的不同是你爸连电脑都没有。如果乔治·W·布什搜索了'亚洲少女的阴部'——那又怎样？他就是杀千刀的连环杀人犯了？"

"呃……"

"话糙理不糙。"

尽管不太乐意，我还是咯咯笑了。

"抱歉。可能我在犯傻。我理解不了。你究竟为什么生气？因为她告诉你了？你刚说你觉得这是胡说八道！"

我一个人钻了那么多年的牛角尖，突然听见艾米用她喜欢的"直线脑路"理清了问题，我吃惊不小。清楚透彻得让我心绪不宁。

"她总撒谎。她觉得我爸很完美，她想在我面前毁掉他，她想

---

① 杰夫瑞·达莫（Jeffrey Dahmer, 1960—1994）：活跃在 20 世纪八九十年代美国密歇根州的连环杀人犯，平时温文尔雅。

让我恨我爸，就像她恨她爸一样。事后我甚至不敢和他对视。直到他去世都是这副样子。"

艾米叹气。"这是我听过的最愚蠢的事情。没个由头就把自己弄得不好受。"

她朝我的肩膀伸出手，可我扭过背去，擦掉眼中流下的不争气的泪水。

"傻得很。"

"不。我们谁都有闹心的事。不过你应该给你的朋友打电话。"

她把外套叠成小枕头，脑袋就枕在玻璃窗上，待我们穿过第六大道时她已经入睡。她是打盹天后，像她那样生活，不得不如此。

4

伦敦，那年的早些时候，地方选举的前几天，我和我妈一起吃了午餐。那是个阴沉潮湿的日子，人们郁郁寡欢地走过大桥，头顶着蒙蒙细雨，就连最雄伟的纪念碑，甚至国会大厦，都愁容满面、其貌不扬，只叫我讨厌。我真希望我们已经在纽约了。我只盼飞得高高，只盼洒满阳光的玻璃，然后到纽约、迈阿密，再到南美洲的五站，最后是欧洲巡游的二十站，终点又回到伦敦。这样，一整年就过去了。我喜欢那样。其他人要经历四季，他们得拽着自己走完一年。在艾米的世界里，我们不过那样的生活。就算我们想也做不到：我们从不在一地长期逗留。如果我们不喜欢冬天，我们就飞往夏季。我们厌倦了城市就去沙滩，或者反过来。我稍微夸张了点，但夸张得不多。我二十八九岁的日子是在一种离奇的没有时间概念的状态中度过的，现在回头想想，不是所有人都会经历那样的生活，我肯定是为此而生的。后来我纳闷自己之所以被选中，是不是主要出于这个原因：我们是鲜有外部关系的人，没有伴侣或子女，家庭的牵绊很少。我们的生活方式造就了我们的现状。艾米有四个女助理，我们中只有一人生了孩子，还是在辞职许久之后的四十四五岁才生的。登机了,你就得无牵无挂。其他法子都行不通。我现在只剩一根绳索了——我妈,她和艾米一样正值人生巅峰,又和艾米不同,她不怎么需要我。她顾自高飞,不消几日就要成为西布伦特的国会议员了,当我左转,面朝牛津塔,背对国会大厦,我和往常一样感到自己相较于她是多么渺小,她如日中天,相比之下我的工作肤浅琐碎,尽管她想尽办法引导我。在我眼里,她比以往更伟岸。我一路紧紧抓住护栏,直到过桥。

外面的露台太潮,没法坐。我在餐馆里找了好一阵,然后就看见我妈了,她终究还是坐在了外面的伞下,倒淋不到雨,旁边还有米丽安,虽说我们通电话的时候没说米丽安要来。我不是不喜欢米丽安。其实我对她没有任何感觉,很难对她有什么感觉:她那么娇小,那么安静,那么严肃。她所有的沉闷无趣都集中在她的小脸中央,她的头发不染不烫,梳成脏辫发型,发梢泛白。她戴着一副小小的金边圆眼镜,从不摘下,让她的眼睛看起来比实际更小。无论什么场合,她总穿知性的棕色羊毛衫和纯黑裤子。作为人肉相框,她唯一的作用就是衬托我妈。我妈对米丽安的唯一评价就是:"米丽安让我非常愉快。"米丽安从来不说自己的事,她只说我妈的事。我不得不动用"谷歌"才发现她是非洲裔古巴人,住在路易舍姆①,还发现她曾为国际援助组织效力,但如今在伦敦玛丽女王大学教书(某个打酱油的职位),还一直在写一本以"流落他乡的犹太人"为主题的书,写书的时间比我认识她的时间还长——我认识她大概四年。在地方学校的什么活动上,她被一带而过地介绍给我

---

① 路易舍姆:伦敦东南部的一个区,黑人和印巴人较多。

妈的选民，拍了个照，塞到我妈身边，像一只温顺的睡鼠站在母狮旁边，《威尔斯登和布伦特时报》的记者得到的评价和我听到的一模一样："米丽安让我非常愉快。"没人特别感兴趣，连牙买加老男人和非洲福音派教徒都没兴趣。我有种感觉，她的选民没真把我妈和米丽安当作情人，她们只是威尔斯登两名好心的女士，她们拯救了老电影院，为拓展休闲娱乐中心而斗争，还在当地图书馆里开创了"黑人历史月"的活动。竞选活动中，她俩是绝配：如果你觉得我妈专横跋扈，你可以在米丽安的谦卑温顺中寻求安慰；觉得米丽安没劲的人可以享受我妈到哪哪就有的刺激。我妈高谈阔论，米丽安顺从地不住点头，看着这样的米丽安，我知道我也觉得有她真好：她是有效的缓冲器。我走过去，一只手搭在我妈肩膀上。她没抬头，也没停下讨论，可她示意知道了，抬起一只手覆在我手上，接受了我印在她脸颊上的吻。我拖出一张椅子，坐下。

"你最近怎样，妈?"

"压力山大!"

"你妈压力很大，"米丽安证实道，然后开始静静地列举造成我妈压力的种种原因：等待塞信的信封，等待张贴的传单，最近一次民调如何接近，对手的手段如何下三滥，议会里唯一的另外一个黑女人如何两面三刀——她任了二十年的国会议员，我妈没什么像样的理由就将其视为自己的死对头。我在合适的地方点头，浏览完菜单，从路过的服务员那儿点了些葡萄酒，全程没有打断米丽安滔滔不绝的讲话：她列举数字和百分比，小心谨慎地复述我妈在这样或那样的重要场合对谁说的各种"妙语"，谁又被我妈的妙语弄得措手不及。

"可你会赢。"我后知后觉地意识到自己的语调尴尬地介于陈述句和疑问句之间。

我妈神色凝重，展开餐巾铺在腿上，仿佛一个皇后被问了无礼的问题：你的子民还爱你吗？

"假如还有公正可言。"她说。

我们的菜来了，我妈给我点的菜。米丽安留了些给自己（她让我想起即将冬眠的小型哺乳动物），不过我妈没动桌上的刀叉，而向她旁边的空椅子伸出了手，拿起一份《标准晚报》，掀开的那页上有艾米在舞台上的大幅照片，并排的位置有一张图库照片，照片上有几个穷困的非洲孩子，我说不出具体是哪儿的孩子。我没见过这篇文章，报纸离我太远，看不清上面的字，但我猜测它是最近的一篇新闻稿，宣布艾米要致力于"在全球范围内减少贫困"。我妈用一根手指轻轻点点艾米的肚皮。

"她是认真的吗？"

我思考了一下怎么回答。"这事儿她劲头很大。"

我妈皱着眉头拿起餐具。

"'减少贫困'。呵呵，好吧，可具体的策略呢？"

"她不是政治家，妈。她没有策略。她有个基金会。"

"那她到底想做什么？"

我给我妈斟了点葡萄酒，她不得不暂停一下，和我碰了个杯。

"我觉得她其实想建个学校。女校。"

"因为假如她是认真的，"我妈针对我的回答说，"你应该给她提提建议，她得跟我们谈谈，想法子跟政府合作……显然她有钱也有公众关注度，这都很好，但如果不理解运作机制，不过是徒有好的想法却什么也实现不了。她得和相关政要碰碰头。"

听见我妈已经将自己称为"政府"，我笑了笑。

我接下来说的话严重惹恼了她，她扭过身体把回答说给了米丽安听。

"噢，求求你——我真的希望你不要表现得像我在求你帮什么大忙一样。跟那个女人见面，我完全没兴趣，一点都没。从来没有。我只是提点建议。我原以为你们会欢迎。"

"我们欢迎，妈，谢谢你。我只是……"

"我的意思是，其实吧，你应该觉得这个女人会想和我们谈谈！我们毕竟给了她英国护照。好了，不提了。只不过从这个来看，"她又端起报纸，"她是认真的，但也许方法不对，也许她只想自取其辱，我不知道。'白种女人拯救非洲。'是这个意思吗？老掉牙的路子了。呵，那是你的世界，不是我的世界，感谢上帝。可她真的至少该和米丽安聊聊，米丽安有很多有用的社会关系，乡下的关系，教育的关系——她太谦虚所以没和你说。她在牛津饥荒救济委员会干了十年，看在上帝的分上。穷困可不是一条新闻标题，亲爱的，它是真真切切、实实在在的现实，而教育是其核心。"

"我知道贫困是什么，妈。"

我妈苦笑，咬下满叉子的食物。

"不，亲爱的，你不知道。"

我集中尚存的意志力不要去看手机，可它又嗡嗡响起来（从我坐下开始，它嗡嗡响了十几次了），我终于掏出来，迅速翻阅未处理的消息，一只手拿着手机吃饭。米丽安主动跟我妈谈起一桩无聊的行政事务，讲着讲着就发现自己深陷我和我妈的争端，可她还没能打圆场，我妈就明显没耐心了。

"你用手机上瘾。你知道吗？"

我继续打字，但尽力让表情平静。

"这是工作，妈。现在的人就这么工作。"

"你的意思是：像奴隶一样？"

她把一片面包一撕为二，把较小的半片递给米丽安，我以前也见她这么干过，这是她节食的方法。

"没啊，不像奴隶啊。妈，我过得挺好！"

她一嘴面包地思考了我这句话。她摇摇头。

"不，不对——你没有生活。她有生活。她有男人，有孩子，有事业——她才有生活。我们在报纸上就看得到。你为她的生活服务。她是个大吸血鬼，吸走你的青春，夺走你所有的……"

为了让她闭嘴，我把座椅推回老位置，去了洗手间，在镜子前瞎转悠消磨时间，发发邮件，可当我回去时，对话不间断地继续着，仿佛时间不曾流逝。我妈还在抱怨，不过对象换成了米丽安："……你所有的时间。她歪曲一切。是她让我没有外孙和外孙女。"

"妈，我生不生孩子真的和她没……"

"当局者迷。她已经让你对所有人都心生怀疑。"

我虽然否认，但她的话正中靶心。我难道没有疑神疑鬼——总怀着戒心？我难道没有为"顾客"（我和艾米之间的说法）的蛛丝马迹做好准备？我们把利用我接近她的人叫做"顾客"。早年间有些时候，如果我克服时间和地理的所有障碍成功把一段关系挨过了几个月，我就有了点自信和勇气，会把这人介绍给艾米，这通常是个坏主意。他去洗手间或出去吸烟的时候，我会问艾米：顾客？回答来了：噢，亲爱的，抱歉，百分百的顾客。

"瞧瞧你怎么对待老朋友的。特蕾西。你们情同姐妹，一起长大——现在你连话都不跟她说！"

"妈，你一直讨厌特蕾西。"

"问题不在这里。人都有家乡，他们有根——你让这个女人把你连根拔起了。你没有家，你什么也没有，你隔三差五就在飞机上。那样的日子你能过多久？我觉得她根本不想让你快乐。因为那样你就可能离开她。那时她又会怎样？"

我笑笑，但连我自己都觉得这笑声不堪入耳。

"她会很好的！她是艾米！我只是助理一号，你知道的——还有其他三个助理呢！"

"我明白。所以你是她的过客，可她是你的全部。"

"不，你不明白。"我的视线离开手机。"其实我今晚就有约会？艾米帮我安排的人。"

"真不错呀。"米丽安说。她平生最喜闻乐见之事就是冲突的解决，任何冲突，所以我妈是她的巨大财富：她到哪儿，哪儿就有冲突，然后米丽安就来解决。

我妈劲头又来了："他是谁？"

"你不认识的。他是纽约人。"

"我就不能知道他的名字么？国家机密吗？"

"丹尼尔·克莱默。他叫丹尼尔·克莱默。"

"啊，"我妈说着朝米丽安高深莫测地一笑，"天知地知、你知我知"的神色在她俩之间传递，真叫我生气。"又是个不错的犹太小伙。"

服务员来收拾我们的餐盘时，太阳出现在青铜色的大空中。彩虹穿透葡萄酒杯映在潮湿的银器上，穿透有机玻璃椅子的靠背，从米丽安的订婚戒指延伸到我们三人之间的一块亚麻餐巾。我没要甜点，说我得走了，可当我起身取下椅背上的雨衣时，我妈朝米丽安点点头，米丽安一脸正色地递给我一个活页文件夹，上面有"可行性研究"：文字和照片、联系人列表、建筑方案建议、地区的教育简史、对可能的"媒体影响力"的分析、跟政府合作的计划等等。太阳徐徐穿过阴霾，云开日现，我终于明白共进午餐之事其实是个套路，我是向艾米传递信息的渠道。我妈，也是个"顾客"。

我谢过她给的文件夹，合在膝盖上，坐在那儿盯着封面看。

"你感觉如何？"米丽安在镜片后担忧地眨着眼问，"我指的是你父亲。一周年的忌日是在周二吧？"

和我妈吃饭的过程中被问及私人问题，我始料未及（对我而言重要的日子，她从不关心记得住记不住），以至于刚开始我都不确定是不是在问我。我妈看起来也很戒备。我俩痛苦地意识到，其实我们最后一次见面是在整整一年前的葬礼上。不寻常的午后：棺材没入火焰中，我坐在父亲的两个孩子身旁（现在已经是三十多岁和四十多岁的成年人了），再次经历了之前和他们唯一一次见面时相同的场景：女儿抹着眼泪；儿子倚在凳子靠背上，双手交叉在胸前，对死亡本身持怀疑态度。我呢，哭不出来，也再一次发现他俩远比我更像父亲的孩子。但在我家，我们从来不愿承认"女不随爹"，我们总在回避陌生人老一套、色眯眯的好奇心（"可她长大会迷茫吗?""她会怎么选择你们的文化呢?"），以至于我有时甚至觉得我童年的所有意义就在于向民智未开的这拨人展示我一点儿也不迷茫，选择也毫无困难。"生活本来就很迷茫!"——这是我妈傲慢的拒绝。可人们不也深深期待孩子像父母吗? 我认为我妈和我爸都觉得我奇怪，像个抱错了的孩子，不属于他俩任何人，不过当然这是所有孩子的结局（我们不是我们的父母，他们也不是我们），我父亲的两个孩子这些年来才慢慢地理解这点，也许此时此刻火焰吞没松木时才真正理解，而我生来就知道，我一直都知道，这是印在我脸上的真理。但我的戏码就到此为止了：在后来用餐悼念的环节，我意识到比我痛失爱父更大的事情一直在发酵，是的，不管我走到火葬场的哪里，都听得到环绕四周喊喊喳喳的声音，艾米，艾米，艾米，比我父亲的名字更响亮、更频繁，人们想搞明白她是不是真的来了，再后来，他们认定她来过后又走了，你又听见这个声音，惋惜哀伤，此起彼伏，艾米，艾米，艾米……我甚至听见我姐问我哥有没有看见她。她避人耳目，全程在场。一个谨言慎行、矮得出奇的女人，素颜，皮肤苍白得几乎透明，穿着古板的花呢套装，腿上遍布青筋，头发不染不烫，是褐色的直发。

"我想我会去献花的。"我含糊地指指河对面，朝着伦敦北部的方向。"谢谢你的关心。"

"就放了一天假!"我妈转过身来加入对话，内容却还是前面的。"他葬礼的那天。放了一天!"

"妈，我只请了一天假。"

我妈摆出一副"身为你妈我很受伤"的表情。

"你以前和你爸关系那么好。我知道我一直鼓励你们关系好。我真的不知道发生了什么。"

有一瞬间我想如实托出，可我没有。我望着一艘游船搅乱泰晤士河的河面。几个人零零散散地坐在几排空座位上，向外望着灰蒙蒙的河水。我又开始看电子邮件。

"那些可怜的小伙儿。"我听见我妈说。等我从手机上抬起目光，我发现她正冲着亨格福德桥点头——那艘船正从桥下经过。一刹那，我知道她脑海中的画面也同样正浮现在我脑海中：两个年轻人被扔过栏杆，投进水里。一个活下来，一个死了。我颤抖着把胸前的羊毛开衫裹得更紧。

"还有个姑娘呢。"我妈一边继续说，一边把第四包糖倒入浮满泡沫的卡布奇诺咖啡。"我觉得她还没到十六岁。还是孩子呢，他们所有人。真是悲剧。他们肯定还在蹲大牢。"

"当然还在蹲大牢——他们可是杀了人。"我从细细的瓷器花瓶里抽出一根棒状面包，一掰为四。"他也永远地死了。也是悲剧。"

"我理解，"我妈厉声说，"那个案子，我几乎每天都在旁听席，如果你还记得。"

我记得。我搬出公寓没多久，我妈习惯每晚从高等法院回家后就给我打电话，给我讲故事（尽管不是我主动想听），这些故事各有千奇百怪的苦，却又不知怎的千篇一律：被母亲或父亲或双亲抛弃的孩子，被（外）祖父母抚养长大，或根本无人抚养，整个童年都在照料生病的亲属，住在简陋破烂、像监狱一样的公租房里，全在河的南边，被学校或家庭或两者逐出的青少年，吸毒，性虐，抢劫，露宿街头——生活还没扬帆就已沉入苦难的一千零一种方式。

我记得一个是辍学的大学生。另一个有五岁的女儿，就在事发前一天女儿死于车祸。都是有小前科的人。我妈对他们深深着迷，她有个模糊的想法，想对这个案件写点儿什么，当时她正好要写博士论文。她没写。

"我是不是惹你生气了?"她问道，一只手搭在我的手上。

"两个走过狗屁大桥的无辜小伙!"

我说着用空着的那只手一拳砸在桌子上，不是故意的——我妈的老习惯。她关切地看着我，把倾倒的盐瓶扶正。

"可是亲爱的，没人在和你争吵那个问题啊?"

"我们不可能都是无辜的。"我用余光瞥见一个服务员知趣地撤退了，他本是过来对账单的。"总得有人是有罪的!"

"没有异议。"米丽安低声说，手里焦躁地搓着一块餐巾。"我觉得没人反对你的观点，是不是?"

"他们没有机会。"我妈轻声却坚定地说，后来我往回走过大桥，坏情绪过去了，才意识到这是一个可以从两方面理解的句子。

第四部分　青春期

1

　　我见过的最棒的舞者就是"坎科冉"。但当时我并不知道他是何方神圣：一个疯狂摇摆的橙子造型，和人等高，但没有人脸，浑身上下都是嗖嗖作响、层层叠叠的树叶。像纽约缤纷秋日里的一棵树，自己拔地而起，跑到街上来了。一大群小伙子跟在它后面，扬起红色的尘土，一大群女人手里拿着棕榈叶——我猜是他们的妈妈。女人们唱着歌跺着脚，棕榈叶在空中挥舞，半是走路半是跳舞。我被塞进出租车，一辆破旧的黄色奔驰，车身中央跑过一条绿色条纹。我和拉明挨着坐在后座，旁边还有谁的爷爷、给啼哭的宝宝喂奶的妇女、两个穿着制服的少女，还有一个学校里教《可兰经》的老师。拉明冷静地对待这人仰马翻的场面，他时刻不忘自己实习教师的身份，他的手像牧师一样交叠在膝头，扁平的长鼻子、宽大的鼻孔、忧郁泛黄的眼睛让他看起来总像一只休憩的大猫。汽车的立体音响里放着我妈那个岛上的雷鬼音乐，振聋发聩。但朝我们而来的队伍正以雷鬼音乐完全无法比拟的节奏跳舞。那么快，那么复杂，要想听懂，你不得不动动脑子，或观察舞者的身体是怎么表达的。否则你会误以为是持续的低音。你也许会误以为是头上的雷声。

　　谁在敲鼓？我望出窗外，看见三个男人，他们用膝盖夹住乐器，像螃蟹一样走路，等他们跳到我们的车前面，整个舞会派对停住了前行的步伐，在道路中央扎了根，迫使我们停了车。比起检查站闷闷不乐、机关枪松垮垮挂在屁股上的娃娃脸士兵，这倒是新鲜。因为士兵停车时（一天里通常要有十来回），我们谁也不说话。可现在呢，出租车在聊天、口哨和笑声里炸开了锅，两个女学生往窗边挤，撬开破烂的把手，乘客车门大敞，除了喂奶的女人，所有人都一拥而出。

　　"这是什么？发生什么事了？"

　　我在问拉明，理论上他是我的导游，可他似乎都不记得我在，更不记得我们此行的目的是去坐轮渡，渡河去市区，再去飞机场迎接艾米。现在那些都不重要了。只剩当下，只剩跳舞。我发现拉明是个舞者。我那天就发现了他的才华，那时艾米还没遇见他，还远未发掘他的舞者才华。他的每个扭胯、每个点头都看得出来。可我看不见橙子妖怪了，我和它之间隔了太多人，我只能听见它的声音：肯定是它在跺脚的声音，金属撞击金属的声音，还有划破长空、仿佛来自异次元的尖叫——女人们用歌舞回应它。我自己也情不自禁地跳起舞来，和周围跳舞的人摩肩接踵。我不停地问"这是什么？发生什么事了？"可是英语这门"官方语言"，这件只有我在场时才披上的又沉重又正经的外衣，即便如此也又烦腻又困难的语言，终被抛到地上，所有人都踩着它跳着舞，这第一个礼拜里，我不止一次地想象艾米迫不得已的适应，她抵达后会跟我一样发现"可行性研究"和你眼前的生活有着天壤之别——马路上和轮渡上的生活，乡村里和城市里的生活，被人群和五六种语言包围的生活，食物、面孔、大海、月亮和星辰中的生活。

人们为了看得更清楚爬上了我们的汽车。我四下找拉明，发现他也在往引擎盖上爬。人群笑着、叫着、跑着四散开，我刚开始还以为谁在放鞭炮。一群女人往左边跑去，我终于明白为什么了："坎科冉"挥舞着两把和手臂一样长的大刀。"来啊！"拉明大喊着朝我伸出一只手，我攀住跳舞的他爬了上去，过程中紧紧抓住他的白衬衫，努力保持平衡。我俯视下面的群魔乱舞。我想：这是我一辈子都在寻找的快乐。

我的正上方，有个老太太端正地坐在我们车顶上吃一袋花生，像伦敦劳德板球场里看了一天板球的牙买加女士。她发现了我，挥挥手："早上好，你早上过得好吗？"和我在村子里随处可遇的、客气机械的打招呼方式如出一辙（无论我穿什么，无论我和谁在一起），现在，我将其理解为对我外来身份的致意——我是外来的，所有地方的所有人都一目了然。她微笑地看着呼呼旋转的大刀，看着小伙子们——他们彼此激将靠近跳舞的树，跟上它疯狂的动作，同时避开打转的刀锋，用自己窄瘦的身体模仿抽搐般的跺脚、扭动、蹲伏、高踢腿，以及大家韵律十足的欣快症，这症状从舞者传染到角角落落，传给了女人，传给了拉明，传给了我，传给了我视线范围内的所有人，我们身下的汽车摇摇摆摆。她指指"坎科冉"。"是个人在跳舞。"她解释说。

为小伙儿而来的舞者。他把他们带到荒野——在那儿，他们要行割礼，被他们的文化所接纳，被告知有哪些规矩和限制，他们即将融入的世界中有哪些神圣的传统，哪些植物可以治疗这种或那种疾病，怎样使用它们。他是年幼和成熟之间的门槛，他驱魔辟邪，他是族人间秩序、公正和传承的担保人。他是向导，带领年轻人穿越从少年到青年、青黄不接的青春期；他自己也不过是个小年轻，名字不详，由老人秘密选定，身披树叶，涂满植物染料。可这些是我还在纽约时，在手机上查来的。我当时确实问过我的导游，这舞是什么意思，和当地的伊斯兰活动有什么异同，但音乐响着他听不见我的话。或者说不想听见。片刻之后，等"坎科冉"跳去了其他地方，我们都重新挤回到出租车内（又多了两个跳舞的年轻小伙，他们躺在我们的大腿上，跳得浑身是黏黏糊糊的汗），我又问了一次。可我感觉得到自己的问题让所有人都不高兴了，欣快症到此结束。拉明一本正经的无趣模样又回来了，他一和我打交道就是这副模样。"曼丁卡族的传统。"他说完就朝司机转回身去，其他乘客也再次又笑又闹，用我无法听懂的语言讨论我无法猜出的事情。我们接着往前开。我琢磨起姑娘们。谁来为姑娘们跳舞？如果不是"坎科冉"，那又是谁？她们的母亲？她们的（外）祖母？朋友？

2

特蕾西的时刻来临时，没人带她跨过门槛，没人给她建议，甚至没人告诉她这是她要跨过的门槛。可偏偏她的身体比其他人发育得早，于是她只好即兴发挥，自己做安排了。她的第一个念头是乱穿衣。她妈妈饱受责备（妈妈们常被责备），可我敢说她妈连一半都未目睹或了解。特蕾西去上学时，她还在睡觉；特蕾西回家时，她还没回。她终于找了份工作，我想她在什么地方的办公楼当清洁工，可我妈和其他母亲对她的工作不以为然，正如她们对她没工作也不以为然。之前她"影响不好"，现在她"永远不着家"。不知怎么的，她在或不在都不对，她们对特蕾西的评论呈现出悲剧意味，因为只有悲剧的主人公才会没有选择，没有其他道路可走，唯有无法逃避的宿命。按我妈的说法，再过几年特蕾西就会怀孕，然后因此辍学，于是"贫穷循环"的理论就圆满了，概率最大的终点是监狱。上梁不正下梁歪。当然，我家的上梁也不正，可我不知为何就有不同的命数：我不会是这样的人，不会做这样的事。我妈确凿的态度让我担忧。如果她说对了，那她对他人生活的掌控就远超我迄今为止的想象了。但如果有人可以挑战宿命（像我妈这样），那当然特蕾西也可以喽?

可种种迹象都不乐观。现在当特蕾西被要求在教室里脱掉外套时,她不再拒绝了,而是风骚味十足地执行命令:缓缓地拉开拉链,让她的胸部以最震撼的方式呈现在我们其他人面前——她上衣过小,包不住胸,凸显她的丰腴;我们其他人的这个部位还只有奶头和骨头。所有人都"知道"花五十便士就能"摸特蕾西的奶子"。我不知道这是真是假,可所有的姑娘,无论黑皮肤、白皮肤还是棕皮肤,都联合起来排挤她。我们是好姑娘。我们不让别人摸我们还没发育的奶子,我们不再是三年级时的疯模样。现在我们有"男朋友"了,其他姑娘给我们选的,写到便笺纸上在课桌间传来传去,或者在没完没了、啰里吧嗦的电话里传来传去("想知道谁喜欢你而且告诉所有人他喜欢你吗?"),一旦这些男朋友被正式分配好,我们就在沐浴在冬日稀薄阳光里的操场上和他们庄严地手拉手站在一起(通常比他们高一个头),直到无法避免的分手时刻来临(什么时候分手也是我们的朋友决定的),然后新一轮的便笺和电话又开始了。不和愿意接纳你的女人们拉帮结派,你就无法参与这个过程,特蕾西已经不剩女性朋友了,只有我,也只有这时候才会对我友好。课间休息时,她喜欢在男生们的足球围笼里消磨时间,有时骂他们,甚至抢了球不让他们玩,可更多时候是他们的同伙,他们戏弄我们,她就跟着笑,她从不和哪个男生配对,但在同学们的想象中,随便哪个男生都能搞定她。如果她透过栏杆看见我和莉莉玩,或和其他黑皮肤姑娘、棕皮肤姑娘跳双绳,她会大张旗鼓地转身和她的男性圈子聊天,和他们咬耳朵、大笑,仿佛她对我们穿没穿文胸、发没发育也有兴趣似的。有次,我雄赳赳地走过足球围笼，和我的新"男友"、警察的儿子保罗·巴伦手拉手，她停下自己的事，抓住笼子的栏杆，朝我笑笑。不是善意的笑，是深深挖苦的笑，仿佛在说：呵，这就是你现在的扮相？

3

　　等我们逃出"坎科冉"，通过一路上所有的检查点，等我们的
出租车终于穿过集镇堵塞不堪、坑坑洼洼的街道开到轮渡码头，已
经为时已晚，我们没时间了，我们沿着舷梯跑啊跑，却发现被另外
一百来号人断了去路，眼睁睁看着生锈的、笨重的船头向水中推
进。河水把这块长条形地块从半腰一切为二，机场在河的另一侧。
我仰头看着轮渡嘈杂混乱的三层货物：妈妈和她们的婴儿、小学
生、农民和工人、畜生、轿车、卡车、一袋袋粮食、专门卖给游客
的小破烂、油桶、手提箱、家具。孩子们朝我们挥手。没人确切知
道这是不是末班轮渡。我们等啊等。时间流逝，天空转为粉色。我
想到了艾米，她在机场，不得不跟教育部长瞎扯淡，还想到了朱
迪，她怒不可遏，埋着头一遍又一遍地打我电话，却接不通，但思
来想去，我竟着急不起来。少安毋躁，听天由命，我心如止水，处
境相同的其他这些人似乎也没有流露出不耐烦，至少我察觉不出。
我连不上网，什么也做不了。我彻底失联了，多年以来的头一回。
这平静的感觉，这置身于时间之外的感觉，意外却并不讨厌：我不
知为何想起了自己的童年。我倚在出租车的引擎盖上等着。其他人

坐在各自的行李上，或爬上了油桶的盖子。一个老头子在半张大床架上休息，两个小姑娘叉腿跨坐在一个鸡笼上。时不时有拖斗车沿着舷梯缓缓挪动，把柴油的黑烟灌入我们的嗓子眼，揿着喇叭警示坐着或睡着挡道的人，可终究发现无路可走、无处可去，只好加入我们这场无头无尾的等待：我们一直眺望着水面搜索轮渡的影子，之后也会如此。日落时分我们的司机认输了。他开着出租车调了头，缓缓穿过人群，开走了。为了避开非要卖我手表的女人，我也挪了地儿，坐到了水边。可拉明很关心我，他一直很关心我，像我这样的人应该待在候船室里，我卷在口袋里的脏兮兮、皱巴巴的纸钞只要花两张就能去，也正因为这个原因他自然不和我一起去，可他还是坚持认为我必须去，是的，候船室当然是我这样的人该去的地方。

"可我们为什么就不能待在这儿等？"

他朝我露出苦笑，他只会这一种笑。

"我是没问题啦……可你呢？"

外面还有四十度：一想到待在室内就恶心。我叫他和我一起坐下，我们的脚在水面上晃荡，脚后跟撞着砌在桥墩支柱上的一堆堆牡蛎尸体上。村里的其他小伙手机里都是舞曲，这样的时刻正好用来听，可拉明是个严肃的家伙，他只有 BBC 全球服务电台的节目，于是我们一人一只耳塞听了一段关于在加纳上大学要多少学费的故事。我们下面的海岸线上，光着上身、膀大肩宽的小伙们把铁了心的游客扛上肩膀，蹚过浪打浪的浅水区，送上色彩艳丽、一看就危险的窄船。我指了指个胖女人，她背上捆着个婴儿，被其中一个小伙举上肩头。她的大腿碾压着他大汗淋漓的脑袋。

"我们为什么不那样干？我们二十分钟内就能到对岸！"

"我是没问题啦。"拉明小声说，仿佛我们之间的每段对话都让他丢脸，不能被别人听见。"你不行。你应该去候船室。要等很久。"

我看着沙滩上的小伙把他的乘客放下到座位上，他连大腿都已湿透。比起拉明和我说话的痛苦，他搬动这件货物的痛苦似乎更轻一点。

天色将暗，拉明挤入人群问东问西：他摇身变成了另一个拉明，全然不似和我一起时少言寡句、小声低语，而成了真正的拉明，严肃正经，受人尊敬，风趣幽默，口若悬河，仿佛认识所有人，无论我们走到哪，漂亮的年轻人都会热情友好地跟他打招呼。他管他们叫"老相识"，意思是他们一起在村里长大，或者他们念书时在同一个班，或者他们在师范学院时在同一级。这是个小国家：到处都有老相识。在市场上卖我们腰果的姑娘是他的老相识，机场的警卫员也是他的老相识。有时候老相识正巧是在检查站拦下我们的年轻警察或军官，真也巧了去了，紧张感消散了，他们放下了枪，从乘客车窗里伸进头来，愉快叙旧。老相识会给你个好价钱，会以更快的速度售票，会放你通行。现在又来了个老相识：轮渡票务室里一个胸脯丰满、穿着我看不懂的混搭风的姑娘——当地的很多姑娘都那么穿，我作为早到了足足一个礼拜的资深游客，很期待带艾米看看。紧身低腰的铆钉牛仔裤，露出蕾丝胸罩的彩色边缘、不足以遮体的背心，鲜红色的头巾不紧不松地围在脸周围，用闪亮的粉色别针固定住。我看着拉明用他会的其中一门当地方言和这个姑娘聊了很久,我真是纳闷,我们只想知道"还会有轮渡吗?什么时候来?"而已,可两人似乎为什么争论起来。海湾的另一头传来一声喇叭声,我看见水中有巨大的阴影向我们靠近。我跑向拉明,抓住他的胳膊肘。

"是它吗?拉明,是它吗?"

喋喋不休的姑娘打住了,扭头看着我。她看得出我不是老相识。她审视我专门买来在她的国家穿的低调实用的衣服:橄榄色的工装裤,皱巴巴的长袖亚麻衬衫,前男友的旧匡威鞋,还有一条我一戴起来就觉得又傻又别扭的黑色头巾——所以现在我把它缠在脖子上了。

"那是一艘集装箱船,"她带着毫不掩饰的同情说,"你们错过了末班轮渡。"

拉明觉得窄船要价太高,经过激烈争论,我们还是掏了钱。虎背熊腰的小伙刚把我放下来坐好,周围就不知从哪儿冒出来十来个年轻人,船体框架上能坐的地方都坐满了,把我们原本专用的水上出租车变成了公共船只。但上了岸,我的网络恢复了,我们得知艾米决定在一间沙滩旅馆住下,明天再启程去村子。虎背熊腰的小伙很高兴:我们又付了他一次钱,也因此让几个当地孩子成了行,原路返回。上了岸,我们终于坐上一辆破烂的小型巴士去了村子。一天坐两趟船、打两次车,这让拉明无法忍受,即使返程是我付的钱,即使他们开的价钱(这价钱让拉明直摇头叹气)还不够我在百老汇买一瓶水喝。另一个小伙挤不进来了,所以拉明坐在车顶,我的旅友们聊天、睡觉、祷告、吃饭、喂奶、朝司机大喊要在我看来鸟不拉屎的交叉路口下车时,我都能听见拉明在车顶上、在我脑袋

165

上打出节奏，两个小时的车程里，这是我唯一能懂的语言。我们抵达村子时已过十点。我在当地的一户人家留宿，之前从未这么晚还在宅子外，也从没意识到周围竟有那么黑，拉明信心满怀地穿过黑暗，仿佛灯火通明一样。我跟在他身后小步疾跑，穿过许多我看都看不见的逼仄多沙、满地垃圾的小路，跑过每家每户用空心煤渣砖搭建的一层楼建筑的瓦楞铁皮屋顶，直到我们来到艾尔·卡洛家。他家不比其他人家更好或更高，但门前有一片开阔的荒地，起码一百个穿着校服的孩子（我们来这儿要重建的就是这所学校）挤在一棵芒果树的树冠下。他们等了六个小时了，要跳舞给一个叫艾米的女人看：现在拉明得解释，这位女士今天为什么没来。可拉明说完后，酋长似乎想让他从头再解释一遍。我等着两个肢体语言丰富的男人讨论完这事儿，而孩子们愈发百无聊赖、心烦意乱，最后有个女人收起此刻不会再用于表演的鼓，告诉孩子们起立，打发他们三三两两地跑回家。我端起我的手机。手机的光线照在酋长身上。我想他不是艾米想象中高大的非洲酋长的模样。个头矮小，面如土色，满脸皱纹，没有牙齿，穿着破烂的曼联队 T 恤、田径短裤和用电工胶布粘起来的耐克室内拖鞋。另一头，酋长要听说自己在纽约我们所有人眼里是个大人物，该有多惊讶！首当其冲的是米丽安的一封电邮（邮件标题是：礼节），里面罗列了米丽安认为客人去村子拜访时理应献给酋长的礼物，以表敬意。朱迪看着看着忍不住大吼起来，把她的手机凑到了我眼前："这是在搞笑?"

我念了念清单：

阅读用放大镜

扑热息痛

阿司匹林

电池

沐浴露

牙膏

消毒药膏

"应该不是……米丽安不是开玩笑的人。"

朱迪对着她的手机屏笑得欢:"好吧,我觉得我们搞得定。"

没多少东西能让朱迪快活,可那张清单做到了。艾米还要快活,接下来的几个礼拜,但凡有钱的好心人拜访我们位于哈得孙谷或华盛顿广场的别墅,艾米就会假正经地复述这张清单,然后问所有在场的人是不是连想都想不到,所有人都会承认说他们根本想不到,所有人都因"根本想不到"而一副动容宽慰的模样——这被视为纯洁的象征,酋长的纯洁,他们自己的纯洁。

"可翻译太有挑战性了。"某个这样的夜晚,一个来自硅谷的年轻人评论道(他俯在餐桌上,脸对着餐桌中央的装饰烛台,光从下面打上来,仿佛真知灼见让他的脸自带背景光):"我说的是两个世界之间的翻译。就像在基岩里穿行。"桌边的所有人都点头称是,后来我发现艾米天衣无缝地将晚宴上的这句话添到了酋长如今声名大噪的清单后面,仿佛这话出自她本人之口。

"他说什么?"我轻问拉明。我等腻味了。我放下了手机。

拉明一只手轻轻搭在酋长肩头,可老人依旧对着一团漆黑不停地发表激昂的演说。

"酋长说，"拉明轻语，"这里的事情很难办。"

第二天早上我和拉明去了学校，我在校长办公室给手机充了电，这是村子里唯一的电源插座，电来自太阳能发电机，是几年前一家意大利慈善机构付的钱。中午时分网络信号又神奇地恢复了。我翻看了五十条信息，确定自己单独行事的日子还有两天，接下来我得回去坐轮渡接艾米：她此时在市里的一家旅馆"休养生息"。起初这突如其来的独处时间让我受宠若惊，我居然想出了这样那样的计划。我跟拉明说我想去有名的叛乱奴隶监狱，两小时的路程，还说我想亲眼看看轮船启航的海岸——它们载着名为"人类"的货物，先驶去我母亲的岛屿，再驶往南北美洲和英国，带着糖和棉花折返，这种三角贸易引发了无数后果，也造就了我。可就在两周前，我还当着我妈和米丽安的面充满鄙视地管这一趟叫"流落他乡的旅游"。现在我告诉拉明，我要坐小型巴士去曾经买卖我祖先的奴隶交易市场，不用他陪着。拉明面带微笑，看似答应，可实际上老在阻挠我实现类似的计划，阻挠我试图实现的交往（无论是私人交往还是经济交往），阻挠我理解这个语言不通的村子，阻挠我理解老人，阻挠我理解孩子，只要我一问问题、一提要求，他就端出忧心忡忡的笑容和他最喜欢的咬耳朵式的解释："这里的事情很难办。"他不允许我走到灌木丛里去，不允许我自己捡腰果，不允许我帮忙做饭或洗自己的衣服。我突然明白了，他把我当成孩子一样的对象，要戴上儿童手套，只能知道分级筛滤后的真相。然后我意识到村子里的每个人也同样这么认为。当祖母们利用强健的腰腿力量蹲着用公碗吃饭，徒手抓起米饭、北梭鱼肉或茄子时，他们给我拿来一把塑料椅子、一副刀叉，因为他们觉得我弱爆了，这个姿势可吃不消——他们想的没错。我把整整一升水倒进马桶冲走一只恼人的蟑螂时，和我住一起的十几个年轻姑娘谁也没跟我提她们那天走了多少路才弄来这一升水。我一个人开溜去集市给我妈买了一块有红有紫的布料时，拉明露出他忧心忡忡的微笑，可没告诉我他当老师的年薪已经有好几成被我花在了一块布料上。

第一个礼拜到了尾声，我才知道有人刚伺候完我的早餐，就开始准备我的晚餐了。可当我企图接近主妇和姑娘们蹲在尘土里剥壳、切丁、捣泥、腌制的院子角落时，她们笑话我了，让我继续闲待着，坐在昏暗房间的塑料椅子上看我从美国带来的报纸（这份已经皱皱巴巴的报纸和周遭格格不入，滑稽得很），所以我一直没机会知道，他们没有微波炉也没有电，到底是怎么做出我不想吃的微波炉薯条，怎么做出他们烧给自己吃的、我看着更有食欲的一大碗一大碗的米饭。准备食材不是我的活儿，洗碗也不是，取水也不是，拔洋葱也不是，甚至喂羊喂鸡也不是。我是真正意义上的一无是处。就连人们把婴儿递给我抱抱也带着嘲讽，看见我抱娃的样子就笑话。是啊，他们时时刻刻小心翼翼，保护我远离真相。他们以前见过我这样的人。他们知道我们接受真相的能力有多差。

接艾米的前一晚，我很早就被宣礼和兴奋异常的公鸡吵醒了，酷热还没开始，我摸黑穿了衣服，一个人离开宅子去找拉明，和我住一起的一小帮女人孩子都没跟着——拉明坚决不让我这么干。我想告诉他我今天打算去奴隶交易市场旧址，无论他喜不喜欢，反正我要去。破晓时分，我发现很多光着脚、好打听的孩子如影随形地跟着我（"早上好，您的早晨过得好吗？"），我时不时停下来跟擦肩而过的几十个妇女报拉明的大名——她们已经去公共农场干活了。她们点头为我指路，我穿过矮树丛，走过条条小径，绕过两侧被十二英尺高的橘色白蚁巢吞噬、只剩下半座的翠绿色混凝土清真寺，路过所有那些尘土飞扬的前院——这个点，闷闷不乐、衣不蔽体的少女们正在扫地，她们停下手里的活儿，倚在笤帚上看我通过。我的目光所及之处，女人都在干活：带娃、挖土、扛货、喂畜、打扫、拖物、擦洗、盖房、维修。我一个男人也没看见，直到最终找到位于村子外围、农场前面的拉明家的宅子。就算用当地的标准来衡量，它也算阴暗潮湿的：没有前门，只有一条床单，没有木质长椅，只有一把塑料椅子，没有地板，只有泥地，还有一个马口铁的水桶——他肯定刚用它洗漱完毕，因为他跪在它旁边，一身的水，只穿一条足球短裤。他身后空心煤渣砖砌出的墙上，我能看到用红色颜料草草涂鸦出来的曼联队队徽。光着膀子、身材颀长、浑身肌肉，年轻的皮肤光彩照人——毫无瑕疵。我站在他旁边黯然失色，简直算不上有色人种！他让我想起特蕾西，想起儿时她好多次把自己的手臂贴在我手臂旁，一次次地确认她的肤色要比我浅那么一丁点儿（她骄傲自诩），以防一过夏天或冬天情况就有别于她上次确认的结果。我不敢告诉她，但凡有大太阳的日子我就会躺在我家的阳台上，我巴望的事情恰是她惧怕的：更深的肤色，更黑，这样我的雀斑就看不出了，我就能跟我妈一样有深深的棕黑色皮肤。可拉明呢，和村子里的大多数人一样比我黑好多倍，正如我妈比我黑好多倍一样，看着他，我顿时觉得他的美和周遭的一切所形成的鲜明对比，如果只用一个词，可以用"超现实"来形容。他扭头看见我站着俯视他。他一脸受伤的表情——我没有遵守默认的契约。他致歉离开，站在一席破帘的那头——这破帘将这个压抑的空间隔成了名义上的两间。可我依然看得见他，他正穿上印有 Calvin Klein 字母标记的纯白衬衫，白色的斜纹棉布裤和白色的凉拖，我无法想象这身行头是怎么保持白净的，我每天都身处红色的尘土里。他的父亲和叔伯们多数时候穿带帽长袍，他众多年龄尚小的堂表兄弟、同胞姐妹跑来跑去穿着的都是随处可见的老旧足球衫和破烂的粗棉布裤子，光着脚，可拉明却穿着西式的白色服装，几乎我每次看见他，他都戴着巨大的、饰有锆石的银腕表，腕表的指针一到十点零四分就会卡住。周日全村集合开会时，他穿了主教领的棕褐色西装坐在我身边，像联合国代表似的朝我耳朵里小声说话，讨论的内容他只翻译他想翻译的。村子里所有的年轻男教师都这样打扮，传统的主教领西装或斜纹棉布裤配衬衫，戴大大的手表，背瘦瘦的黑包，他们的翻盖手机和大屏安卓手机总拿在手里，就算坏了也拿在手里。从旧时的街坊四邻我就知道有这种人生态度，它有代表意义，在村子里就是穿衣打扮大有讲究：我是正经的、现代的年轻人。我是祖国的未来。在他们旁边我常觉得荒唐。跟他们的宿命感相比，我仿佛是不经意来到这个世界的，穿着皱巴巴的橄榄绿工装裤和脏兮兮的匡威鞋，随身背着破烂的帆布包，从没想过我代表的是什么。

　　拉明又跪下，默默地继续他今天的第一场祷告——也被我打断了。听他轻声说着阿拉伯语，我不禁好奇他的祷告到底是什么样的。我等着。我环顾四周艾米想要"减少"的贫困。贫困就是我目之所及，我问出口的全是孩子们才会问的问题。这是什么？发生什么了？同样的心态让我在抵达的头一天就去了校长办公室，我大汗淋漓地坐在他热得快要熔化的铁皮屋顶下疯狂地联网，尽管我大可在之前半年里的任何时候在纽约就用"谷歌"查好想了解的内容——快得多，也舒服得多。在这儿可费了大劲。网页载入一半就崩溃了，太阳能发电机供的电时多时少，有时彻底断电。上个网花了一个多小时。当我关注的两笔钱款终于出现在相邻的视窗中时，我只能坐着久久地傻眼。相形之下，还是艾米更有钱。如此这般，一整个国家的 GDP 还抵不上一个人的产出，就像俄罗斯套娃被塞进了另一个套娃。

4

　　小学的最后一个六月，特蕾西爸爸"出来"了，我们头一次见了面。他站在公共草地上，抬头看着我们笑。文雅、时髦，有种充满动感的欢脱，却又莫名地古典、端庄，有种"宝洋哥"的气质。他站成芭蕾五位脚①，两腿分开，穿着电光蓝的短夹克和白色紧身牛仔裤，背上有一条中国龙。浓密、潇洒的胡子，老式非洲头，不留渐层，不修鬓角，不做飞机头。特蕾西高兴得要命，她冲向阳台，仿佛要把她爸拉上来，朝他喊来啊，上这儿来啊，爸爸，上来，可他冲我们眨眨眼说："我有更好的主意，我们去主干道吧。"我们跑下去，每人拉住他的一只手。

　　我一眼就注意到他有舞者的形体，举手投足也像舞者，有节奏感，有力却不失轻盈，所以我们仨不是沿着主干道"走"，而是优雅地漫步。所有人都看着我们，我们在阳光下高视阔步，好几个人停下手里的活儿，从马路对面、从理发店上面龌龊的窗户里、从酒

---

① 芭蕾五位脚：芭蕾五种基本脚位之一，两脚紧贴在一起，一脚的后跟紧挨另一只脚的脚尖，前脚完全遮住后脚。

吧门口跟我们打招呼——跟路易打招呼。我们去赌马投注站的路上，一个不顾炎热戴着平顶帽、穿着羊毛厚背心的加勒比老绅士站到我们跟前挡住了路，问道："搭（她）们是你女儿？"路易举起我们的手，仿佛我俩是职业拳击手。"不，"他松开我的手，"只有这个是。"特蕾西容光焕发。"我听搭（她）们说你蹲了舌（十）三个月，"老男人咯咯笑着说，"好运气，好运气的路易。"他用胳膊肘拱了拱他匀称的腰身——他腰上系着细细的金腰带，像个超级英雄。可路易觉得受了侮辱，他后退一步（流畅的深屈膝），发出响亮的咂嘴声。他纠正他的前科：还不到七个月呢。

老男人抽出夹在胳肢窝下的报纸，展开，翻到某一页给路易看，路易研究了一番，弯下腰来给我们看。他要我们闭上眼，手指想往哪儿戳就往哪儿戳，等我俩睁开眼，每人的指尖下都有一匹马，我仍记得我那匹马的名字——"理论测试"，因为五分钟后路易穿过赌场门跑回来，把我从地上一抱而起，抛向天空。五英镑博了一百五十英镑。我们改道去了伍沃尔斯超市，他说我俩想要什么就买什么。特蕾西停在了面向我们这样的儿童录像专区（乡村喜剧、动作片、星际冒险），我抛下她继续前行，猫着腰凑在一个钢丝大箱前，它叫"打折箱"，专门面向没钱挑三拣四的人。里面总有不少音乐片，没人想要，就连老娘们也不要，我兴高采烈地翻了个遍，这时我听见在现代音乐专区迈不开步子的特蕾西问路易："那我们能买几张？"路易说四张，但我们得快一点了，他肚子饿。我抓了四张音乐片，幸福得不知所措：

《阿里巴巴进城》

174

《百老汇旋律 1936》

《摇摆时光》

《好天气》

特蕾西买的片子里我只记得《回到未来》了，比我的四张加起来还贵。她将它紧紧贴在胸口，只在递给收银员的一刹那松了手，然后像饿虎扑食一样迅速夺回。

我们到了餐馆，坐了靠窗最好的位置。路易给我们演示怎么好玩地吃"巨无霸"：先一层层拆开，把炸薯条插在每块汉堡牛肉饼的上面和下面，然后又全部组装起来。

"那你回来和我们一起住喽?"特蕾西问道。

"唔。还不知道。她怎么说的?"

特蕾西把猪鼻子朝天一拱："别管她怎么说。"

她的两只小手攥得紧紧的。

"别不把你妈放在眼里。她有她自己的问题。"

他又去柜台买奶昔。他回来时心事重重，毫无预热就开始跟我们说牢里的事，你在里面时，会发现和生活在街区里的感觉可不一样，不，不一样，很不一样，因为你在里面时人人都知道最好跟同类在一起，就是这么回事，"人以群分"，几乎没有混杂交往的情况，不像住公寓，不是因为狱警或别的人要你这么做，就是这么回事，同一个肤色的在一起，甚至同一种深浅的在一起，他一边解释一边撩起袖管指着自己的手臂，于是跟我一样黑皮肤的家伙们，嗳，我们待在这里，总是抱团（他在塑料贴面的台子上划了一条线），像你两一样棕色皮肤的待在这里，巴基斯坦人待在别的地方，印度人待在别的地方。白人也得细分：爱尔兰人、苏格兰人、英格兰人。英格兰人里有些是英国国家党①成员，有些人挺正常。问题是，人人都跟同类在一起，很自然。值得思考。

我们坐着喷喷地吸奶昔，思考。

他继续道，你学了各种各样的东西，你认识到谁才是黑人真正的主。不是这个蓝眼睛、长头发、叫耶稣的人——不是！让我问（问）你们：为什么我到这儿前连他的事情或他的名字都没听说过？查查看。你学了很多学校里学不到的东西，因为这些人什么也不告诉你，不告诉你非洲的国王，不告诉你埃及的王后，不告诉你穆罕默德，他们全都瞒着你，他们隐藏我们的整个历史，让我们以为自己一无是处，让我们以为自己在金字塔的底端，这才是他们的计划，可真相是我们造了他妈的金字塔！噢，他们够坏的，可总有一天，有朝一日，天从人愿，白人的日子会到头的。路易把特蕾西抱上大腿轻轻摇晃，仿佛她是个小得多的孩子，然后操纵木偶似的从下方牵起她的胳膊，让她看起来像在和着音乐跳舞——安在监控探头之间的喇叭里播放的音乐。你还跳舞吗？他也就是随口问问，我知道他对答案并不特别有兴趣，可特蕾西一逮着机会就不放，不管多小的机会，此刻她兴奋、急切、事无巨细地给她爸讲她那年和前一年获得的所有舞蹈奖牌，讲伊莎贝尔小姐如何评价她足尖站立的姿势，讲别人怎么议论她的才华，讲她马上要参加戏剧学校的试演——这个话题我已经听厌了。特蕾西有信心拿下的那种戏剧学校，

---

① 英国国家党：英国最知名的极右翼政党，反移民、反伊斯兰教徒、反多元文化，被认为是英国的纳粹党。

我妈不让我去，就算我拿全额奖学金也不让我去。我妈和我为这事打仗也不是一两天了，从我听说特蕾西拿到试演机会时就开始了。想想我不得不去普通院校，可特蕾西可以整天跳舞！

你瞧，瞧我，路易突然听烦了他女儿的话，说瞧我，我不需要去舞蹈学校，其实我以前可是舞王！这个姑娘从她爹地那儿继承了一切。相信我：我什么动作都做得漂亮！冈冈（问问）你妈！以前还靠这挣了点钱的。你看着不自信！

为证明观点，增强我们的自信，他滑下凳子踢起一条腿，甩头，扭肩，旋转，急刹，最后用足尖站立。坐在我们对面那桌的一群姑娘吹口哨喝彩，看着他我觉得我现在明白为什么特蕾西会把她爸爸和迈克尔·杰克逊相提并论了，严格来说，我不觉得她是个骗子，或者说至少我觉得谎言中也有大实话。他们有着同样的遗传。如果说路易跳舞没迈克尔那么有名，嗳，在特蕾西眼里，这只是细枝末节之事（时乖命蹇罢了），此时此刻，回想起他的舞姿并写成文字，我认为她一点没错。

后来我们决定端着大杯奶昔走回主干道，路易又停下来和几个朋友说话（或也许只是了解他、害怕他的人），其中包括一个年纪轻轻、单手吊在"三轮车"剧院外面脚手架上的爱尔兰建筑工人，他的脸因为在日光下作业过多而晒得通红。他向下伸出手，跟路易握手："哎呀，这不是西印度群岛的花花公子嘛！"他在重建"三轮车"剧院的屋顶，路易很震惊，他头一回听说几个月前骇人的大火。他问小伙儿重建要花多少钱，问他和莫兰手下的其他人一小时能拿多少钱，问他们用什么水泥材料，问谁是批发商，我扭头看特蕾西，她满心骄傲地目睹了路易的另一种可能：值得尊重的年轻企业家，对数字敏感，对员工关心，把女儿带去工作地点，还紧紧地握着她的手。我真希望她每天的日子都如此。

　　我没想过我们小小的外出会有什么后果，可我还没回威尔斯登大道就有人跟我妈打小报告，说我和谁去了哪儿。我进门时她抓住我，把奶昔从我手中一把打落，砸在对面的墙上，很红，很厚，有意想不到的戏剧效果——后来还住在那栋房子的时间里，我们一直和草莓奶昔的隐约污迹和平共处。她开始咆哮。我以为自己在干什么？我以为自己和谁在一起？我无视她所有的反问，再次问她为什么我不能和特蕾西一样参加试演。"只有傻瓜才会放弃教育，"我妈说，然后我说，"好吧，那我就是傻瓜。"我想把一摞碟片藏在身后绕开她去自己的房间，可她挡住我的去路，于是我直截了当地告诉她我不是她，从来不想成为她这样的人，告诉她我不喜欢她的书、她的衣服、她的想法、她的一切，我想跳舞，过自己的人生。我爸不知从哪儿冒出来。我指着他，想表达如果换成我爸管我，他会允许我去试演，因为他相信我，就像特蕾西爸爸也相信她。我妈叹了口气。"他当然会让你去，"她说，"他不操心——他知道你永远融入不了那个圈子。"

　　"老天爷。"我爸咕哝道，可他无法直视我，我心头一痛，知道我妈的话没有错。

　　"这世上有分量的事情，"她解释说，"是写下来的事情。可这玩意是好是坏，"——她指指我的身体——"没分量，在这个文化里没分量，在这些人里没分量，所以你费半天劲就是根据他们的规则玩他们的游戏，如果你要玩下去，我保证你到头来就是大材小用。生一堆孩子，一步也离不开这几条街，跟这些个生不如死的小姑娘没两样。"

"你才生不如死。"我说。

这句话是我的救命稻草，就像孩子抓住离手最近的东西。它对我妈的杀伤力完全出乎我的意料。她张口结舌，所有的沉着和美丽都离她而去。她开始哭。我们站在我房间的门槛上，我妈垂着头。我爸已经撤退，只剩下我俩。过了好一阵子她才说得出话来。她凶悍地小声告诉我，不许再往前一步。可她话一出口就意识到了自己的失误：她这是在打脸，我这辈子终于能远离她一步、很多步的时刻到来了，我快要十二岁了，我差不多跟她一样高了，我可以跳着舞跳出她的生活，所以她从神坛上下来是迟早的事，而我们僵持之时，这事儿已经发生。我什么也没说，绕开她，走进房间砰地摔上了门。

5

　　《阿里巴巴进城》是一部奇妙的影片。它和《康州美国佬大闹亚瑟王朝》[①] 是一个路子，埃迪·坎特[②]在其中扮演艾尔·巴布森，一个彻头彻尾的笨蛋，有次在好莱坞的《天方夜谭》剧组当临时演员。一开始他就睡着了，梦见自己穿越到了九世纪的阿拉伯。有一场戏让我印象极为深刻，我想给特蕾西看，可她很难逮着，她不给我打电话，我往她家打电话时她妈总是过一会儿再跟我说她不在家。我知道她有正当理由，她忙着准备戏剧学校的试演（布思先生好心答应帮助她），大多数工作日的下午她都在教堂的大厅里排练。可我还没准备好眼睁睁看她步入新生活。我想了很多法子伏击她：教堂的门是打开的，阳光透过彩色玻璃窗，布思先生给她钢琴伴奏，她一旦发现我在盯梢就会摆摆手（一个忙碌成熟的女人不耐烦的打招呼方式），可她一次也没出来跟我说话。青春期前的少女说

---

① 《康州美国佬大闹亚瑟王朝》：美国作家马克·吐温 1889 年的长篇小说，讲述 19 世纪美国人汉克·摩根穿越时空在中世纪英国经历的政治浮沉故事，可谓"穿越文"鼻祖。
② 埃迪·坎特（Eddie Cantor，1892—1964）：美国喜剧演员，因炯炯有神的大眼睛以及活力充沛的搞笑、歌唱和舞蹈而闻名。

不清道不明的逻辑让我觉得问题出在我的身体上。埋伏在门口的我仍是高高瘦瘦、胸部平平的孩子；而在阳光下跳舞的特蕾西已经有点女人味道了。她怎么还会对我感兴趣的内容感兴趣呢？

"没，没听说过。再问一遍它叫什么名字？"

"我才告诉过你。《阿里巴巴进城》。"

有次在她排练快结束时，我大着胆子走进了教堂。她正坐在塑料椅子里脱下踢踏舞鞋，而布思先生还在属于自己的角落摆弄一支曲子（《情不自禁爱上他》），一会儿加速，一会儿减速，一会儿爵士风，一会儿雷格泰姆风①。

"我忙着呢。"

"你可以现在就来。"

"我现在忙着呢。"

布思先生把乐谱塞进包里，悠悠地走过来。特蕾西的鼻子冲着天，嗅到了赞美的气息。

"哇，真了不起。"他说。

"跳得好吗，说真的？"

"了不起。如梦如幻。"

他微微一笑，轻拍她的肩头，幸福的红晕掠过她的脸颊。我爸每天都这么称赞我，不管我做了什么，可特蕾西想必很少听到，因为听完这句话她心情大好，那一刻对我的态度也大为改观。布思先生缓缓走出教堂时，她笑着把舞蹈背包甩过肩膀说："咱们走吧。"

---

① 雷格泰姆风：早期爵士乐风格，盛行于一战前后。

那个镜头就在电影的开头处。一群男人坐在沙地上，表情消沉沮丧。苏丹告诉艾尔，这些都是搞音乐的非洲人，无人理解，因为他们说一种没人懂的语言。可艾尔想跟他们交流，他试了个遍：英语、法语、西班牙语、意大利语，甚至意第绪语。完全没用。然后他灵光一闪。嘿嘀嘿嘀嘿嘀嘿！凯比·卡洛威的吆喝，然后非洲人听出来了，蹦起来回应：嚯嘀嚯嘀嚯嘀嚯！坎特当场摇身一变成了黑人，用软木炭把脸涂黑，只留下咕溜溜的眼睛和伸缩自如的嘴巴。

　　"这是什么？我不想看这个！"

　　"不是这里。等着，特蕾西，求你了。等着。"

　　我从她手中拿过遥控器，叫她坐回长靠椅上。此刻艾尔对着非洲人歌唱，歌词仿佛摇摆了时光，嗖地到了很久很久以后，到了这些非洲人脱胎换骨的时代，到了一千年以后的未来，他们可以在名为"哈勒姆"的地方掀起让世界舞动的节拍。听闻这个消息，满心欢喜的音乐家们站起身来，在市镇广场高高的平台上又唱又跳。苏丹的妻子和她的顾问团从露台上往下看，阿拉伯人从街上往上看。演阿拉伯人的是好莱坞的阿拉伯人，白皮肤，穿着阿拉丁式的服装。演非洲人的是美国黑人，缠着腰带，插着羽毛，戴着稀奇古怪的头饰，他们用原始乐器演奏，滑稽地模仿他们未来的转世——"棉花俱乐部"：用真正的骨头做的长号，用掏空的树枝做的单簧管，诸如此类。坎特，还真是名副其实的乐队领唱①，脖子里挂个口哨，一吹就结束独奏或命令演员下台。到了大合唱的阶段，他告

---

① 坎特（Cantor）：在英文中有乐队领唱的意思。

诉他们摇摆乐要一直继续，谁也阻止不了，他们必须挑好舞伴，然后跳舞。然后坎特吹起口哨，奇妙的事情发生了。是个姑娘——来了一个姑娘。我让特蕾西尽可能地贴近屏幕，我想让她清楚地明白我的意思。我瞥了一眼：我看见她惊讶地合不上嘴，我第一次看的时候也这样，随后我知道她明白我的意思了。哦，鼻子不一样，这姑娘的鼻子很正常，平平的，也不像特蕾西目光凶狠。可心形的脸庞，可爱的胖乎乎的面颊，结实的身体和修长的四肢，这些都和特蕾西一样。外形如此相似，可她的舞完全不像特蕾西。她一边跳，手一边摆出推手推车的动作，她的腿前后翻飞，她是踢踏舞者，不是走火入魔的技术工人。她还很有意思：用脚指头走路或突然定格在怪模怪样、滑稽好笑的姿势，重心在一条腿上，手臂在空中挥舞，活像名贵汽车引擎盖上的装饰。服饰和其他人并无二致（草裙、羽毛），可没人能阻挡她的光芒。

大结局时这姑娘重回舞台，加入了那些打扮成非洲人模样的美国人，还有坎特，所有人一动不动地站成一排，身体前倾四十五度。他们是从未来回来的：一年后，我们都看见迈克尔·杰克逊在音乐录影带里做了同样的动作，于是纷纷模仿。那支音乐录影带首发后的几周里，我、特蕾西和其他很多孩子都试图在操场上模仿这个动作，可就是做不到，没人做得到，我们都脸朝地摔得直挺挺的。当时我还不知道机关在哪。现在我知道了。在录像里，迈克尔用了金属丝，几年后，他想在舞台现场表演时取得同样的效果，他穿了"抗引力"鞋，鞋跟处有个孔，孔和舞台上的短桩啮合，他参与了这项发明，拥有专利。

《阿里巴巴进城》中的非洲人是把自己的鞋子钉在了地板上。

6

在艾米下榻的酒店，我们加入了 SUV 车队。第一次出门就是全员出动的阵势：她的孩子们也去，还有他们的保姆埃斯特尔，当然还有朱迪，加上另外三个助理，一个负责公关的姑娘，格兰奇，一个我这辈子都没见过的法国建筑师，国际发展部的一个女追星族，《滚石》杂志的记者兼摄影师，一个叫费尔南多·卡拉皮查诺的男人——我们的项目经理。我看着身穿白色亚麻制服、汗流浃背的服务生把大包小包扛上后备厢，把所有人扶上座位，我不禁想他们是哪个村子来的。我本指望和艾米一辆车，给她汇报下我这周侦察后值得一说的东西，可当艾米看见了拉明，她的眼睛瞪圆了，她对他说"你好"以后的第一句话就是"你应该跟我一辆车"。我被指派到第二辆车，和卡拉皮查诺一起。他和我得一起消磨时间了，艾米这样告诉我们，"理理细节"。

开回村子的这段路可谓异乎寻常。我原来做好思想准备要碰上的困难现在都不见了，就像在梦里，做梦的人头脑清醒，能操纵周围的一切。没有检查站，居然没了，没有坑坑洼洼、让我们陷在坑里寸步难行的道路，让人无精打采、喘不过气的炎热也没了，取而代之的是空调下完美的二十一度室温和我手中的冰镇水。我们的车队（还包括坐满政府官员的一对吉普和一队警车）在道路上迅速前行，路边，似乎时而有人把人清走，时而有人把人拉来（排列着挥舞旗子的孩子，活像舞台布景），我们莫名其妙地绕了远路，穿过实现了电气化的旅游区，接着是一连串偏远的飞地，我都不知道它们的存在——尚未竣工的大房子，钢筋外露，挣扎着从城堡般的围墙后耸立起来。受这番不真实的情景所影响，我到处都能看到我妈的脸，在沿街跑的年轻姑娘脸上，在市场上卖鱼的老妇脸上，还有一次在挂在小型巴士车身侧面的一个年轻男人的脸上。我们抵达渡口时空无一人，我们和车队包了场。我不知道拉明心里怎么想。

我跟卡拉皮查诺不怎么熟，之前说过一次话，我还出了丑。那是在去多哥的飞机上，六个月前，那时多哥还在候选名单上，艾米还没因采访中暗示政府"对其人民无所作为"而冒犯那个小国家。"它什么样？"我望着舷窗外，身体凑近他，我得承认，我指的是"非洲"。

"我没去过。"他头也没回冷冷地说。

"可你实际上住在这里——我看过你的简历。"

"没去过。塞内加尔、利比里亚、科特迪瓦、苏丹、埃塞俄比亚，去过——多哥，从没去过。"

"噢，好吧，你知道我在说什么。"

他转过头，涨红了脸问道："如果我们飞的是欧洲，而你想知道法国什么样，我跟你描述德国管用吗？"

这时我试着补救，聊聊家常，可他忙着对付一大捆文件，我在上面瞧见了我看不懂的图表——国际货币基金组织的一组组数据。我为他略感遗憾，和我们这群无知的人在一起，他远远地离开了自己能施展拳脚的范围。我知道他四十六岁，有博士文凭，是个在培经济学家，有国际发展领域的背景，还知道他和米丽安一样曾为牛津饥荒救济委员会效力多年；最初就是她向我们推荐的他。九十年代的大部分时间里他都在运作援助项目，援助东非和西非没有电视的遥远村落，由此造成的一个后果挺有意思（反正我觉得挺有意思），他真的不太清楚艾米是什么来头，只模糊地知道她在他年轻时就大红大紫了。如今他得整天和她待在一起，还因此附带上别的人，比如玛丽-贝丝——艾米傻乎乎的第二助理，她的全部工作就是听艾米口述、把邮件发给别人，然后把回复的内容念出来。或者是一脸正色的劳拉，她是第三助理，专管艾米的肌肉疼痛、化妆和营养，相信人类登月不过是一场表演。他每天早晨得听朱迪念星座占卜，并据此安排她当天的活动。在艾米疯狂的世界里，我算是离"同盟"二字最为接近的存在了，可我们一说话就不知怎么会走岔，他理解世界的方式与我格格不入，感觉就像他生活在平行空间里，我丝毫不怀疑其存在，可就是"只可意会、不可言传"——如果借用他最喜欢的话。艾米对图表也同样一窍不通，可她喜欢他，因为他是巴西人，长得帅，有浓密的黑色卷发，戴漂亮的金边眼镜，让他看起来像个在电影里扮演经济学家的演员。但显然从一开始就有麻烦等着他们。艾米传达想法的方式依赖于共同的理解（对艾米自身的理解，对她"传奇人生"的理解），而她嘴里的"费尔"，对来龙去脉一无所知。在梳理细节方面他是高手：建筑规划、政府谈判、土地契约——所有各种各样的现实考量。可一到和艾米面对面谈项目的时候（对她而言这事儿基本上只关乎个人、关乎情感），他就一头雾水了。

"可她说'咱要给它光芒四射的气质'，这究竟是什么意思？"

他把眼镜往帅气的鼻梁上推了推，仔细看着自己密密麻麻的笔记——我料想这是在和艾米一起飞行的八小时中尽职记录她嘴里冒出来的每一句胡言乱语的成果。他把纸举到眼前，仿佛盯着看就能看得懂似的。

"可能我误会了？学校怎么就能和'光芒四射'搭上边？"

"不，不，她指的是她的一张专辑：《光芒万丈》。1997年的？她觉得这是她最'正能量'的专辑，所以歌词是……呃，差不多是这样的：嘿，姑娘们，追梦吧，什么什么的，你们很坚强，什么什么的，永不放弃。大致如此？所以她的意思是：我希望这是所励志的女校。"

他一脸茫然。

"可为什么不直说？"

我轻拍他的肩头："费尔南多，别担心——会好的。"

"我该听听这张专辑吗？"

"说实话，我觉得没啥帮助。"

前面的那辆车里，我能看见艾米从乘客座位上伸出手悬在车门上，高兴地回应路人每一次兴奋的挥手、口哨或尖叫——我能肯定的是，这些反应不是因为看见艾米本人，而是看见这个亮瞎眼的SUV车队滚滚驶过每两百人中才有不到一人拥有汽车的穷乡僻壤。在村子里，我经常出于好奇霸占年轻教师的手机，插上我自己的耳塞，听他们循环播放的三十来首歌，有的是连同歌曲信息免费下载的，其他曲子（尤其是喜爱的曲子）是他们花了宝贵的积分才下载下来的。嘻哈乐、节奏蓝调、索卡乐、雷鬼乐、雷格乐、格莱姆乐、黑暗电子乐、强节奏爵士乐——你能从一段段手机铃声里听到流散世界各地的一整张光辉的音乐版图，可鲜有白人艺术家，从没艾米的歌。此时我看着她面带微笑朝好多士兵抛媚眼，这些士兵卸下了常规工作，漫无目的地站在道路两边，枪立在身旁，目送我们通过。但凡听见哪儿有音乐，但凡看见哪儿有孩子跳舞，艾米就会鼓掌唤起他们的关注，然后坐在座椅上尽全力模仿他们的动作。路边鸡飞狗跳的场面像有人打开了西洋镜，里面装满了形形色色的人生戏剧，只叫我不胜其烦——女人们奶孩子，抱孩子，和孩子说话，亲孩子，打孩子；男人们聊天，打架，吃饭，工作，祈祷；牲畜就剩一口气，脖子淌着血在大街上游荡；小伙们奔跑，走路，跳舞，小便，拉屎；姑娘们说悄悄话，大笑，皱眉头，坐着，睡觉——但这一切都让艾米乐在其中，她整个身体探出窗外，我还以为她要一头栽入她心爱的基岩①呢。可那时最叫她开心的莫过于狂野的人群。她的保险公司插手阻止之前，她经常玩"人群冲浪"②，在机场或酒店大堂突然被人围住也不犯怵，可我就吓得不行。顺便说一句，我透过有色玻璃能看见的唯一事物③并没有使她惊讶或惊慌，我俩共处的几分钟时间里，我们站在舷梯上看着车队驶上阴森

① 基岩：应该是呼应 P167 艾米喜欢拾人牙慧这件事："我说的是两个世界之间的翻译。就像在基岩里穿行。"
② "人群冲浪"：指的是把人举起来，在人群头顶上方接力传递。
③ 透过有色玻璃能看见的唯一事物：指的应该是贫穷。

森、空荡荡的轮渡，看着她的孩子们开开心心地跑上铸铁台阶、跑上上层甲板，我就这么提了几句，她朝我转过身，嗓门高了八度："我的祖宗，如果你在这儿一看见他妈的穷样就吓尿，这趟差可够你受的。你在非洲！"

就像我问她外面为什么有光而她说"因为现在是白天！"一样理所当然。

7

我们只知道她的名字，我们在演员表里找到的。洁妮·里冈恩。我们不知道她是哪里人，不知道她活着还是死了，不知道她有没有演过其他电影，我们有的只是《阿里巴巴进城》里的这四分钟——好吧，是我有。如果特蕾西想看，她就得来我家，她确实时不时地过来，像对着一汪水顾影自怜的纳西索斯①。我知道她要不了多久就能学会整套动作（除了45度前倾不可能学得会），可我不打算把录像给她带回家，我有更好的主意，我知道我有砝码。而我也开始到处发现里冈恩的身影——她在我看过很多的电影中担任点儿小角色。她演过安·米勒②的女仆，跟一头小哈巴狗较劲，演过悲惨的黑白混血儿，死在凯比·卡洛威的怀中，还演过另一个女仆，帮贝蒂·赫顿③更衣。这些发现间隔时日较长，有时长达数

---

① 纳西索斯（Narcissus）：希腊神话中的美男子，爱上自己在水中的倒影难以自拔，最终赴水求欢溺水而亡，死后化为水仙花。
② 安·米勒（Ann Miller，1923—2004）：美国女演员，20世纪40年代因舞蹈天赋走红，代表作有《西行的年轻女人》、《寻欢作乐》等。
③ 贝蒂·赫顿（Betty Hutton，1921—2007）：美国女演员，曾主演1952年奥斯卡金像奖最佳影片《戏中之王》。

月，成了我给特蕾西打电话的借口，就算有时她妈妈接的电话，她也会毫不迟疑、不找借口立马过来。她几乎贴在电视机屏幕上，随时准备指一指或这或那的动作或表情，洁妮脸上掠过的某种情绪，某个舞步的某种变化，她都用敏锐的洞察力诠释她看到的一切——我觉得我缺乏这种能力，当时觉得它是特蕾西的专属。她的洞察力的天赋似乎只存在于这里，在我家的客厅里、在我的电视机前找到了发泄口和表达方式，这不是老师看得见的，也不是考个试能发觉或注意到的，而这番记忆也许是其唯一真实的见证和记录了。

有一件事她没能注意到，而我也不想告诉她：我爸妈分道扬镳了。我妈说后，我这才知道。他们还住在同一间公寓，睡在同一个房间。他们还能去哪儿？请得起律师、有新地方住的人才配真正地离婚。我妈的料理能力也是问题。我们三人都知道离婚的是父亲，可我爸毫无疑问走不了。没有他，我摔倒了谁帮我包扎膝盖？谁记得我该何时服药？谁淡定地梳掉我头发里的虱卵？我做噩梦时谁来安慰我？谁来清洗第二天早上臭烘烘、黄澄澄的床单？我不是说我妈不爱我，可她不是囿于家庭的人：她的生活在她的幻想里。所有母亲的基本技能——时间管理的技能，她不具备。她用书页衡量时间。对她而言，半小时意味着读十页，或者十四页，取决于字体大小，若你这样理解时间，你就没时间做其他事情了，没时间去公园或买冰激凌，没时间哄孩子睡觉，没时间听你流着眼泪叙述噩梦。不行，我爸不能走。

一天早晨我刷牙时，我妈走进浴室，坐在黄绿色的澡盆边缘，委婉地勾勒了新的安排。起初我听不懂她在说什么，她似乎用了很久才说明白她真正想表达的意思，她说了儿童心理学的理论，说了"非洲有些地方"的孩子不由父母带大，而由"村落"抚养，还有其他我听不懂或不关心的东西，可最后她将我搂入怀，紧紧拥抱着我说："你的父亲和我——我们打算像兄弟姐妹一样生活下去。"我还记得我当时觉得这是听过的最变态的事情了：我要变成没爹没娘的孩子了，而我的爹娘要变成兄弟姐妹了。我爸最初的反应肯定也和我一样，因为这事发生后的好几天家里都硝烟弥漫，双方都使出浑身解数，我睡觉不得不用两个枕头压住耳朵。可等他最后明白她是来真的，她不会改变想法时，他抑郁了。他开始整个周末都躺在沙发上看电视，我妈仍然坐在厨房的高脚凳上忙着做作业、拿学位。我一个人去上舞蹈课。下午茶要么和他喝，要么和她喝，再也不是两个一起。

我妈宣布散伙后，我爸做了一个莫名其妙的决定：他回到了邮递员的岗位上。他花了十年的时间才爬到邮政派发部经理的位置，可他万念俱灰时读了奥威尔的《上来透口气》，这部小说让他相信自己最好还是从事"诚实劳动"（他自己的话），然后用剩下的空暇时间"接受他从没接受过的教育"，而不是做枯燥无味、占用他所有时间的文职工作。我妈通常赞赏这种不切实际、品德高尚的举动，我觉得他宣布换岗与此不无关系。可如果他的计划是破镜重圆，那显然没奏效：他再次回到凌晨三点起床、下午一点回家的生活，经常招摇地读从我妈书架上偷来的几本社会学课本，可尽管我妈会必恭必敬地问问他早晨工作的情况，偶尔也会问问他读书的事情，可她没有再次爱上他。一阵子后他俩索性不和对方说话了。家里的气氛变了。以前，我总得在他俩没完没了的争吵中逮住可遇不可求的间隙才插得上话。现在，只要我愿意，我可以不受打断地跟他们中任何一人说话，可已经太迟了。在城市度过的转瞬即逝的童年中，他们不再是我生命中最重要的人。不，我真的不再在乎我父母怎么评价我。唯有我朋友的看法才重要，此时比以往更重要，我怀疑她是察觉到了这点，于是愈发地若即若离。

8

后来有人说我是艾米的坏朋友，一直都是，说我就会等机会伤害她，甚至毁掉她。也许她信了。但把她从梦里唤醒是好朋友才会做的事。起初我以为压根不需要我出马，以为村子本身就会唤醒她，因为在那种地方保持做梦的状态似乎是不可能的，保持超然的状态似乎也不可能。我错了。位于村子北端的郊野，除了通往塞内加尔的路，还立着浅红色、两层楼的大砖房（方圆几英里独此一栋），虽遭废弃，但除了门窗基本竣工了。拉明告诉我，当地有个年轻人在阿姆斯特丹当的哥，曾经挺有钱，他汇款盖的房子，但后来时乖运蹇，资金突然就断了。现在这房子空置一年了，会作为我们的"大本营"焕发新生。我们抵达时太阳正落山，旅游部长高兴地向我们展示在每个房间天花板上发光的裸灯泡。"你们每次来访，"他告诉我们，"情况只会越来越好。"村子盼电灯盼了很长时间（从二十多年前政变时就开始巴望了），可艾米没花几天时间就成功说服相关当局连了一台发电机到这栋空壳房子，我们所有的手机都能用插座充电，装修队给装上了有机玻璃窗户，安上了耐用的中密度纤维板门，每个人都有床睡，甚至还有了炉灶。孩子们欢天喜地（这像在露营），对艾米而言，她按计划在这儿过的两晚是功德无量的探险。我听见她对《滚石》的记者说体察"真实的民情民生"有多么重要，第二天早晨，除了正经的要拍照记录的活动（破土仪式、女学生跳舞），记者还拍了很多艾米在这个真实的世界里的照片：吃公碗里的东西，用她室内自行车训练练就的肌肉和妇女们一起轻松蹲坐，或和一群年轻小伙一起攀爬腰果树以展示她的矫捷身手。午饭后她换上橄榄绿的工装裤，我们和国际发展部的女人一起走访村子——此女的工作是指出哪里是"极度贫困的区域"。我们看见爬满钩虫的马桶，看见一所只建了一半、被人遗忘的诊所，看见很多不通风的瓦楞铁皮屋顶的房间，里面一张床上要睡十个孩子。之后我们走访了公共绿地（见证"自给农业的局限性"），可我们走进去时适逢太阳投下迷人的长影，土豆葱葱茏茏，树木藤萝摇曳，蓊蓊郁郁之景，美不胜收。或老或少的女人，像乌托邦里的模样，穿着五颜六色的宽松外套，从地里拔除野草，边工作边聊天，隔着一排排豌豆或辣椒喊话，笑彼此说的笑话。发现我们靠近后，她们直起身来擦脸上的汗，戴头巾的用头巾擦，没头巾的用手擦。

"祝你有美好的一天。今天过得好吗？"

"噢，我知道你们在这儿干什么，"艾米对之前胆敢一把搂住她细腰的老妇说，"你们女人家得在这儿外面好好聊个天。没有男人。哎呀，我能想象你们聊什么。"

国际发展部的女人笑个没完。我觉得我想不出她们会聊什么。我浑身上下哪怕是最简单的想法在这儿也付诸不了行动。比方说，此时此地在我身边的并非"我的大家族"、"我的黑女人同胞"。这儿没有这样的分类。这儿只有塞雷女人、沃洛夫女人、曼丁卡女人、塞拉胡利女人、弗拉女人和乔拉女人——有人勉为其难地告诉我，我只在基本的面部构造方面长得像最后这个种族：一样的长鼻子，一样的颧骨。从我现在站的地方能听见从绿色的清真寺那方方的水泥宣礼塔传来的祷告声，声音高过树木，高过这座村子，村里，蒙脸和不蒙脸的女人是姐妹，是手足，是朋友，是母女，或者早晨蒙脸下午不蒙脸，不蒙脸只因有老朋友来访，有男有女，其中一个主动要给她们编头发。在这儿，庆祝圣诞的热情可谓惊人，所有信徒都是"兄弟姐妹"，而我这个无神论者，不是任何人的敌人，不，根本就是该好好同情和保护的人（和我同处一室的姑娘这么向我解释的），仿佛你是一头牛犊，牛妈妈生产时丢了性命。

现在我看着姑娘们在井边排好队，往她们巨大的塑料桶里装满水，然后把桶举到头顶，长途跋涉回村子里去。其中有几个是我过去一周以来所住的宅子里的。我的房东哈瓦的双胞胎表姐，还有她的三个亲姐妹。我朝她们几个微笑招手。她们点头回应。

"是啊，我们经常不敢相信这儿的妇女和姑娘要干多少活儿，"国际发展部的女人顺着我的视线轻声说，"她们做家务，你懂的，可还要做所有的农活，你也会看到，在学校和集市工作的也大多是女人。妥妥的女性力量。"

她弯腰摸摸茄子的茎，艾米趁机转向我，伸出舌头摆出个斗鸡眼。国际发展部的女人直起身，看着姑娘们的队伍越排越长。

"当然，她们中很多人应该去上学，可不幸的是她们的母亲需要她们在这儿。然后你就会想到我们刚才看见的年轻小伙儿们，他们懒洋洋地躺在绑在腰果树上的吊床里。"

"教育是解决我们的姑娘和妇女发展问题的办法。"拉明突然说，我觉得他经受过国际发展部代表数不清的讲座洗礼后，口气里带着些微的伤感疲惫。"教育，教育，教育。"

艾米给了他一个耀眼的微笑。

"我们来这儿就为此事。"她说。

这天所有的活动，艾米都让拉明待在身边，她误将他喜欢说悄悄话的习惯当作两人关系不一般，没过多久她也开始在他耳畔低语了，像个女学生一样跟他调情。我想，多危险呐，在无处不在的记者面前，可我们没机会独处，我没法义正辞严地跟她说这个。我只好看着可怜的卡拉皮查诺不得不把她从拉明身边拉回到必要却琐碎的任务中——签合同、和部长见面、商榷学校费用、可持续发展、课程、教师薪水，每次她都极力忍着不表现出不耐烦。他五六次地将艾米和我们其他人拦在原地，让我们站在太阳下一边受罪一边听又一个政府官员发表又一通演讲——关于合作和互敬，尤其是终生制的总统想在自己缺席的情况下传达的敬意，艾米"对我们亲爱的总统显然很尊敬"，对此唯一正确的回应不该是尊敬吗？每次演讲都和前面的基本一样，仿佛城里有个"原始文本"，所有这些部长非得引用不可。我们缓缓地向学校进发，速度不能超过摄影师（他在我们前面倒退着小跑），一位部长再次揪了揪卡拉皮查诺的手，卡拉皮查诺在艾米的视线范围之外轻轻劝阻他，可这位部长不听劝阻，岿然不动地把住校门，挡住入口开始发表演讲，艾米猛地掉转身来。

"瞧，费恩，我不想表现得跟个傻逼一样，可我现在真的很想集中精神。你让我集中不了精神。天很热，我们都很热，我们这次没有大把的时间，我真的很介意。所以我觉得演讲可以停一停了。我想我们都知道自己在哪儿，我们都感受到了欢迎，我们都感受到了相互尊重或其他什么玩意儿。现在我要集中精神。今天不再安排演讲了——好吗？"

卡拉皮查诺有点儿无奈地垂头看着自己的纸夹笔记板，有一瞬间我还以为他要发飙。部长在他旁边泰然自若地站着，他听不懂艾米的话，还在等继续演讲的信号。

"参观学校的时间到了。"卡拉皮查诺头也没抬地说，绕过部长推开了大门。

保姆埃斯特尔在里头等我们，还有孩子们，他们跑过满是沙土的巨大校园（校园空荡荡的，只有两个耷拉着、没了网的球门）和前来的任何孩子击掌，很高兴在这么多同龄人中脱了缰。杰伊当时八岁，卡拉六岁，他们长这么大接受的都是家庭式教育。我们短暂的参观途中经过六间又大又热、色彩明快的教室时，他们许许多多孩子气的问题倾巢而出，他们的问题和我的问题并无不同，但他们问出口时不加修饰、不作考虑，保姆一直努力让他们安静闭嘴，但管不住。我希望我可以接着问下去。为什么校长有两个老婆，为什么有的姑娘戴头巾而有的不戴，为什么书本都是又破又旧的，为什么他们在家不说英语可他们在学校要学，为什么老师们在黑板上拼的单词是错的，如果新学校是女孩上的那么男孩去哪儿呢？

9

步入我自己的青春期后，大多数周六我都陪着我妈参加或这或那的抗议活动，反对南非，反对政府，反对核弹，反对种族歧视，反对削减开支，反对撤销银行管制，或者支持教师联盟、大伦敦市政会或爱尔兰共和军。考虑到我们对手的性质，我无法理解这些活动意义何在。多数日子我都能在电视上看见她（一本正经的手提包，一本正经的头发，牢不可破，坚不可摧），上周六早晨，她和她的亲信成功组织起了游行，从特拉法尔加广场一路游到她家黑得发亮的前门，无论多少人，她总能面不改色心不跳。我还记得我们一年前曾为保留大伦敦市政会游行过，走了感觉有好几天（我妈走在前面，我在她后面半英里的位置跟"红色的肯"①深聊），我头顶举着一块标语牌，过一阵举不动了就扛在肩上，像钉死在十字架上的耶稣，拖着它过了白厅，直到最后我们坐车回家，一头瘫倒在沙发里，打开电视，得知大伦敦市政会就在当天早些时候被废除了。就这样她还是跟我说"没时间跳舞"，或者换个说法，"现在不

---

① "红色的肯"：指的是 2000 年当选伦敦市长的肯·利文斯通（Ken Livingstone，1945— ），因左派立场得此绰号。

是跳舞的时候"，仿佛是历史性时刻不让我跳舞似的。我有"责任"，因为我"才智超群"——最近学校有个年轻的代课老师证实了这点，他让我们班把"在家阅读的随便什么书"带去学校。有很多时候，我们学生能知道我们的老师单纯得要命，这次只是其中之一。春天，他们给我们发种子，让我们"种在自家花园里"，或者在暑假结束后让我们写一篇关于"你去哪儿度假"的文章。我倒没受刺激：我去过布赖顿，很多次，也曾坐酒宴游轮去法国，还喜欢在窗口的花坛里种花。可浑身发臭、嘴边有流脓溃疡、每个礼拜都鼻青眼肿的吉卜赛姑娘呢？或者年龄太大、肤色太深，不适合收养、一直被寄养家庭推来推去的双胞胎呢？湿疹男生又会如何？某个夏夜，特蕾西和我透过皇后公园的栏杆看见他一个人在长凳上睡得很熟。代课老师才是最单纯的。我仍记得这一次带给我的惊讶：为数不少的孩子带的是《广播电台》或《电视时代》。

我带的是我收藏的舞者传记，书厚厚的，封面上是七十年代采用柔焦摄影法的人像，拍的是巨星们的晚年（她们穿着丝绸睡衣，戴着领巾，披着粉色的鸵鸟毛斗篷），光看页数，他们就决定我的未来值得"讨论一下"。我妈一早就来开会，还没到上课时间，有人跟她说，她有时逗我读的那些书是我才智超群的证明，说这种"有天赋的"孩子可以参加一个考试，如果过了，就能读给奖学金的好学校——不，不，不，不用报名费，别担心，我指的是"文法学校"①，完全是另一码事，不用钱，不用，不用，请别担心。我

---

① 文法学校：英国的中等教育实行多轨制，中学可以分成文法中学、技术中学、现代中学和综合中学四种类型。文法学校的目标是为高等教育输送人才，可以理解为英国的公办重点中学。

瞥了一眼我妈，她完全不动声色。老师不顾我们的沉默解释道，是因为阅读年纪，你看她的阅读年纪真的很超前。老师打量了一番我妈（不带文胸的背心和牛仔裤，蜡染布的头巾，一副非洲形状的巨大耳环），问父亲来不来。父亲在工作，我妈说。哦，老师边说边转向我，你父亲做什么工作的，亲爱的，他是家里的读书人吗，或者……？父亲是邮差，我妈说。母亲是读书人。如今很正常，老师红着脸看着笔记说，很正常，我们真的不建议参加私立学校的入学考试。我的意思是，奖学金有是有，但没必要让这些孩子们失落……但我们最近新来的布拉德韦尔小姐认为也许……呃……她认为以你女儿的情况，有可能……

我们默默走回家，没什么好讨论的了。我们已经参观过我秋天就要升学的又吵又大的综合学校，把它推销给我的前提是：在这个由满是鞋痕的过道、简易教室和临时厕所构成的拥挤不堪的学校里，得有一个"舞蹈室"。我认识的所有人（除了特蕾西）都是这个归宿，这叫我很欣慰：随大流的安全感。可我妈让我很意外。在公租房的院子里，她在楼梯口拦住了我，要我参加那个考试，努力通过。周末不许跳舞，任何娱乐都暂停，她说，她从没有过我这样的机会，在像我现在的年纪，她自己的老师只建议她一分钟阅读四十个字，就像其他黑人姑娘一样。

我觉得自己在一列火车上，驶向我的同类们在青春期通常前往的地方，可突然间有什么不一样了。有人要我在想都没想过的、远得多的车站下车。我想起我爸，他还没上车多久就被推下了火车。想起了特蕾西，她决绝地跳了车，就因为她宁可走路，也不喜欢有人告诉她应该哪站下车或者她只能乘多远。嗳，是不是挺有骨气？是不是有点儿抗争的意思在里头，至少有点儿挑战的意思吧？然后是我在我妈膝头听到的所有耸人听闻的历史实例，才华横溢到不可思议的地步的女人们的故事（我妈的故事里都是女人），如果她们有自由，能跑得比火车还快，可她们生不逢时，生不逢地，所有的车站都关了门，从没进站的机会。我生在英格兰，生在新时代，难道不比她们更自由？更不用说我有浅得多的肤色，挺得多的鼻子，小得多的跟黑人的本质问题联系在一起的可能性。什么能阻止我继续前行？可七月里一个闷热的日子，当我在非正常上课时间（这个时间点在学校真是不正常）坐在自己学校的礼堂里，打开那些试卷，从头到尾看完我妈希望我"用双手抓牢"的机会时，巨大的愠怒席卷了我，我不想坐上他们的火车，于是我这里写几字那里涂几笔，跳过数学和科学题，罪大恶极地挂了科。

10

几个礼拜后，特蕾西进了戏剧学校。她妈只好按响了我妈的门铃，进我们公寓跟我们讲了这事。她把特蕾西像盾牌一样插在她身前，拖泥带水地进了门厅，不愿意坐下，也不愿意喝茶。她以前从没迈进过门槛。"评委说他们从没见过她这么独树一帜的……"——特蕾西的母亲突然打住，怂怂地看着自己的女儿，然后特蕾西就说出了那个陌生的词汇——"独树一帜的编舞，独一无二。就是那么新颖。从没见过！我一直跟她说，她得是旁边姑娘的两倍那么好才能有出息，"她说着把特蕾西搂入她的大胸，"现在她做到了。"她有一份试演现场的录像要给我们，我妈落落大方地收下了。我在她卧室的一堆书下面找到了它，在一个夜晚独自观看。曲子是《阿里巴巴进城》中的《一直摇摆》，每个动作，每个眼神，每个点头，都是洁妮·里冈恩。

那年秋天，新学校的第一个学期，我发现没了朋友的我是一具没有鲜明轮廓的肉体。从这个群体游走到那个群体、不受欢迎、不受鄙视、不受包容、总想避免冲突的那种姑娘。我觉得自己存在感很低。有一阵子，有两个高一级的女生觉得我对自己高人一等的肤色、长长的鼻子和雀斑有优越感，于是欺负我，偷我的钱，在公交上骚扰我，可欺负总得有某种反抗才带劲，哪怕只有眼泪也行，可我什么也没有，她们没过多久就觉得没劲，随便我去了。在那所学校度过的大多数日子，我都不记得了。尽管日子是过着，但我身体里的倔强从不接受它，它不过是我每天必须忍受的地方，忍受到我重获自由。比起自己的处境，我花了更多的时间去想象特蕾西的学校教育。比方说，我记得她入校后没多久曾对我说过，弗雷德·阿斯泰尔去世时，她的学校举办了一场纪念会，安排一些学生用舞蹈的方式致敬。戴着高顶礼帽、身穿燕尾服、打扮成"宝洋哥"模样的特蕾西让全场为之倾倒。我知道我从没亲眼目睹，可时至今日我仍感觉我仿佛曾亲身经历。

十三岁，十四岁，十五岁，艰难的青春期——那些个年头我真不太见到她。她的新生活吞噬了她。我爸最终搬出房子时，我步入青春期时，她都不在身边。我不知道她有否失贞、何时失贞，不知道她第一次伤心欲绝是为了谁。每次我在街上看到她，她似乎都过得春风得意。帅气逼人、样貌成熟的小年轻搂着她，通常是高个子，留着轮廓鲜明的渐层发型，我回想起这时的她与其说在走路，倒不如说是蹦跳而过，她容光焕发，头发紧紧地向上挽出舞者的小圆髻，穿着荧光色的紧身裤和露脐装，但也眼睛红肿，显然嗑了药。兴奋带感，魅力四射，性感爆棚，时时充满了夏天的能量，哪怕是在冰冷彻骨的二月。她是真的如此——抛开我嫉妒心理的中肯评价。遇见这样的她总是一场"存在休克"，就像在现实生活中看见了从故事书里走出来的人，我会想尽办法缩短面对面的时间，有时她还没走到我跟前我就过马路，或者跳上公交，或者声称着急去哪里。即使稍后从我妈和邻居那儿听说她日子不好过，越来越频繁地惹麻烦，我也不能理解为什么，要我看她的生活可以打满分，也许丧失思考能力是嫉妒的副作用。在我心里，她的叛逆期已经过了。她是个舞者了：她找到了她的族群。而我呢，被青春期搞得措手不及，还在教室后面哼着格什温的曲子，朋友圈已在我身边形成、固化，标准是肤色、阶级、金钱、邮编、国籍、音乐、毒品、政治、体育、抱负、语言、性征……在那大型的听音乐抢座位游戏中，某天我转过身来却发现没我的座位了。我茫然失落，成了哥特族——这是无处可去的人的最终归宿。哥特族已经是个小群体了，而我加入的是最古怪的分支——只有五个孩子的小团体。一个内翻足的罗马尼亚人，另一个是日本人。黑皮肤的哥特族很少见，可也不是没有：我见过几个在卡姆登附近晃荡，如今可着劲儿模仿他们，脸抹成鬼一样的白，嘴涂成血一样的红，发型惊悚，有些地方喷成紫色。我买了一双马丁靴，贴上了涂着修正液的无政府主义标志。我十四岁：世界是苦海。我爱上了日本朋友，他爱着我们圈子里脆弱的金发姑娘——她满胳膊的伤疤，像一只弃在雨中遍体鳞伤的猫，无力爱上任何人。将近两年的时间里，我们整天混在一起。我讨厌音乐，也没法跳舞（只在摇滚乐现场群魔乱舞，或醉醺醺地摇来晃去），可我喜欢它政治上的冷漠让我妈嫌恶，喜欢我野蛮的新造型激发了我爸强烈的"母爱"，他现在没完没了地担心我，我体重狂掉时他还想喂我吃饭。每周里一大半的日子我都翘课：开往学校的公交车也到卡姆登水闸。我们坐在牵道上喝苹果酒、抽烟，马丁靴在运河上荡啊荡，讨论我们认识的所有人有多么矫情，随口聊着聊着一整天就过去了。我言辞激烈地抨击我妈、老邻居、儿时的一切，尤其是特蕾西。我强迫我的新朋友听我恶狠狠地讲述我们交往历史中的每个细枝末节，一路追溯到我们相遇的第一天，走过教堂院子的那一天。扯淡一下午后，我会乘公交踏上归途，路过我没能考上的文法学校，在学校外的某个站点下车——正巧也在我爸新搬的单身公寓外，我能欢欢喜喜地回到往昔，吃他的甜点，沉湎于旧日秘密的欢愉：在《火树银花》里，朱迪·嘉兰①假装成祖鲁族人跳着步态舞。

---

① 朱迪·嘉兰（Judy Garland，1922—1969）：美国女演员及歌唱家。

11

我们的第二次拜访是在四个月后，雨季。航班延误，我们天黑后才到，等我们抵达了粉红房子，我怎么都觉得那个地方奇怪、伤感、空虚，怎么都觉得自己走进了某人未酬的壮志。大雨如注地打在出租车车顶。我问费尔南多他介不介意我回哈瓦的宅子看看。

"我没意见。我有很多事要处理。"

"你没问题？我是说，你一个人？"

他笑了："我还在糟糕得多的地方一个人待过。"

在标示村子入口的脱皮的大广告牌处，我们兵分两路。走了二十码地，我浑身湿透，推开哈瓦家宅子的铝门——一个装着半桶沙子的油桶顶着门，但门和往常一样没上锁。里面几乎认不出来了。四个月前，院子里曾有耙得平平整整的红土，有祖母、堂表亲戚、侄子、侄女、姐妹和很多婴儿，坐成圈，坐到迟暮，现在谁也没在，只有一个泥坑，我一下脚就泥水四溅地陷了下去，丢了一只鞋。我弯腰捡鞋时听到了笑声。我抬头一看，发现有人在水泥凉台上看我呢。哈瓦和她的几个闺蜜正把镀锡盘子从饭桌端回收纳它们的地方。

"喔—喔，"哈瓦大喊，一看见我就笑了：我邋里邋遢，此刻胳膊下夹着个大箱子，轮子在泥地里拖不动了。"瞧瞧风把谁吹来了！"

我本没打算再和哈瓦待在一起，没提前通知她，可她也好，宅子里的其他人也好，对我的来访并无惊讶之色，尽管第一次拜访时我算不得非常成功或受欢迎的房客，可我还是受到了家人般的欢迎。我和好几个祖母握了手，哈瓦和我拥抱了下，说说我们多么想念彼此。我解释说，这次来的只有费尔南多和我，艾米在纽约灌唱片，说来这儿更仔细地看看老学校有什么改观，新学校有哪里值得改进。我被邀请跟哈瓦和她的朋友们一起待在小客厅里，白色的太阳能灯下它暗沉沉的，倒是每个姑娘的手机屏幕把它照得更亮。我们朝彼此微笑，姑娘们，哈瓦，我。她们礼貌地询问我妈和我爸身体好不好，再次对我没有兄弟姐妹这件事表达震惊之情，又询问了艾米和她的孩子们身体好不好，然后是卡拉皮查诺和朱迪的身体，但最关切的还要数格兰奇的身体。格兰奇的健康才是她们真正关心的，因为第一次来访时格兰奇备受欢迎，远比艾米或我们其他人受欢迎。对我们是好奇，对他是爱。哈瓦喜欢、艾米鄙视、我从没听过的拙劣的节奏蓝调歌曲，格兰奇全知道，他穿了她最爱的运动鞋，在学校的妈妈们一手操办的围坐成圈的击鼓欢迎会上，他毫不推托就进了圈，掸掸肩膀，表演了机械舞、甩舞和月球漫步舞，而我却畏缩在座位上忙着拍照。"那个格兰奇！"哈瓦说道，对格兰奇的兴奋回忆让她快活得摇头晃脑，相比之下眼前的我真是令人提不起劲来。"跳得多疯！所有的小伙都在问：'这些是新的舞步吗？'还记得不，你们的艾米对我们说：'不，这些都是老掉牙的舞步！'你还记得吗？可他这次没和你们一起来？太遗憾了。噢，格兰奇多有意思呀!"房间里的女人笑起来,然后摇着头叹了口气,沉默再度降临,我突然意识到自己打搅了这场联欢、这场八卦的欢乐时光,片刻的尴尬沉默后,她们用沃洛夫语接着聊上了。我不想去漆黑的卧室,坐回沙发,任凭对话内容冲刷,任凭衣服在我身上风干。我身旁的哈瓦掌了局,我只能知道故事讲了两小时的量,从喜不自禁的到伤感悲恸的到惹罪招怨的,但不至于过了头惹了怒。笑声和叹气声是我的向导,还有她手机里的照片——如果我问起,她会在轶事趣闻的当中挥挥手机,敷衍了事地用英语解释一下。我猜她是遇到了恋爱问题(班珠尔的一个年轻警察,她很少有见面机会),还有她满心期待的宏伟计划,等雨季结束就去沙滩,来场家庭聚会,那个警察会受邀出席。她给我看了去年家庭聚会的照片:一张涵盖了至少一百个人的全景照片。我在第一排找到了她,注意到她没戴头巾,戴的是一顶柔顺的假发,中分披肩的发型。

"发型可不一样。"我说,哈瓦笑了,手伸向头巾,揭开,露出四英寸长、编成脏辫的真发。

"可它长得真慢呀!"

我好一阵子才反应过来:哈瓦是村子里相对少见的人,她是中产阶级的女儿。她父母都是大学教师,两人我都没见过,她父亲现在在米兰工作了,是个停车管理员,她母亲生活在城市里,仍在大学任教。用村子里人的话来说,她父亲"走了后门",带着哈瓦的哥哥穿越撒哈拉沙漠到了利比亚,然后终于冒险偷渡到了意属兰佩杜萨岛。两年后,已经娶了意大利人的他又把哈瓦的另一个哥哥接了过去,可这都是六年前的事了,如果说哈瓦还在等着把她也接过去，那么如此令人骄傲的事情她显然不想告诉我。父亲寄回家里的钱让宅子显得有点奢华，在村里是难得一见的：一辆拖拉机，一大片私人地产，一个抽水马桶（尽管没有任何排水配套），一台电视机（尽管是坏的）。这个宅子里住着哈瓦过世祖父的四个妻子，以及他的大家族以变化莫测的组合诞下的儿女、孙子孙女、曾孙曾孙女。永远说不上来这些孩子的父母是谁：只有祖母们是固定的，她们几个把婴儿和蹒跚学步的孩童传过去递过来，也传给哈瓦。尽管哈瓦年纪很轻，可我常觉得她是大家族的首脑，或者说至少是心脏吧。她是谁都喜欢的那种人。聪明伶俐，蓝黑色滚圆的脸，像迪士尼的人物一样鲜明的特点，非常漂亮的长睫毛，丰满前突的上唇有种鸭子似的可爱感觉。找乐子的、找笑料的，或纯粹就想被调戏捉弄个一两小时的人都知道来哈瓦这儿，而她也正好对所有人都有兴趣，想听所有的消息，不管多么平常多么无聊（"你刚才去集市了？噢，快告诉我！那儿有谁？卖鱼的在吗？"）。她会是任何地方任何小村落的至宝。她和我不同，一点儿瞧不上乡村生活的意思也没有：她喜欢鸡毛蒜皮、说长道短、日复一日、四世同堂。她喜欢所有人的事就是她的事，自己的事也是所有人的事。哈瓦有个邻居每天都来，她的恋爱问题比哈瓦自己的要麻烦得多（她爱上了父母不让嫁的对象），她执着哈瓦的手边说边哭，经常不到凌晨一点不走，可我注意到，她走时经常挂着笑。我不禁想了想自己有没有为朋友提供过类似的服务。关于这场恋爱问题，我想了解得更多一点，可翻译让哈瓦烦透了，她不耐烦的翻译把两小时的谈话浓缩成只言片语（"嗯，她说他很帅，人又和气，可他们永远不能结婚。我太难过了！我告诉你我今晚睡不着了！可是咱来说说：你到现在连一丁点儿的沃洛夫语也没学?")有时,哈瓦的客人一来就发现我坐在黑漆漆的角落里,他们就面露难色、转身离开,因为谁都知道哈瓦代表着轻松愉快,只要她在就能化苦恼为安慰,可没过多久大家都知道了,从英格兰来的访客只带来了沉重和悲痛。所有不快的问题,我觉得我问的时候都要拿支笔在手里:减少贫困,学校物资匮乏,或哈瓦自己生活中显而易见的难处,现在还加上了雨季带来的麻烦、蚊子、任其发展的疟疾带来的威胁——这一切驱逐了我们的客人,严重考验了哈瓦的耐心。政治话题她不感兴趣(除非涉及什么秘密,就发生在周围,跟她认识的人直接相关),她也不喜欢宗教或文化这种太累人的话题。和大家一样,她做祷告,也去清真寺,可我发现她没有正经的宗教兴趣。她这种姑娘这辈子想要的只有一件事:开开心心。我清楚地记得我学生时代就认识那种类型的人,我总不能理解那类姑娘(现在也不能),我想哈瓦也同样不能理解我。我每晚都睡在她旁边,睡在地上我们靠在一起的床垫上,感谢她浏览消息和图片时她的三星手机发出的蓝色光芒,这有时会持续到凌晨,她看着有感的照片或笑或叹气,驱散了黑暗,也免得没话找话。可从没有什么事情能让她暴跳如雷或极度沮丧,也许是因为每天有太多的事能触发我类似的情绪,我发现自己变态般地想要激发她同样的情绪。有天晚上我们并肩躺在一起,她再次回味起格兰奇多有意思,多酷多快活,于是我问她,对总统承诺要把这个国家里发现的同性恋统统斩首的事情怎么看。她嘬嘬嘴,接着浏览手机:"那家伙成天胡言乱语。反正我们这儿也没这号人。"她没把我的问题和格兰奇联系在一起,可我那晚睡觉时羞愧难当,我居然若无其事就粉碎了格兰奇回到这儿的可能性,为了——什么?原则吗？我知道格兰奇多喜欢这里，甚至胜于巴黎，也远胜于伦敦，也知道他来这里尽管真的性命堪忧但还是喜欢这个地方。我们聊过很多次，录唱片的时间也就不那么无聊了：一起坐在小房间里，透过玻璃朝艾米微笑，从来不听她唱歌。这些是我和格兰奇之间最有实质性内容的对话，仿佛村子让我们看见了彼此间不曾知道的关联。我眼里是匮乏、不公、穷困，格兰奇眼里是简单朴素、远离物质、天下大同——和他的故乡美国截然相反。我看见的是一夫多妻、厌恶女性、没有母亲的孩子（我妈在岛上的童年就是如此，只不过影响更大，成了习俗），他记住的是无电梯的六层楼楼房、跟沮丧的单亲妈妈同住的一室户小公寓房、孤独寂寞、食品券、生无可恋、他前门外面危险的街道，还跟我说假如不是一个女人将他拉扯大、而是十五个，那该有多快乐的时候，他眼里饱含情真意切的泪水。

有一回院子里正巧只有哈瓦和我，她在帮我编辫子，我再次挑头说了点沉重的事情，抓住此刻亲密的机会向她询问我听到的一个谣言，说的是村子里的一个女人消失了，显然是被警方抓走了，她年轻的儿子最近参与了策反。没人知道她在哪，没人知道她出了什么事。"去年有个姑娘来这儿了，她叫林赛，"哈瓦说，仿佛没听见我说什么，"那会子艾米和你还没来，她是和平护卫队的人——她是美国人，有趣极了！我们玩二十一点，我们玩梅花杰克。你玩牌吗？我告诉你，她真是有趣，伙计！"她叹了口气，笑笑，拉紧我的头发。我放弃了。哈瓦自己喜欢的话题是节奏蓝调巨星克里斯·布朗，可对他我几乎聊不出什么，手机里只有他一首歌（"那首歌非常、非常、非常老，"她告诉我），但她知道他的一切，包括他的所有动向。一天早上，她还没去学校，我看见她耳朵里塞着耳机在

212

院子里跳舞。她穿着造型普通但极其紧身的实习教师的行头：白色的衬衫，黑色的莱卡长裙，黄色的头巾，黄色的凉拖，黄色的手表，还有细条纹的修身背心，背后拉得特别紧，以衬托她的细腰和大胸。她从快速舞步的自我欣赏中抬起头，见到我就笑了："别告诉我的学生啊！"

那次考察中，卡拉皮查诺和我每天都去学校参观哈瓦和拉明的教室，做好记录。卡拉皮查诺关注的是学校运营的方方面面，我要交差的范围就窄多了：我先去拉明的班级，再去哈瓦的班级，按艾米的吩咐寻找"最棒最聪明的学生"。拉明教的是数学课，这就简单了：我只要记下能做对题目的姑娘们的名字。每次都等着拉明确认孩子们写在黑板上的答案是正确的，就是我干的活儿。说实话，基本加减以外的内容都超出了我的能力范围，我眼看着拉明十岁的学生都能比我更快地做乘法、算我压根琢磨不出来的长除法。我握着笔就感觉手心在出汗。就像时间旅行一样。我穿越到自己的数学教室，旧日熟悉的羞耻感再度袭来，而我儿时自欺欺人的习惯也还在：拉明经过时，我用手盖住自己的答案，答案一在黑板上公布，我总能蛊惑自己，我离正确答案很近了，要不是因为这里或那里的小疏漏，要不是因为教室里太热，要不是因为我一看见数字就无端犯怵……

离开拉明的教室，前往哈瓦的综合课，这让我如释重负。我打算在那里寻找特蕾西这样的学生：最聪明的、最机灵的、最任性的、最厌世的、最麻烦的姑娘，她们如炬的目光穿透政府规定的英语句子（没有活力的句子，没有内容或意义的句子），哈瓦费力地用粉笔抄写到黑板上，然后又费力地翻译回沃洛夫语解释。我本以为每个班级里只找得到寥寥几个特蕾西，但没多久就发现，在那些炎热的教室里，特蕾西这样的孩子比比皆是。有的姑娘的校服破得要命，差不多可以叫做破布了，还有的姑娘脚上或眼上有流脓的创口，我每天早晨看见她们把学费交到老师手中时，很多人连几枚硬币都交不出。可她们仍没放弃，这许许多多的特蕾西们。她们不满足于对着哈瓦哼哼这几行字——只几年前，哈瓦自己肯定也是坐在这样的座位上，哼哼着同样的几行字，像现在一样对她的课本深信不疑。看着求知之火无人点燃，当然很容易就绝望了。可每当对话从毫无意义的英语桎梏中解放出来，重回本地语言，我便能再次看到火焰，看到清晰的智慧火花——像穿透灭火网罩的火焰，像世界上所有课堂中的智慧一样自然：顶嘴、俏皮话、争论。哈瓦倒霉的职责便是平息这一切，平息所有的询问和好奇，把课堂重新拖回到手里政府规定的课本上，在黑板上用断头的粉笔写下壶在火上烧或汤匙在碗里这样的句子，让他们复述，然后让他们一字不差地抄写下来，包括哈瓦自己时不时会犯的错误。这痛苦的过程，我观察了好几天后发现一个问题：她从来都是在提供好现成答案或刚刚复述过的情况下测试他们写句子的能力。一个格外炎热的下午，我觉得我得亲自揭开谜底。我让哈瓦坐在我原本坐的一张破凳子上，然后我站到班级前面，叫他们在课本上写壶在火上烧。他们抬头望着空荡荡的黑板，然后望着哈瓦求助，等她翻译。我不让她说话。漫长的两分钟过后，孩子们一脸茫然地盯着他们烂了一半、用旧包装纸补了又补的练习本。然后我绕场一周，把收来的本子给哈瓦看。我有点儿喜欢干这种事。四十个姑娘里有三个写对了英语句子。剩下的写了一两个单词，几乎所有的男生连字母都写不出，只有隐约像英语元音和辅音的记号——像字母但又不是字母。哈瓦对每本册子都点点头，面无表情，等我结束后，她站起来继续上课。

午餐下课铃响起后，我跑过院子去找卡拉皮查诺，他正坐在芒果树下往便笺纸上写东西。我兴冲冲、急吼吼地告诉他早上发生的所有事，以及我得出的意味深长的结论：想想看，假如我的老师用汉语授课，可我其他地方哪儿都用不上汉语，也听不到汉语，父母也不说汉语，我的进步会有多慢……

卡拉皮查诺放下笔盯着我。

"我明白了。你觉得你达到了什么目的？"

起初我以为他没理解我的意思，所以又从头开始讲，可他打断了我，一只脚跺在沙子里。

"你做的无非就是羞辱老师。在她的全班学生面前。"

他的声音很平静，但脸已经涨得通红。他摘下眼镜对我怒目而视，玉树临风，连说话都有分量，仿佛美貌就是正义。

"可是……这是……我的意思是，我没说这是能力问题，这是'结构问题'，你自己也常这么说的，我是说，也许我们可以有英语课，当然没问题，可我们要用他们自己国家的语言来教，然后他们就能……你懂的，我是说他们就能在家做英语考卷，作为家庭作业之类的。"

费尔南多苦笑一声，用葡萄牙语骂了街。

"家庭作业！你去过他们的家吗？你在他们的书架上看到过书？或者说看到过书架？书桌？"他起身咆哮，"你以为这些孩子回家后

215

干什么？学习？你觉得他们有时间学习？"

他没逼近我，但我发觉自己在后退，直到撞上芒果树干。

"你来这儿干什么的？你对这种工作有经验吗？这是成年人的工作！你表现得像个十几岁的。可你不是十几岁的，对不对？你是不是该长大了？"

我瞬间哭了起来。什么地方传来了铃声。我听见了费尔南多带着同情的叹息，一瞬间，我竟幻想他会来抱抱我。手捂着头，我听见几百个孩子又笑又叫地冲出教室，穿过院子跑去下一节课的教室，随后又听见卡拉皮查诺一脚踢在凳腿上，凳子翻了，他穿过院子走回教室。

12

　　我青春期的尾声正逢仲冬——当哥特族的完美时节：你终于和周遭的萧条同步，就像那只不会走的钟，一天也能准个两回。我在去我爸家的路上，巴士门前的雪堆得太高，门已经打不开，我只好戴着黑色的皮手套用力推开，一脚踩入积雪。钢片包头的黑色马丁靴、层层叠叠的黑色运动衫和黑色牛仔裤、几乎从来不洗的鸟巢状非洲头的污浊热气，保护我抵御严寒。我成了完美适应环境的动物。我按响我爸的门铃：一个小姑娘开了门。大概二十岁的样子。她的头发是很基本的编法，脸是甜美的泪珠形，无瑕的皮肤亮得像茄子皮。她面露惧色，局促一笑，转身叫我爸，但口音重得都听不出是喊他的名字。她消失后，我爸出来了，我在场的这段时间里她就没再从他的卧室里出来。我们穿过破烂失修的公共过道，走过卷了边的壁纸、生了锈的邮箱、肮脏不堪的地毯，他像个传教士一般有点儿害羞地透露自己的慷慨善举，轻轻向我解释说他是在国王十字车站发现这个姑娘的。"她赤着脚！她无处可去，没有家。你瞧，她是从塞内加尔来的。她叫梅西。你来之前应该打个电话。"

　　我像往常一样吃了饭，看了部老电影（《青草地上》），我该走了，我们俩谁都没再提梅西的事，我看见他回头看自己的卧室门，可梅西没再现身，过了一会儿我便离开了。我没告诉我妈，也没告诉学校里的谁。我觉得唯一能理解的人就是特蕾西，可我好几个月没见到她了。

我注意到其他人都会经历青春期的"失控"、"脱轨"，可不管他们心里藏着什么小九九，他们都能在悲伤或痛苦中发泄，我却没有这样的时候。相反，像个决定采用新健身训练法的运动员，我自觉自愿地决定要脱轨。可没人把我当回事，尤其是我妈，因为她觉得我是个靠谱的少女。生活在这里的其他母亲在大街上拦下她（她们经常如此），让她给儿女的任性出谋划策的时候，她会饱含同情地听她们讲，自己却全无顾虑，有时会一只手搭在我肩上说几句来结束对话："嗳，我们很幸运，我们没有那样的问题，还没有。"这种印象牢牢铆在她心头，她就是看不到我尝试偏离这种印象的所有行为：她喜欢当乖乖女的我，且对此深信不疑。她难道不对？我并不真的像我的新朋友，没有特别自虐或冲动的倾向。我藏着（用不上的）避孕套，畏惧针头，太怕见血，连想想给自己一刀都做不到，还没到不能自理的地步就不敢再喝酒，饮食健康，泡吧到十二点一刻会偷偷开溜，或耍个心机退场，这样我就能见我妈，她规定每周五晚上十二点半在卡姆登宫的后门准时接我。我会坐进她的车，牢骚满腹地抱怨这个规定，可心里总是暗自为有这样的规定而高兴。我们救下特蕾西的夜晚就是那样一个卡姆登宫的夜晚。通常，我的那圈朋友去看独立乐队表演消遣晚上的时候，我还能忍受，可这次我们出于什么原因去看了硬核乐队表演，吉他速弹快要震破大喇叭，狂暴的噪音，一时间我意识到自己撑不到半夜了——尽管我和我妈曾为了这事儿打过仗。十一点半左右我说我要去洗手间，跌跌撞撞地穿过那个曾经是音乐厅的老剧院，在一楼无人的包厢里找了个位置，准备用我藏在黑色风衣口袋里的一小瓶便宜的伏特加一醉方休。原本的椅子已被连根拔走，我跪在褴褛的天鹅绒上，朝下看着舞台前群魔乱舞的区域。我很可能是此地此刻唯一知道卓别林曾在这里表演过的人，还有格蕾西·菲尔兹①，更别提还有久被人遗忘的马戏表演、家庭剧、女踢踏舞者、杂技演员、黑脸杂剧演员，想到此，我有点伤感，又觉得心满意足。我朝下看着所有那些身着黑衣、相互撞击、不满现实的城郊白人孩子，想象在他们的位置换上"巧克力色的浣熊"乔治·亨利·艾略特②，从头到脚一袭白衣，歌唱银色的月亮。我听见身后传来沙沙声：一个小伙走进了我的包厢。是个白人小伙，皮包骨头，不比我年纪大，一看就知道嗑了什么药，坑坑洼洼的痤疮，染的黑发耷拉在他弹坑一样的额头上。可他的眼睛是漂亮的蓝色。我们有着一样的后天设定：我们穿着一样的制服，黑色牛仔裤，黑色T恤，黑色运动衫，黑色皮靴。我觉得我俩甚至没说话。他凑上前来，我面向他，已经跪下，手伸向他的拉链。我们尽量少脱衣服，躺在满是烟头的地毯上，腹股沟相接了差不多一分钟，而身体的其他部位分开，各自包裹在层层黑衣中。这是我人生中唯一一次不计前后果的性爱，无关性爱观，也无关需要时间慢慢培养的性幻想。在弄清"什么进了

---

① 格蕾西·菲尔兹（Gracie Fields, 1898—1979）：英国女演员、编剧。
② 乔治·亨利·艾略特（G. H. Elliott, 1882—1962）：英国音乐厅歌舞演员，绰号"巧克力色的浣熊"。

哪儿"这个层面上，包厢里发生的一切都是试探性的、实验性的、技巧性的。我以前从没看过黄色影片。那会子还没有我这样的人。

要哥特族接吻好像不那么对劲，所以我们像小吸血鬼一样轻咬对方的脖颈。事后他坐起来，用比我想的更优雅的声音说："可我们没戴套。"他也是第一次吗？我告诉他没关系，声音大概也同样让他吃惊。然后我问他讨根烟，他给我的是一撮烟草、一张 Rizla 卷烟纸和一块方方的厚纸板。我们说好一起下楼去酒吧弄一杯"蛇之吻"①，可楼梯上涌上一群人来，我们就走丢了，突然间我亟需空气和空间，我转头走向出口处，走入卡姆登的午夜。所有人都半清醒地从酒吧里涌出，行色匆匆，他们穿着破烂的牛仔裤、方格衫或层层叠叠的黑衣，有人围着圈坐在地上唱歌弹吉他，有人被甲告知去路的那头见乙，乙有甲说的那种药。我顿时感觉神清志醒、孤单落寞，希望我妈能出现。我加入了地上一圈看着像我同类的陌生人，卷好了那根烟。

从坐的地方我能从小街看到爵士咖啡馆，惊讶地发现它的门口站着一群截然不同的人，他们不是出来，而是进去，毫无醉意，因为这批人喜欢跳舞，让身体动起来可不能喝醉。他们浑身上下都没有扯破的地方，没有撕裂的地方，没有修正液乱涂的地方，一切都光鲜靓丽，女人耀眼夺目，没人坐在地上，相反，力气都花在让顾客"远离地面"上头了：男人的运动鞋有两英寸的气垫底，女人的鞋跟有两倍那么高。我好奇他们在排什么队。也许头上戴花的棕色

---

① "蛇之吻"：淡啤和苹果酒调合后的一种酒，好入口、易上头，英国很多酒吧拒绝销售。

皮肤姑娘要为他们献歌。我正想着走过去亲眼瞧瞧，可就在这时我意识到莫宁顿新月地铁站口外面发生了骚乱，一男一女出了什么问题，两人在对吼，男人把女人高高抵在墙上，他冲她大喊，手卡住她的喉咙。坐我旁边的小伙们无动于衷，看起来不怎么关心，他们继续弹吉他或卷他们的大麻香烟。行动起来的是两个姑娘（一个一脸凶相的光头姑娘，还有一个可能是她的女伴），我随她俩起身，虽没像她们一样大叫但迅速紧随其后。然而靠近后，形势却变得难以捉摸了，我们搞不清"受害者"到底是在受害还是受助：我们看见她的腿在身下晃荡，那男人从某种程度上说是在卡住她不让她倒下。我们都放慢了步伐。光头姑娘没那么激动了，倒是关切起来，同时我意识到那不是个女人，而是个姑娘，而且我还认识她：特蕾西。我向她跑去。她认出我来，却说不出话，只是伸出手来凄然一笑。她的鼻子在流血，两个鼻孔都是。我闻到一股恶臭，低头看见了呕吐物，她身前满是，地上也有一摊。男人松手后退。我走上前去扶住她，叫她的名字——特蕾西，特蕾西，特蕾西，可她的眼球翻回了脑壳里，整个人的重量都压在我胳膊上。这里是卡姆登，每个路过的醉鬼和瘾君子都能给她找到理由：劣质迷幻药、脱水、酒精中毒，或者刚嗑过"快球"①。你得扶她站着，或把她放倒，或给她点儿水，或赶紧回去让她透透气，我开始惊惶失措，就在这时，一个响彻云霄、发号施令的声音从路的那头穿透这片喧嚣，呼唤特蕾西和我的名字。凌晨十二点半，我妈驾着她那辆小小的雪铁龙2CV，如约停在卡姆登宫前。我朝她挥手，车又朝前晃了晃，停

---

① "快球"：掺吗啡的可卡因。

在我们旁边。面对如此彪悍能干的成年人，其他人都散开了，我妈甚至没停下问问在我看来很有必要的问题。她把我俩分开，让特蕾西平躺在后座上，用几本严肃书垫起她的脑袋（她总带着它们，哪怕是半夜），载着我们径直开往圣玛丽医院。我真想跟特蕾西聊聊我在包厢里的历险，聊聊我总算真正地豁出去了一回。我们开上了埃奇韦尔路：她突然醒过来，坐直了。可当我妈心平气和地跟她解释发生了什么、我们要去哪儿时，特蕾西控诉我俩绑架她、企图控制她，说我们从她还是孩子时起就一直企图控制她，说我们总以为自己知道什么才是对她最好的、什么才是对大家最好的，说我们甚至企图把她从她亲生父母身边偷走！她越是怒火冲天，我妈越是冷淡镇定，等我们开进了急诊部的停车场，她在后座上伸长了脖子，难抑愤怒地朝我们脖颈上吐痰。我妈没被激怒，也没转移注意力。她让我架起我朋友的左侧，她架起右侧，我们半拽半强迫地把特蕾西架到了候诊室，她在候诊室居然变得百依百顺，对护士轻轻说了"快球"，鼻孔上垫着几张纸巾一直等到医生过来。我妈和她一起进去的。十五分钟后她出来了（我说的是我妈），她说特蕾西要住一晚上，说她要洗胃，说她（指特蕾西）迷迷糊糊地对累坏了的值夜班的印度医生说了不少露骨的话。她才十五岁。"那姑娘遇到严重的问题了！"我妈咕哝着咂咂嘴，弯腰在桌子上代她父母签了字。

在这样的情况下，我自己无伤大雅的酒醉就不值得劳烦我妈了。发现我外套里的伏特加酒瓶后，我妈掏了出来，没跟我商量就扔进了医院本该用来装医疗废物的垃圾桶里。出医院的路上正好有个残疾人厕所，那一刻，厕所门大敞着，我在墙上的长镜子里看见了自己。我看见自己邋遢的黑漆漆的制服和滑稽的灰扑扑的脸——

当然，我以前就见过，可没在医院一览无遗的照明下见过，此刻它不再是一个女孩的脸，此刻回眼瞪我的是一个女人。跟在我四面黑墙的房间那黯淡的紫色灯泡下看见的效果截然不同。我迈过了这道门槛：我再也不当哥特族了。

第五部分　夜和日

1

他俩面对面坐着，气氛很亲昵，如果你能不去想几百万人正在围观。之前，他俩一同在他别有风味的家里闲逛，看看他的收藏、他花哨的艺术品、他骇人的镀金家具，聊聊这说说那，其间他还为她唱了一段，表演了他的几个招牌舞步。可我们想知道的只有一件事，她也终于要开口问了，就连在公寓里瞎溜达、自称毫无兴趣的我妈也停下来和我一起在电视机前坐等下文。我伸手取来遥控器，调大了音量。她说，好了，迈克尔，接下来我们聊聊你身上最具话题的事情吧，我想是这个：你的肤色和你更年轻时显然不一样了，所以我认为这事引发了很多猜测和争议，你到底有没有或正在……？

他目光低垂，开始了辩解。我妈一个字也不信，接下来的几分钟里我一点也听不见他俩在说什么，只剩下我妈舌战电视机。所以我是节奏的奴隶，他说着笑了，可他看起来手足无措，拼命想转换话题，奥普拉①没拦着他，对话又继续往别的方向去了。我妈走出

---

① 奥普拉：指奥普拉·温弗莉（Oprah Winfrey, 1954—　），美国演员、制片人、脱口秀名嘴。

房间。过了一会儿，我自己也觉得无趣了，关了电视。

我十八岁。那年之后我妈和我再也没有生活在一起，我们有了新的身份，已经不知该如何再与彼此相处：同一屋檐下的两个成年女人。我们还是母亲和女儿吗？朋友？姐妹？室友？我们有不同的日程，不太见到对方，可我担心自己住得太久不受欢迎，像一场持续太久的演出惹人烦。大多数日子里我去图书馆复习功课，她每天上午在问题青少年中心当志愿者，晚上则在黑女人和亚洲女人的救助营。我不是说她对这份工作不上心或做得不好，但关键是如果你恰好在竞选地方议员，这两段经历都能让你的简历大放异彩。我从没见过她那么忙。她在街坊邻里仿佛有了分身术，参与所有事务，所有人都认为离婚很适合她，她越活越年轻：我有时害怕有朝一日，在不久的将来，我们会变成同样的年纪。如今，在她选区的街道上常有人走过来"因你母亲为我们做的一切"而感谢我，或者让我问问她，她知不知道怎样为初来乍到的索马里孩子开办放学后的俱乐部，或当地什么地方适合开办提高骑自行车水平的课程。她还没被选上，还没，可我们这儿的人已经成了她的拥趸。

她的竞选亮点之一是要将公租房的旧自行车棚改造为"社区会场"，这让她跟路易那帮人起了冲突——自行车棚他们已占为己用。我妈后来告诉我，他派了两个小年轻到她的住处威胁她，可她"认识他们的妈"，毫不畏惧，他们快快走了。我相信。我帮她把自行车棚刷成了鲜艳的黄色，跟着她一家家走访当地企业，收集闲置的可堆叠式座椅。入场费是一英镑，包含了一些基本茶点，角落里的基尔伯恩书店在搁板桌上售卖相关话题的书籍。四月，它开张了。

每周五六点，演讲人受我妈邀请现身，全是当地各式各样的怪咖：大白话诗人、政治活跃分子、药品顾问；一个不受认可的学究——他写了几本书自己出版，写的是历史上被镇压的反叛；一个盛气凌人的尼日利亚商人——他给我们讲"黑色抱负"；一个文静的圭亚那护士——她对牛油树脂无比狂热。也邀请了很多爱尔兰人来演讲，以示对人口急剧减少的当地土著的敬意，可我妈对其他部族的斗争充耳不闻，倒是毫不犹豫就大力引介鬼头鬼脑的匪徒（"凡是为自由而战，都是高尚之战！"）——这些家伙在后墙上挂三色旗，演讲结束了就把爱尔兰共和军的募捐箱传来传去。在我看来历史久远、脱离现状的主题（以色列十二支派、昆塔·金特①的故事、和古埃及有关的内容）是最受欢迎的，这时候我通常被遣往教堂问执事讨额外的椅子。可一旦演讲的主题涉及我们日常生活中更为写实的一面（当地的犯罪、吸毒、青少年怀孕、学业失败），那么他们能指望的就只有寥寥几个牙买加老妇了，她们无论什么主题都来听，纯粹是来喝茶吃饼干的。可我哪样也逃不了，我都得伺候着，哪怕是端着一英尺高的一堆便笺纸走进房间的精神分裂症患者——便笺是用橡皮筋捆起来的，按什么组织整理的只有他自己知道。他言辞激昂地说进化论的种族主义谬误在于胆敢把神圣的非洲人比作微贱俗气的猴子，可其实他作为神圣的非洲人，是圣光的子孙，是天使的后裔——金字塔证明天使是存在的，究竟怎么证明的我忘了。有时我妈会讲话：那些个晚上呀，房间里坐都坐不下呢。她的主题是"自尊"，各种形式的"自尊"。我们要记住，我们是美丽

---

① 昆塔·金特（Kunta Kinte）：美国作家阿历克斯·哈里的历史小说《根》里的人物。

的、聪明的、能干的，我们是国王和王后，我们拥有历史，拥有文化，拥有自己，可她越是刻意让房间里充满"光"，最终笼罩在我们身上的阴影的形状和大小就越发清晰。

有一天她建议我去演讲。也许年轻人更容易触动年轻人。我想她是真的不明白，她自己的演讲虽然拥趸众多，但并不能阻止姑娘们怀孕、小伙们吸大麻、辍学或抢劫。她给了我一些话题备选，所有话题我都一无所知，我如实说了，结果激怒了她："你的问题就是你从来不懂斗争！"我们吵得旷日持久。她抨击我选"软绵绵的"学科，投"烂泥扶不上墙的"大学，在她眼里我"胸无大志"，抨击我遗传了家里另一条线的基因。我夺门而出。在主干道上徘徊片刻，抽抽烟，最后还是认命去了我爸家。梅西早就不在了，再也没有这么一个人了，他再次独居，看起来颇受打击，比以往更悲苦。他的工作仍然始于每日拂晓前，这对他来说成了新问题：他不知如何消磨下午。作为天生的家庭主夫，没了家庭他茫然失措，我怀疑他的其他孩子——他的白种孩子们，有没有来看过他。我没问过，太尴尬了问不出口。我恐惧的不再是我父母对我发号施令，而是他们也会直面各自心底的恐惧、忧郁和悔恨。在我爸身上，我已经看得太多。他以前喜欢跟我讲，他总是同情送信路上遇见的那些人，穿着室内拖鞋的老家伙们，从下午的节目看到晚上的节目，几乎没有社交，百无聊赖，可他已成为他们中的一员。有次我拜访时朗伯舅舅也来了，他俩短暂的嘘寒问暖后便陷入被老婆抛弃的中年男人抑郁偏执的情绪里，偏偏朗伯舅舅忘带慰藉品大麻了，于是情况更糟。电视开着，他俩整个下午都坐在电视前一言不发，像两个快要溺水的人抓住了同一块浮木。我在旁边收拾屋子。

有时我觉得向我爸发发我妈的牢骚是能一起吐吐槽、解解闷的话题，可这个方案永远都行不通，因为我严重低估了他对她的爱意和崇拜。我跟他说起会场，说起我被迫发言时，他说："啊，好呀，听起来是很有意思的项目。为整个社区谋福利。"他一脸伤感。从马路对面把椅子搬运过来，调整麦克风，让听众们安静以便我妈登场，就算是现在，要能做这些他该有多高兴！

2

公租房附近出现了一叠海报——不是影印的，每一张都是手绘的，宣传名为"舞蹈历史"的座谈。和所有公共场合的通知一样，很快就有人以猥琐但颇具创造力的方式使它们失去了本来面目：一幅涂鸦引发回应，然后这个回应又引发下个回应。我正在特蕾西家公租房的通道里忙着张贴，突然感到肩头有一双手短促有力地捏了我一把，我转过身来看见了她。她看着海报，但什么也没提。她伸手摘下我的新眼镜，戴到她自己脸上，朝竖在布告栏旁边一块弯曲变形的镜子里的自己大笑。她递给我一根烟，我丢了，她又笑；看见我穿着从我妈衣柜里偷来的平底破凉鞋，她又笑。我就像她在抽屉里翻出来的老黄历，让她回想起自己人生中更天真傻气的时期。我们一同穿过院子，坐在她家公租房后面的草地边缘，面朝圣克里斯托弗教堂。她冲门的方向点点头说："可那不是真正的舞蹈。我现在完全在另一个层次了。"我毫不怀疑。我问她复习得怎么样了，才知道在她那种学校并没有考试，考试在十五岁就都考完了。我还戴着枷锁，她却自由了！现在成败都在"毕业歌舞汇演"一举，"多数大牌经纪人都会来"，她勉为其难地邀请了我（"我试着帮你问问看"),最优秀的舞者在这里接受挑选,找到代理人,开始为伦敦西区的秋季演出或区域性的巡回剧团试镜。她沾沾自喜。我觉得她变得更能吹了,尤其是说到她爸的时候。他在老家金斯顿为她建造大房子,她不久就要和他搬过去住了,金斯顿只是去纽约的跳板,她在纽约会有机会登上百老汇的舞台,那儿的人才真正懂得欣赏舞者,不似这里。她如是说。是啊,她会在纽约工作,但住在牙买加,和路易一起生活在阳光下,最终摆脱"这个狗日的国家"(我记得她这样形容)——仿佛她一开始生活在这里就是一场意外。

　　然而,没过几天我就在肯特镇看到路易了,状况和特蕾西说的完全不同。我在巴士的上层车厢里,看见他在街上,胳膊里挽着一个身怀六甲的女人,"嘻哈女孩"的类型,戴着大大的金字塔形状的金耳环,浑身上下的链子,头发涂了油,固定成刘海弯弯的鸡冠头。两人笑着相互逗乐,时不时亲个嘴儿。她推着婴儿车,里面的娃约莫两岁,手里还牵着个七八岁的。我的第一反应不是"这些孩子是谁的?"而是"路易在肯特镇干什么?他为什么走在肯特镇大道上,他又不住那儿?"我的脑路真的没法超过一英里的半径。等他俩出了视线,我才开始细想特蕾西为他的缺席撒的谎或吹的牛,甚至不去猜测他其实是不是一直近在咫尺——她还很小时就不再为此哭鼻子了。学校音乐会没有他,生日没有他,演出没有他,运动会没有他,就连家里吃饭也没有他,因为照她的说法,他在南基尔伯恩照料他病个没完没了的母亲,或给迈克尔·杰克逊伴舞,或远在千里之外的牙买加建造特蕾西梦寐以求的房子。可绿化带边缘一边倒的那场对话让我确信,我们再也聊不起亲密的话题了。回家后,我告诉我妈我看见了什么。她正手忙脚乱地做饭,这通常是她一天中倍感压力的时刻，她烦我，语速莫名得快，火气莫名得大。我无法理解，我知道她讨厌路易，可她为什么护着他？摔锅扔壶，激动地为牙买加辩护，不是当今的牙买加，而是十九世纪、十八世纪甚至更早的牙买加（今天的肯特镇像毫不相干似的一字不提），跟我说饲养员和牲畜，跟我说把孩子从母亲怀里夺走，跨越几个世纪翻来覆去、循环往返地说，她家族中很多男人都是缺位的，包括她自己的生父，他们都是鬼魂一般的存在，从来无法近看或细看。我在她的咆哮中后退，直至后背抵上温热的烤箱门。我不知道怎么化解惆怅失落。一百五十年！你知道一百五十年对于人类家庭而言有多长吗？她将手指按得咔嗒作响，我想起了给孩子们的舞蹈打节拍的伊莎贝尔小姐。那么长，她说。

一周后有人在老自行车棚里放了火，车棚烧成了一个炭黑盒子，就发生在我要讲演的前一晚。我们跟着消防员转了一圈。塑料椅子本来靠墙堆叠，现在烧化了融在一起，臭不可闻。我如释重负，这仿佛是上帝的神来之笔，不过所有的迹象都表明自己人作案的嫌疑更大，而且路易那帮家伙很快就重新收回了他们的地盘。火灾后的那天，我妈和我一起外出时，一些好意的人穿过马路来表达他们的同情，或试图让她聊聊对此事的看法，可她噘嘴盯着他们，仿佛他们说了粗话或问了隐私。我想，暴力让她愤怒，因为这超出了她深爱的语言的范围，她真的没什么可回应的。尽管她挺有革命范儿，但我觉得她在真正的革命里不会派上什么用场，只要演讲和会议结束后真正的暴力立马上演，她就没用了。她不太相信暴力，仿佛暴力太过愚蠢，因而就不会成真一样。我（只从朗伯舅舅那儿）得知，她自己的童年就充满了暴力，精神和肉体的暴力，可她基本只称其为"那些荒唐的事"，或有时是"那些荒唐的人"，因为当她上升到精神生活的时候，一切不属于精神生活的事情在她眼里都不复存在。路易这个人，无论作为社会学现象、政治症状，还是历史案例，抑或只是一个在她自己也同样尝尽苦头的贫穷郊区长大的单独个体——我妈认识的人，我觉得她私下里还挺理解的人，那个我妈对付得了的路易。可她脸上一副"遭人弃绝"的表情：消防员把她领到车棚远远的一角，把纵火点指给她看，纵火者是她认识的人，是她试图讲道理的人，可此人无视这些，用暴力手段毁掉了她倾心打造的事物——这表情我终身难忘。路易甚至不需要亲自动手，教唆别人去做也不需要隐瞒。相反，他倒是希望别人知道：这是在炫耀力量。起初我觉得这把火烧毁了我妈的基本认知。可几个礼拜后她重新集结力量，说服牧师让她把社区会场搬到了教堂的里屋。这场意外在某种程度上甚至成了她竞选的助推器：这恰恰直观贴切地印证了她常挂在嘴上的、她竞选活动的噱头——"都市虚无主义"。没过多久，她成了我们当地的议员。从此，她人生的第二篇章——政治篇章拉开帷幕，我肯定她将此视为人生的真正开篇。

3

校舍在雨季建成了，在十月份。为了庆祝，他们打算在新场地举办一场活动，是半个足球场大小的空地。我们不在筹划之列（村子的行动委员会筹划的），艾米直到活动当天上午才到。可我在这里已经待了两周，逐渐对后勤、音响系统、观众人数以及所有人（孩子和大人、酋长、拉明、哈瓦和她所有的朋友）都坚信总统要亲自出席这件事深感忧虑。谣言的源头难以确定。所有人都是从其他人那儿听来的，得不到更进一步的信息，唯有眨眼和微笑，总之他们认为我们"美国人"是总统来访的幕后大佬。"你问我他来不来？"哈瓦笑着说，"可你自己不就知道？"谣言和活动规模彼此助长：一开始当地三所幼儿园要参与游行，然后变成五所，然后是十五所。起初只有总统要来，后来塞内加尔、多哥和贝宁的领导人也要来，所以妈妈们的"鼓圈"又加入了五六个弹奏长颈科拉琴的江湖艺人和一支警察军乐队。我们开始听说，其他几个村子正组团坐公交车前来，塞内加尔的一个著名 DJ 要在正式活动后表演。在这喧嚣筹划之下涌动的是别的声音：怀疑和憎恨的低声咕哝，我一开始还听不到，但费尔南多一下子就听出来了。因为没人知道艾米这行人给萨拉昆达①的银行到底汇了多少款，所以没人有数拉明自己拿了多少，也没人说得清他后来去酋长家时往信封里塞了多少，他在我们的女财务法茶家又留了多少，最后剩下的才到了村子委员会自己的保险箱。没人直截了当地指责他人。可所有的对话，无论怎么起的头，结束时似乎都在这个问题上打转，通常在谚语一样的结构里七绕八弯，比方说"从萨拉昆达到这里可远着呐"或"这双手，然后这双手，然后又一双手。那么多手！这么多手碰过，谁会干干净净？"费恩（我现在也这么叫他）受不了我们全方位的无能：他从没跟纽约傻子这般傻的人共事过，我们只会惹麻烦，对流程或实地情况毫无概念。他自己也成了一台谚语生成机器："洪涝时，水到处流，你什么都不用想。干旱时，如果你想要水，它路线上的每一英寸都要仔细引导才好。"但他强迫症一般的忧虑（他自称"注重细节"）不再叫我讨厌了：我每天都犯太多的错，现在知道他才是行家。我不再能无视我们之间真正的区别，远不止于他出色的教育背景（他的博士学历），甚至他的专业经验。那是注意力。他倾听，他关注。他的大脑更开放。每天我不情不愿地绕着村子散步时看见费恩（我纯粹是为了运动运动，逃避哈瓦使人感到幽闭恐怖的宅子），他都忙着和或老或少、或贫或富的男男女女细致讨论，蹲在吃饭的他们旁边，跟着驴拉的小车慢跑，和市场摊位旁的老汉坐下来喝阿塔雅酒，他总在倾听、学习、询问细节，不亲耳听见决不武断下结论。我将此和自己的作风比较了一番。尽可能待在我潮湿的房间里，只要还受得了就不和任何人说话，借头灯的光阅读关

---

① 萨拉昆达：冈比亚的最大城市，位于首都班珠尔的西南方。

于这个地区的书籍，对国际货币基金组织和世界银行、买奴隶的荷兰人、卖奴隶的当地酋长和很多不着边际、我压根伤害不了的抽象概念有股子想行凶的愠怒，实际上却极为幼稚。

每天我最喜欢的时分是傍晚，我会走去费恩的住处，在他粉色的房子里简单吃个饭——给我们做饭的就是在学校里掌勺的同一批姑娘。一个盛满米饭的简单锡碗，有时埋着个青番茄或茄子，有时有很多新鲜蔬菜，上面盖一条瘦小却美味的鱼，费恩会大方地让我先扯肉。"我们现在是一家人了，"我们头一次这样吃、两只手伸在同一个碗里时，他这样对我说，"他们好像决定让我们当一家人了。"我们上次来访后，发电机就坏了，可因为我们是唯一的使用者，费恩将其视为"优先级低的事情"（出于同样的原因，我将其视为"优先级高的事情"），拒绝花一天的时间去城里买新的。所以，现在太阳一下山，我们就绑上小小的头灯，戴上后调整角度，确保不会晃着彼此的眼，然后聊到晚上。和他在一起很有意思。他脑子灵、心肠软、心思细。和哈瓦一样，他不是会沮丧的人，可他是靠"仔细端详"而不是"转移视线"做到的，什么问题出现，他就检查每个符合逻辑的步骤，于是这个问题便占据了他所有尚可调用的大脑空间。派对前的几晚，我们坐着在想格兰奇、朱迪和其他人马上要来了，我们在这儿的平静生活要结束了，他开始跟我讲学校遇到的新问题：六个孩子已经翘课两个礼拜了。这六人之间并无关联。可校长告诉他，他们的缺席恰恰都是从费恩和我回到村子的那天开始的。

"从我们回来的那天起？"

"是啊！我想：可这也太奇怪了，为什么呢？一开始我到处问。

所有人都说：'噢，我们不知道。可能没啥大不了的。有时候孩子们得在家干活。'我回去找校长讨了他们的名单。然后我在全村上下奔走，一个一个找到他家家。不容易呀。没有地址，你得跟着直觉走。可我找到了所有人。'哦，她病了，'或者'哦，他去城里找他表哥玩了。'我感觉大家都在撒谎。我今天又看了名单，觉得这些名字很眼熟。我回头去翻我的文件，找到了这张小额借款的名单——你记得吗？这事儿是格兰奇独自干的。他是个好男人，他读了一本讲小额贷款的书……总之，我看了看这张名单，发现正是这六个家庭！这些母亲恰好就是格兰奇给了三十美元资助她们打理市场摊位的人。一模一样。于是我想：这三十美元的资助款和这些辍学的孩子们有什么关系呢？现在问题清楚了：不管格兰奇制订了什么样的还款计划，他们的母亲都无法偿还，她们认为钱会一文一文地从她们孩子的学费里扣除，那孩子们岂不丢脸！她们看到我们'美国人'回村子了，于是她们想：最好让这些孩子待在家里！想法很聪明，也说得通了。"

"可怜的格兰奇。他会失望的。他本是好意。"

"不，不，不……问题很好解决。对我来说就是个值得追查到底的有趣案例。或者说不追查到底。我觉得小额贷款是个好想法，本身不坏。可我们也许要改改还款计划。"

透过一扇被风吹破的窗，我看见月光下一辆丛林出租车在唯一一条好路上隆隆地开。就算这个时间点，孩子们也挂在车上，三个年轻小伙趴在车顶，用自身体重把一张床垫压在身下。荒唐怪诞、不着边际的感觉如浪潮般袭来——我躺在沉睡的哈瓦旁边、公鸡在墙的另一侧疯狂打鸣的凌晨时分，我常有这种感觉。

"我不知道……这里三十美元，那里三十美元……"

"什么?"费恩欢快地问，他经常抓不住话里的意思。我抬头看见他的脸，对这个小小的新问题，他展现出无比的乐观和兴趣。我恼了。我只想砸烂它。

"不，我是说……瞧，你去城里，去这儿周围所有的村子，你就能看见这些和平护卫队的孩子、项目宣传人、非政府组织，所有这些好心的白人忙着操心几棵树——就像你们都看不见森林似的!"

"现在轮到你说谚语了。"

我站起身来，急切地在角落那堆供给品里翻找液化气炉和茶壶。

"在你们的家乡，在你们的国家，你们不会接受这些……微额贷款的方案——为什么我们这儿要接受?"

"'我们'?"费恩问完就开始笑。"等等，等等。"他来到我和煤气罐搏斗的地方，弯腰帮我把它接上小煤气炉——我发着脾气怎么也接不上。我们的脸贴得很近。"'这些好心的白人。'你对种族考虑得太多了——有人告诉过你吗? 可等等: 在你眼里我算白人?"我被这个问题惊到了，笑了场。费恩后退一步: "呦，呦，我觉得挺有意思的。在巴西我们不把自己当白人，你懂的。至少我家的人不那么想。可你在笑呀——意思是对，你觉得我是?"

"噢，费恩……"这儿除了我俩还有谁? 我挪开照亮他一脸关切表情的头灯，他的肤色毕竟也没比我浅多少。"我怎么想又有什么关系，对吧?"

"噢，不，有关系。"他回到座位上说，尽管头顶的灯泡什么用也没有，可我觉得我看见他脸红了。我专注于寻找一对精致小巧的绿色摩洛哥玻璃杯。他有次跟我说，他出门都随身带着它们，这番坦白是少数几次我听到费恩承认什么能让自己开心和宽慰。

"可我没生气，没有，这一切都很有趣。"说完他坐回椅子里，像书房里的教授那样伸开双腿。"我们在这儿干什么，我们做了什么努力，我们会留下什么东西，等等。当然这些都要去考虑。一步一步。这房子就是个好例子。"他把手伸向左侧，拍了拍墙上裸露在外的一团电线。"也许他们给房东付钱了，也许他不知道我们住在里面。谁知道？可现在我们住在里面了，村子里的所有人都看见我们住在里面了，所以现在他们知道房子其实不属于任何人，或者说政府一拍脑袋想给谁就给谁。那么，等我们走了，等新学校建成运营而我们也不太来或者完全不来了，又会怎样？也许几个家庭会搬进来住，也许它会变成公共地盘。也许。我猜它会被一砖一瓦地拆掉。"他摘下眼镜，用 T 恤褶边拭了拭。"是啊，一开始有人会拿走电线，然后是床单被单，再是砖瓦，但最后每一块石头都会用到别的地方去。我打赌会这样……我可能说错了，我们拭目以待。我不像这些人这么有创造力。没人比穷人更有创造力，不管是哪儿的穷人。你穷的时候，每一步都得想清楚。有钱就另当别论了。有钱你就什么也不想了。"

"我可不觉得穷成这样有什么创造力可言。一个孩子也养不起的时候生了十个，我可不觉得有创造力。"

费恩戴回眼镜，朝我苦笑。

"孩子们也许是一笔财富。"他说。

我们沉默了一阵。我想起（我真的不愿想起）那辆亮红色的遥控汽车，我从纽约买的，送给宅子里我特别喜欢的一个小男孩，可我没想到电池的问题：有时有钱买电池，大多数时间没钱，于是玩具车的命运就是束之高阁——我注意到哈瓦的客厅里就留着一个书架，摆满了各种好看却根本没用的东西，都是无知的访客买的。和玩具车做伴的，还有几个没电的收音机、威斯康星州一家图书馆送的《圣经》和一个破相框里的总统照片。

"我就是这样看待我的工作的，"水壶鸣响时费恩坚定地说，"我和她不是一个世界的人，这点很清楚。可如果她兴头过了，我在这儿……"

"等她兴头过了……"

"我的工作就是确保总有点儿有用的东西切切实实地留了下来，不管发生什么，不管她什么时候离开。"

"我不知道你怎么做到的。"

"做到什么？"

"当你能看到海洋的时候却要和一滴滴的海水较劲。"

"又一条谚语！你说你讨厌谚语，可瞧瞧你已经染上这儿的习惯了！"

"我们是要沏茶还是怎么的？"

"其实挺简单。"他边说边把黑色液体倒入我的玻璃杯。"我敬仰看得到海洋的人。我的大脑已经没法儿那样运作了。也许跟你一样年轻的时候是，可现在不是。"

我已经说不清我们是在谈论整个世界，还是非洲大陆，或者只是就事论事地说这个村子，又或者只是在聊艾米。尽管我们善意满怀、谚语不断，可似乎一想到艾米脑子里便稀里糊涂。

因为大多数日子里都是五点钟就被公鸡和祷告声闹醒，所以我养成了十点钟或再晚一点睡回笼觉的习惯，去学校的时候正赶上第二节课或第三节课。可艾米抵达的那天，我决定改过自新，趁好日子还没被搅和从头到尾观察一整天。八点钟就出现在清真寺外，我吓着了自己，也吓着了哈瓦、拉明和费恩。我知道他们每天早上撇下我在清真寺碰头，一起走去学校。清晨的美是另一场意外：它让我回忆起最初在美国的经历。在纽约，我第一次知道光的种种可能性，透过窗帘的缝隙闯进来，把路人、人行道和建筑物化为金色的图像或黑色的剪影——取决于他/它们和太阳的相对位置。但清真寺前的光可不一样（在这光里，他们像对待当地的英雄一样跟我打招呼，因为我只比同一屋檐下的大多数女人和孩子晚起了三小时），它嗡嗡嘤嘤，将你包裹在它的温度里，它是浓稠的、活泼的，挟着花粉、昆虫和鸟儿，因为没有高于一层楼的房屋妨碍它的路径，它倾囊而出、普降福祉，明亮得豁然开朗。

　　"你们管那些鸟叫什么？"我问拉明，"红嘴的小白鸟？它们真漂亮。"

　　拉明扭回过头，眉头一皱。

　　"那些？它们就是鸟啊，没什么特别的。你觉得它们好看？在塞内加尔我们有比这好看得多的鸟。"

　　哈瓦笑了："拉明，你的口气像尼日利亚人！'你喜欢那条河？我们在拉各斯有漂亮得多的河。'"

　　拉明的脸皱了皱，掩饰不住惭愧的笑意，"我们有差不多的鸟但更大，只是在说事实嘛。更壮观。"哈瓦双手插在细腰上，颇有风情地瞟了拉明一眼：我看他很享受。我真该早点就看到。他定是

243

爱着她。谁不爱她？我喜欢这个想法，觉得是板上钉钉的事了。我巴不得告诉艾米，她打错算盘了。

"嗳，你现在听着像个美国人。"哈瓦宣布。她向外望着她的村子。"我认为每个地方都有自己的美，感谢上帝。这里和我认识的每个地方一样美。"然而话才说了一秒，另一种情绪就浮上她漂亮的脸蛋，我顺着她目光的方向看见一个年轻小伙站在联合国淡井水项目旁，一边洗手洗到胳膊肘，一边同样若有所思地朝我们这边张望。很明显这两个人之间有某种挑衅的意味。我们走近后，我发现他属于我之前就到处见过的类型——他们坐轮渡，他们沿着公路走，他们常在城里出没但很少在村里现身。他胡子拉碴，白色头巾松垮垮地缠在脑袋上，背上背着个酒椰叶纤维做的包，裤子的长度很怪异，在脚踝以上几英寸的地方。哈瓦跑向前去跟他打招呼时，我问拉明他是谁。

"是她的表哥穆沙。"拉明恢复了他往常咬耳朵的习惯，不过此刻多了点酸溜溜看不顺眼的味道。"在这儿撞见他真是倒霉。你可别招惹他。他从前流浪，现在是马沙拉，他自家人看见他都头大，你可别招惹。"可我们走到哈瓦和她表哥那里时，拉明一脸敬意甚至有点儿尴尬地跟他打了招呼，我注意到哈瓦也有点敬畏之情（仿佛他是老长辈，而不是半大小子），想起自己的头巾已经滑到了脖子处，现在她重新戴好，盖住所有头发。哈瓦礼貌地用英语把我介绍给穆沙。我俩点头互打招呼。他努力绷住某种表情——仁慈镇定的表情，像从更文明的国度来参观访问的国王。"你好吗，哈瓦?"他含糊地问。这种问题她平时就能说个没完，现在更是有过之而无不及，紧张兮兮地语无伦次起来：她很好，祖母们很好，好几个侄子和侄女很好，美国人来这儿了，因为那啥，学校明天下午要开门了，要举办一场盛大的庆祝活动，DJ 卡里要来表演——他还记得那次在沙滩上跟着卡里的音乐跳舞吗？哦，老天爷，太有意思了！——河上游的人，塞内加尔的人，各个地方的人，都要来，因为这是一件美妙的事，姑娘们的新学校，因为教育是很重要的事，尤其对姑娘们而言。最后这部分是说给我听的，我微微一笑以示赞同。穆沙全程点头，我觉得有点儿焦虑的样子，可现在哈瓦终于说完了，他略一侧身，比起他表妹更像是朝着我，用英语说："真遗憾我去不了。音乐和舞蹈是撒旦。像这儿做的很多事情一样，那是阿度——习俗，不是宗教。在这个国家，我们跳着跳着一辈子就过去了。什么事都是跳舞的借口。总之，我今天要坐库汝去塞内加尔了。"他低头看看他脚上款式简单的皮拖鞋，仿佛在检查它们是不是准备好出发前行了。"我去那儿达瓦，邀请召唤人们信教的意思。"

听到这儿拉明笑了，讽刺意味十足的那种笑，哈瓦的表哥用沃洛夫语激烈反击（或者也许是曼丁卡语），拉明又反击回去，穆沙反击回来，而我就站在原地，没人给我翻译，我一脸尴尬愚蠢的苦笑。

"穆沙，我们在家很想你！"哈瓦突然满怀深情地用英语大声说，还拥抱了她表哥瘦骨嶙峋的左臂，那架势仿佛她敢抱的是他的人一样，而他又是不住点头，但没回应。我想他可能要拂袖而去了（在我看来，他和拉明交锋成这样，真的该有人离场了），可我们竟一路同行向学校走去。穆沙双手背在身后，开始滔滔不绝地说话，声音低沉、平静、悦耳，我听着像在上课，哈瓦听得毕恭毕敬，可拉明不断插嘴，力度和声音都越来越大，完全不是他平时说话的风格。和我一起时，他会等我说完每个句子，回答前会有足够长的留白——我将这些留白视为对话的墓地，传递给他的任何尴尬、不快都在这里埋葬。动怒的、对抗式的拉明是我所陌生的，我觉得他似乎不想让我看见他争吵的样子。我稍稍加快了步伐，等我甩开他们所有人好几码回头看看他们在干什么时，我看见他们也停下了动作。穆沙抓住了拉明的手腕：他正指着自己坏掉的大表，郑重其事地说着什么。拉明一把抽回自己的胳膊，似乎在怄气，穆沙笑了，仿佛这一切都大快人心，或者说至少是必要的。他不顾两人之间明显的分歧，和拉明握手，接受哈瓦再次拥抱他的一条胳膊，远远地冲我点头，从来时的路回去了。

"穆沙，穆沙，穆沙……"哈瓦走近我时摇着头说，"现在穆沙觉得什么都是纳弗斯——什么都是诱惑——我们就是诱惑。这感觉太奇怪了，我们是老相识，我们总一起玩，他就像我的亲哥哥。我们家里人都爱他，他也爱我们，可他不能留下。现在他觉得我们太老掉牙了。他想当新潮的人。他想生活在城里：只有他，一个老婆，两个孩子和上帝。他也没错：如果你是个和家人住在一起还活得挺有疯劲的年轻人，没法儿很纯粹。我也想活得有疯劲——噢，我就是忍不住想，可也许等我年纪再大点儿的时候吧，"她边说边好奇地望着自己的身体，就像他的表哥望着自己的拖鞋，仿佛它们是别人的，"也许等我年纪再大点儿，就会更聪明。我们等着瞧。"

她半笑不笑地琢磨着现在的哈瓦和未来的哈瓦，可拉明发话了。

"那个疯子跟每个人都说：'别这样祷告，要那样祷告，双臂交叉合在胸前，不要放在身体两侧！'在他自己家，他管别人叫斯拉科巴——他批评他的亲奶奶！可到底有什么意思，'老伊斯兰教徒'，'新伊斯兰教徒'？我们是同族人！他跟她说：'不，你不该搞大型的取名典礼，低调点就好，不要有音乐，不要有舞蹈"——可穆沙的奶奶是塞内加尔来的，和我一样——有宝宝出生，我们就跳舞！'"

"上个月，"哈瓦接话，我做好迎接长篇大论的心理准备了，"我的表姐法荼生了头胎玛玛杜，你真该看看那天的场面，我们请了五个乐手，到处跳舞，食物太丰盛了——噢！我吃不下了，其实我都吃撑了，还有跳舞，我的表姐法荼看她哥哥跳舞跳得像……"

"穆沙现在结婚了，"拉明插嘴，"他结的什么婚？那儿几乎没人，没食物——你的奶奶在哭，成天哭！"

"这是真的……我们的奶奶喜欢烧饭。"

"'别戴护身符，别去……'我们称之为玛拉保茨——其实我不去的。"他说着出于什么原因伸出右手做出转动的动作。"我可能和我爸有点儿不一样，和他爸也不一样，可我会告诉长辈该做什么吗？穆沙告诉他的亲奶奶她不能去?!"

拉明是对我说的，尽管我不知道玛拉保茨是什么，也不知道为什么要去，我还是装出义愤填膺的样子。

"她们一直都去的……"哈瓦告诉我，"我们的奶奶。我的奶奶给了我这个。"她抬起手腕，我对挂着小护身符的漂亮银镯赞不绝口。

"请告诉我，哪里说尊重你的长辈就是犯罪了?"拉明质问，"你拿不出证据。他现在想把他的新生儿子带去'现代'医院，而不是丛林。那是他的选择。可那孩子凭什么就不能有出生典礼？穆沙这次又要伤他奶奶的心，我保证。可我会听一个连阿拉伯语都不懂的贫民窟的家伙说三道四？阿度，撒旦——这是他唯一知道的阿拉伯语！他去的是天主教教会学校！穆罕默德言行录的每一条我都背得出，每一条。不，不。"

这是我从拉明嘴里听到过的最长、最持久、最激昂的话，连他自己也震惊了，缓了缓用屁股口袋里叠好的白色手帕擦擦额头上的汗水。

"我说，人和人总是不一样的……"哈瓦刚起了个头，拉明再次打断她："然后他对我说"——拉明指指自己的破手表——"'这辈子和永恒相比啥也不是，你的这辈子只是子夜前的半秒钟。我可不是为这半秒活着，我是为之后的永恒。'可他以为他祷告时双臂合在胸前就比我强？不。我对他说：'我读阿拉伯文学，穆沙，你读吗？'相信我，穆沙是个迷茫的家伙。"

"拉明……"哈瓦说，"我觉得你有点儿不公平，穆沙只想发动圣战而已，这没什么错……"

我的表情肯定很惊愕：哈瓦指着我的鼻子，噗嗤一下笑出来。

"瞧瞧她！噢，老天爷！她以为我的表哥想去持枪杀人，哦不，太有意思了，马沙拉连支牙刷都没有，别说枪了——哈哈哈！"

拉明没觉得那么好笑，他指着自己的胸口，又轻声说起来："不再玩雷鬼乐，不再在贫民窟瞎混，不再抽大麻。她是这个意思。穆沙以前满头脏辫——你知道什么是脏辫吧？好，长到这里的脏辫！可现在他发动精神圣战了，走心。她是这个意思。"

"希望我也那么纯粹！"哈瓦宣布完轻柔叹息，"噢，噢……纯粹多好——也许吧！"

"呵，当然是啦，"拉明皱眉说，"我们每天都想执行圣战，以我们自己的方式，倾尽所能。可你没必要剪裤腿，没必要侮辱你的奶奶。穆沙穿得像个印度人。我们这里不需要外国阿訇——我们自己有！"

我们到学校大门了。哈瓦整了整因为走路歪掉的长裙，直到它重新贴合她的臀部。

"他的裤子为什么是那样？"

"哦，你说短？"哈瓦木然地问，她总能让我觉得自己在问最浅显的问题。"因为这样他的脚就不会受到地狱的火刑！"

那晚朗朗的夜空下，我帮着费恩和一个当地志愿者团队摆好三百张椅子，椅子上支起白色遮篷，旗子升上遮篷杆，墙上写好"欢迎你，艾米"。艾米本人、朱迪、格兰奇和负责公关的姑娘都在班珠尔的酒店睡觉，旅途让他们疲惫不堪，也或许是一想到粉色的房子就疲惫不堪，谁知道呢。周围，人人都在谈论总统。我们一遍遍忍受同样的玩笑：我们知道什么，或自称不知道什么，或我们两人之间谁知道得更多。没人提到艾米。我想不明白的是，在疯狂的造谣和辟谣之中，他们到底是盼望总统来还是害怕总统来？我们把折叠椅的锡制椅腿插入沙子中时，费恩解释道，这和你听说暴风雨要来是一个道理。就算害怕，你还是满腹好奇地想瞧瞧。

4

一大早，我和我爸在国王十字车站踩着最后的期限去参观一所大学。我们方才错过了火车，倒不是因为迟到，而是因为车票价格是我之前估摸着告诉我爸的两倍，在争论接下来如何是好的这段时间（我们一个人先走，另一个待会儿走；还是两个人都不走；还是两个人错开高峰高价时段换个下午再来），火车撇下我们从站台开走了。我们还在公告板前暴躁地朝对方吼，突然发现特蕾西走出地铁，从自动扶梯上来。好家伙！一尘不染的白色牛仔裤，高跟小短靴，拉链一路拉到下巴的黑色紧身皮夹克：看起来像穿着防弹衣。我爸的情绪好转了。他像空中交通管制员给飞机发信号一样举起双臂。我看着特蕾西走向我们时一本正经到古里古怪的程度，可我爸全然无感，像昔日一样拥抱她，没察觉她靠近他时身体的僵直或她胳膊的生硬。他放开她，问候她的父母，问她的夏天过得如何。特蕾西给了一连串冷淡的回答，在我听来全是虚伪的客套话。我看见他的脸阴下来。并不完全因为她说的内容，而是因为她说话的方式——那是一种崭新的风格，似乎和他自以为了解的风趣大胆的野丫头相去甚远。完全是不同的姑娘了，来自不同的街坊，不同的世界。"那个疯地方教你什么了,"他问,"演讲课?""是啊。"特蕾西一本正经地说,鼻子朝着天,显然她想赶紧结束这个话题,可我爸从来不会察言观色,就是不放过她。他不断逗她,为了抵御他的戏弄,特蕾西开始一一描述她在夏季的演唱课和击剑课、交际舞课和戏剧课上培养的诸多技能,这些技能在邻里街坊没什么用,但对于要在"伦敦西区秋季演出舞台"上表演的人来说很有必要。我好奇她怎么支付所有这些课的学费,但没问。她跟我东拉西扯时,我爸站在一旁盯着她看,然后突然插嘴了。"可你是开玩笑的吧,对吗,特蕾西?住嘴吧——这里只有我们而已!没必要跟我们吹牛逼。我们对你知根知底,从你这么高的时候我们就认识你了,你没必要在我们面前装得高人一等!"可特蕾西激动起来,用这滑稽的新调调说话,语速越来越快——她大概觉得这会让我爸刮目相看,而不是排斥,她控制不好这调调,每隔一句就会不自然地拐去我们共同的过去,然后又磕磕碰碰地转向她神秘的现在,我爸终于彻底失控,朝她咯咯笑起来,就在国王十字车站的中央,当着高峰时段所有那些通勤者的面。他没有恶意,他就是觉得好笑,可我看出她受到了伤害。但好在特蕾西出了名的臭脾气没爆发,那一刻没有。十八岁的她已经深谙年长女性酝酿怒火、保存怒火以备后用的艺术。她礼貌地说要离开,说她得去上课了。

七月,伊莎贝尔小姐给我妈打了电话,问特蕾西和我愿不愿意当她夏末演出的志愿者。我深感荣幸:我们还是孩子时,毕业生在我们眼里简直是神,大长腿,无拘无束,一边朝彼此咯咯笑一边交头接耳说着青春期流行的话题,接过奖券,摇彩抽奖,送上零食,颁发奖项。可国王十字车站那个痛苦的早晨还历历在目。我知道伊莎贝尔小姐对我俩友谊的看法还停留在从前，可我不忍心毁掉她的印象。我通过我妈应下了这事，然后等着听特蕾西的消息。第二天伊莎贝尔小姐又打电话来了：特蕾西也同意了。可我俩都没给对方打电话，也没打算联络。我直到音乐会那天早上才见到她，我决定做那个大度一点的人，去她家找她。我按了两次门铃。漫长到不可思议的等待后，路易开了门。我惊着了：我们似乎都把对方吓了一跳。他擦擦八字须上的汗水，生硬地问我想干什么。我还没开口就听见特蕾西用一种滑稽的声音（我差点儿就认不出来）朝她爸喊，要让我进去，路易点头放我通行，但他却往反方向径直出了门，走上了过道。我看着他匆匆下了楼梯，穿过草坪消失了。我回头进了公寓，可特蕾西不在门厅，也不在客厅，也不在厨房：我有种她前脚刚走、我后脚就到的感觉。我在浴室找到了她。要我说她刚哭过，可我不敢打包票。我说了你好。这一刻她迅速朝下看看自己，看我也在看的地方，整整她的露脐装，直到它完全盖住她的胸罩。

我们又走出去，下了楼梯。我说不出话，可特蕾西从来不会舌头打结，极端情况下也不会。现在她用轻松喜感的语调聊她在试镜时要面对的"苗条的小婊子们"，聊她要学的新舞步，聊扩及舞台之外的发声法。她语速很快，说个没完，确保我找不到缝隙或停顿问她问题，就这样她让我俩安安全全地走出了公租房，到了教堂门口，我们在那儿遇见了伊莎贝尔小姐。她给了我们钥匙，给我们看怎么锁钱箱，锁好之后放哪里，演出前后怎么开关教堂门，以及其他琐碎的操作性事务。我们四下走动时，伊莎贝尔小姐对特蕾西的新生活、她已经拿到的学校里的小角色和她希望有朝一日拿到的学校外的大角色问了不少问题。这些问题中流露着美好和天真。我看得出特蕾西想当伊莎贝尔脑海中的姑娘：她的生活有条不紊、勇往直前，她的眼前唯有目标，清楚明亮的目标，没有什么挡住去路。她扮演着这个姑娘的角色，行走在我们少女时代熟悉的场所，追忆往昔，记住缩短元音的发音，双手背在身后，像游客徜徉在博物馆，观赏有着苦痛历史的展品——对所见之物没有依恋的那种游客。我们来到教堂后院时，孩子们正排队领取果汁和饼干，她们齐刷刷用无比崇拜的眼神看着特蕾西。她的头发梳成舞者的小圆髻，"菠萝工作室"的包挂在她的肩膀，她走路时脚尖朝外，她是十年前我俩的梦想——那时我俩自己还是排队取果汁的小姑娘。没人给我太多的关注，就连孩子也看得出我已经不是舞者了。被这些小小的崇拜者拥簇，特蕾西似乎很高兴。在他们眼里，她漂亮成熟，才华出众得让人嫉妒，自由自在。我以同样的视角代入后，就容易说服自己之前是想多了。

我穿过房间，沉浸在回忆里，然后到了布思先生那里。他依然坐在他破烂的琴凳上，略老了些，但在我眼里还是老模样，弹着不合时令的曲子：《让自己过个美好的小圣诞》。于是天衣无缝的默契就上演了：他弹我和，没有讨论，没有排练——就因为太不可思议，有人讨厌音乐剧（我说我喜欢音乐剧的时候就有人这么告诉我）。他了解谱子，我知道歌词。我歌唱忠实的朋友。特蕾西朝我这里扭头微笑，伤感却深情的微笑，或仅仅是因为载着回忆而深情。我看见了她七岁、八岁、九岁、十岁时的模样，少女，小女人。所有这些版本的特蕾西跨越教堂大堂的岁月问了我一个问题：你打算做什么？这个问题我们都已经知道答案。什么也不做。

5

　　比起学校开学，这更像宣布终结旧的政体。一队身着深蓝色制服的年轻士兵站在中央，手里端着黄铜乐器，汗如雨下。那里没有树荫，他们已经在原地站了一个小时。我坐在距离他们一百码远的遮篷下，身边是上游地区的头头脑脑、一些国内外媒体，格兰奇和朱迪，但没有总统，没有艾米，艾米还没来。费恩会把她带来，等万事俱备、一切就绪后：这是个漫长的过程。拉明和哈瓦都不算"头头脑脑"，被放逐到离我们很远的犄角旮旯了，因为座次排位是没得商量的。每隔十五分钟左右，朱迪，有时是格兰奇，有时是我，会建议有人真的应该给那些可怜巴巴的军乐队战士送点水，可我们都没去送，也没其他人去送。与此同时，幼儿园的队伍进场了，每所学校都穿着特色鲜明的撞色制服、围裙、衬衫和短裤（橙配灰，或紫配黄），领头的是三五成群的女人，他们的老师，千方百计地施展魅力。康库吉安凯塔亚幼儿园的老师穿的是红色紧身T恤、带水钻口袋的黑色牛仔裤，头发精心编成辫子。图杰冉幼儿园的老师穿戴的是搭配好的红橙两色的宽松长袍和头巾，脚踩同款的白色坡跟凉鞋。每个队伍的走法都和下个队伍不同，但队伍内部却保持高度一致，跟"至高无上"乐队[①]似的。她们进入大门，神气活现地穿过院子，孩子们板着脸尾随着，仿佛听不到我们都在欢呼，等他们抵达指定地点，两个女人便面无笑容地展开手工缝制的旗子，旗上有学校名字，她们就那么举旗站着待命，重心从左胯换到右胯，从右胯换到左胯。我从没在同一个地方见过那么多美得丧心病狂的女人。我也打扮了（哈瓦态度坚决地跟我说，我常穿的卡其布和皱巴巴的亚麻布不行），我从房东那儿借了件黄白相间的长款上衣，可对我来说实在太小了，后背扣不上，只好在肩上"不经意地"甩一条宽宽的红围巾，遮在豁口处，尽管气温至少有三十八九度。

最终，我们坐了将近两小时后，该在院子里的都在院子里了，艾米在推推搡搡的拥趸的包围中，由费恩带到了她位于中心的位置。照相机闪光灯一通乱闪。她扭头问我的第一句话是："拉明呢？"我都没机会回她的话：喇叭吹响了，重头戏要上演了，我坐回椅子里，纳闷自己在前两个礼拜里那么笃定的一切是不是全误会了。因为现在穿着各种服饰的孩子列队进入广场，他们全都七八岁光景，打扮成了非洲各国首脑的模样。他们穿的是蜡染布、大喜吉装、尼赫鲁领和狩猎装，每个人都有自己的随从，随从由穿戴成警卫人员模样的其他孩子扮演：黑西装加墨镜，对着假对讲机哇啦哇啦。很多小首脑的旁边还有小小的夫人，晃荡着小小的手提包，可利比里亚小姐形单影只，"南非"身后则跟着三位胳膊挽胳膊的夫

---

① "至高无上"乐队（The Supremes）：20 世纪 60 年代美国流行乐坛盛极一时的女子组合，服饰和妆容的同步性很高。

人。瞧瞧这群观众，你会觉得他们这辈子谁也没见过更搞笑的场面，艾米也觉得滑稽，一边抹着眼泪一边伸手抱抱塞内加尔总统或捏捏科特迪瓦总统的脸颊。首脑们招摇地走过万念俱灰、汗如雨下的士兵身边，然后走到了我们的座位前，又是挥手又是摆出造型供记者拍照，但板着脸不说话。接着乐队不再鼓号宣天，开始演奏震耳欲聋的铜管乐版国歌。我们的椅子震起来。我转身看见两辆大车隆隆驶入满是沙子的院子：第一辆是四个月前我们坐过的那种SUV，第二辆是如假包换的警用吉普，浑身装甲，好像一辆坦克。村子里一百来个男童女娃和小子丫头在这些车旁边和后面跑，有时是前面，但他们总危险地靠近车轮，欢呼雀跃。第一辆车的天窗里站着总统本人的八岁翻版，穿着白色的宽长袍和白色的库非帽，手里握着手杖。活灵活现：他和总统一般黑，长着一样的青蛙脸。他旁边站着个八岁的漂亮女郎，肤色跟我差不多，戴着假发，穿着紧身红裙，向人群一把把扔着玩具币。车边跟着的是数量更多的小警卫，戴着太阳镜，扛着小枪，枪对着孩子们，可有些孩子欢天喜地张开双臂，向小警卫的枪口露出小胸膛。两个成人穿着同款警卫装，只是手里没枪，反正我看不见，跑在车边用最新款的摄像机拍下这一切。殿后的警用吉普里，扛着玩具枪的小警察和端着卡拉什尼科夫冲锋枪的真警察挤在一起。小警察和大警察都枪口朝天，这下孩子们很高兴，跑在后面试图爬上吉普车的后背，沾沾权力的光。坐在我周围的成年人一会儿微笑欢呼（照相机转过来对着他们时），一会儿惊恐呼号（每次车子快要撵上奔跑的孩子时），快要精神分裂了。"玩儿滚蛋去，"我听见一个真警察对总贴在他右车轴讨糖吃的小子大喊，"否则我们从你身上碾过去了！"

车子终于停了，微型总统下了车，走到讲坛作简短发言，麦克风的回音叫我一个字也没听见。其他人也听不见，不过我们都笑了，一讲完就鼓掌。我想，就算总统亲自来，恐怕效果也不会有什么区别。权力的演示就该如此。随后艾米上去了，说了几句，亲了亲小伙，拿了他的手杖朝热烈欢呼的人群挥了几下。学校宣布开学。

如果说正式典礼的后面接了一场不相干的派对，倒不如说正式典礼就地解散，被派对取代。那些没受邀参加典礼的人现在全拥入场地，摆得整齐划一的殖民地风格的座位安排打乱了，所有人都是想坐哪儿就坐哪儿。漂亮的女教师们把班里的孩子招呼到阴凉处铺开午饭，午饭是从基尔伯恩集市上也买得到的那种格子呢大购物袋（漂洋过海、全球通用的勤俭标志）中的密封大罐头里掏出来的，还热乎着。场地的最北角，传说中的音响系统开工了。但凡能摆脱大人或压根儿没大人陪同的孩子都在那儿跳舞。我听着像牙买加的味道，"激昂雷鬼乐"的一种，鉴于我似乎在突如其来的场景转换中和所有人都走散了，于是就晃悠过去看跳舞。有两个路子的舞。主流风格是对他们母亲的揶揄模仿：屈膝，驼背，撅屁股，边踩节点踩脚边看着自己的脚丫子。可时不时地（尤其当他们发现我在围观时），他们的舞步穿过嘻哈和雷鬼、越过亚特兰大和金斯顿跳转到其他时空，我更熟悉的时空。我看见了抽搐舞、机械舞、鬼步舞和贴身舞。一个自鸣得意、不超过十岁的俊朗小子知道些特别猥琐的动作，突然就来一下，这样周围的姑娘们就能时不时作惊愕状，尖叫，跑到树后躲着，再悄悄回来看他做更多的猥琐动作。他眼睛看着我。他不断指我，盖过音乐声大喊着什么，我听不大出："跳舞？太糟了！跳舞？跳舞！太糟了！"我走近一步，笑着摇头示意不跳，但他看得出我是在犹豫。"啊，找到你了。"哈瓦从我身后说，挽上我的胳膊带我回到派对上。

一棵树下，拉明、格兰奇、我们的老师和一些孩子聚在一起，都在从锥形小塑料袋里吸冰橙或冰水。我从卖水的姑娘那儿拿了一袋，哈瓦示范怎么用牙齿撕开一角，把液体嘬出来。我吸完后看着手中皱巴巴的塑料袋，它像个瘪了的避孕套，我意识到除了地上没有别的地方好扔，也意识到这些锥形饮料肯定就是所有那些变形塑料袋的来源——我看见它们遍布每条街道、树杈、垃圾场，每丛灌木都像开了花。我把它放入口袋，推迟它不可避免的命运，在格兰奇和朱迪中间挑了个座位——这两人正吵得热火朝天。

"我可没那样说，"朱迪嘶嘶有声，"我说的是：'我从没见过那样的事。'"她喘了口气嗞嗞地嘬着她的冰棒。"我他妈的就没见过。"

"是啊，嗳，他们可能从没见过我们耍的疯。圣帕特里克节。我是说，圣帕特里克节是个什么鬼？"

"格兰奇，我是澳洲人——基本算是佛教徒。圣帕特里克节跟我可没半毛钱关系。"

"我想说的是：我爱我们的总统……"

"哈！说你自己就行了！"

"……这些人凭什么就不能尊敬爱戴他们自己的首脑？跟你有什么关系？你不能不分青红皂白就说三道四……"

"没人喜欢他。"坐在格兰奇对面的一个目光犀利的年轻女人说道。她的宽松长袍拉到了腰间，右胸奶着个娃，现在她又把娃换到了左胸。她长得标致伶俐，至少比我年轻十岁，但她眼里有种沧桑，是我在大学老朋友眼中看到的神色。在漫长尴尬的午后，她们带着无趣的娃和更无趣的老公跟我见面。没有姑娘家的那份如梦如幻了。

"所有的都是年轻女人。"她一边压低嗓门说话，一边从娃脑袋下抽出一只手，摆摆手驱散人群。"可男人呢？男孩，是有——可年轻男人呢？没有。这儿没人喜欢他，也没人喜欢他做的事。能跑路的都跑路了。后退，后退，后退，后退。"她说着把在我们旁边跳舞的几个快要步入青春期的男孩专门挑出来一指，就像她有本事让他们消失似的。她咂咂嘴，跟我妈一模一样。"相信我，我要能跑路也会跑路！"

我肯定格兰奇和我一样，本以为这个女人不说英语或者听不懂他和朱迪有口音的英语。现在他听见她说一个字就点头，几乎不用她开口就已经在点头了。听得见谈话内容的所有人（拉明、哈瓦、我们学校的几个年轻老师，还有我不认识的其他人）悄悄议论，吹起口哨，但谁也没接口说什么。标致的年轻女人在椅子上挺直后背，接受突如其来的膜拜。

"如果他们爱他，"她这下完全不压着嗓门了，可我也注意到，她一次也没提他的大名，"他们难道不该在这儿和我们一起，而不是把性命丢进水里？"她低头调整了一下奶头的位置，我在想她口中的这个"他们"是否不是抽象概念，而是有名字，有声音，和她怀中嗷嗷待哺的婴儿有关系。

"走后门是发疯。"哈瓦小声说。

"每个国家都有自己的斗争，"格兰奇说（跟哈瓦那天早上跟我说的话如出一辙），"美国有严峻的斗争。为了我们的人，黑人。所以说来这儿跟你们在一起，有益于我们的灵魂。"他说得很慢，从容不迫，还摸了摸他的"灵魂"——他胸肌的正中央。他就像要哭出来似的。我的第一反应是别过脸，给他留点隐私，可哈瓦却直视他的脸，握住他的手说，"瞧瞧格兰奇多懂我们"——他回捏她的手——"不仅用脑子，还用心！"对我赤裸裸的谴责。激昂的年轻女人点点头，我们等她再说点什么，似乎只有她能赋予这段插曲以最终意义，可她的娃奶完了，她的演说结束了。她拉起黄色的宽松长袍，起身给他拍饱嗝。

"我们的艾米姐姐能在这儿和我们一起，真是太妙了。"哈瓦的一个朋友说。她是个名叫以斯帖的快活丫头，我注意到她一冷场就受不了。"全世界都知道她的名字！可她现在是我们的一员了。我们得给她起个村里的名字。"

"嗯。"我说。我在看刚才说话的那个黄衣女人。现在她朝跳舞的人慢悠悠走过去，后背挺得笔直。我真想跟着她再聊几句。

"她现在在这儿吗？我们的姐妹艾米？"

"什么？噢，不在……我想她得去录几个采访什么的。"

"哦，太妙了。她知道 Jay‐Z①，她知道蕾哈娜②和碧昂丝③。"

"嗯。"

---

① Jay‐Z：原名肖恩·科里·卡特（Shawn Corey Carter，1969— ），美国嘻哈歌手、唱片制作人、企业家。
② 蕾哈娜：指罗比恩·蕾哈娜·芬缇（Robyn Rihanna Fenty，1988— ），在美国发展的巴巴多斯籍女歌手、演员、模特，传说是光明会成员。
③ 碧昂丝：指碧昂丝·吉赛尔·诺斯（Beyoncé Giselle Knowles，1981— ），美国流行音乐天后。

"她还知道迈克尔·杰克逊？"

"嗯。"

"你觉得她也是光明会的吗？或者她熟悉光明会？"

我还能分辨出黄衣女人，在那么多人中也很醒目，直到她走到树和厕所间的后面，我再也看不见她了。

"我不觉得……说实话，以斯帖，我不觉得真有那玩意儿。"

"噢好吧。"以斯帖口气平静得仿佛在说她喜欢巧克力而我说我不喜欢。"我们这儿觉得真有，因为它真的很厉害。我们听到很多传闻。"

"它是真的，"哈瓦附和道，"可相信我，互联网上的东西你不能全信！比方说，我表妹给我看一个白种男人的照片，美国的，他有四个男人那么大，胖得要命！我说：'你太傻了，这不是真照片，得了吧！这不可能，没人能长成这样。'这些孩子头脑发昏。他们看见什么就相信什么！"

等我们回到住处，外面的天已经黑了，星光灿烂。我挽着拉明和哈瓦的胳膊，想逗逗他俩。

"不，不，不，就算我管她叫娇妻，"拉明抗议，"就算她管我喊老公，我俩也真的只是老相识。"

"调情鬼，调情鬼，调情鬼，"哈瓦用调情的口吻说，"就这样了！"

"就这样了？"我边问边用脚踹开门。

"当然就这样了。"拉明说。

宅子里很多小不点还没睡，欣喜若狂地跑向哈瓦，哈瓦见到他们也欢天喜地。我跟四个祖母握了手，这是老规矩，就像第一次见面那样，她们每个都凑过身子想跟我说点什么重要的事，或者更确切地说，真的在告诉我重要的事，可我偏偏听不懂，然后当事情说不清了（经常如此），她们就轻轻拽着我的宽松长袍，拉我到走廊的尽头。

"噢！"哈瓦说着抱着一个侄子走了过来，"可我的哥哥来了！"

他其实是同父异母的哥哥，我看着和哈瓦长得不太像，没她的姿色，没她的风华。他面相和善严肃，和她一样是圆脸，却有双下巴，戴时髦的眼镜，衣着风格平平，他还没开口我就知道他肯定在美国待过。他站在凉台里喝一大杯"立顿"，两个胳膊肘撑在水泥墙边上。我绕过柱子跟他握手。他热情地和我握手，可脑袋后缩、半笑不笑，仿佛握手这个动作是种讽刺。这让我想起一个人——我妈。

"我知道你住在这儿的宅子里。"他说，朝我们周围安静干活的人点点头，朝哈瓦怀里尖叫的侄子点点头——她现在把他放到院子里了。"可农村生活如何？你得先适应环境才能好好欣赏它，我认为。"

我没回答问题，而反过来问他在哪儿学来那么标准的英语。他礼节性地笑笑，但镜片后的眼神强硬起来。

"这儿。这是个英语国家。"

哈瓦不知道怎么化解这尴尬，捂嘴嘿嘿笑。

"我很享受，"我脸红了，"哈瓦一直对我很好。"

"吃的也喜欢？"

"真的很好吃。"

"吃的很简单。"他拍拍他滚圆的肚皮，把空碗递给了路过的一个姑娘。"但有时候简单的比复杂的更有味道。"

"嗯，说得没错。"

"所以：说来话去就是一切都好？"

"一切都好。"

"要我说，适应这种乡下村子的生活是要一阵子的。就算是我，也要适应一阵子，我毕竟是在这儿出生的。"

正好有人递给我一碗吃的，尽管我刚吃过，可我觉得在哈瓦哥哥面前的所做所为都是一种考验，于是接了过来。

"可你不能那样吃，"他小题大做，看见我想把碗搁在墙上，又说："我们坐下吧。"

拉明和哈瓦继续倚着墙，我们则坐在一对微微摇晃的手工凳子上。不用再暴露在院子里每个人的眼皮子底下后，哈瓦的哥哥放松下来。他告诉我，他曾在城里一所好学校读书，就在他父亲任教的大学旁，在校期间他申请了堪萨斯州一所私立的贵格会学校，他们每年向非洲学生提供十个奖学金名额，他是其中之一。几千号人打了申请，可他入围了，他们喜欢他的论文，尽管时间久远，他现在几乎记不得写了什么。他在波士顿读研究生，读的经济学，后来他在明尼阿波利斯、罗切斯特和博尔德生活过，这些城市我和艾米都去过，我对哪个都无感，可现在倒想听听它们的故事，也许是因为村子里的一天对我来说漫长如一年——时间严重变慢了，就连哈瓦哥哥黄褐色的宽松长裤和红色的高尔夫 T 恤也能激发我这背井离乡之人又怀旧又欢喜的情绪。他在算不上我故乡的地方度过的时光，我问得很详细，拉明和哈瓦就站在我们旁边，却被隔绝在对话之外。

"可你为什么非得离开?"我问他,我本不想用那么哀怨的口气。他狡黠地看着我。

"谁也没逼我走。我可以留下来的。我回来为我的国家效力。我想回来。我在财政部工作。"

"噢,公务员。"

"对。可在他眼里我们的财政部就像他自己的钱箱子……你是个年轻聪明的女人。我肯定你也许有所耳闻。"他从口袋里掏出一条口香糖,剥银箔剥了很久。"你懂的,我说'为我的国家效力',我指的是所有人,不是一个人。你会明白,现在我们束手无策。可不会永远这样。我爱我的国家。等时机来了,至少我能在这里见证。"

"巴布,现在你终于在这儿了!"哈瓦一边抗议一边把胳膊绕在她哥哥的脖颈上。"我想跟你聊聊这个院子里的好戏——别念叨城市了!"

哥哥和妹妹亲密地把脑袋抵在一起。

"妹妹,我不怀疑这儿的情况更复杂——等等,我想先为关心这个问题的客人解答。你瞧,我的最后一站是纽约。你是从纽约来的,我理解得对吧?"

我说是:这样更简单。

"那你就会明白是怎么回事,美国的阶级是怎么回事。说实话我真是受不了。我到纽约的时候已经受够了。当然我们这儿也分三六九等——但没有歧视。"

"歧视?"

"这样吧，我们来瞧瞧……你住的这所宅子？你和我们的家人住在一起。唔，其实是很小、很小的一部分，但这个例子足够说明问题了。也许在你看来他们活得很简单，他们是乡下的村民。可我们最早是福罗斯，贵族，从我奶奶那边传下来的。你见到的有些人——譬如说校长，他是尼亚马洛斯，他的族人是工匠——他们来自不同的行业，铁匠、皮革工人……再举个例子，拉明，你的家人是加利，对吧?"

一种极为窘迫的表情掠过拉明的脸。他用最微小的幅度点点头，然后抬头移开了目光，看着巨大的满月即将塞入芒果树，像硬币即将塞入投币口。

"音乐家、讲故事的人、江湖艺人，"哈瓦的哥哥说着做出弹拨乐器的动作，"另外，有些人是炅戈。我们村里很多人是炅戈的后人。"

"我不知道什么意思。"

"奴隶的后人。"他微笑着上下打量我。"但我想表达的是，这儿的人依然能说：'当然啦，炅戈跟我不是一类人，可我不会瞧不起他们。'在老天爷的眼皮子底下，我们虽有不同可享有基本的平等。在纽约，我看到草根阶层受到的待遇是我无法想象的。彻头彻尾的歧视。他们在上菜，可人们甚至不跟他们发生眼神交流。你信或不信，有时我自己也受到那样的对待。"

"当穷人有那么多不同的路子。"哈瓦突然间小声道出了醍醐灌顶的话。她正忙着收拾地上的一堆鱼骨头。

"富人也是。"我说。哈瓦的哥哥淡然一笑，认同了。

6

演出后的清早，门铃响了，太早了，比邮差还早。是伊莎贝尔小姐，她忧心如焚。钱箱不见了，里面有将近三百英镑，没有破门而入的迹象。有人深更半夜开锁进去了。我妈穿着晨袍坐在沙发的边缘，对着清晨的光线揉揉眼。我在过道里偷听，她们一开始就认定我是无辜的。她们讨论的是拿特蕾西怎么办。过了一会儿她们把我召过去问了问题，我如实招来：我们在十一点半上的锁，把所有的椅子堆放整齐，之后特蕾西和我各回各家。我以为她把钥匙挂回去了，当然也有可能她揣自己兜里了。听我说话时，我妈和伊莎贝尔小姐向我转过身来，可她们兴趣不大，面无表情，我刚说完她俩就扭过头继续讨论了。我听得越久就越惶恐。就算我明白，理智地说特蕾西肯定以什么方式参与了，可我觉得她俩不容置疑认定特蕾西有罪、我无辜的态度中有种令人厌恶的忘乎所以。我听了听她们的揣测。伊莎贝尔小姐认为肯定是路易偷走了钥匙。我妈也断言钥匙是给了他。两人都没考虑报警，当时倒也没觉得奇怪。"生在那样的家庭……"伊莎贝尔小姐说着接过一张纸巾轻拭眼泪。"等她进了中心，"我妈让她放宽心，"我会和她谈谈。"这是我头一次听说特蕾西要去问题青少年中心，我妈在里面当志愿者的那个，此刻她抬头看见了我，一脸的惊愕。她好一阵子才平静下来，可她避开我的目光，自然地开始解释，说"嗑药那件事之后"她自然就为特蕾西安排了免费咨询，说她没告诉我是因为这事儿是"机密"。她甚至没告诉特蕾西妈妈。现在我觉得这些都算不上不合情理，可当时我觉得到处都是我妈的阴谋、操纵，企图控制我的生活和我朋友们的生活。我大发脾气，逃去了卧室。

此后局势一发不可收拾。伊莎贝尔小姐脑子一热就上门找特蕾西妈妈谈话，她差不多是被赶出来的，回到我家公寓时整个人都不好了，脸比平时更红了。我妈再次叫她坐下，自己去沏茶了，可过了一会儿我们就听见大敌的前门砰然一响：特蕾西妈妈火气还没消，穿过马路，上了楼梯，登堂入室，然后滔滔不绝地反驳指控，不堪入耳，骂的是布思先生。声音大得我隔着天花板都听见了。我跑下楼梯却和她撞个正着，她霸住门口，神情嚣张，满眼鄙视——鄙视我。"你和你狗日的老娘，"她说，"你们总以为自己比我们强，总以为你他妈的很牛逼，可结果证明你不是呀，对不对？牛的是我家的特蕾西，你们所有人都他妈的眼红，除非我死，你们这群人别想妨碍她，大好的前景等着她，你们别以为诋毁得了她，你们谁都别想。"

没有哪个大人跟我那样说过话，那种鄙视我的口气。照她的说法，我试图摧毁特蕾西的生活，我妈也是，伊莎贝尔小姐和布思先生也是，公租房里乱七八糟的其他人也是，舞蹈课上嫉妒的妈妈们也是。我哭着又跑上楼梯，她大叫："你他妈的想哭就哭死好了，亲爱的！"我在楼上听见前门砰地关上了，之后几个小时里什么动静也没有。晚饭前，我妈来我房间问了一连串的敏感问题（我们之间唯一一次打开天窗谈论性的话题），我竭尽所能地表达清楚：布思先生从没对我或特蕾西下过手，据我所知也从未染指过其他人。

然而没用：那个礼拜快结束时，他被迫放弃了在伊莎贝尔小姐的舞蹈课上弹钢琴的工作。我不知道他后来过得如何，是继续在这个街坊生活，还是搬了家，还是去世了，还是被谣言击垮。我想起我妈的第六感（"那姑娘遇到严重的问题了！"），我现在觉得她一如既往的正确，觉得如果我们在合适的时候以更谨慎的方式问特蕾西恰当的问题，我们也许能听到真话。然而时机掌握得不好，我们把她和她妈逼入了死角，两人不出所料都炸了毛，人挡杀人，佛挡杀佛——这件事里倒霉的就是可怜的老布思先生了。于是我们接近了真相，很接近，却又不完全是。

第六部分　日和夜

1

那年秋天，我收拾行囊去了我第二志愿的大学，学传媒，学校距离单调阴沉的英吉利海峡只有半英里——单调阴沉这个印象还是孩提时代来度假时留下的。大海的边界是一片砾石海滩，有许许多多黯淡的棕色石块，不时夹杂着淡蓝色的大石块、一片片白色的贝壳、一段段的珊瑚，还有亮闪闪的碎片——它们很容易被误认成价值连城的宝贝，可其实只是玻璃或碎了的陶器。我怀揣着狭隘的城市思维，还有一盆盆景和几双运动鞋，本以为大街上谁看见我这样的人都会大惊失色。可我这样的人并不稀罕。有伦敦和曼彻斯特来的，有利物浦和布里斯托尔来的，我们穿着宽松牛仔裤和紧身夹克，留个小卷、推个光头或梳个紧紧绷绷的圆髻用发蜡抹得油光锃亮，戴着我们收藏的引以为豪的帽子。最初的几个礼拜里，我们像受到万有引力一样彼此抱团，戒心十足地一道沿着海滨散步，准备好应对羞辱了，可当地人对我们没兴趣，只有我们自己介意而已。咸咸的空气撕裂了我们的嘴唇，没有做头发的地方，一个也没有，但"你是大学生？"是一句发自肺腑的、礼貌客气的询问，没有抨击你无权在此的意思。还有其他意想不到的好处。在这儿，我能拿涵盖食宿的"生活补助金",度周末也便宜得很,因为无处可去、没事可做。我们窝在彼此的房间里一起消磨空闲时间,小心翼翼地问问彼此的过往——这些人的家谱往上追溯个一两代就陷入卑贱低微中去了。唯有一人例外,一个加纳小伙:他家祖祖辈辈都是医生和律师,每天都沉浸在没能上牛津大学的痛苦中。可我们其他人,离当机械工的父亲、清洁工的母亲、勤杂工的祖母和巴士司机的祖父都只有一步之遥,或偶尔两步,我们仍觉得自己创造了奇迹,觉得自己是"光宗耀祖第一人",光这就够了。学校差不多跟我们一样年轻,这感觉也算个好处。这里没有光辉的学术历史,我们不需要对任何人行脱帽礼。我们的学科也相对较新(传媒研究、性别研究),我们的教室也是新的,年轻的教职人员也是新的。是我们施展拳脚的地方。我想起特蕾西早早就逃去了舞者的圈子,想起我多么眼红她,可现在不了,我反而为她感到一丝遗憾,我觉得她的世界很幼稚,不过是扭扭身体,而我能走下学生宿舍,参加"用辩证法看待黑色的身体"这类讲座,或者在我新朋友的房间里高高兴兴地跳舞,跳到三更半夜,伴奏不是老套的音乐剧选段,而是新潮的音乐,"斯塔帮"① 或纳斯②的曲子。我现在跳舞不需要遵循任何关于站位或风格的老套规矩:我怎么高兴就怎么扭,节奏带着我舞起来。可怜的特蕾西:一清早就练功,一称体重就焦虑,脚背疼痛,还要将她年轻的肉体呈给别人去评判!比起她,我真是自由多了。在这里,我们熬夜,想吃什么就吃什么,抽大麻。我们听的是全盛

① "斯塔帮":美国二人说唱组合,以在爵士乐和嘻哈乐之间来去自如的掌控而闻名。
② 纳斯:指纳西尔·本·奥卢·达拉·琼斯(Nasir bin Olu Dara Jones, 1973—),艺名纳斯,美国说唱歌手,被称为"纽约的说唱皇帝"。

期的嘻哈乐，但当时并没有意识到自己生活在那样的年代。我求教于那些在歌词方面比我精通的人，拿出在演讲厅听报告的严肃劲儿对待这些不正规的课程。这是那个时代的精神：我们用高深的理论阐述洗发水广告，用哲学解释 NWA 乐队[①]的视频。在我们的小圈子里，最为人看重的是"有觉悟"，好多年里我都用直发造型梳把头发拉直，现在我放任它们又鬈又弯，转而在脖颈上戴一幅小小的非洲地图，黑、红、绿、金的拼皮标示出稍大的国家。我以"汤姆叔叔"现象为题，洋洋洒洒地写下情绪激动的文章。[②]

　　第一学期快要结束时，我妈南下留宿了三个晚上，我原以为这一切会让她大有触动。可我忘了，我和其他人不大一样，不是真正意义上的"光宗耀祖第一人"。在这场障碍赛中，我妈领先于我，我忘了对其他人而言的"够好"对她而言还"不够好"。她待的最后一天的早上，我们一起沿着沙滩走，她一开口我就想躲着她，她本不打算说的，可仍是把话撂下了，把她刚完成的学位和我刚开始的学位比较一番，管我的学校叫"骗骗人的旅馆"，压根儿不是大学，根本就是个学生贷款的陷阱，骗骗什么都不懂的孩子，他们的父母也没文化。我听得心里冒火，我们为此大吵一架。我跟她说以后不劳烦她大驾了，她真的没再来。

　　我原以为会寂寞难耐，就像切断了我和这个世界唯一连接的绳

---

① NWA 乐队：美国说唱组合。
② 《汤姆叔叔的小屋》（*Uncle Tom's Cabin*）是美国作家斯托夫人于 1852 年发表的一部反奴隶制小说，其中关于非裔美国人的观点产生了意义深刻的影响，进而演变为一种文化现象，被后来的诸多艺术家基于不同的目的改编成多种形式。

索，可这种感觉没来。我这辈子头一回谈了恋爱，满头满脑都是他，觉得就算失去其他一切我都可以忍受。他是个"有觉悟"的年轻人，叫拉基姆——他用说唱歌手的名字给自己重新起了名儿。他也有张长脸，跟我一样，肤色是更深一点的蜂蜜棕，两颗凶巴巴的黑眼珠子嵌在脸上，醒目的鼻子，意想不到的、有那么点儿阴柔气质的龅牙，就像休易·P·牛顿①。他梳紧绷绷的齐肩脏辫，不管刮风下雨都穿匡威全明星帆布鞋，戴列侬式的小圆眼镜。我觉得他是全世界最帅气的男人。他自己也这么想。他觉得自己属于"百分之五"②，换言之，他是神（非洲的所有儿子都是神），他第一次跟我解释这个概念时，我的第一反应是：把自己当活神仙肯定很爽，多惬意！结果居然不是，这是相当沉重的职责：背负真理的担子可不容易，还有那么多人生活在无知里，确切地说是百分之八十五的人。可比愚昧无知者更糟糕的是居心叵测者，这百分之十的人知道拉基姆说的真相，却极力隐瞒和颠覆真善美，让百分之八十五的人继续愚昧无知，从而利用他们。（拉基姆把所有的教堂、媒体和"当权派"都归入了蛮不讲理的骗子之列。）他墙上贴着卡罗来纳美洲豹队一张很酷的经典海报，上面的大猫像要扑向你一样，他经常说起美国大城市里的暴力，说起我们的同胞在纽约、芝加哥、巴尔的摩和洛杉矶受的苦，这些地方我都没去过，很难想象得出。有时我感觉这远在三千英里外的贫民窟生活，于他而言比我们真正身处

---

① 休易·P·牛顿（Huey P. Newton，1942—1989）：美国黑人社团"黑豹党"创始人。
② "百分之五"：这个概念源自 Five-Percent Nation（百分之五国家），又称 The Nation of Gods and Earths（神与地球之国），是 1964 年由前伊斯兰民族组织成员克莱伦斯13X 创立于美国纽约市曼哈顿哈勒姆区的一个组织。

的静谧愉悦的海景生活更真实。

　　有时，当一名"贫穷正义教师"① 的压力会把他击垮。他拉下房间里的窗帘，早上一醒就抽大麻，翘课，恳求我不要留下他一个，花好几个小时研究"至高无上字母"② 和"至高无上数学"③ ——在我看来就是一本接一本的笔记，上面满是无法理解的字母和数字的组合。其他时候，他看起来很能胜任教化全球的任务。泰然自若、学富五车，像个印度古鲁④ 一样交叉双腿坐在地上，为我们的小圈子斟上洛神花茶，"聊聊干货"，和着立体声音响里同名歌手的唱片，脑袋轻轻晃动。我以前从没遇到过这样的小伙。我以前认识的小伙都没有激情，其实也不能么说，是他们产生不了激情：对于他们，满不在乎的样子才是重要的。他们一辈子都在与彼此竞争，与世界竞争，为的就是展示谁在乎的更少，谁能做到"关我屁事"。这是应对失落而采取的防御，他们觉得反正到头来都得失落。拉基姆不一样：他的激情一眼就能瞧出来，他藏不住，他也没想藏——我就喜欢他这点。我一开始没注意到笑对他来说有多难。被活神仙附身的人笑起来感觉不合适，活神仙的女朋友笑起来更不合适，我真该打好预防针。可我没有，一心一意跟着他，被他带偏。数字命理学！数字命理学让他如痴如醉。他教我怎么把我的名字转换成数字，然后怎么根据"至高无上数学"把这些

_____

① "贫穷正义教师"（Poor RighteousTeachers）：本是黑人嘻哈组合的名字，其歌曲内容多为宣扬"神与地球之国"的教义，支持非洲中心论。
② 至高无上字母：伊斯兰民族组织通过赋予罗马字母新的意义，从而阐释教义文本的一种体系，比如 A 代表 Allah（真主），M 代表 Master（主人）等。
③ 至高无上数学：与"至高无上字母"对应的数字体系，赋予罗马数字数量概念以外的意义，比如 1 代表 Knowledge（知识），2 代表 Wisdom（智慧）等。
④ 古鲁：印度北部锡老教地区最初十名领袖统称，后来的继任者不再获得此称号。

数字算来算去，最后它们的意思变成了"力克内在分裂之战"。他说的我都听不懂（我们聊这些的时候一般都嗑药嗑得迷迷糊糊），可他说他能在我体内看见分裂，对此我是再明白不过了，对我而言没什么比这更好理解了：我生来就一半对、一半错，是呀，要不是想起生父和我对他的爱，我很容易就会有分裂的感觉。

这些概念和拉基姆的学业可谓毫无关系，八竿子都打不着：他学的是商务研究和酒店管理。可在我们相处的时间里，这些概念占了主导，我一步一步地开始觉得自己笼罩在被他不断纠正的阴霾下。我做什么都是错的。他受不了我要学的传媒学（黑脸杂剧演员，跳舞的嬷嬷，踢踏舞者，合唱团的姑娘），他认为这一切都毫无价值，即使我的目标是批判评论，这整个学科在他看着就是务虚的，"犹太人的好莱坞"的产物，他下结论说这全部都属于骗人的百分之十。如果我试图和他聊聊我在写的文章，尤其是当着朋友们的面时，他会大肆贬低或嘲笑。有次我嗑药嗑得精神恍惚，居然当着别人的面解释为什么我觉得踢踏舞的起源很美——它源自爱尔兰船员和非洲奴隶，他们用双脚在船只的木头甲板上敲出节拍，交流舞步，创造出一种混合的舞种。可拉基姆也嗑得神魂颠倒，情绪暴躁，他站起来直翻白眼，把嘴唇翻出来，像黑脸杂剧演员一样摇头晃脑，还说：噢主人，我寨（在）这奴隶船上太开心了，我开心地寨（在）跳舞。他狠狠剜了我一眼，坐回去了。我们的朋友都看着地板上。我无地自容：之后的好几个月里，我只要一想到这事儿就觉得脸上烧得慌。可当时我没怪他这样对我，也没觉得对他的爱有所减少：在自己身上找错是我的本能。那时无论是他还是我自己，都觉得我最大的缺点就是没尽女人的本分。在拉基姆的架构中，女人应该是"土地",她支撑男人,男人是纯粹的理念,是"聊聊干货"的人,而我在他眼里离"支撑"二字太远太远。我不种花草,不烧饭,不谈孩子,不聊家务事,在本该支持拉基姆的时候和地方却时时处处和他较劲儿。浪漫和我绝缘:它需要一种谜一般的个人气质,我酝酿不出,也不喜欢别人身上有。我无法假装我的腿不长腿毛,我的身体不需要排污泄秽,或者我的脚丫子不像烙饼一样平。我不会调情,也无法理解调情有什么好的。大学里派对的场合,或我们北上伦敦泡俱乐部的时候,我不介意在陌生人面前捯饬捯饬,可在我们的房间里亲热时,我没法儿当个小甜甜,也当不了任何人的小宝贝,我只能是个"性别为女"的人,我理解的性爱是发生在朋友和同类之间的那种,用来支撑聊天对话,就像书架支撑书挡之间的书。这些深入骨髓的缺点,拉基姆归咎于我父亲的血脉像毒药一样在我浑身上下游走。但另一个原因是我的行为、我的思维,太自我了。他管它叫"城市思维",从来不知道消停,因为它不思考自然之物,只思考具体之物和意象,以及意象的意象——我们当时称其为"拟象"。城市腐蚀了我,让我变得跟男人一样。难道我不知道城市是那百分之十的人建造的?难道我不知道它们是蓄意的压迫工具?难道我不知道它们对于非洲人来说是非自然的生活场所?该理论的论据有时很复杂(未遂的政府阴谋,建筑方案的潦草图表,据说出自总统与市政领导之口、我必须无条件相信的晦涩言论),有时又简单粗暴。我知道这些树的名字吗?这些花的名字?不知道?可堂堂非洲人怎么能这样过日子?而他全知道,虽说全因这一点(他不介意到处说):他是在英格兰乡村长大的,最初在约克郡,后来在多塞特、在犄角旮旯的村子里,他总是他那条街上唯一的混血儿，他学校里唯一的混血儿——这比他的激进主义、他的神秘主义更叫我觉得不可思议。我喜欢他知道各个郡县的名字及它们的位置，知道各条河流的名字及它们在哪、如何汇入大海，我喜欢他分得清桑葚和黑莓，萌生林①和灌木林。我以前从不毫无目标地闲逛，可我现在会，他闲逛我就陪着，沿着空落落的海滨，走上废弃的防波堤，有时深入市区腹地，遁入卵石小巷，穿过公园，穿梭于墓地，踏上连接伦敦和市郊的主干道，走得如此远，最终我们走到田野乡间，躺入其中。长途跋涉也没让他忘记老惦着的事情，并以此解释我们看见的一切，他的想法总叫我意外。面朝大海、乔治王朝时代的新月形建筑群，其门脸和糖一样白——他解释说，这些也是用糖买下的，建房子的人是种植园主，来自我们祖先的岛屿，那地方我俩谁也没去过。还有我们有时晚上碰头抽烟喝酒躺草坪的小墓地是莎拉·福布斯·伯尼塔结婚的地方，这故事他神气活现地百讲不厌，你差点会以为他就是这女人的老公。我随他一起躺在墓地的矮草上，洗耳恭听。七岁的西非女孩，血统高贵，但在部落间的战争中被捕，被达荷美突袭队绑架。她目睹了家人遇害，可后来"被拯救"（拉基姆用手指打上引号的字眼），救她的人是一名英国船长，他说服达荷美国王将她当作礼物献给维多利亚女王。"黑人世界的国王送给白人世界的女王的礼物。"这船长以他这艘船的名字给她取名叫伯尼塔，他们抵达英格兰时，他已经知道她是个多么聪慧的小女孩，伶俐机敏得不寻常，和白人姑娘一样聪明，等女王见到她，她也看出了这一点，于是决定将莎拉作为教女抚养，

① 萌生林：由树木的伐桩上萌条、根蘖而形成，属无性繁殖的森林。

多年后待她到了年纪，将她嫁给一个约鲁巴富商。拉基姆说，就是这个教堂，就在这个教堂结的婚。我用胳膊肘从草地上撑起自己，望着那个教堂，那么低调，简洁的雉堞和厚重的红色大门。"当时队伍里有八个黑人伴娘。"他说，用点燃的大麻烟卷的头部示意他们从大门走到教堂门的路线。"想象一下！八个黑人，八个白人，非洲男人和白人姑娘一起走，白人小伙和非洲姑娘一起走。"就算一片漆黑也不失画面感。拉着马车的十二匹灰马，礼服上华美的乳白色蕾丝，围观群众拥出教堂，扑上草坪，原路返回停枢门，站上低矮的石墙，吊挂在树上，就为一睹她的芳容。

我在想拉基姆那会儿是从哪里获得信息的：在公共图书馆里、大学档案馆里顽强地翻阅旧报纸，查找缩微软片，追踪脚注。如今是互联网时代了，我又想起他来，他肯定开心得一塌糊涂，要么就是丧失理智到狂暴疯癫的程度了。现在我自己一下就能查出那位船长的名字，一下就能知道他是怎么评价自己当礼物献给女王的姑娘。自打来到这个国家，她学英语进步神速，展现出非凡的音乐天赋和超常的智力。她的黑发短而卷，是非常典型的非洲血统；她长得漂亮讨巧，举手投足温柔亲切。我现在知道她的约鲁巴名字叫艾娜，"难产"的意思——如果孩子出生时脐带绕在脖子上，你就会给她起这样的名字。我看到照片里的艾娜穿着维多利亚式高领胸衣，一脸淡漠，身体纹丝不动。我记得拉基姆总是一边纠正他的过度咬合，一边自豪满满地反复朗诵："我们有自己的国王！我们有自己的女王！"我连连点头图个太平，可事实上我总是有点儿抵触。贝多芬为黑白混血的小提琴手写了一首奏鸣曲，或莎士比亚笔下的

"黑女士"真的就是黑人，或维多利亚女王大发慈悲地抚养了一个"和白人姑娘一样聪明"的非洲孩子……他为什么觉得知道这些事情对我来说有那么重要？我不愿相信非洲是欧洲的影子，仿佛没有欧洲支撑，非洲的一切都会在我手里化为灰烬。看着那个长相甜美的姑娘打扮成维多利亚亲生孩子的模样，定格在一本正经的相片里，脖子里绕上了新的"脐带"，我一点儿也开心不起来。我总是渴望活生生的生活。

　　一个无聊的周日，拉基姆从嘴里吐出烟来，说起要去看一场"真正的电影"。那是部法语影片，当天就在学校的电影社团播映，为了这场电影，我俩上午就齐齐地撕好一张传单，用这光滑的纸板为我们的大麻卷烟做了很多小烟蒂。可你还是辨得出一个棕色皮肤、戴着蓝色头巾的姑娘的脸，拉基姆称她有点像我，或者说，我有点像她。她用不完整的右眼直勾勾地盯着我。我俩慢吞吞地穿过校园来到多媒体教室，坐在不舒服的折叠椅中。电影开始了。可我脑袋里雾蒙蒙的，真心看不懂自己在看什么。电影似乎由好多个小片段叠加而成，就像彩色玻璃窗，我不知道哪些部分比较重要，也不知道拉基姆觉得我应该在哪些场景花心思，不过教室里的所有人可能都跟我一个感觉，可能那电影就想达到"一百个观影者眼里该有一百个哈姆雷特"的效果。我不知道拉基姆看到的是什么。我看到了部族。很多不同的部族，来自世界各地，依部落内部规矩行事，然后剪辑在一起形成复杂的格局，当时它看似有自己的吊诡逻辑。我看见穿着和服的日本姑娘列队跳舞，踩着高高的木屐做出奇怪的街舞动作。佛得角的居民以完美的耐心永无止境地等着一艘可能来也可能不来的船。我看见白肤金发的孩子走在冰岛本已废弃的一条路上，城市被火山灰染成了黑色。我听见一个缥缈的女声在为这些画面配音，她在对比非洲时间、欧洲时间和在亚洲感受到的时间。她说，一百年前人类面临的是空间的问题，而二十世纪的问题是在各地同时存在的不同时间观。我扭头看拉基姆：他在黑暗中写笔记，精神恍惚得不可救药，仿佛画面让他受不了，只能靠听着女人的声音记录下来才行，随着电影的展开他越记越快，最后在便笺纸上写下了一半的脚本。

我觉得这部影片没有开头也没有结尾，倒不是说让人不舒服，就是神秘了点，仿佛时间本身膨胀了，为没完没了的部族腾出了空间。它放呀放呀，就是不结束，我承认有些地方我睡过去了，下巴撞到胸口就猛地醒过来，这时我一抬头就看见眼前是奇异的画面——祭猫的寺庙，吉米·斯图尔特①追着金·诺瓦克②上了旋转楼梯。鉴于我不知道前面讲了什么，也不会看到后面演什么，画面的陌生感愈发强烈。在醒与睡之间某个头脑清醒的间隙，我又听见那个缥缈的声音说起女人有多么坚不可摧，以及男人和这种坚不可摧之间的关系。她说，因为男人的职责是防止女人意识到自己的坚不可摧，能防多久就防多久。每次我一惊一乍地醒过来，都能感觉到拉基姆对我的不耐烦，感觉到他想纠正我，我开始害怕片尾字幕的出现，我能想象在那之后，在我们走出电影院、回到他的卧室与他

---

① 吉米·斯图尔特（Jimmy Stewart, 1908—1997）：美国影视男演员，与金·诺瓦克合作过影片《迷魂记》、《夺情记》。
② 金·诺瓦克（Kim Novak, 1933— ）：20 世纪 50 年代中期，美国十大卖座女演员之一。

四目相对的危险时分，他会闹得多凶、多没完没了。我真不想那片子放完。

　　几天后我以怯懦的方式甩了拉基姆：写了封信，偷偷塞在他门下。信里我责备自己，说我希望还能做朋友，可他用铅红色的墨水回了封信，告知我他知道我就是那百分之十，还有从此往后他会防备着我。他说到做到。剩下的大学岁月里，他一看见我过来就转身，一在城里发现我就穿到马路对面，一看见我在教室里就走人。两年后的毕业典礼上，一个白种女人小跑着穿过大厅抓住我妈的袖子说："我想就是你，你鼓舞了我们年轻人，真的，见到你太高兴了。这是我儿子。"我妈扭过头，已经摆出我再熟悉不过的脸——自豪，还有微妙的屈尊就卑，她现在在电视上常有同样的表情，每当有人请她"为那些无法发声的人说说话"。她伸出手来问候这个白种女人的儿子，他起初不愿意从他母亲身后出来，走出来后眼睛看着地上，紧绷绷的脏辫遮住了他的脸，可我一看见他毕业礼服下戳出来的匡威全明星帆布鞋就认出了他。

2

　　第五次拜访时，我是单独行动的。我大步流星穿过机场，走入热浪，自信满满的感觉叫我脸上有光。我的左边，我的右边，都是一筹莫展、一脸戒备的人：一心向往海滩的游客，穿着超大 T 恤的福音派教徒，还有年轻严肃的德国人类学家。没有代表领我去坐车。我不用等"其他同行者"。我准备了硬币给停车场里的瘸子们，准备了出租车车资塞在牛仔裤后面的口袋里，还准备了五六句话。Nakam！Jamun gam？Jama rek！早就不穿卡其布和白亚麻的衣服了。黑色牛仔裤，黑色丝绸衬衫，耳朵上挂着摇来晃去的大金环。我相信我已掌握当地的时间。我现在知道去轮渡口要多久，知道什么时候动身，所以当我的出租车停在舷梯时，成百上千的人已经在我前面等过了，我只要下车上船就行。船颠簸离岸。在顶层甲板，船身摇晃，我向前一个趔趄，跌入高高兴兴贴着围栏的两层人中，像被推入恋人的怀抱。我低头看着下面的众生百态：推搡的人群，尖叫的鸡，在海浪中跳跃的海豚，顺着我们的航迹摇摆前行的窄船，沿着海岸线奔跑的饿得半死的狗。到处都能看见"台布利厄"①：他们的短裤裤脚飘荡在脚踝处，因为长了就会"肮脏"，肮脏的祷告者不会得到回应，于是你的脚最终会受到地狱的火刑。但除了衣着怪异，你之所以一眼就能认出他们，是因为他们一动不动。在骚动的包围中，他们像是被点了穴，要么在看祷告书，要么默默坐着，通常闭着涂了眼影的眼睛，用散沫花染色的胡须下露出会心的微笑，和我们其他人一比真是安详平和。也许正梦着他们纯粹而现代的伊玛尼②：梦着小小的三口之家在朴素的公寓里膜拜真主安拉，梦着不功利的赞颂，梦着跳过中间人直接和上帝沟通，梦着在有消毒措施的医院做割礼，婴儿出生不设任何形式的庆典舞蹈，女人不会用桃红的面纱配翠绿的莱卡超短连衣裙。我不禁想，此时此刻的这艘渡船上，乱糟糟的日常信仰在他们周围粉墨登场，坚持这梦想该有多难。

　　我坐在一张凳子上，我左边坐的就是这号走精神路线的年轻小伙，眼睛闭着，胸前抱一张叠好的祷告跪垫。我的另一侧坐着一个有两对眉毛的漂亮姑娘（一对眉毛匪夷所思地画在她真眉毛的上面），她手里轻轻摇晃着一小袋腰果。我回想起我第一次坐轮渡和这一次坐轮渡之间间隔的好几个月。"光芒四射女子学校"挺过了第一个年头——为了图方便，也为了大家说起这名字时不尴尬，我们背着艾米将其简称为"光芒女校"。如果你把成功定义为上了多少专栏的话，那它可谓"欣欣向荣"。对我们其他人来说，它一直是定期的折磨，每当拜访的日子迫近，或者四面楚歌的校长愁眉苦

---

① "台布利厄"：宣教组织，最早于20世纪20年代起源于印度北部，后发展至世界各地，旨在唤醒伊斯兰教徒回归信仰。
② 伊玛尼：阿拉伯语，"信仰"的意思。

脸地出现在伦敦或纽约会议室的视频会议上，折磨就又升级。奇怪的是，其他时候都让人感觉遥不可及。我常想起格兰奇，我们第一次回来的晚上在希思罗机场排队入关时，他抱住我的肩膀："现在这一切在我眼里都不现实了！发生变化了。看过那些后没法儿和从前一样了！"可没过几天他就恢复原样了，我们都恢复了老样子：我们让水龙头里的水哗哗地流，塑料瓶里的饮料没喝几口就扔了，买一条牛仔裤的钱抵得上实习老师一年的工资。如果说伦敦不现实，如果说纽约不现实，那么它们就是最有分量的舞台剧：只要我们回到舞台，它们不仅看起来现实，而且是唯一可能的现实，从这些地方做出的有关村子的决定，在做决定之时看着总有道理，可后来等我们中有人回到这里，渡过这条河，其潜在的荒谬性就凸显出来。譬如四个月之前，在纽约我们觉得把进化论教给这些孩子和他们的老师非常重要——达尔文的名字，他们中的很多人听都没听过，对村子而言它就不是当务之急了。我们到达时正值雨季，三分之一的孩子因为疟疾休了学，半个教室的天花板坠下来，厕所没按合同建好，由太阳能电池板供电的设备生锈腐烂。但如费恩所料，我们最大的问题并非不切实际的教学内容，而是艾米善变的关注点。她的新欢是科技。她在硅谷才华横溢的年轻人身上投入大量的社交时间，还喜欢将自己视为其中一员，"算个电脑狂人"。她对他们用科技改变（拯救）世界的憧憬兴致勃勃。在新的兴趣点萌发的同时，与其说她放弃了"光芒女校"或除贫，不如说她用新的关注点给老的关注点打了补丁，有时结果堪忧（"我们要给这些小婊子们每人配一台手提电脑：那就是她们的练习本，那就是她们的图书馆，她们的老师，她们的一切！"），然后费恩就不得不把她拉回现实里。他"接地气"不是区区几个礼拜，而是一年四季，不仅因为对村子的情感和尽职尽责的心，据我所知也是为了保持这四千英里的距离，避免和艾米有更进一步共事的可能。他能看见别人所看不见的。他注意到了男孩们愈演愈烈的忿怒——他们被留在老学校里溃烂，尽管艾米偶尔也会在老学校上砸点钱，可它实际上已经是空城了，孩子们坐着等老师，老师们被旷日持久地欠薪，索性不来上班了。政府似乎从村子事务中全身而退了：其他很多之前运营得好好的、或说得过去的服务，如今每况愈下。诊所没能重新开业，村子外路上的大洞就这么任凭它破败。意大利环境科学家报告地下水井中杀虫剂含量已至危险水平，无论费恩多少次试图引起相关部长的重视，他们都视而不见。也许这种事无法避免。可嫌疑却很难洗清：他们因为村子和艾米有牵扯而实施惩罚，或故意怠慢，以期艾米的钱会填补缺口。

有个问题，你没法在任何书面报告中看到，可费恩和我都敏锐地觉察到了，不过他是从那一头而我是从这一头察觉到的。我俩都懒得再和艾米谈这个问题了。（当我俩合力，想通过电话会议横插一脚时，"可如果说我爱他呢？"是她唯一撂下的话。）我们曲线救国，像同一桩案子里的两个项目负责人一样交换信息。我可能是头一个看出端倪的，在伦敦。我总是撞见两人通过电脑和手机你来我去地说小情话，我一走进房间就会收尾或停止。后来她就不害臊了。当他通过了她让他做的艾滋病检测，她高兴极了，忍不住告诉我。我已经习惯在屏幕的一角看见拉明鬼魂般的脑袋朝我微笑，我料想他是在巴拉唯一可以上网的咖啡馆跟我们视频。早晨，他出现在孩子们的早餐桌上，等他们的家庭教师来了，就跟他们挥手告别。他会现身午餐，像餐桌上的另一个客人。他开始出席会议，"激宕思维"的那种荒唐会议（"拉明，你觉得这件紧身胸衣如何？"），可有会计、业务经理、公关在场的正经会议他也出席。费恩那头看到的情况少一分肉麻的浪漫，多一分实在：拉明的宅子有了新的前门，然后是厕所，然后是内部隔墙，还有新的瓦片屋顶。大家都看在眼里。一台平板电视引起了最新的麻烦。"酋长在周二就此问题召开了会议，"我打电话给费恩告诉他飞机就要起飞时，他这样跟我说，"拉明不在家，在达喀尔看望家人。与会的大多是年轻人。大家都很不安，最后一路讨论到拉明是什么时候怎么加入'光芒女校'的……"

　　我正给费恩发消息，告知他我最新的位置，就在这时我听见从引擎室的那端传来一阵骚动，一抬头就看见人群散开朝楼梯的方向移动，避开一个手脚乱舞的皮包骨的男人——此时他进入我视线范围，一边叫嚷一边乱挥他瘦骨嶙峋的胳膊，无比痛苦的样子。我扭头看我左手边的男人：他的脸依然恬静，闭着眼。我右手边的女人抬起两对眉毛说："醉鬼，哦我的天呐。"出来两个士兵，一眨眼的工夫就压在他身上了，一人捉住一只乱挥的手，想把他压在离我们不远的凳子上，可他窄窄的屁股一贴着座位就蹦起来，仿佛木头凳子着了火，于是计划有变，现在他们把他拖向我正对面的引擎室入口，想押着他穿过小门走下昏暗的台阶，这样就谁也看不见他了。我突然意识到他是个癫痫症患者（我能看见他嘴角聚集的白沫），我刚开始还以为他们不懂什么是癫痫。他们把他弯来扭去扒掉他的T恤时，我一直大叫："癫痫！他有癫痫！"直到四条眉毛解释说："大姐，他们知道。"他们明明知道，却还是大动干戈。他们是只懂暴虐训令的士兵。那个男人越是抽搐，越是口吐白沫，就越是激怒他们，在门口，他一阵抽搐，四肢紧紧锁死，像拒绝移动的学走路的孩子，短暂挣扎后，他们将他踹下台阶，从背后关上了门。我们听见了挣扎声，可怕的尖叫声，沉闷的连续敲打声。然后归于沉静。"你们对那个可怜虫干了什么？"四条眉毛在我旁边高喊，可等门重新打开，她垂下目光，再次看着她的腰果，我以为自己会说的话一句也没出口，人群散开了，士兵们不受妨碍地走下了台阶。我们是弱者，他们是强者，没有能在弱者和强者之间调和的力量，这艘船上没有，这个国家没有。唯有等士兵们走出视野，坐在我边上的"台布利厄"才和附近另外两个男人进了引擎室，放出了癫痫患者，将他带到外面的阳光下。"台布利厄"温柔地让他躺在自己腿上：像一幅圣母怜子图。他的两只眼睛流血开裂，目光却平静而有生气。人们为他让出了凳子的一角，余下的渡海时间他就躺在那里，光着上身，微微呻吟，直到我们靠了岸，他像其他通勤者一样站了起来，爬下台阶，没入一窝蜂拥向巴拉的人群里。

见到哈瓦我真是太高兴了，发自肺腑的高兴！我一脚踹开大门时正赶上他们的午餐时间，也是他们的腰果季：大家五六成群围成圈，蹲在一大碗一大碗被火烤黑的坚果周围，他们要把果肉从烧黑的果壳里剥出来，放在一个个颜色鲜艳的扎染桶里。就连很小的孩子也干得来，所以全员出动，就连费恩这样的生手也在，哈瓦正在笑话他的果壳堆比其他人的小。

"瞧瞧你！你搞得跟碧昂丝似的！好了，我希望你的指甲别太精致，我的女士，因为现在你得过来教教这位可怜的费恩先生怎么剥腰果。就连穆罕默德的那堆都比他的大——他才三岁！"我把唯一携带的帆布背包扔在门口（我还学会了轻装上阵），过去抱住了哈瓦结实的窄背。"还没生娃？"她在我耳边小声问，我又小声把这句话还了回去，然后我俩抱得更紧了，冲着彼此的脖子大笑。我很意外，这个问题居然会跨越大洲和文化，成为哈瓦和我的纽带，可事实就是这样。在伦敦和纽约，艾米的世界（因此我的世界也一样）全被孩子们占据，她自己的孩子，她朋友的孩子，和他们周旋，谈论他们，于是除了生育以外好像什么都不存在了，不仅私生活如此，所有的报纸、电视、电台里零星的歌曲，我觉得都热衷于探讨生育大事，尤其是我这类女人的生育大事；哈瓦在村里也承受着压力，因为随着时间推移，人们逐渐意识到班珠尔的那个警察就是个骗子，而哈瓦自己又是新观念的姑娘，可能没受过割礼，显然未婚，无儿无女，近期也没打算生。"还没生娃？"成了我俩在这种形势下提纲挈领的标语，成了我俩共同的境况，每当对彼此说出这句话，我们就嘿嘿傻笑着吐槽一番，真是世界上最好笑的事情了，我只是偶尔才会想起（只有我独自一人的时候），我已经三十二岁了，哈瓦要比我小十岁。

费恩从他的腰果大劫中站起身来，把手上的灰抹在裤子上："她回来了！"

午餐马上就端来了。我们在院子的一角开吃，盘子就搁在膝盖上，两人都如狼似虎，无视其他人还在剥腰果，没有午餐休息时间。

"你气色不错呀，"费恩朝我眉开眼笑地说，"很开心嘛。"

宅子后面的镀锡铁门大敞着，能看见哈瓦家的地。几英亩紫幽幽的腰果树，浅黄色的灌木，还有烧焦成黑色的灰堆——它标志着哈瓦和她的奶奶们一个月前焚烧一大堆家用垃圾和塑料制品的地点。它居然又繁茂又荒芜，混搭起来让我觉得很美。我知道费恩是对的：我在这里很开心。三十二岁零三个月了，我终于可以放空一年。

"可'放空'是什么意思？"

"噢，就是说，趁你还年轻时找个远了吧唧的国家过一年，学习那里的生活，和当地人交流。我们以前负担不起。"

"你的家人？"

"呃，没错，不过……我想起了以前的我和好友特蕾西。我们只会看着别人去，等他们回来就一个劲儿地诋毁他们。"

想到这段回忆，我自己笑了。

"'诋毁'？诋毁什么？"

"哦，我们以前管他们叫'穷游'……你懂的，那些学生放空一年回来后穿着民族风的裤子，带着肯尼亚某个工厂'手工雕刻'的非洲雕像……我们以前觉得他们都是白痴。"

可也许费恩自己也曾是这些年轻乐观的嬉皮士游客中的一员。他叹一口气，抢在一只好奇的山羊下嘴之前从地上救下了他刚吃完饭的碗。

"你们该有多愤青啊……你和你的朋友特蕾西。"

给腰果去壳的工作一直要进行到夜里。为了逃避劳动，我提出要走去水井，牵强的借口是我早上淋浴需要取水，而往常尽职尽责的费恩竟提出要和我一起去，叫我很意外。路上，他说自己去拜访了哈瓦的表哥穆沙，确认新生儿的健康状态。穆沙在村子边缘自建了一栋简陋的小宅，费恩去的那天，穆沙一个人在，他老婆和孩子们都去了娘家探亲。

"他请我进屋，我觉得他有点儿寂寞。我注意到他有一台旧的小电视机，连着家庭录像机。我挺意外的，因为他一直都那么俭朴，和所有的马沙拉一样，可他说和平护卫队的一个女人在回美国前把电视机留给了他。他很在意地跟我说，他从来不用它看瑙莱坞①电影或肥皂剧之类的，再也不看了。只看'纯电影'。我想看一部吗？我说当然啦。我们坐下，没过多久我就意识到这是阿富汗的那种培训录像，小伙们穿着一身黑衣、端着卡拉什尼科夫突击步枪做着后空翻……我对他说，'穆沙？你听得懂这段录像里说的是什么吗？'因为里头吧啦吧啦说着阿拉伯语，你能想象的，我看得出他一个字也听不懂。然后他心不在焉地对我说：'我喜欢他们跳跃的样子！'我想，在他眼里就是一段好看的舞蹈录像。一段激进的伊斯兰舞蹈录像！他对我说：'他们跳跃的模样，让我的内心想要变得更纯粹。'可怜的穆沙。总之，我想你会觉得好笑的。因为我知道你对舞蹈有兴趣，"他继续说道，但我没有笑。

---

① 瑙莱坞：尼日利亚电影业的绰号。

3

　　我收到的第一封电子邮件来自我妈。她是从伦敦大学学院地下室的计算机实验室里发来的，她刚在伦敦大学学院参加了一场公开辩论。我是在自己学校的图书馆机房收的信。内容只有兰斯顿·休斯的一首诗：她让我那天晚上给她打电话时全背出来，以证明信收到了。夜幕温存降临，黑夜如我——我们班是第一个拿到电子邮件地址的毕业班，而我妈对新生事物总是充满好奇，搞了台破烂的老式"康柏"，给它连了个慢如老牛的调制解调器。我们携手步入这新领域：它向所有人开放，时刻连接，随时开放，而我妈是我知道的第一批理解并充分利用这一点的人。大多数九十年代中期的电子邮件都冗长得像在写信：信头和信尾都有传统的问候语（我们以前在信纸上写的那些），它们热衷于描述周遭环境，仿佛新媒体让所有人都成了作家。（"打下这句话时我就坐在窗边，眺望灰蓝色的大海，三只海鸥俯冲入海。"）可我妈从来不是这个风格，她一下子就抓住了要领，当我还有几个礼拜就要离校、但仍在那片灰蓝色大海旁时，她就开始给我传两三行字的电子邮件，一天好几封，大多没有标点，总给人匆匆写完的感觉。它们都有相同的主题：我打算什么时候回家？她指的不是老公租房，她一年前就从公租房搬出去了。现在她住在汉普斯特德一间漂亮的底层公寓房里，跟她同居的男人是我和我爸称为"知名活动家"的家伙，因为我妈老是用补充说明的方式介绍他（"我在跟他合作写论文，他是知名活动家，你们也许听说过？""他是个很棒很棒的男人，我们关系很好，当然啦，他是知名活动家。"）"知名活动家"是个帅气的多巴哥人，有印度血统，留着普鲁士大胡子，一大坨黑发梳向一侧夸张地顶在头上，故意突显出一道灰色的发根。两年前，我妈在一场反核大会上遇到了他。她跟他一起游行，写关于他的文章，后来跟他一起写文章，再后来跟他一起喝酒，一起吃饭，一起睡觉，现在同居了。他们常出双人对地出现在照片里：站在特拉法尔加广场的狮子中间，一个接一个地演讲，就像萨特和波伏娃①，只不过长相好看得多。如今，只要"知名活动家"受邀在游行或集会上为无法发声的人演讲，我妈十有八九就在他旁边，她新的身份是"地方议员和草根活动家"。两人在一起一年了。那时我妈已经小有名气，是那种会让广播节目的制片经理打电话来询问对当天发生的什么左倾辩论有什么评价的人。也许不是第一人选，可万一学生会主席、《新左派评论》的编辑和反种族主义联盟的发言人正好都没空，我妈和"知名活动家"就有指望了，因为他们几乎随时都有空。

我真的想为她高兴。我知道这是她的凤愿。可当你自己都无所适从时，还要为别人高兴就太难了，此外我同情我爸，更同情自

---

① 萨特（Jean-Paul Sartre，1905—1980）和波伏娃（Simone de Beauvoir，1908—1986）：两人均为法国存在主义哲学家，也是一对没有婚姻关系的终身伴侣。"契约式婚姻"（灵魂相依，身体自由）可谓其私生活中的最大话题。

己。一想到搬回去和我妈同住，我过去三年取得的小小成绩便似乎一无是处。可我不能再靠学生贷款过日子了。我心灰意冷地收拾房间，翻阅此时已毫无意义的论文，我眺望窗外的大海，感觉自己正从梦里醒来，感觉这便是我的大学生活：一个梦，一个离现实太远的梦，或至少离我的现实太远。我租来的学位帽刚还回去，看着跟我没什么两样的孩子们就宣布说他们要向伦敦出发，立马出发，有时目的地就是我的街坊，或者与之类似的其他地方，他们开口闭口都是大话，仿佛这些地方是等待征服的蛮荒边境。他们离开时手里拿着存款，一甩就能租下公寓甚至房屋，他们接受无薪实习，或申请面试官恰好是亲爹大学朋友的岗位。我没有规划，没有存款，也没有死后能留给我遗产的人：所有的亲戚比我家还要穷。论愿景，论当下，我们不早就是中产阶级了吗？也许对我妈而言，这个梦便是真实，只要梦一梦她就觉得已经实现了。可现在我醒了，头脑清晰：有些事实是无法改变、无法避开的。譬如，无论我怎么看待这个问题，此刻我活期账户里的八十九英镑都是我在这世上仅有的钱。我把烘豆配吐司当饭吃，送出了二三十份求职函，等待。

所有人都已离开，我一个人在镇上，有大把的时间寻思。我开始以全新的、酸溜溜的视角看待我妈。一个一直靠男人支持的女权主义者（起初是我爸，现在是"知名活动家"），尽管她屡次三番、滔滔不绝地对我讲"劳动之高尚"，可据我所知，她从没干过有收入的工作。她"为人民"工作——那是没薪水的。我担心"知名活动家"差不多也是这样子，他写了不少小宣传册子，但没出过书，也没有正儿八经的大学职位。把她所有的鸡蛋都搁在这个男人的篮子里①，放弃我们的公寓（我们知道的唯一保障），搬去汉普斯特德和他同居，一头撞入她一直抨击的中产阶级白日梦，只叫我觉得她言而无信、没头没脑。我每晚都去海滨一间会把两便士硬币当成十便士硬币的有毛病的公共电话亭，暴躁地跟她理论这事。可只有我在发脾气，我妈愉快地沉在爱河中，对我万般关心，虽说这只会让她更难以看清现实的细节。比如说，我一想追问"知名活动家"准确的经济状况，她就满嘴胡话或转换话题。她唯一乐于谈论的话题是他三个卧室的公寓，就是她希望我搬入的那间，一九六九年，他用已故叔叔在遗嘱里留给他的两万英镑买下了它，如今价值"大大超过一百万"。尽管她有马克思主义的倾向，但这事儿显然给了她极大的愉悦感和幸福感。

"可是妈：他又不会卖掉它，对吧？所以它跟这事儿没关系。只要你们这对小情侣还要住，它就分文不值。"

"瞧，你干吗不搭个火车过来吃饭呢？等你见到他就会喜欢——所有人都喜欢这个男人。你俩会有说不完的话。他见过马尔科姆·X②！他是知名活动家……"

然而，和很多以改变世界为己任的人一个德行，见了面就知道他小家子气得很。我们首次见面的主题并非政治或哲学探讨，而是冲着他隔壁邻居没完没了的咆哮——邻居也是个加勒比海人，但和我们的东道主不同，他有钱，所著颇丰，在一所美国大学里有终身

----

① 意指孤注一掷，把所有希望都押在一个人身上。
② 马尔科姆·X（Malcolm X, 1925—1965）：伊斯兰教教士，美国黑人民权运动领导人物之一。批评人士认为他煽动散布暴力、仇恨、黑人优越主义、种族主义等；支持人士则视他为非裔美国人权利提倡者。

教席，买下了整栋房子，眼下正在他花园的一头建造"什么狗日的藤架"。这会略微遮挡"知名活动家"展望西斯公园美景的视线，吃过晚餐，待六月的太阳终于落山，我们端上一瓶朗姆酒，团结一致地迈入花园，对那个建造了一半的玩意儿怒目而视。我妈和"知名活动家"坐在他们小小的铸铁桌子旁，缓缓地卷一根卷得乱七八糟的大麻香烟抽。我朗姆酒喝多了。到了某个阶段，气氛变得深沉，我们都眺望着池塘和比池塘还远的西斯公园，维多利亚式的路灯点亮了，这番景致中只剩下鸭子和冒险夜游的人。灯火给草地染上炼狱般的橙色。

"想想看，我们这样的两个岛国孩子，啥也没有的两个赤脚孩子，最后有了今天……"我妈喃喃道，他俩握住彼此的手，额头紧贴，看着他俩，就算他俩已经够荒唐，我也会感觉自己更荒唐：我作为一个成年女人竟憎恨另一个成年女人，而她毕竟为我付出了那么多，为她自己付出了那么多，是啊，为她的人民付出那么多，还有她自己说的，为所有一穷二白的人付出那么多。她说得没错。我因为没有嫁妆而觉得自己可怜？我的目光离开手里正在卷的大麻香烟，抬起头，我妈似乎已经猜出了我的心思。她说，可你没意识到自己运气好得不可思议吗，能活在这一刻？像我们这样的人，可不能怀旧。我们过去没有家。怀旧是件奢侈品。我们这样的人，只活在当下！

我点了大麻烟，给自己又倒了两指幅的朗姆酒，低头听着鸭子的嘎嘎叫和我妈的高谈阔论。天色渐晚，她的爱人一手温柔地抚上她的脸颊，我看出是去赶末班车的时候了。

七月末我搬回了伦敦，但没去我妈那，而是去了我爸家。我自己提出睡客厅，可他不让，他说如果我睡在那儿，每天一大清早他出门送信的声音会把我吵醒，我很快接受了这个逻辑，让他自己蜷缩在沙发上。作为回报，我觉得我真的最好找份工作：我爸真的相信劳动高尚，他一辈子都在劳动，叫我觉得游手好闲实在羞耻。有时，我听见他蹑手蹑脚出门后再也睡不着了，就坐在床上思考劳动的事，我爸的劳动，他的族人的劳动，回溯到好几代人之前。不需要教育的劳动，通常不涉及工艺或技术的劳动，有些老实正经，有些是歪门邪道，但也不知为什么，所有这些都直指我现在的懒惰状态。我还很小时，八九岁光景，我爸给我看了他爸的出生证，上面记录着他祖父母的职业：烧煮剪裁破旧衣物的人。他要我明白，这证明了劳动一直是他族人的标志，不管他们想还是不想。他坚信劳动的重要性，正如我妈坚信文化和肤色才是真正重要的标志。我们的人，我们的人。我想起几个礼拜之前，我们使用这个词汇时是多么地不假思索：那个怡人的六月之夜，在"知名活动家"的家里坐着喝朗姆酒，欣赏一家一家的胖鸭子——它们转过脑袋，嘴巴伸在自己身体的羽毛里，栖息在池塘边。我们的人！我们的人！此刻，躺在我爸臭烘烘的床上，我脑子里一遍遍过着这个词——因为没有别的事好做。它让我想起那些鸭子此起彼伏的嘎嘎呱呱、叽叽喳喳，一遍遍重复着同样的古怪讯息，从它们的嘴巴传递到它们的羽毛："我是鸭子！""我是鸭子！"

4

离开几个月后，我走下丛林出租车，发现费恩正站在路边，显然是在等我，不早不晚刚刚好，仿佛这儿有车站和时刻表似的。见到他我很开心。可他没有招呼寒暄的心情，顺着我的步伐，随即切换成低声汇报模式，于是我还没到哈瓦家就听说了如今席卷村子的谣言，让我倍感压力：说艾米正在安排签证，说拉明不久就要永久性地搬去纽约了。"唔，这是真的吗？"我实话实说：我不知道，也不想知道。我在伦敦累惨了，和艾米一起度过了一个于私人生活、于职业发展都无比艰辛的冬天，所以我特别反感她波澜不断的私生活。她在英国严酷的一月和二月里录制的专辑，现在本该发行的，却夭折了，因为她和年轻的制作人闹出一段短暂却撕破了面皮的男女关系，然后他就带着歌走了。短短几年前，这种程度的分手对艾米而言只是小小的挫折，花不了半天时间在床上看看早被人忘却的澳洲肥皂剧《空中医生》和《苏立文一家》——她非常脆弱时就干这事。可我注意到了她的变化，她的盔甲不如从前了。离开，被抛弃——现在这些行为对她的影响深得多，它们不再是她的身外之物，她真真切切地受了伤，将近一个月里除了朱迪不跟任何人会面，几乎足不出户，好几次让我睡在她房间里，就在她床边的地板上，因为她不想一个人。不管是好是坏吧，深居简出的这段期间，我以为没人比我跟她更亲近。听费恩一说，我的第一反应是自己遭到了背叛，但仔细一想又觉得不是这么回事：这不是欺骗，而是一种心理上的隔离。我在一段停滞的时光里成了她的安慰和陪伴，但在她心头的另一个区间，她又忙着规划未来，和拉明的未来——在那件事情上，朱迪是她的同谋。我没有生艾米的气，反而被费恩弄得颇为失意：他想把我拉进来，可我一点儿也不想掺和进去，我不方便掺和，我的行程早已安排就绪，费恩说得越多，我脑中规划好的路线就越是飘散而去。参观下昆塔-金泰赫岛，在沙滩上消磨几个下午，在城里找家别致的旅馆过两夜。艾米几乎不给我放年假，我得老谋深算一点，尽量偷点假期出来。

"好啊，可你为什么不带上拉明？他能跟你说上话。跟我在一起，他嘴巴紧得像只蛤蜊。"

"带去旅馆？费恩——不要。糟糕的想法。"

"那就参观时带着。反正你也不能一个人跑去那儿，你找不着。"

我投降了。我告诉拉明时他很高兴，我怀疑不是因为参观岛屿这事儿高兴，而是因为有机会摆脱课堂，能和他的朋友、出租车司机洛鲁就往返旅程的价格洽谈一个下午。洛鲁的非洲头剪成了莫西干发式，染了橙色，腰上是一根粗重的皮带，银色的大皮带扣上写着"小白脸"。他们貌似一路都在洽谈，两小时的路程里充斥着前排座位传来的欢笑和辩论、洛鲁震耳欲聋的雷鬼乐，还有很多电话。我坐在后排，沃洛夫语跟从前相比也鲜有进步，我看着灌木丛后退，看见了不寻常的银灰色猴子和更加与世隔绝的人类定居点，你甚至不能管它们叫"村子"，只不过是聚在一起的两三个茅屋，然后接下来的十英里中又是什么都没有。我印象尤为深刻的是走在路边的两个赤脚小姑娘，她们手拉着手，像是最好的朋友。她们向我挥手，我也向她们挥手。周围一片荒芜，也没有人，她们像在世界的尽头，或者说是我所认识的世界的尽头，看着她们，我意识到我很难想象她们这儿对时间的感受，几乎不可能。我当然能记得在她们那么大时和特蕾西手拉手的样子，记得我们将自己视为"八十年代的孩子"，觉得自己比父母更聪明，也前卫得多。我们认为自己是特殊时期的产物，因为除了怀旧的音乐剧，我们还喜欢《捉鬼敢死队》、《达拉斯》和棒棒糖哨子。我们觉得自己在时间中占有一席之地。世上又有谁不这么觉得？可向那两个姑娘挥手时，我注意到自己无法摆脱这样的想法：她们是少女时代的永恒象征，或孩提时期友谊的永恒象征。我知道情况不可能如此，可就是忍不住这么想。

路到河边终于到了头。我们下了车，朝一尊三十英寸高、面朝着河的"棍棍人"水泥塑像走去。他的脑袋是一整个地球，正用他的棍棍手臂挣脱奴隶制的枷锁。一台孤单的十九世纪的大炮，奴隶交易站原址的红砖外壳，一座小小的"建于一九二二年的奴隶博物馆"，一个凄凉的咖啡馆——这些，就是一个急着揽生意、没几颗牙的导游所说的"接待中心"了。我们身后的村子只有破烂简陋的棚屋，比我们出发地的村子破烂好几个数量级，它固执地面向交易站原址，仿佛盼着它东山再起。一群孩子坐着看我们抵达，可我朝他们挥手时却遭到了导游的数落："别让他们再靠近一步。他们讨钱。他们骚扰你们游客。政府选我们当官方导游，为的就是别让你们被他们骚扰。"河对面一英里左右的距离，我能看见那个岛屿——一块露出水面的小岩石，上面是破败不堪的简易房。我只想一个人静静，反思下自己来这儿干吗，这玩意有意思吗，有什么意思。在咖啡馆、奴隶塑像和虎视眈眈的孩子们之间的三角地，随处可见一群群的游客，听得见他们的声音——一家子面无笑容的非裔英国人，几个精力旺盛的非裔美国青年，两个白皮肤的荷兰女人（这俩已经不管不顾地痛哭起来）。他们都想做相同的事，都得忍受身着破烂蓝 T 恤的官方导游背诵导游词，或等着有人把咖啡馆的菜单强塞进他们手里，或和一心想带他们过河观摩祖先监狱的船夫讨价还价。我有拉明真是太幸运了：他热衷于挚爱的活动时（激烈的、悄声的、和好几方同时展开的经济谈判），我正好抽出身来逛去大炮，跨坐在上面眺望水面。我试图让自己进入冥想状态。想象水里的船只，想象"人肉财产"走上跳板，胆大的几个抓住机会跳入水中，试图游到海岸却难逃一死。但每个画面都犹如卡通般单薄，比起博物馆墙上的壁画并没有离现实更近：壁画上，一家子被绳索捆绑、赤身裸体、脖子上戴着枷锁的曼丁卡人被一个可恶的荷兰人追出了灌木，看样子他们是像猎物一样落入了猎手的圈套，而不是像谷物一样被他们的酋长卖掉。我妈常对我说，所有的路都会回到那里，可此时此刻，在这片大陆著名的一角，我体会到它并非是什么特例，而不过是普遍规律中的一个案例。这里，弱肉强食：形式各异的强（当地的、种族的、部落的、皇家的、民族的、世界的、经济的）欺凌形式各异的弱，无一例外，就连最小的女孩也不放过。可又有哪里不是这样呢？这个世界从头到脚沾满了血。每个部族都有他们被血浸透的遗物：这里是留给我的遗物。我等待着人们期望在这种地方体验的宣泄之情来临，可我无法相信我的部族的苦痛唯有这里才有，唯有这个地方才有，苦痛显然到处都有，这里不过是他们建纪念馆的地方。我放弃了，去找拉明。他正倚在塑像上用新手机打电话——一台酷炫的黑莓，他一脸的蠢相，傻笑得很欢，一看见我走过去，没说再见就挂断了。

"在和谁聊？"

"那如果你准备好了，"拉明轻声说着把巨大的家伙塞进他的裤子后袋，"这人会带我们过河。"

我们和非裔英国人一家子拼一艘窄船。他们试图和导游搭话，想知道岛屿和大陆之间有多远，有没有谁（先不管戴枷锁的事）可以不难想象地游过这些湍急的水流。导游听着他们说话，但一脸疲惫，破裂的血管数量多到遮盖了他的眼白，他似乎对这番假设没什么大兴趣。他又开始念咒："如果有人游得到海岸，他就能获得自由。"上了岛，我们拖着脚步绕破烂的房子转了一周，随后排队参观"杀手铜"——一间小小的地下室，十米乘四米的大小，用来"关押昆塔这样的最具反叛精神的人"。想想看！所有人都在对别人说这句话，我努力想象自己被关押在此的情形，可我深知自己不是有反叛精神的类型，不太可能成为昆塔这类人。很少有人能。我肯定能想象我妈关押在下面的情形，还有特蕾西。还有艾米——尽管路子不同，但她也算一个。可我不是。我不知该作出怎样的反应才好，便伸手抓住了墙上的一个铁箍——"最具反叛精神的人"脖颈上的枷锁就锁在这个铁箍上。"让你想哭，对不对？"英国家庭中的母亲说道，我觉得真该哭一哭，可当我将目光转向上面的小窗酝酿情绪时，我看见官方导游肚皮朝下躺在地上，三颗牙的嘴巴几乎挡住了所有的光线。

"你们会感受到痛苦，"他透过栏杆解释说，"你们需要独自待一会儿。等你们感受完痛苦，我在外面等你们。"

坐船回去的路上，我问拉明，他和艾米经常聊天到底在聊什么。他坐在船的坐板上，直起了后背，抬起了下巴。

"她觉得我舞跳得好。"

"她这么说？"

"我教了她很多她不知道的舞步。在电脑上。我给她示范我们当地的舞步。她说她会用到表演当中去。"

"我懂了。她有说过让你来美国吗？或者英格兰？"

"老天才知道。"他说，神色焦虑地把目光转向其他乘客。

"是呀，还有外事办。"

洛鲁一直在他的出租车里耐心等待，看见我们来了就把车开到海岸，打开车门，很明显，他打算让我从水里直接上车，再奔两个小时，没有午饭吃。

"可是拉明，我要吃饭！"

我注意到，我们上岛参观的全程他都攥着咖啡馆的薄片菜单，现在他把菜单给我看，仿佛它是法庭戏中重要的、有决定性作用的证据。

"这午饭也太贵了！等回了家，哈瓦会给我们做午饭的。"

"我请客吃午饭。大概每个人三英镑。我跟你保证，拉明，对我来说不是大价钱。"

随后拉明和洛鲁之间起了争执，我很高兴看见拉明似乎败下阵来。洛鲁像个胜利的牛仔一样把双手摆在皮带扣上，关上车门，把它开回到小山坡上。

"太贵了。"拉明大口叹着气又说了一次，可我跟着洛鲁，拉明跟着我。

我们坐到野餐桌边，吃铝箔纸包好的烤鱼，配上米饭。我听了听隔壁几桌的谈话内容，不可思议、千差万别的对话让我判断不出究竟在聊什么：是游客见证历史创伤后的沉重反思，还是游人欢度沙滩假期在鸡尾酒会上的轻松闲聊。一个被阳光晒得破相的高个子白种女人，至少七十来岁了，独自坐在后面的桌子边，身边是一堆堆叠好的印花布、鼓和雕像、写着"永不"二字的 T 恤，还有其他当地的小商品。没人靠近她的货摊或有购买的意愿，过了一阵，她站起身来，开始从这一桌走到那一桌，欢迎来客，问他们住哪儿，从哪儿来。我希望她来我们桌子前就能吃完午饭，可拉明吃饭奇慢，她还是逮住了我们。当她听说我既不住酒店，也不是援助人员或传教士时，她产生了浓厚的兴趣，在我们旁边坐下，贴着洛鲁，而洛鲁猫腰对着烤鱼，不愿意看她。

"你说什么村子来着？"她问，尽管我没说，但拉明已经告诉她了，我都没机会蒙混过关。钱是别人的了。

"噢，可你们和学校有关系啊！当然啦。那个，我知道有人玩命说那个女人的坏话，但我真的喜欢她，我欣赏她，真的。其实我也是美国人，原来是，"她说，我在想她为什么会觉得别人看不出来，"我一般不喜欢美国人，总的说来如此，可她过了我这关，如果你明白我的意思。我真的觉得她有求知欲、有激情，对国家形象来说可是件好事，她给宣传的。哦，澳大利亚人呀？好吧，反正她是合我心意的女人！冒险者！不过我来这里是为了爱情，不是做慈善的。慈善是后头的事儿了，对我来说。"

她摸摸心口，五颜六色、低胸低到吓人的吊带裙让她露出半个心口。她的胸部下垂、泛红、干皱。我下定决心绝对不问她是奔着谁人的爱来了这里，也不问这举动最终有什么好下场，可她察觉到我的抵触，决定使用老年妇女的特权，让你不想听也得听。

"我和这些人一样，来这儿就为了度假。我没打算谈恋爱！跟只有我一半年纪的小伙子。"她朝我挤挤眼。"那是二十年前的事了！那可比度假罗曼史刺激多了，你瞧：这些全是我们一手打造的。"她自豪地环视这伟大的爱情纪念碑：有四张桌子、菜单上只有三样东西的铁皮屋顶咖啡馆。"我不是有钱的女人，我以前不过是个卑微的瑜伽老师。可伯克利的这些人，你只需对他们说：'瞧，就是这样的情况，这些人亟需帮助，'我能告诉你，你会吃惊的，这些人真的就一头扎进去了，他们真的这样。几乎所有人都想参加。当你解释一美元在这儿能干什么的时候？当你解释一美元多么经用的时候？噢，人们不敢相信！伤心的是，我的亲生孩子，第一次婚姻的孩子？他们一直都不支持。是啊，有时候支持你的是陌生人。可我常对这里的人说，'请别相信你听说的事！因为不是所有的美国人都是坏家伙，才不是。'伯克利的人和沃思堡的人可不一样，如果你懂我的意思。我生在得克萨斯州，生在信仰基督的家庭，我小时候，美国对我来说是个难挨的地方，因为我无拘无束、格格不入。可我想现在要更适合我一点了。"

"可你和丈夫一起生活在这里?"拉明问道。

她微微一笑,但对这个问题似乎没什么兴趣。

"在夏天。冬天我回伯克利。"

"那他跟你一起去?"拉明问。我感觉他在查户口。

"不,不。他待在这里。他在这儿有很多事情要做,一年到头的。他是这里的老大,我想你也可以说我是那里的老大!所以说这样子很好。对于我俩。"

我想起艾米新当上妈妈的朋友们,尽管她们声名显赫、富甲一方,却全都失去了那层梦幻般的少女气,眼里的某种光芒熄灭了,然后我看着这个女人睁得老大、透出几分疯癫的蓝眼睛,看到的却是另一番天地。一层又一层的盘剥后她竟还好好的,真是不可思议。

5

　　毕业后，以我爸的公寓为根据地，凡是我想得到的入门级媒体工作我都申请了，每晚都把语气卑微的求职信留在厨房柜台上，等他一早寄出。可一个月过去了，石沉大海。我知道我爸对这些信件抱着复杂的情感——我的好消息意味着他的坏消息，意味着我要搬走了。有时我会疑神疑鬼地幻想他其实一封也没去寄，而是扔在我们这条街尽头的垃圾桶里。我细细想了想我妈从前老说他不求上进（针对这番谴责，我以前总是怒气冲冲地为他辩护），不得不承认，如今我总算明白我妈的意思了。没什么比朗伯舅舅周日偶尔来访更叫他快活的了，我们仨在我爸楼下邻居爬满常春藤的平顶上，一步也不挪地蜷在折叠式躺椅里抽大麻烟，吃手工做的鱼肉馅饺子（朗伯迟到两三小时的借口），听 BBC 全球服务电台，看银禧线的列车每隔八至十分钟从地下深处冒出头来。

　　"这才是像样的生活，亲爱的，你觉得呢？再也没有：做这事，不要做那事。只有我们在一起，都是朋友——平等的人。呃，朗伯？你什么时候跟自己的孩子变成朋友？这才是像样的生活，对吧？"

是么？他此刻声称要撇清关系的父权，我不记得他使用过，他从来没说过，"做这事，不要做那事。"爱和宽容——他给我的唯有那些。到头来呢？我是不是要和朗伯一样提前进入恍恍惚惚的退休状态呢？不知所措的我又重操一份糟糕的工作——我大学的第一个暑假就干过，在位于肯萨尔赖斯的一家披萨店。店老板是个荒唐的伊朗人，叫巴赫兰，很高很瘦，尽管身处底层，却将自己视为有档次的男人。无论什么天气，他都喜欢穿一件款式别致的驼色长外套，常像个意大利男爵那样将它披在肩膀上，他管他的苍蝇馆子叫"餐厅"，可经营场所不过是小小的家庭浴室的大小，占据了嵌在巴士终点站和铁道之间的一角灌木丛。没人堂食，他们点外卖或打包回家。我以前站在柜台前，看着老鼠在油地毡上冲锋。店里有一张桌子，理论上顾客可以随意堂食，可实际上巴赫兰整个白天和半个晚上都占着这张桌子：他家里有麻烦，一个老婆和三个难搞的未出嫁的女儿，我们怀疑他宁可待在店里也不想回家，或者至少比起和她们吵架，更喜欢朝我们咆哮。工作日里，他的活儿并不繁重。店里左上角的电视机里播什么，他就点评什么，或者从他坐着的位置羞辱我们员工，一天就过去了。他每时每刻都在发火，什么事都能让他发火。是一种浮夸的、滑稽的发火，表现为不断地、猥亵地调戏周围所有人，种族、性别、政治、宗教方面的调戏，几乎每天都导致一名顾客或员工或朋友扭头而去，所以我觉得与其说是得罪了别人，不如说是痛苦的自我拆台。不管怎么说，这是唯一的娱乐了。可我十九岁第一次走进那里时，我没被他羞辱，没有，他用波斯语（我后来才知道）跟我打招呼，大动干戈的模样让我真的感觉自己听懂他在说什么了。我那么年轻，可爱，一看就知道我聪明伶例——我是不是在念大学？可我妈该有多高兴！他起身抬起我的下巴，微笑着先让我的脸朝这，然后朝那。可当我用英语回答时，他皱起眉头，用批判的目光审视包住我头发的红色印花头巾——我还以为餐馆这种地方会喜欢我这么做。过了一阵，他弄清了尽管我长着波斯鼻子，可我不是波斯人，八竿子打不着，也不是埃及人，也不是摩洛哥人，跟阿拉伯人也没半毛钱关系，然后我犯了错，说出了我妈那个岛屿的名字，于是所有的友好都消失了：我被指派去柜台，我的工作是接电话，把订单报给厨房，调度好送外卖的小伙。我最重要的任务是处理他深爱的课题：黑名单顾客表。他不怕麻烦地在长长的卷纸上写下这份名单，贴在我柜台后面的墙壁上，有时还附上"宝丽来"一次成像照片。"大多数都是你那类人。"他若无其事地指给我看，那是我上班的第二天。

"他们要么不付钱，要么打架，要么是毒贩子。别给我臭脸！得罪了你吗？你懂的！是事实！"我哪敢被他得罪。我下定决心熬过那三个夏月，这样我才能有点儿积蓄，一毕业就开始租房子住。可网球比赛的季节到了，一切计划都泡了汤。索马里来的外卖小伙和我如饥似渴地看比赛，还有巴赫兰，他正常情况下也追网球比赛（他将体育运动视为他社会学理论最纯粹的表达），可他今年却气得要死，生网球的气，也生我们津津乐道的气，每次逮住我们看球，他都愈发气急败坏，他的秩序感被第一轮居然没出局的布莱恩·谢尔顿①搅和得乱七八糟。

"你们为什么喜欢他？嗯？嗯？因为他是你们的同类？"

---

① 布莱恩·谢尔顿（Bryan Shelton，1965—   ）：美国黑人网球运动员、教练。

他用手指戳了戳索马里外卖小伙安瓦尔窄窄的胸脯，安瓦尔总是神采飞扬、如沐春风——虽说他这辈子好像没什么值得他神采飞扬、如沐春风的。他这时的回应是鼓掌拍手，咧嘴大笑。

"对，老兄！我们支持布莱恩！"

"你们是傻瓜，这我们都知道，"巴赫兰说，然后转向柜台后的我，"可你是聪明人呀，所以这就让你显得更蠢。"看我一言不发，他径直走到我跟前，拳头砸在柜台上："这个叫布莱恩的人——他不会晋级。他不能。"

"他晋级！他晋级！"安瓦尔大喊。

巴赫兰抓起遥控器，关了电视，这样一路到后面都能听见他的声音，就连在远处擦披萨烤箱的刚果女人也听得见。

"网球不是黑人的运动。你们必须明白：每种人都有属于自己的运动。"

"你的运动是什么？"我真心好奇地问了一句，巴赫兰在位子上挺得笔直，一脸自豪："马球。"厨房笑炸了。

"操你们这些狗娘养的！"歇斯底里。

其实我没追过谢尔顿，在安瓦尔指出来之前都没听说过他，可我现在追他了，和安瓦尔一起成了他的头号粉丝。他有比赛的日子，我买小小的美国国旗带去上班，这种时候会确保把安瓦尔以外所有的外卖小伙都调度出去。我们一起为谢尔顿欢呼，他每赢一分就在店里跳舞，他赢了一场又一场，我们开始觉得，是我们又跳又喊的才促使他赢了球，觉得没有我们他肯定完蛋。有时，巴赫兰表现得像是也信这一套，仿佛我们在施展什么古老的非洲巫术。是的，不知怎么我们在巴赫兰身上也施了法，就像谢尔顿一样，随着巡回赛日复一日地进展而谢尔顿拒绝出局，我发现巴赫兰其他许多迫在眉睫的烦恼（生意，难搞的老婆，给女儿们寻找好夫婿的压力）都消失了，他满脑子只有两件事：确保我们不为布莱恩·谢尔顿加油，确保谢尔顿进不了温网决赛。

赛程过半时的某天早晨，我正百无聊赖地站在柜台前，突然看见安瓦尔骑着车，朝着我们的方向高速冲上人行道，接着猛地刹车，跳下来跑到我的柜台前，拳头塞在嘴巴里，脸上挂着控制不住的笑意。他把一份《每日镜报》啪地甩在我面前，指着体育运动版的一块专栏说："阿拉伯人！"我们不敢相信。他叫卡里姆·阿拉米，来自摩洛哥，排名比谢尔顿还低。他们的比赛两点开始。巴赫兰一点到。店里弥漫着焦虑和期待的情绪，本该五点后才来的外卖小伙提前到了，刚果清洁工以前所未有的速度在厨房深处干活，希望自己能在比赛开始前清扫到屋子的前面，那样离电视机就近了。比赛打了五局。谢尔顿开局占优，第一局里有好几次巴赫兰被逼得站在椅子上尖叫。谢尔顿以六比三拿下第一局，巴赫兰跳下椅子，走到屋子外面去了。我们面面相觑：这就赢了？五分钟后他又溜回来了，手里多了一包香烟，从他车里取的，他开始低头一支接一支地抽烟。可到了第二局，卡里姆有了转机，巴赫兰坐得笔挺，接着站起来了，开始在小小的店面里边绕圈踱步边发表评论，讲的是反手球、吊高球、双误的优生学理论，等到双方平手，他的演讲就愈发流利了，香烟在手里抢着圈，对自己的英语也更有信心了。他告诉我们，那个黑人，他是本能，他是律动的身体，他是强壮，他是音乐，是啊，当然啦，他是节奏，人人都知道这点，他是速度，这也许很赞，是啊，可让我告诉你吧，网球是用脑的运动——用脑！

黑人可以有好体能、好肌肉，能大力击球，可卡里姆跟我一样：他提前一两拍就思考。他有阿拉伯人的脑子。阿拉伯人的脑子是复杂的机器，精密着呢。我们发明了数学。我们发明了天文学。聪明人。快两拍。你们的布莱恩他现在输球了。

可他没输：他七比五拿下了这局，安瓦尔从刚果清洁工手里抢过笤帚（我不知道她叫什么，也没人想过要问问），拽着她一起跳舞，用来伴奏的是他随身携带的半导体收音机上的什么西非流行乐。下一局谢尔顿溃不成军，一比六。巴赫兰得意洋洋。他对安瓦尔说，不管去世界上的哪里，你们的人都是垫底！白人、犹太人、阿拉伯人、中国人、日本人有时都能问鼎——看情况。可你们的人，他们总输。待到第四局开始，我们已经不去假装这里是个披萨店了。电话响着没人接，烤箱空空如也，所有人都挤到了前面小小的空间里。我和安瓦尔坐在柜台上，我们不安分的腿踢在便宜的中密度纤维板上，直到它们咯吱作响。我们看着这两个球手（说实话，势均力敌）拖到了折磨人的抢七，然后谢尔顿输了，六比七。安瓦尔不甘心地嚎啕大哭。

"可是安瓦尔，小伙计：他还有一局呢。"亲切的波斯尼亚厨师解释道，安瓦尔感激涕零，像个要坐电椅的家伙却透过树脂玻璃看见州长从大厅跑下来。决胜局打得很快：六比二。笑到最后的是谢尔顿。安瓦尔把他收音机的音量调到了最大，我什么舞都跳出来了，扭动、顿足、曳步，我甚至还跳出了踢踏舞。巴赫兰大骂我们都操了老妈，怂怂离去。大约一个钟头后他回来了。正逢晚高峰，母亲们决定不想做饭，终日吸大麻的家伙们也意识到自己从早饭开始就粒米未进。电话接得我神烦，我和往常一样奋力解析各有千秋的洋泾浜英语，电话上也是，我们自己的外卖团队也是，就在这时，巴赫兰走到我这儿把晚报凑到我眼前。他指着谢尔顿的照片：他的胳膊高高抡起，准备大力发球，球在他前方的半空中，定格在刚好接触到网球拍的一刻。我一只手盖住话筒。

"什么？我在工作呢。"

"看仔细点。不是黑人。棕色的。跟你一样。"

"我在工作。"

"他可能是一半对一半，就像你。所以嘛：这就解释得通了。"

我没看谢尔顿，而是看着巴赫兰，很仔细的那种看。他笑了。

"半个赢家。"他说。

我撂下电话，摘下围裙走了出去。

我不知道特蕾西是怎么发现我在巴赫兰店里打工的。我不想任何人知道，我自己都没法正视这个事实。也许她透过玻璃就看见了。八月末一个湿热的午后，她走进店里时引起了轰动：紧身连袜裤和齐肚脐眼的短上衣。我发现她的打扮没有随着时间的推移而改变，不需要改变。她未曾像我一样挣扎，像大多数我认识的女人一样，寻找符合年纪的标志、形状和符号来打扮身体。仿佛她超越了那一切，超越了时间。她永远打扮得像是要去参加舞蹈彩排，容光焕发。安瓦尔和其他跨在自行车上待命的小伙，花了不少时间在正面，然后换了个位置，去看意大利人所说的"B面"。她趴在柜台上跟我说话时，我看见他们中有一个捂上了眼睛，仿佛哪里在痛似的。

"见到你真好。海边的日子如何？"

她笑得幸灾乐祸，加强了我已有的感觉：我的大学生活不过是街里街坊的笑话，妄想蝉蜕浊秽却不得志。

"在附近见过你妈。她这些日子到处跑呢。"

"是啊。我想我很高兴回来。你看起来棒极了。工作了吗？"

"哦，忙得很呢。上了头条。你什么时候下班？"

"我刚开始。"

"那明天如何？"

巴赫兰悄悄走到我们身边，用他最温文儒雅的模样询问特蕾西是不是波斯人。

第二天傍晚我俩在当地一家酒馆里碰了头，它从前是家爱尔兰风格的酒馆，如今不再走爱尔兰风，不伦不类的。以前的卡座不见了，取而代之的是许多撞色的沙发和靠背椅，它们来自不同的历史时期，分布散乱，像最近刚被拆除的舞台布景。紫色的植绒壁纸贴在壁炉腔的上方，不少内料填充得乱七八糟、定格在跳跃或蜷伏瞬间的丛林动物，被装进钟罩形的玻璃罐，放在高高的货架上，用晃来荡去的玻璃眼球俯视久别重逢的我和特蕾西。在一只表情惊恐的松鼠的注视下，我迎上特蕾西，她端着两杯白葡萄酒从吧台回来，脸上挂着强烈的鄙夷之情。

"七英镑？这他妈什么玩意？"

"我们可以去其他地方。"

她皱皱鼻子："别啊。那他们就得逞了。我们可是生在这里的。慢慢喝。"

我们哪能慢慢喝。我们刷特蕾西的信用卡一杯接一杯地喝，叙旧欢笑（我三年的大学生活都没笑得那么欢），回忆伊莎贝尔小姐的黄色舞鞋、我妈的黏土坑、《舞蹈史话》，回忆这一切，甚至包括我没想过我俩能一笑而过的事情。路易和迈克尔·杰克逊的共舞，我对皇家芭蕾学校的妄想。我觉得壮了胆子，问起她父亲来。

她收起了笑脸。

"还在那里。养了一群'非婚生'的娃娃，我听说……"

她极富表现力的脸变得愁眉不展，然后换上了我从孩提时代起就印象深刻的冷若冰霜的表情。我想告诉她多年以前在肯特镇看见的一幕，可那张冷漠的脸让我把话咽了下去。

"你的老爹怎么样？很久没见他了。"

"信不信由你，我觉得他还爱着我妈。"

"挺好。"她说，可她脸上仍是那副表情。她的目光越过我，看着松鼠。"挺好。"她又说了一遍。

我看得出叙旧到了头，也许是时候聊聊现在了。我猜也猜得出，特蕾西的消息能轻易碾压我说得出口的一切。不出所料：她在伦敦西区的秋季演出中拿到了一个角色。他们要重新演绎我俩最爱的剧目之一——《红男绿女》，她要演的是"热盒子夜总会女郎一号"，我记得不是个大角色（她在电影里没有名字，只说了四五句的台词），可她的镜头挺多，在"热盒子夜总会"又唱又跳，要不就跟在阿德莱德后面——她演她最好的朋友。特蕾西要唱《拿回你的水貂》，这歌我们儿时唱过，手里还挥着一对又脏又破的羽毛围巾，这次她要穿蕾丝胸衣和货真价实的绸缎长袍，她的头发会做造型，卷起来。"我们现在到带妆彩排的阶段了。他们每天晚上都在我脑袋上用直发电夹，折磨死我了。"她摸摸她的发际线，起到平顺效果的发蜡下，我看见头发确实已经干枯受损、零零落落。

她炫耀完了。可在此之后，她表现得很受伤，很有戒备心，我感觉我没作出她希望的反应。也许她想象的是，二十一岁的大学毕业生听完她的好消息会崩溃得在地上抹眼泪。她端起葡萄酒，一饮而尽。最后，她问起我的生活。我深吸一口气，把跟我妈讲过的事情又重复了一遍：不过是过渡一下，等着其他机会，暂时住在我爸那儿，现在房租贵，没在谈恋爱，然后是谈恋爱太复杂，我现在不需要，我需要时间自食其力……

"是呀，是呀，是呀，可你不能老在傻逼披萨店干活，是吧？你得计划计划。"

我点点头，没说什么。我感到一丝安慰，熟悉的感觉，尽管我很久没这感觉了，我想是因为特蕾西握住了我的手，是因为我不用再拿主意，她的意志、她的想法会替我做主。特蕾西一直都知道玩什么游戏、讲什么故事、选什么节奏、跳什么舞步。

"瞧，我知道你现在是大女人了。"她靠回椅子里自信地说，下面的脚尖绷紧，从膝盖到脚趾拉出一条漂亮的直线。"不关我的事。可如果你需要，他们正在找舞台布景的人手。你可以试试。我可以说说好话。只有四个月，可总比空屁强。"

"演戏的事情我什么都不懂。我没经验。"

"我的天呐，"特蕾西朝我摇摇头，起身后又摇了一阵，"撒谎不会吗！"

6

　　我猜是我质问拉明的事情传到艾米耳朵里了，因为我从椰树海景酒店离开的那天，前台打电话到我房间，说有人给我留了信，我打开白色的信封就看到了这张便条：私人飞机没空。你得坐普通民航飞机了。留好发票。朱迪。

　　她们在惩罚我。起初我觉得艾米的想法很搞笑，坐普通民航居然算惩罚，可到了机场我就惊讶于自己有多健忘了：等待，排队，服从毫无道理的指令。方方面面，人山人海也罢，工作人员的粗鲁无礼也罢，就连候机室屏幕上一动不动的航班时间也罢，都叫我觉得这是一场公然侮辱。我座位旁边是两个从哈德斯菲尔德来的卡车司机，六十来岁的旅伴。他们喜欢这里，"每年都来，如果付得起钱的话"。午饭后两人开始喝一小瓶一小瓶的"百利"甜酒，就他们的"妞儿"交换意见。他俩都戴着婚戒，半个戒指嵌入他们汗毛浓密的肥手指里。我塞着耳塞，他们可能以为我听不见他们说话。"我的妞儿跟我说她二十岁，可她的表哥说她十七岁——他也在那里当服务员。她可比同龄人聪明。"他的T恤上都是风干发硬的蛋黄。他的朋友牙齿发黄、牙龈出血。他们每年有七天的假期。大黄牙男人连加了三个月的班才凑齐跟班珠尔的妞儿共度周末连休的钱。我幻想自己杀人的样子——拿起我锯齿状的塑料小刀，把他俩一刀封喉。可我听得越久，就越觉得悲从中来。"我对她说，你不想来英格兰吗？她的大意是：'当然不想，亲爱的。'她想我们在瓦苏建个房子，随便什么鬼地方。她们不傻，这些妞儿。现实着呢。英镑在那里可比家里他妈的经用多了。就像我老婆叽叽歪歪地说她想去西班牙。我对她说，'你还活在过去呢，亲爱的。你知道这年头西班牙有多贵吗？'"渣点一个一个接连不断。

几天后我回去工作了。我等啊等，等着正式会议或述职的机会，可一切都像我压根没去出差一样。没人提起我的行程，这事儿本身倒不稀奇，因为很多事情都在同时推进（新的专辑、新的旅程），可朱迪和艾米在用不容易察觉、最厉害的手段欺负我，她们努力把我屏蔽在所有的重要决定之外，与此同时确保说的话、做的事没有哪桩可以被明确地解读为惩罚或报应。我们正为秋季转战纽约做准备，这段时间里艾米和我往往黏在一起，可现在我见她一面都难，两个礼拜以来派给我的都是更适合家庭主妇、没有技术含量的苦差事。我给货运公司打电话。我整理鞋子。我送孩子去上瑜伽课。一个周六的一大早，我逮住朱迪问这事。艾米在地下室里锻炼，孩子们在看每周一小时的电视。我搜遍了房子，发现朱迪坐在图书馆里，脚伸在厚毛呢桌面上，脚指甲涂成惊悚的紫红色，每个长长的脚指头之间都卡着白色的塑料分趾器。我说完前她都没抬头。

"是是，好吧，本不想告诉你的，亲爱的，可艾米才他妈的不在乎你对她的私生活有什么评价。"

"我是为她的利益着想。那是我的工作，作为朋友。"

"不，亲爱的，不准确。你的工作是：私人助理。"

"我在这儿九年了。"

"我在这儿二十九年了。"她的脚在空中抡完一圈塞进了地板上一个闪着紫光的黑色盒子。"我见过很多这样的助理来了又走。可老天爷呐，没有哪个像你这么有妄想症的。"

"那是真的吗？她要给他搞签证？"

"我可没跟你谈这个问题。"

"朱迪，我今天一天就在伺候狗了。我有文凭。别告诉我这不是在惩罚我。"

朱迪用两只手把刘海撩开。

"第一，你他妈的别太把自己当回事。你是在工作。不管你是怎么认为的，小鸡崽儿，你的工作从来都不是'好朋友'。你是她的助理。你一直都是。可最近你似乎忘了，是时候提醒你一下了。这是第一桩事情。第二，如果她想把他弄过来，如果她想嫁给他，或者在操他妈的大本钟上跳舞，都不关你屁事。你闲事管太多了。"朱迪叹了口气，低头看脚指头去了。"最好笑的是，她压根不是因为男人的事儿跟你生气。跟男人偏偏没关系。"

"那是因为什么？"

"你跟你妈最近有联系吗？"

这个问题让我气血上涌。多久前的事了？一个月？两个月？现在是议会会期，她很忙，如果她想找我，她知道我在哪。这些能够充当托辞的理由在我脑子里盘旋了很久后，我才反应过来朱迪为什么这么问。

"呵呵，也许你该联系联系。她让我们的日子不好过，我也不知道为什么。如果你搞得明白，对你有好处。"

"我妈？"

"我是说，这个你称作国家的狗屁小岛给我们惹了得有一百万个麻烦——毫不夸张的一百万。她想谈谈'西非的独裁政治'？"朱迪说着用手指比划出引号的模样。"英国与西非的独裁政治串通一气。她上电视，她写专栏，她在'跟首相互动的茶话会'上站起来提问——谁知道你们国家的人他妈的管它叫什么。她脑子进水了。好吧。得了，那可不是我的问题，国际发展部做什么，国际货币基金组织做什么，那可不关我的事。可是艾米关我的事，也关你的事。我们跟这个脑残总统有合作关系，如果你去问问亲爱的费恩，他会告诉你我们现在的处境有多危险。相信我，亲爱的，如果这位终生制的殿下、全能的万王之王不想让我们待在他的国家会怎样？我们一眨眼的工夫就滚蛋了。学校要完蛋，所有人都要完蛋。瞧，我知道你有文凭。你跟我说过了很多次了，很多次。是国际发展的文凭？不，我想不是吧。我肯定你坐在议员席后座的大嘴老娘也许认为自己也是在出一臂之力，老天，可你知道她到底在干什么吗？伤害她口口声声想要援助的人，在我们这些想要改变一点什么的人头上撒尿。恩将仇报。祖传呐。"

我一屁股坐在躺椅里。

"我的天呐，你从来不看报的吗？"朱迪问。

对话发生后三天，我们飞去了纽约。我给我妈留消息、发短

320

信、传电邮，可她直到第二周快结束的时候才给我回电话，周日下午两点半是妈妈们都爱的完美时间段，不偏不倚刚好赶上杰伊的蛋糕出炉，彩色纸带从彩虹厅①的天花板上坠下来，两百个客人齐唱《生日快乐》，伴奏的是纽约爱乐乐团弦乐组的小提琴手们。

"那什么声音？你在哪？"

我滑开移门去了露台，把嘈杂关在身后。

"是杰伊的生日。他今天九岁。我在洛克菲勒中心大厦顶楼。"

"瞧，我可不想在电话里跟你吵一架，"我妈说，听起来她很想在电话里跟我吵一架，"我看了你的电邮，我理解你的处境。可我希望你明白，我可不为那个女人工作，实际上也不为你。我为英国人民工作，如果我对那个区域有了兴趣，如果我的关注度越来越高……"

"是啊，妈，可你就不能对别的东西关注度越来越高吗？"

"在这个项目里，你的父母是谁难道有关系吗？我知道你，亲爱的，我知道你不是财迷心窍的人，我知道你有理想——我把你拉扯大的，看在老天爷的分上，所以我了解。我研究得很深入，米丽安也是，我俩得出的结论是，到了这个节骨眼，人权问题真的已经岌岌可危了——我不希望它如此，为你好，可现实就是如此。亲爱的，你想不想知道……"

"妈，抱歉，我待会儿给你回电话，我得走了。"

费恩穿着一看就是租来的不合身的西装，脚踝处短了一截。他朝我走来，傻乎乎地挥着手，那一刻我才意识到自己有多后知后

---

① 彩虹厅：标志性的纽约餐厅，位于洛克菲勒中心大厦。

觉。我觉得他就是个剪裁出来的人像，在错误的时刻贴到了错误的照片里。他笑着推开移门，像只猎狐犬一样把脑袋歪在一侧："啊，可你看起来真美。"

"为什么没人告诉我你要来？你为什么不告诉我？"

他一只手穿过用廉价发胶驯服了五成的卷发，一脸的腼腆，像个犯了点小错被抓个现行的学生。

"呃，这是商业机密。有点好笑，可我还是不能告诉你，我很抱歉。他们希望我保密。"

我顺着他手指的方向看见了拉明。他身穿白色西装，坐在正中央的桌子旁，像参加婚礼的新郎，一侧坐着朱迪，另一侧坐着艾米。

"天呐。"

"不，不，我不觉得是他。除非他在国务院工作。"他上前一步，双手放在隔断墙上。"可这场面多震撼呐！"

整个城市就在我们眼前。我转身研究起费恩来，背对这个城市，确认自己没在做梦，然后就看见拉明从路过的服务生手里接过一片蛋糕。我感到惶恐，试图找到缘由。不仅因为我被蒙在鼓里，还因为我规划自己现实生活的方式不被他们认可。因为当时在我看来（大多数年轻人大概都如此），我位于万事万物的中心，我是世界上唯一享有真正自由的人。我兜兜转转，观察呈现在我眼前的生活，而这些场景中的其他人皆为配角，只存在于我给他们安排好的区域：费恩永远在粉色的房子里，拉明仅限于村子里尘土飞扬的小径。此时此刻，他们在这儿干什么呢？在我的纽约？我不知怎么跟身处彩虹厅的这两位开口说话，不知我们之间该是什么关系，不知在这样的场合下我有什么义务或该尽什么责。我努力想象终于抵达基岩另一端的拉明此刻的感受，想象有没有谁引导他穿过这令人迷惘的新世界，有没有谁帮忙向他解释，这儿有多少钱花在了氦气球、花枝蒸包、四百枝牡丹这样的东西上。可他旁边的是艾米，不是我，她没有这样的担心，我打老远就看得出，这是她的世界，他不过是受邀进入这个世界，正如她邀请其他人一样，既是恩典也是礼物，好比女王们无意中施了点恩惠。她觉得一切都是定数，命里注定的，所以根本没什么难摆平的。我、朱迪、费恩以及我们所有人领薪水的原因就在于此：摆平她生活里的一切。我们在纠缠的水草中艰难跋涉，于是她便可以浮在水面。

"反正我来一趟挺高兴的。我想见见你。"费恩伸出手，掠过我的右肩，我当时以为他不过是要帮我掸掸灰，心不在焉的，脑袋里满是我被水草缠住而艾米泰然自若地在我头上漂浮的画面。然后他的另一只手搭上了我的左肩：我仍是不明白。我的视线无法从拉明和艾米身上挪开，派对上的其他人也一样，也许除了费恩自己。

"我的上帝，快看！"

费恩顺着我指的方向瞥了一眼，看见拉明和艾米短暂地吻了一下。他点了点头："啊，所以说他俩不再遮遮掩掩了！"

"老天。她是要嫁给他吗？他是要入她的籍吗？"

"谁在乎？我不想说她的事。"

费恩突然握住我的两只手，我一转身发现他正死死盯着我，场面颇有喜感。

"费恩，你干什么？"

"你假装愤世嫉俗，"他努力与我对视，可我努力避开他的目光，"可我觉得你只是害怕。"

他的口气颇像在念我们每周五下午在学校的电视室里和半村子的人一起看的墨西哥肥皂剧里的台词。我忍不住了，笑场了。他的眉毛拧在一起，悲从中来。

"请别笑话我。"他低头看自己，我也在看：我想这是我第一次看见他没穿休闲短裤的样子。"其实我不知道在纽约该怎么打扮。"

我把自己的手从他手里抽回来。

"费恩，我不知道你怎么想的。你真的不了解我。"

"好吧，你很难了解。可我想了解你。坠入爱河就是那么回事。你想更多地了解某人。"

我觉得情况太尴尬了，他此刻该消失了，好比在肥皂剧里，这种情况下就该插广告了，否则我不知道接下来的两分钟里我们该如何是好。他没走。非但没走，他还从路过的服务员的托盘里抓了两杯香槟，一口闷了。

"你没什么要对我说的吗？我可是对你把心掏出来了！"

"哦我的上帝，费恩，求求你！别这么说话了！我不想要你的心！我也不想对其他任何人的心负责！任何人的任何东西都不！"

他蒙了："想法奇特。只要你活在这世上，你就得负责。"

"对我自己。"轮到我一饮而尽。"我只想对我自己负责。"

"这辈子你有时得在别人身上冒个险。瞧瞧艾米。"

"瞧瞧艾米？"

"为什么不啊？你得欣赏她。她不觉得难为情。她爱这个年轻

324

男人。这也许意味着带给她很多麻烦。"

"你的意思是：带给我们。它意味着带给我们很多麻烦。"

"可她不在乎别人怎么想。"

"那是因为她和往常一样，压根不知道自己在干什么。这就是个笑话。"

他俩彼此倚靠，看着魔术师：这是个身穿"裁缝街"定制西装、戴着领结的迷人绅士，杰伊八岁生日时他也来过。他正表演中国套环魔术。光线照入彩虹厅，套环看着坚不可摧，却不断滑进滑出。拉明一脸沉醉，大家都是。我能听到微弱的中国祷告音乐，也知道从理论上说这肯定也是现场效果的一部分。我能明白大家的感受，可我无法融入他们，无法感同身受。

"你眼红吗？"

"我希望我能像她一样自欺欺人。所有如此健忘的人，我都眼红。小小的无知阻止不了她。什么也阻止不了她。"

费恩喝完杯中酒，尴尬地把杯子放在地上。

"我不该开口的。我想我好像误会了局势。"

他的情话很傻，可他这会儿已经切换回了他更常用的场面上的话，我感到很难过。他转身去了室内。魔术师表演完了。我看着艾米起身走向圆圆的小舞台。杰伊被喊过去了，反正到了她身边，接着是卡拉，然后是拉明。整个派对上的人组成一个爱意满满的新月形，将他们围在中央。我似乎是唯一还在外面朝里面张望的人。她一手拥抱杰伊和卡拉，一手宣布胜利般地举起拉明的左手。所有人都鼓掌欢呼，在双层玻璃窗里成了一阵闷响。她维持这个姿势：一屋子的照相机闪个不停。我望过去，这个姿势将她人生的不同阶段压缩成了一个：母亲与爱人，大姐大，挚友，超级巨星和外交官，亿万富翁和流浪孩童，傻姑娘和物质女。可她为什么要时时处处承担一切，拥有一切，着手所有事情，扮演所有角色？

7

我印象最深的是她跑下舞台、跑到舞台侧翼、跑入我怀中时温热的身体，我站在舞台侧翼待命，提着铅笔裙准备换下她的绸缎裙，或拿着黑猫尾巴，等她脱下铅笔裙后贴在她屁股上，或持清洁纸巾准备擦拭她满是雀斑的鼻梁上冒出的汗水。当然啦，还有很多其他的红男绿女需要我递手枪手杖，理理领带夹，整整缝线，别别胸针之类的，但我还记得的只有特蕾西，她一只手扶住我的手肘保持平衡，轻盈地迈入一条草绿色的七分裤，然后由我拉好侧面的拉链，小心不要夹到她的皮肤，然后跪下来帮她在白色粗跟踢踏舞鞋上系好蝴蝶结。这种迅速变装的时刻，她总是一脸严肃、一言不发。她从不像其他"热盒子夜总会女郎"那样嘻嘻哈哈或坐立不安，也从不缺乏自信或需要打气——没过多久我就知道合唱姑娘们经常如此，但特蕾西完全不会。虽然我给她穿穿脱脱的，她的目光却永不离开舞台上发生的事。只要她能看节目，就会看节目。如果她一时半会儿在后台更衣室里走不开，就会在监视器上听表演，听得无比专注，你没法儿插进去跟她聊个天。看过千遍万遍演出也没关系，她从不厌倦，总是迫不及待地重回舞台。后台的一切都叫她觉得没劲。她真正的生活在舞台上，在小说里，在灯光下，所以我想不明白了：我知道她跟一个男星、一个有妇之夫私下里有一腿，其他演员都不知道。他演阿维德·阿波纳斯大哥，一个和蔼的、有点儿上年纪的绅士，在救世军乐队里扛低音鼓。他们没必要在他头发上喷灰色染料，他的年纪几乎是特蕾西的三倍，灰头发本就不少，椒盐色的非洲头平添了几分戏剧评论家喜欢称为"有气场"的气质。现实生活中，他在肯尼亚出生长大，随后在皇家戏剧艺术学院就职，再后来去了皇家莎士比亚剧团：他说话操着拿腔拿调的莎剧腔，大多数人都在背后笑话他，可我挺喜欢听的，特别是在舞台上，它赏心悦耳，如同语言织成的天鹅绒。他俩的地下情只能在碎片时间里开展，没法儿成气候。在舞台上他俩几乎没有同台戏——他们演的人物来自两个不同的世界，一头是一屋的纯良，一头是一窝的罪恶；下了舞台，凡事都得鬼鬼祟祟、匆匆忙忙。但我很高兴充当媒介，侦察没人的更衣室，站岗放哨，需要我撒谎的时候我就帮他们撒谎——这给我找了点儿具体的事情做，这样我就不用像大多数晚上那样老去琢磨：我到底是去那儿干吗的。

另外，我也觉得观察他俩偷情很有趣，因为这段关系蹊跷得很。可怜的男人每次看到特蕾西都摆出一副快要因爱而死的表情，可她从不给他好脸色，反正我看着就是如此，我经常听见她叫他老糊涂，或者拿他的白人老婆开涮，或者挖苦他日渐退化的性欲。有一次，我没意识到里面有人，误闯入一间更衣室，不小心打搅了他俩，正好撞上了奇异的一幕：他双膝跪地，穿戴整齐却低头痛哭，她呢，坐在凳子上，背对着他，脸朝着镜子涂口红。"请别这样，"我砰地关上门时听到她说，"起来。你他妈的快起来……"后来她告诉我，他主动提出要跟自己的老婆一刀两断。她对他欲拒还迎，我觉得此举最吊诡的一点是它严重扰乱了她在戏剧世界中的等级地位：演出中每个人都具有明确的价值和相应的权力，所有的关系都严格遵循一定的模式。从社交的角度，从实际的角度，从性的角度，打个比方说，一个女明星等于二十个合唱姑娘，"热盒子夜总会女郎一号"约等于三个合唱姑娘加所有的候补演员，而一个有台词的男性角色则等于舞台上所有女人（也许除了女一号），男明星可以印制自己的货币，他若进入一个房间，房间里的人和物都会以他为中心重新布局，他若看中一个合唱姑娘，她会立即臣服于他，他若提议改剧本，导演会从座位上起身洗耳恭听。这个体系如此坚固，不受其他方面改革的影响。例如，导演已经开始跨越和反对陈旧的阶级和肤色的界限，于是有了黑皮肤的国王亨利们、操伦敦土话口音的理查三世们，还有了说话和拉里·奥利维尔①一模一样的肯尼亚阿维德·阿波纳斯，可舞台上等级地位的老制度岿然不动。入职的头一个礼拜，我在后台迷了路，找不到道具柜在哪儿了，就拦下了一个正巧跑过的穿着紧身胸衣的漂亮印度姑娘，想向她问路。"可别问我，"她说话时都没放慢脚步，"我谁也不是……"我突然觉得特蕾西的地下情是对这一切的报复：我就像看着家猫抓住了狮子，驯服它，像狗一样对待它。

工作结束后，我是跟这对情人唯一有来往的人。他们不能和其

---

① 拉里·奥利维尔（Larry Olivier, 1907—1989）：英国导演、制片人、演员，出演过多部莎翁作品。

他演员一起去"马车与马"酒吧，但他们也想用酒精浇灭演出后仍处于高位的肾上腺素，所以他们去了"殖民地房间"酒吧①，其他演员都不会去，但他已是多年的老会员。我常受邀跟他们同行。这里大家都管他叫"老白"，他们知道他喝什么——威士忌兑姜汁啤酒。等他十点四十五分准时到达时，酒已经在吧台上等他了。他喜欢这样，喜欢那傻乎乎的昵称，因为给人起傻乎乎的昵称是英式的附庸风雅，而一切风雅和英式的事物都叫他醉心。我注意到他很少聊起肯尼亚或非洲。一天晚上，我试探着问他家乡的事，可他恼了："看看，你们这些孩子，你们在这里长大的，总以为我老家只有忍饥挨饿的孩子、'拯救生命'组织②或你胡思乱想的玩意。跟你说，我爸是经济学教授，我妈是政府部门的部长，我在漂亮的宅子里长大，太谢谢你了，有用人，有厨师，有园丁……"他顺着这个路子讲了好一阵，然后回到了他喜欢的话题——索霍区的光辉岁月。我一来尴尬不已，二来感觉他是故意曲解我的意思：我当然知道他有他自己的世界，到处都有那样的世界。那不是我想了解的。

这家酒吧是他的真爱，他费尽心思向两个姑娘传达他对它的爱，可她们没怎么听说过弗朗西斯·培根，只看到一个狭窄的、烟雾缭绕的房间，阴森的绿色墙壁，每个平面都是癫狂与混乱（特蕾西称之为"艺术狗屎"）。为激怒情人，特蕾西喜欢夸大她的无知，可尽管她试图伪装，我察觉她对他拖沓冗长、漫无边际、醉意醺醺

---

① "殖民地房间"酒吧：位于伦敦索霍区迪恩街41号的会员制酒吧俱乐部，主要吸引艺术工作者，英国画家弗朗西斯·培根（Francis Bacon，1909—1992）是其创立者和终生会员。
② "拯救生命"组织：由著名歌手鲍勃·盖尔多夫（Bob Geldof，1954—　）创办，旨在消除全球贫困及援助非洲的慈善演唱会组织。

的故事常常颇有兴趣，那些他认识的艺术家、演员和作家的故事，他们的生活和作品，他们睡了谁，他们喝了什么，他们嗑了什么，他们怎么死的。他上厕所或出去买烟时，我有时发现她沉迷于附近的这幅或那幅画，眼睛顺着笔刷的动作，一脸热切，带着她做任何事都有的敏锐神情。等老白跟跟跄跄回到座位重拾话题，她会翻白眼，可她在听，我看得出来。关于培根，老白只知道一星半点，当个下酒菜倒是足够了。这批人有个共同的好友——一个叫保罗的年轻演员，拥有"超高的颜值，超赞的个性魅力"，加纳人的后代，和他的男朋友一起住在巴特西，和培根也维持了一阵子柏拉图式的三角恋。"有件事你们得明白，"老白说（几杯威士忌下肚，我们得明白的事情就出现了），"有件事你们得明白，当年在索霍区这儿，无所谓黑人，无所谓白人。没这么老套的观念。不比布里克斯顿①，不，在这儿我们曾是兄弟，艺术上，爱情上"——他给了特蕾西一个亲热的拥抱——"所有事情上都如此。然后保罗拿到了《蜜的滋味》的那个角色，我们来这儿庆祝，每个人都在谈这事儿，我们觉得自己是整个世界的中心，欢腾的伦敦，不羁的伦敦，文学的伦敦，戏剧的伦敦，我们觉得这里也是我们的国家，此时此刻。真好呀！我告诉你们，如果伦敦只有迪恩街，一切都会……幸福美满。"

特蕾西挣脱他的怀抱回到自己的凳子上。"去你的老酒鬼，"她抱怨道，酒保听见她的话笑起来，说："抱歉，当酒鬼是拿到这儿

---

① 布里克斯顿：英国伦敦南部的一个地区，为多元文化地区，拥有很高的黑人人口比例。

会员资格的必要条件，亲爱的……"老白转向特蕾西，劈头盖脸地亲了她一通："你火性这么大，就像一只黄蜂……"①"看看我在跟什么人打交道！"特蕾西喊叫着把他拽开。老白喜欢忧伤的莎翁歌谣，特蕾西退到了绿墙前，半是因为她嫉妒他的一副好嗓，半是因为老白唱到了柳树和不忠的悍妇，这等于发出了可靠的信号：他很快就会被半扶半扛下那段摇摇欲坠的陡峭楼梯，塞进出租车送回到他的白人老婆身边，特蕾西会用他钱包里的钱预付车资，通常会比该给的多出一点儿。但她是务实的，她只在自己学到东西后再给夜晚画上句号。我觉得她是想把过去的三年里我得到而她错过的东西弄到手：免费的教育。

演出好评如潮。十一月，在开场前五分钟的后台，制片人把我们召集起来宣布，我们的节目要延期，不再按原计划结束于圣诞节，要演到春天了。演员们很高兴，那天晚上他们把那份喜悦带到了舞台上。我站在舞台侧翼，也为他们高兴，可我自己的秘密却藏在心里，还没跟领导或特蕾西说起。我有一份求职申请终于通过了：是 YTV 新成立的英国分部招聘制作助理，有带薪实习。前一周我去面试过，跟面试官还挺投缘，外面的姑娘们还排着队，他却当场告诉我，我被录用了，我觉得有那么点儿违反职业道德。只给一万三千英镑，可如果我留在我父亲那里，钱倒也足够了。我挺高兴，可还犹豫着要不要告诉特蕾西，也没仔细想过自己为什么会犹豫。刚化好妆、打扮成猫女的"热盒子夜总会女郎们"一溜烟从我

---

① "你火性这么大，就像一只黄蜂……"：莎剧《驯悍记》中的台词。

旁边跑过，上了舞台，阿德莱德在前排的中央位置，"热盒子夜总会女郎一号"就在她的左手边。她们挑逗地吸气，鼓起胸脯，舔舔爪子，摸摸尾巴（我十分钟前才给特蕾西别上了一条），像将要突袭的猫咪一样蹲伏，唱起了歌：抱你抱得太紧的小气"爸爸们"只让你想游荡，而其他温柔的陌生人却让你感觉无拘无束……"一号"一直是个挤破头的数字，但那天晚上我还是大开眼界。我站的位置可以清楚地看到前排，我能看到男人眼中毫不掩饰的欲望，多少目光本该集中于那个演阿德莱德的女人，却被生生地引到了特蕾西身上。特蕾西紧身连衣裤里的腿柔软轻盈，她的动作活力四射，真的像猫，超有女人味，我羡慕不已，无论贴多少条尾巴，也别指望自己的身体做得到。其他人都黯然失色。有十三个女人跳过"一号"，但只有特蕾西的动作真的能让人记住，等她和其他人一起跑下台，我告诉她她跳得有多棒，她没有像其他姑娘一样揣摩我的意图或让我再说一遍溢美之词，她只说："是啊，我知道。"弯腰，脱裤子，递给我卷成一团的紧身裤。

那晚，演员们在"马车与马"酒吧庆祝。特蕾西和老白跟他们同行，我也一起去了，但我们习惯了"殖民地房间"的烂醉如泥和亲昵暧昧，也习惯了我们自己的座位，习惯了自言自语，站了有十分钟，喊破嗓子也没人伺候我们，特蕾西想走了。我以为她想和老白回"殖民地房间"，往常怎样就怎样，她和她的情人可以喝个天昏地暗，重温他俩的死局：他想跟老婆摊底，她坚决反对，还有他子女的复杂情况（子女跟我们一个岁数了），老白害怕报纸可能会发现蛛丝马迹并大肆渲染，可我觉得不大可能。但他去卫生间时，特蕾西把我拉到外面说："我今晚不想干他，"——我记得她用了

"干"字——"我们就回你那儿嗑点药吧。"

我们到基尔伯恩时已经差不多十一点半了。特蕾西在地铁上就卷了一支，此时我们边走路边抽大麻，回想起我们二十岁、十五岁、十三岁、十二岁时在同一条马路上干过同样的事……

我边走边告诉了她那个消息。听起来很光鲜，YTV，这三个字母来自我们少女时代就满心神往的世界，提起这事儿我几乎觉得尴尬，幸运得有点招摇，仿佛我要上电视了，而不是在其英国分部整理文档、端茶倒水。特蕾西停下脚步，从我手里接过大麻烟卷。

"可你不会是现在就要走吧？演到一半？"

我耸耸肩老实坦白："礼拜二。你真的生我气了？"

她没回答。我们沉默不语走了一阵，然后她说："你打算索性搬出去还是怎么样？"

我没这么打算。我发现自己喜欢和我爸一起住，喜欢和我妈保持近距离而不是同一个屋檐下。我并不急着搬走，自己都不敢相信。我记得自己就这事儿跟特蕾西大肆发挥了一通，说我有多么"热爱"老街坊，想讨她喜欢，证明我的双脚仍多么坚定地站在故土上，纵然时有否泰，我依然跟我爸住在一起，就像她跟她妈住在一起。她听着，笑得拘谨，鼻子朝着天，不动声色。几分钟后，我们到了我爸家，我这才发现钥匙不在身上。我经常忘带，但不喜欢按门铃（怕他已经睡了，我知道他得早起），于是会绕去后门，从通常门户大敌的后厨进去。可我当时还在抽大麻香烟，不想冒被我爸发现的险——我们最近向彼此发誓戒烟。所以我让特蕾西去。一分钟后她回来了，说厨房门锁了，我们最好去她家。

第二天是礼拜六。特蕾西一早就奔着日场剧去了，可我礼拜六不上班。我回了我爸家，整个下午都和他待在一起。那天我还没看到那封信，尽管它可能已经在门垫上了。我是礼拜天早上才发现的：它被塞进我的房门，收信人是我，手写的，有一页的一角还沾着食物残渣。这是我收到的最后一封真正意义上的私人手写信，因为尽管特蕾西还没有电脑，革命也已在我们周围发生，很快，我收到的纸质信件就只有银行账单、水电煤账单或政府公文了，上面会有个小小的塑料纸窗口，预先告知我内容。这封信来得毫无预兆，我好几年没见过特蕾西的笔迹了，我坐在我爸的桌边打开了信，我爸就坐在我对面。"谁写的呀？"他问，可我只看了几行，自己都不知道。两分钟后，问题只剩下：这到底是事实还是虚构。它必须是虚构的：若去相信，我眼下生活中的一切都将万劫不复，我时至今日的大半生活都将摧毁殆尽。等于让特蕾西在我身下安下一枚炸弹，将我炸得稀烂。我又读了一遍，确保我没理解错。开篇她说自己有责任，可怕的责任，说她不断问自己（"问"字写错了）该怎么办，觉得自己别无选择（"选择"写错了）。她描述了周五晚上的事，那个夜晚，我也记得：沿着街走到我爸家，抽了根大麻香烟，然后她绕去后门，想从厨房进去却未遂。可到了这里，时间轴一分为二了，分成了她的现实和我的现实，或者说她的虚构（在我看来）和我的事实。在她的版本中，她绕过我爸公寓的后部站在碎石小庭院里，当时，因为厨房貌似锁死了，她朝左边多走了两步，到了后窗，到了我爸的卧室窗，我睡觉的房间，围拢双手，贴在玻璃上往里看。她看见了我爸，赤身裸体，趴在什么上面上上下下，起初她的第一反应是个女人，可如果真是个女人，她向我保证说，那

335

她肯定连提都不会提，这不关她的事，也不关我的事，可那完全不是个女人，那是个人形的充气娃娃，肤色黝黑（"像黑脸怪娃[①]，"她写道），有弯弯的人造羊毛做的头发和一对巨大的红唇，血一样红。"你还好吗，亲爱的?"我爸从桌子对面问，那封滑稽的、悲剧的、荒诞的、心碎的、可憎的信在我手中颤抖。我回答说很好，拿着特蕾西的信去了后院，掏出打火机，将它点燃。

[①] 黑脸怪娃：英国漫画家弗洛伦斯·凯特·厄普顿（1873—1922）创作的虚构人物，形象类似黑人，皮肤乌黑，带有红嘴唇和乱糟糟的头发，后来被玩具厂商制成儿童玩偶，风靡于 20 世纪 70 年代的英国和澳大利亚。

第七部分　后来

1

我八年没再见到特蕾西。那是个热得不合时令的五月傍晚，那晚我和丹尼尔·克莱默约会了，第一次约会。他一个季度来这座城市一次，是艾米眼前的红人，因为人长得帅，所以没被她和其他定期咨询的会计人员、经济顾问和版权律师混为一谈，她在心里赏赐了他一些东西：比如记住了名字，比如"大好人"和"纽约式的幽默感"这样的特点，比如记住了他一星半点的生平细节。老家是昆士兰州的。念的是史岱文森高中。打网球。我想让见面的安排尽可能不要上纲上线，于是提议说我们去索霍区，然后"看情况再定"，可艾米想让我们先到房子里喝一杯。这种随意的、亲密的邀约并不常见，可克莱默受邀时既不惊讶也不戒备。赏赐给我俩的二十分钟里，谁也没客套。他欣赏艺术品，但不过火，艾米学舌于卖她艺术品的商家告诉她的那套话时，他都礼貌地倾听，很快，我们摆脱了艾米，摆脱了那栋压抑的豪宅，上乘的香槟让我俩的脚下有点儿飘，我们跳下房子背面的楼梯，走上布朗普顿路，走入亲密的温暖夜晚，又闷又潮，风雨将近。他想长途跋涉到城里，我们有点儿想看看克尔钟影院有什么好看的，可我不是游客，我是个风华正茂、脚踩恨天高的女人。我正打算找出租车，他却为了"找乐子"跳下路缘石拦下一辆经过的三轮车。

"她收集了不少非洲艺术品嘛。"我们爬进豹纹座椅时，他这样说道。他就是随口说说而已，可我也没个客户的样子，直接打断他的话："呵呵，我不太清楚你说的'非洲艺术'是什么意思。"

他被我的口气惊到了，但勉强挤出个漫不经心的笑容。他仰仗艾米生意上的关照，打狗也得看主人。

"你看见的，"我的口气更适合用在演讲厅，"多数其实出自奥古斯塔·萨维奇之手。所以是哈勒姆。她最早到纽约的时候就住在哈勒姆——我说的是艾米。当然，通常是艺术她都非常支持。"

克莱默一脸的无聊。我自己都觉得无聊。我俩再没说话，直到人力车停在了沙夫茨伯里大街和希腊街的交叉口。在路缘石边减速停下后，我们吃惊地发现拉车的是个孟加拉小伙——那一刻之前，我们全然忘记了他也独立存在的事实，可他无疑拉着我们走了这么远，此时从他的座椅上转过头来，一脸的汗，上气不接下气，几乎没法解释这种苦力每分钟收多少钱。电影院没有我们想看的。神经紧张，天气闷热，衣服湿黏，我们朝皮卡迪利广场晃去，也不知道要去哪家酒吧，或者是不是该吃一顿，两人都已认定今晚算是黄了，目不斜视，每走几步就能看见剧院的巨大节目单。走了一阵，我在其中一张节目单前再也迈不开步子。节目演的是音乐剧《演艺船》，照片拍的是"黑人大合唱"：头巾，卷起的裤脚，围裙和工作裙，但一切都以高雅、精致、"真实"的形式展现，没有一丝一毫暗示保姆嬷嬷或大叔老黑的意味。离镜头最近的女孩嘴巴大张，唱着歌，一条手臂抓着笤帚高高举过头顶，完美诠释了什么是"动感的欢脱"——是特蕾西。克莱默走到我身后，越过我肩头打量着。我手指特蕾西的朝天鼻，就像特蕾西自己曾在电视屏幕上指着舞者的脸。

"我认识她！"

"噢，然后呢？"

"我跟她很熟。"

他从烟盒里轻轻抖出一根烟，点燃，上下打量着剧院。

"呃……你想看看吗？"

"可你不喜欢音乐剧吧？严肃的人都不喜欢。"

他耸耸肩。"我人在伦敦，这里有表演。你在伦敦不就是看表演的吗？去瞧瞧？"

他把烟递给我，推开沉重的门，朝售票室去了。突然间罗曼蒂克、机缘巧合的感觉全来了，我脑洞大开地构思出一个少女气十足的故事，在未来的某天，我会将这个故事讲给特蕾西听（她在某个可悲的十八线剧院的后台拉上一双破旧的渔网袜），告诉她我意识到遇见真爱的那一刻，我撞见真正幸福的那一刻，恰巧是我偶然发现她的那一刻，那会儿她在《演艺船》的大合唱里演了个卑微的小角色，是好多好多年前的事了……

克莱默拿着两张票出来了，是第二排的好位子。我给自己买了一大袋巧克力代替晚餐，我很少吃这种巧克力，艾米觉得这种事情不仅造成严重的营养问题，还明显表明意志薄弱。克莱默买了两大塑料杯的劣质红酒和节目单。我从头翻到尾却找不到特蕾西的名字。按演员表的字母排序找不到她，我开始担心我是不是患什么妄想症了，或是尴尬地认错了人。我来回翻找，脑门上渗出了汗——

我的模样肯定像疯子。"你还好吗？"克莱默问。我几乎又翻到节目单的尾页了，这时克莱默用一根手指按住一页，不让我翻过去。

"可这不就是你认识的妹子吗？"

我又看了一眼：没错。她把她听着稀松平常、粗俗野蛮的姓氏（我认识她以来所知道的姓氏）改成了法国范儿的勒罗伊，我觉得挺荒唐的。她的名字也改了：现在叫翠西。图片中，她的头发笔直光滑。我大声笑了出来。

克莱默好奇地看着我。

"你们是好朋友？"

"我跟她很熟。我是说，我大概有八年没见过她了。"

克莱默皱起眉头："瞧，在男人的世界里，这种叫'曾经的朋友'，或者更明白点：'陌生人'。"

乐队开始演奏了。我看着特蕾西的简历，疯狂地解析文字，在剧场的灯光黯淡下来之前，这是一场与时间的较量，仿佛眼前的文字暗藏玄机：它的意义高深得多，需要解码，将会揭示关于特蕾西和其现有生活方式的重要线索：

翠西·勒罗伊

合唱/达荷美舞者

参演剧目：

《红男绿女》（惠灵顿剧院）；《花开蝶满枝》（英国巡回演出）；

《油脂》（英国巡回演出）；《名扬四海》（苏格兰国家剧院）；

安妮塔，《西区故事》（工作室）

如果这就是她的生平，那也未免叫人失望。它少了其他简历都有的全方位成就：没有电视，没有电影，没有提到她在哪接受的"培训"，我理解为她没能毕业。除了《红男绿女》，再也没有其他伦敦西区秋季演出的作品，只有那些听着都凄凉的"巡回演出"。我脑子里浮现的是逼仄的教堂大厅和吵吵嚷嚷的学校、废弃电影院舞台上门可罗雀的日场演出、无足轻重的地方戏剧节。可如果说有让我高兴的地方，那么让我不爽的地方也一样多：对于在剧院里阅读这份简历的观众或演员表里的演员来说，翠西·勒罗伊的简历居然可以跟其他人的经历相提并论了。翠西·勒罗伊跟这些人有什么关系？跟节目表里她旁边的姑娘有什么关系？这姑娘叫艾米莉·沃尔夫普拉特，有着长长的简历，毕业于皇家戏剧艺术学院，她不像我，不会知道我的朋友站在这个舞台上，或者说在随便什么情境下在随便哪个舞台上演随便哪个角色在统计学上是多么小的概率，她也许还会缺根筋地认为她自己（艾米莉·沃尔夫普拉特）是特蕾西真正的朋友，只是因为她每天晚上都看到她，只因为她们一起跳舞，可实际上她一点儿也不了解特蕾西，一点儿不知道她从哪儿来，或她付出了多少代价才走到这一步。我把注意力投向特蕾西的履历照片。唉，我不得不承认：她已化茧成蝶。她的鼻子不再饱含愤怒，她已经成长，我总在她脸上捕捉到的残酷神情被她光芒四射的百老汇式的微笑掩盖了，页面上的每个演员都这么笑。叫我惊讶的并非她的性感美丽——她早在少女时就已拥有这些特质。叫我惊讶的是她的优雅高贵。她的秀兰·邓波儿式的酒窝消失了，一起消失的还有她小时候具有挑逗意味的丰满。我很难凭着从前的了解和记忆，想象她的声音从这个有着俏皮鼻子、顺滑秀发、浅浅雀斑的女人口中唱出。我低头朝她微笑。翠西·勒罗伊，你此刻在假扮谁？

"开始喽！"帷幕分开时，克莱默说。他的胳膊肘支在膝盖上，双手捏成拳，幼稚地摆在下巴下，扮了个鬼脸：我兴奋得很呐。

舞台左侧是一棵南美红桦，垂挂着寄生藤，赏心悦目。舞台右侧呈现的是密西西比河上的一个市镇。舞台中央是停泊在海港的"棉花盛开号"演艺船。特蕾西拿着笤帚从红桦背后现身，和其他四个女人一起最先登场，在她后面上场的是拿着各式锄头和铁锹的男人。乐团演奏了曲子开头的几个小节。我一下就听出来是什么歌了（重要的合唱曲目），却不知为何顿时就恐慌起来，这感觉持续了好一阵，直到音乐唤醒了记忆。我看到整首歌曲印在陈旧的乐谱上，也记起自己初见它时的感受。这一刻，令儿时的我颇感震惊的歌词从我嘴里冒出，与乐队的序曲完美合拍，我记起了密西西比河，在那儿，"黑鬼"都得工作，白人可不用，我抓住扶手，冲动地快要从座位上站起来——就像梦中的场景。我想在特蕾西开口之前就阻止她，但等我有这个想法时已经为时过晚。相较于我知道的歌词版本，我听出换了些新词，当然换了——已经好多好多年没人唱过原来的歌词了。"我们都在这里工作……我们都在这里工作……"①

我陷回座位里。我看着特蕾西又这样又那样地熟练操纵她的笤帚，赋予了它生命，使它化身为舞台上的另一个大活人，就像阿斯

---

① "我们都在这里工作……我们都在这里工作……"：美国黑人歌曲《老人河》中的新歌词，老版歌词表达的是黑人劳动、白人享乐，黑人工作到死不得休息。

泰尔在《皇家婚礼》中用帽架耍的小花招一样。有那么一刻，她与海报上的形象完美吻合，笤帚飞扬，手臂张开，动感的欢脱。我想永远将她定格在那个姿势。

真正的明星登台了，戏开演了。特蕾西在背景里清扫一间杂货店前的台阶。她的右边是主角朱莉·拉弗恩和深爱着她的丈夫史蒂夫，两人是歌舞演员，在"棉花盛开号"上一起工作，彼此相爱。然而，没过多久——就在幕间休息前，朱莉·拉弗恩遭人揭发：她其实是朱莉·多西耶，不是她一直以来假装的白种女人，而是个悲剧的黑白混血儿，她"瞒过"、骗过了所有人，包括自己的丈夫在内，可真相大白的日子还是来了。因此这对夫妇受到入狱的威胁，因为他们的婚姻违反异族禁婚法，是非法的。史蒂夫割破了朱莉的手掌，喝了她的血："一滴血规则"①——他们现在都是黑鬼了。这场好笑的情节剧演到中途，我在昏暗的光线中查阅了饰演朱莉的演员的简历。她有希腊人的姓氏，肤色不比克莱默的深。

幕间休息时我喝了很多，喝得太快，没完没了地跟克莱默说话。我倚着吧台，挡住了别人去找酒吧工作人员的路，手到处乱挥，大叫大嚷着说选角不公平，说给我这种演员的角色太少，就算这样的角色真的存在，你也拿不到，他们总把机会给白人姑娘，就连一个悲催的黑白混血儿也显然不适合演悲催的黑白混血儿，即使到了今天……

"你这样的演员？"

"什么？"

___

① "一滴血规则"：指"只要有一滴黑人的血，那就是黑人"的规则。

"你刚才说：我这样的演员。"

"没啊，我没说。"

"有，你说了。"

"我的意思是：那个角色应该给特蕾西。"

"你才说她不会唱歌。从已经演的部分看，显然是个唱歌的角色嘛。"

"她唱得挺好！"

"天呐，你朝我吼什么？"

我们沉默地看完了下半场，就和上半场时无异，但这一次的沉默有了新的感官，多了相互鄙视的冷漠。我渴望离开那里。大段大段的表演过去了，却没有特蕾西的影子，我没了兴致。只有到了尾声，合唱团才再次出现，这一次是作为"达荷美舞者"，作为来自达荷美王国的非洲人，假装在一八九三年的芝加哥世界博览会上演出。我看见特蕾西在女人围成的圈子里（男人在对面，有他们自己的圈子）挥着手臂，猫着腰，用瞎编乱造的非洲语言唱着歌，而男人们用跺脚和敲击长矛的方式回应：古嘎，呼果，布嘎，古吧！我不禁想起我妈，想起她怎么讲达荷美的故事：国王们的光辉历史；用作货币的玛瑙贝的形状和手感；亚马孙族女战士，她们擒拿战俘作为王国的奴隶，或切下敌人的首级举在手中。别的孩子听大人讲《小红帽》和《金发姑娘与三只熊》，我听的是"黑人斯巴达"——抵抗法国入侵至最后一刻的高贵的达荷美王国。可我没法把这些记忆和此时此刻台上台下上演的闹剧对应起来，因为我周围的大多数人并不知道接下来要演的是什么，我看得出他们觉得自己在看什么羞耻的黑脸杂剧表演，巴望着赶紧结束才好。在舞台上也一样，世

346

界博览会上的"观众"也被达荷美舞者们搞得连连后退，虽说不是出于羞耻感，而是出于自身的害怕，害怕这些舞者没准和他们的族人一样危险凶猛，害怕他们的长矛不是道具，而是武器。我扭头看着克莱默；他一脸的不是滋味。我又扭头看着特蕾西。众人的不适让她乐在其中，正如她儿时一样。她挥舞长矛、咆哮，与同伴一起朝着博览会上胆战心惊的观众行进，等观众们逃下舞台，她与同伴一起笑了。只剩下自己后，达荷美舞者们松了一口气：他们歌唱自己多么高兴，多么劳累，看见白人回去了真高兴，"达荷美秀"真是让他们累坏了，累惨了。

现在观众（真正的观众）弄明白怎么回事了。他们明白了，这戏是故意在逗趣、讽刺，这些都是美国舞者，不是非洲舞者——是呀，他们终于明白自己被戏弄了一番。这些人根本不是达荷美人！原来他们只是好老黑，就是从纽约市 A 街来的！克莱默咯咯笑起来，音乐切换成了雷格泰姆乐，我感觉自己的脚在身下蠢蠢欲动，试图在长毛绒红毯上回应前上方的硬木舞台上特蕾西表演的软底鞋踢踏舞。我很熟悉这些舞步，任何舞者都会熟悉，我多想在上面跟她一起跳。我困在二〇〇五年的伦敦，特蕾西在一八九三年的芝加哥，还有此前一百年的达荷美，还有人们曾那样跳舞的任何时空。我嫉妒得哭了。

演出结束了，我走出女厕的长队，克莱默还没发现我，我就看见他了，他站在大厅里，胳膊上挂着我的外套，一脸的无聊和愤怒。外面开始大雨如注。

"好了，我要走了。"他说着把外套递给我，眼睛都没看着我。

"你肯定想和你的'朋友'道一声好。"

　　他立起衣领，伞也没有就走入可怕的雨夜，仍然气鼓鼓的。被晾在一边——没有什么比这更伤男人的心。但我却对他刮目相看：他讨厌我显然超越了他害怕我对他的老板打小报告。等他出了视野，我就绕到剧院的一侧，发现和你在旧电影中看见的场面没什么两样：门上写着"后台区"，不多不少的一群人不顾风雨等着演员出来，手里攥着小小的签名本和笔。

　　没有伞，我面朝外、背贴墙，一块狭窄的雨篷勉强为我挡雨。我不知道我该说什么，不知道该怎么接近她，我刚开始思考这个问题就看见一辆车停到了小巷里，开车的是特蕾西妈妈。她还是老样子：透过一道道雨痕的挡风玻璃，我能看见她耳朵上戴着同样的锡制耳环，三下巴，大背头，嘴里叼着一根烟。我立刻面向墙壁，在她停车的间隙溜走了。我沿着沙夫茨伯里大道狂奔，浑身湿透，回想着我在车后座里看到的东西：两个绑着安全带、在睡觉的幼童。我不禁想，这（而非其他）是否就是一眼就能看完特蕾西简历的原因。

2

你想相信：钱不是万能的，有钱跨越不了的界限。彩虹厅里身着白色西装的拉明便是反例。但他实际上还没弄到签证，暂时还没。他有新护照，有归国日期。一到该离开的日子，我和费恩会陪他回村里，接着待一个礼拜，完成要提交给基金董事会的年度报告。之后费恩会留下，我会飞往伦敦，见见孩子们，他们一个季度见见各自父亲的时候负责在旁照看。朱迪就是这么通知的。然后一起在纽约待一个月。

在过去的十年里，每逢我们在纽约城，我的根据地总是保姆房，在一楼，离厨房有点距离，不过偶尔他们也会随口聊起要不要给我找个独立的空间（某处的酒店、出租房），但从来都没有下文，很快就忘了这茬。可这回，我人还没到，公寓就已经租好了，西十街上的两居室，有高高的天花板、壁炉，整个二楼都是由漂亮的褐砂石建成。爱玛·拉扎露丝曾一度在这里生活：我窗下的一块蓝色铭牌上纪念着她那些渴望自由呼吸的蜷缩身躯①。我在窗前看见的是盛开的粉红色山茱萸。我误将这一切视为待遇升级。然后拉明出现了，我这才明白我被扫地出门是为了让他搬进去。

"你到底是怎么回事？"朱迪在杰伊生日派对后的那天早晨质问我。毫无预兆，她就透过手机朝我大吼大叫起来，当时我正在美世街，想跟酒品杂货摊上的老兄说，我的青汁里就不要加苹果了。"你和费尔南多吵架了吗？因为我们现在没法让他住在房子里——旅馆没地方给他住了。我们租下了一整栋旅馆，你可能已经注意到了。我们的小情侣们想要隐私。我们打算让他在你的公寓里待几个星期，本来都说定了——现在他突然抵触起来。"

"唉，我什么都不知道。因为没人跟我说起过。朱迪，你甚至没跟我提过费恩要来纽约！"

朱迪不耐烦了："瞧，这是艾米要我搞定的事情。她要在这里陪拉明，她不想别人知道……这事儿很微妙，可我得搞定。"

"你现在也得负责搞定我和谁住吗？"

"噢，亲爱的，我很抱歉——你掏房租吗？"

终于在电话里把她打发后，我给费恩打了电话。他在出租车里，车在"西侧高速公路"的什么位置。我能听见游船靠岸的雾角声。

_____

① 这里指的是犹太女诗人爱玛·拉扎露丝（Emma Lazarus，1849—1887）的代表作《新巨人》中的诗句："把你的疲乏困倦交给我，把你的贫穷疾苦交给我，那渴望自由呼吸的蜷缩身躯，那彼岸无情遗弃的悲惨魂魄。不论是无家可归，不论是饱受颠簸，全都给我！在这通向自由的金门之前，我高举照亮黑夜熊熊灯火。"这首诗镌刻在自由女神像的基座上。

"最好是我找别的地方。是，要好一点。今天下午我看的地方是……"我听见他郁闷地翻阅纸张的声音。"嗯，没关系的。中城区的什么地方。"

"费恩，你不熟悉纽约，你不会想交房租的，相信我。住过来吧。你要不住，我太对不住你了。我白天晚上都会在艾米那里，她的演出还有两个礼拜，我们会忙得焦头烂额。我向你保证，你很难看见我。"

他关了车窗，河边的风没再往里面灌。这段沉默有种亲昵感，却无济于事。

"可我想看见你。"

"噢，费恩……求求你住下来吧！"

那晚，他存在的唯一的迹象就是厨房里的一个空咖啡杯和一个高高的帆布背包，学生休学一年时用的那种背包，斜靠在他空房间的门框上。费恩只背了这一个包爬上了渡轮的台阶，他的简单、节俭里蕴含着某种崇高的东西，我曾十分向往，但在这里，格林威治村，一个四十五岁的男人只背一个写有名字的帆布背包，只叫我觉得悲哀、古怪。我知道他二十四岁时便独自一人徒步穿越利比里亚（那是对格雷厄姆·格林[1]的致敬），可现在我能想到的唯有：兄弟，这座城市将把你生吞活剥。我写了张口吻愉快、不带感情色彩的便条以示欢迎，塞在他背包的背带里，上床睡觉。

---

[1] 格雷厄姆·格林（Graham Greene, 1904—1991）：英国作家、编剧、文学评论家，一生热衷于旅游，前往他称为世界上最原始和偏远的地区。

我几乎见不到他，这点真是没说错：我每天早晨八点就要出现在艾米家（她每天五点醒，在地下室锻炼两小时，然后冥想一小时），这个点费恩总还在睡懒觉，或者假装睡懒觉。艾米的别墅里，满屋子都是疯狂的策划、排练、焦躁情绪：新的表演选址在规模中等的场地，她要现场演唱，和乐队配合，这种事她好几年没干过了。为了远离怒火、崩溃、争论，我尽可能待在办公室，少去排练场。可我看得出他们在搞什么西非主题。房子里，有人送来一套阿通庞鼓、一把长颈科拉琴、一条条的肯特布，阳光明媚的周二上午又送来一个舞蹈团，十二人，都是布鲁克林的非洲人，他们被带去地下室的工作间，晚饭后才现身。他们很年轻，大多是第二代塞内加尔移民，拉明被他们迷住了：他问他们姓什么，父母来自哪个村庄，追查和他们的家族或家乡任何可能的关联。艾米黏着拉明：你再也没法单独跟她交谈了，他一直杵在那里。可他还是以前的拉明吗？在她的步入式衣帽间里，他依然保持每天祈祷五次的习惯，显然是面向麦加。她觉得把这事儿告诉我很能刺激我，也很好玩。就个人而言，我很想相信他能保持本色，很想相信他这方面还未遭到她的染指，可有时我真的认不出他了。一天下午，我端了一托盘的椰子汁到工作室，发现他穿着白衫白裤在演示我在"坎科冉"成人礼上看见过的一个舞步，其中结合了侧踩、曳步和弯腰的动作。艾米和其他姑娘认真看着他，重复这个舞步。她们只穿着露脐短上衣和弹力紧身裤，出着汗，紧贴拉明，紧贴彼此，他的每个动作都成为传递在五具躯体之间的一个波浪。可真正让我大跌眼镜的是他从托盘中捋走一瓶椰子汁，一句谢谢也没有，一点示意也没有——你会以为他这辈子每天都从女服务员摇摇晃晃的托盘里拿取饮料。也许，奢华是最容易穿过的基岩。也许，没有什么比金钱更容易习惯。不过有时候我发现他神神叨叨，像被什么给附身了。他回国前的一阵，我晃悠到餐厅时发现他还在早餐桌边跟格兰奇说话，格兰奇困乏得很，好像已经在那儿待了很久。我坐到他俩旁边。拉明的目光停滞在格兰奇的光头和对面的墙壁之间。他又开始悄声说话了，内容叫人费解，音调毫无起伏，像在念咒：“……现在，我们的女人们在右手边的苗床种洋葱，然后在左手边的苗床种豌豆，如果豌豆的灌溉方式不对头，那等她们要犁地的时候——从现在开始算大概两周——她们就会遇到麻烦，叶子上会有一块橙黄色的小卷，如果有小卷了，那就是染上枯萎病了，她们得把已播的种子挖出来，重新在苗床里播种，我希望她们一定记得铺一层肥沃的土壤，土壤是我们从上游搞来的，你瞧，等男人们大约一周后去上游，等我们到那里搞到肥沃的土壤……”

“嗯—嗯，”格兰奇时不时地说，“嗯—嗯。”

费恩偶尔在我们的生活中现身：在董事会会议上，或是艾米要他出席处理与学校有关的实际问题时露个面。他总是一脸沉痛，我俩一有目光接触他就退避三分，无论走到哪都在公告他悲惨的状态，像漫画里的人头顶一团乌云。在艾米和董事会其他成员面前，他新提供的消息是悲观的，说总统最近针对国家中的外国势力发表了激进言论。我以前从没听过他如此说话，如此宿命论，这不是他真正的性格，我知道我才是他拐弯抹角地批评的真正目标。

那天下午在公寓，我没像往常那样躲在房间里，而是在走廊跟他正面相迎。他刚跑步回来，大汗淋漓，弯腰撑在膝盖上，上气不接下气，浓密眉毛下的眼睛朝上望着我。我摆事实讲道理。他没说话，但似乎都听进去了。没了眼镜，他的眼睛看起来很大，像动画片里小宝宝的眼睛。等我讲完，他直起腰往后仰，双手推着后腰。

"好吧，如果我叫你难堪了，我道歉。你是对的：这不专业。"

"费恩，我们难道做不了朋友？"

"当然行。可你还想让我说：'我很开心我们是朋友'？"

"我不希望你不开心。"

"可这又不是你的音乐剧。事实就是我很难过。我想要得到，我想要你，我求而不得，现在很难过。我想会过去的，可现在我还很难过。我可以难过一下吗？嗯？好了。现在我要洗澡了。"

当时，我很难理解那样说话的人。我觉得陌生，就像陌生的想法——我受的教育不是如此。这样的男人，完全缴械投降的类型，会从我这样的女人身上期待怎样的回应呢？

我没去演出，无法面对它。我不想和费恩一起站在露天看台上，边感受他的憎恨，边观摩我俩都已看过的舞蹈彩排升级为狂欢模式。我跟艾米说我会去的，也真的打算去，可眼见着就八点了，我仍穿着室内运动衫，躺在床上支起半个身体，笔记本电脑摆在我腹股沟的位置，然后九点了，然后十点了。我绝对得去，我的大脑不断向我重复这个事实，而我也表示同意，可我的身体却定了格，坚如磐石。是啊，我必须去，这显而易见，可我哪也没去的事实也显而易见。我上了视频网站，点点这个舞者，点点那个舞者：上楼的"宝洋哥"、弹钢琴的哈罗德和法雅兄弟、穿着窸窣作响的草裙的洁妮·里冈恩、"摩城25周年演唱会"上的迈克尔·杰克逊。通常我最后总会点进杰克逊的这段视频，不过这次他在舞台上施展"月球漫步"时，我真正的关注点并非观众欣喜若狂的尖叫，甚至不是他梦幻般流畅的舞步，而是他的裤子居然那么短。然而"出席"这个选项似乎没有消失或完全关闭，直到我从漫无目的的浏览中抬起头来，发现已经十一点四十五了，这意味着现在是木已成舟的过去时态了：我没去。搜索艾米，搜索场地，搜索布鲁克林舞蹈团，搜索图像，搜索美联社，搜索博客。起初只是出于负罪感，但我很快就意识到我可以重现"在场"的经历（一次一百四十个字符，图像归图像，博客文章归博客文章），到了凌晨一点，已经没有人能比我更"在场"了。我比任何一个实际到场的人都更"在场"，因为他们受制于一个位置、一个视角，受制于一个时间轴，而我可以在任何时间观察那个房间的任何位置，采用各种各样的视角，进行比照信息的伟大工程。至此我就可以停下了，已经足够我清早把晚上的见闻绘声绘色地汇报给艾米了，可我停不下来。我的强迫症犯了。第一时间观察争论的形成和聚结，围观发酵的舆论：公认的亮点或雷点，其含义和潜台词或被接受或被否认。侮辱和笑话、八卦和谣言、各种梗、修饰、滤镜，五花八门的批评在这儿撒了欢，远不在艾米的可控范围内。这周早些时候，我看见艾米、杰伊和卡拉试装时（他们打扮成加纳少数民族部落阿散蒂贵族的模样），就迟疑地提出过"借鉴"是否合适的问题。朱迪忍不住发牢骚，艾米先看看我，再低头看看自己鬼魅般苍白的小身板藏匿在颜色如此花哨的布料中，对我说她是一名艺术家，艺术家有权利热爱、触摸和使用事物，因为艺术不算"借鉴"，那不是艺术的目的——艺术的目的是爱。我问她有没有可能既爱着某物又别去招惹它时，她一脸惊奇地看着我，把孩子们搂入怀中，问我：你爱过吗？

可现在我觉得受到了庇护：被虚拟世界包围。不，我不想停止。我不断刷新、刷新，等待新的国家一觉醒来看到这些图片，形成他们自己的观点或享用已经发表的观点。凌晨，我听到前门吱地一响，费恩跌跌撞撞进了屋，肯定是从正式派对后的"第二趴"回来。我没动。等我看见"特蕾西·里冈恩"这个小号和"说真相者"这个签名档时，肯定差不多已经凌晨四点了，当时我正滚动浏览新发表的观点，听着山茱萸中鸟儿的唧唧喳喳。隐形眼镜在我的眼睛里已经干涩，眨眼都痛，看什么都模糊。我点了鼠标。她发的照片我之前已经看过几百回了——艾米、伴舞、拉明、孩子们，排成一行站在舞台前面，穿的是试装时我见过的阿丁克拉布：鲜艳的钴蓝料子上印有黑色三角形图案，每个三角形里都有一只眼睛。特蕾西截下了这个图形，放大许多倍裁剪后就只看得见三角形和眼睛了，而在这个图形的下面，她写了一句话：眼熟吗？

3

　　我们跟拉明一道返航的，没和艾米一起，她在巴黎接受法国政府授予什么勋章，所以我们不得不像其他人一样取道主机场，进入满是归国儿女的到达大厅。男人们穿着时尚的厚棉布牛仔裤、有印花图案和券商领的挺括衬衫、名牌带帽上衣、皮夹克、最新款的运动鞋。女人们也一样，铆足了劲要尽善尽美。发型做得很美，新涂的指甲。与我们不同，他们对这大厅熟门熟路，马上招来了搬运工，把巨大的箱子交给他们，指示他们要小心点（虽说每个箱包都已裹上一层层的塑料膜），然后领着这些热得冒汗、不胜其烦的年轻行李搬运工穿过人群通往出口，还时不时地扭头指手画脚，就像登山者指挥他们的夏尔巴人[①]。走这里！走这里！智能手机高举过头，标示路线。在这样的环境下看拉明，我意识到他的旅行装备肯定是深思熟虑后的选择：尽管艾米在过去一个月里给了他无数衣服、戒指、项链和鞋子，但他的穿着和他离境时一样。同样旧旧的

---

① 夏尔巴人：散居在中国、尼泊尔、印度和不丹等国边境喜马拉雅山脉两侧的民族，以前几乎与世隔绝，后来因为给攀登珠穆朗玛峰的各国登山队当向导或背夫而闻名于世。

白衬衫，斜纹棉布裤，一双简单的皮凉鞋，脚跟处已经走成了黑色，磨得薄薄的。这让我觉得，他身上有一些我不理解的东西——也许有很多。

我们打了辆出租车，我和拉明一起坐在后座。车子有三块窗玻璃是破的，车厢底部有个洞，我能看见下面驶过的路。费恩坐在前面，旁边是司机：他的新策略是随时随地跟我保持足够距离。飞机上，他埋头阅读书和期刊；在机场，他完全没有多余动作，推着手推车，排队等候。他从不表现出刻薄，从不说伤人心的话，但实际上跟我划清了楚河汉界。

"想停车吃饭吗？"这时他看着后视镜问我，"还是能再等会儿？"

我真想当个电力满满、不介意跳过午餐的人，费恩就经常不吃，仿效村里最贫困家庭的做法在下午晚些时候只吃一顿。可我不是那样的人：我不吃饭会发飙。我们开了四十分钟的车，在所谓"美国学院学会"对面的路边咖啡馆停了下来。咖啡馆的窗户上有闩条，招牌上一半的字母都不见了。咖啡馆里，菜单上画着亮闪闪的"配薯条"的美式风味餐，拉明一边大声念价格，一边严肃地摇着头，仿佛遭遇了大不敬、大冒犯，经过与女服务员长时间的沟通，三盘鸡肉炒饭以讨价还价后的"本地"价格上了餐桌。

我们一言不发、埋头苦吃之际，突然听见从咖啡馆后面传来低沉的一嗓子："我的哥们拉明！小兄弟！我是巴希尔啊！在这儿呐！"

费恩挥挥手。拉明一动没动：他早就发现这个叫巴希尔的家伙了，反倒一直祈祷别被认出来。我转身看见一个男人独自坐在最后一张桌子边上，靠近柜台，光线昏暗，周围就他一个客人。他像橄榄球运动员一样虎背熊腰、肌肉发达，穿着藏青色的条纹西装，戴着领带和领带夹，光脚踩着一双懒汉鞋，手腕上绕着一根粗粗的金链子。西装绷出了他肌肉的线条。他一脸的汗。

"他不是我兄弟。他是我的老相识。村子里的人。"

"可你不打算……"

巴希尔已经过来了。靠近了点，我看见他戴着又有听筒又有麦克风的耳机，和艾米在舞台上用的差不多，他怀里搂着一台手提电脑、一台平板电脑和一个相当大的手机。

"得找个地儿把这些玩意搁一搁才好！"可他在我们旁边坐下时还抱在怀里不放。"拉明！小兄弟！好久不见！"

拉明冲着午餐点点头。费恩和我自我介绍后收到了他的握手礼，有力、痛苦、湿哒哒的。

"我和他一起长大的，老兄！农村生活！"巴希尔擒住拉明的脑袋，来了个汗涔涔的挟头动作。"可那会子我得去城里，宝贝儿，懂我的意思吗？我在追逐金钱，宝贝儿！和大银行合作。告诉我钱在哪！真真儿的大城市！可我内心深处还是个农村小男孩。"他亲了拉明一口，放开了他。

"你说话像美国人。"我说，但那只是他丰富的声音挂毯中的一个线头而已。还有很多不同的电影和广告，很多嘻哈乐，《埃斯梅拉达》和《事过境迁》，BBC 新闻，CNN，半岛电视台，以及你在这座城市随处（每辆出租车、每个市场摊位、每个美发师那里）都听得到的雷鬼乐里的什么东西。此时，我们头顶上的小扬声器里在播叶乐曼①的一段老歌。

"确实，确实……"他若有所思地将他的大方头支在自己的拳头上。"你知道，我还真没去过美国，还没呢。事情很多。忙得很。说话，说话，得跟上技术，不能脱节。瞧瞧这姑娘：她正拨我的号，宝贝儿，没日没夜，没夜没日！"他朝我晃了一下平板电脑上的图像，是个美女，有光亮的编发和涂成深紫色的醒目嘴唇。我看着像广告图。"这些大城市的姑娘呀，她们太疯狂！哦，小兄弟，我想找个上游的姑娘，我想漂漂亮亮地成家。可这些姑娘根本不想成家！她们疯了！话说你几岁了？"

我告诉了他。

"没生孩子？婚都没结？没？好吧！好吧，好吧……我懂的，姐们，我懂的：独立小姐，对吧？你们有你们的路子，好吧。可在我们眼里，没娃的女人就像不结果的树。像一棵"——他从座椅上半抬起肌肉发达的臀部，呈蹲式，伸出胳膊模仿大的枝杈，伸出手指模仿小的分枝——"不结果的树。"他又坐回椅子上，收回手，握成拳。"不结果。"他又念叨了一次。

好几个礼拜以来，费恩第一次朝我在的方向挤出半个笑来。

"我觉得他在说你像一棵树……"

"是的，费恩，我听懂了，谢谢你。"

巴希尔发现了我的翻盖手机，我的私人手机。他拿起来，在手掌上翻了个个儿，一脸浮夸的惊奇之色。他的手实在太大了，手机

---

① 叶乐曼（Yellowman, 1956— ）：牙买加雷鬼乐手和歌厅 DJ，原名温斯顿·福斯特（Winston Foster），在 20 世纪 80 年代的牙买加红极一时。

看着就像儿童玩具。

"这不是你的吧？没开玩笑？这是你的?！他们在伦敦用的就是这个？哈哈哈。噢我的神呐，还不如我们这儿潮呢！噢我的神！有趣，有趣。我真是没想到呐。全球化，对吧？奇怪的时代，奇怪的时代！"

"你说你在哪个银行工作？"费恩问。

"哦，我有很多活儿，老兄。发展，发展。这儿的地，那儿的地。建筑。可我为这里的银行工作，是的，贸易，贸易。你懂的，兄弟！政府有时候让日子不好过。但告诉我钱在哪，对吧？你喜欢蕾哈娜？你知道她？她有她的财路！光明会，对吧？过着梦里的日子，宝贝儿。"

"我们现在得去搭轮渡了。"拉明小声说。

"嗯嗯，我想我最近业务很多，复杂的业务，老兄，得有动作，有动作，有动作。"他还配上了动作，手指在他的三个设备上"动作"，仿佛随时准备将三者之一投入性命攸关的事情中。我注意到笔记本电脑的屏幕是黑的，好几个地方都碎了。"瞧，有些人每天都得干农活，给花生剥壳，对吧？可我得有我的动作。就在这儿实现工作与生活之间的平衡，潮着呢。你听说过吗？是啊，老兄！可潮了！可在这个国家，我们有我们的老观念，对吧？这儿的很多人都他妈的落后于时代。这些人需要一点儿时间，对吧？去接受新观念。"他的手指在空中画出一个矩形："未来。去接受它。可听着：你？随时！我喜欢你的脸，兄弟，挺漂亮，清清爽爽、白白净净的。我可以来伦敦，我们可以好好谈谈业务！哦，你不搞业务？慈善？非政府组织？传教士？我喜欢传教士，兄弟！我有个好朋友，他老家在印第安纳州南本德，叫米克。我们成天混在一起。米克很酷，兄弟，他真的很酷，他是基督复临安息日会的人，可我们当然都是上帝的孩子啦，当然……"

"他们来这儿做教育工作，帮助我们的姑娘。"拉明说着转身背对着我们，试图引起服务生的注意。

"噢，当然，我听说过那儿的变化。厉害。厉害。对村子有好处，对吧？发展。"

"我们希望如此。"费恩说。

"可小兄弟：有你的好处吗？你们知不知道这个小兄弟高风亮节不要钱？他是关心下辈子的人。我可不是：我想要这辈子！哈哈哈哈。钱，钱，源源滚来。这可是大实话。噢兄弟，噢兄弟……"

拉明起身："再见，巴希尔。"

"这么严肃，这位小兄弟。可他爱我。你们也会爱我的。我的神呐，你要三十三岁了，姑娘！我们该谈谈！时间一眨眼就过去了。要过自己的生活，对吧？下次，在伦敦，姑娘，在大城市，咱俩聊聊！"

走回车上的这段路，我听见费恩暗自咯咯笑，被这段插曲逗得不行。

"这就是人们说的'有个性'。"他说，等我们走到待命的出租车那儿转身准备上车时，我们发现"有个性"的巴希尔站在门口，耳朵里依然塞着耳机，搂着他各式各样的高科技货朝我们挥手。站直了看，他的西装尤为古怪，脚踝处裤腿太短，就像个穿着细条纹衣服的马沙拉。

"巴希尔三个月前丢了饭碗，"我们上车时，拉明轻轻地说，

"他每天都在那家咖啡馆。"

没错，这场旅行从一开始就不对头。相比以前光鲜的状态，我放不下也甩不掉哪里要出岔子的感觉，总觉得彻头彻尾误会了什么。首当其冲的就是哈瓦。她打开宅子的门时戴着新围巾，黑的，盖住了她的脑袋和半个身体，穿着毫无形状的长衬衫——我们在集市上看见时她总不忘嘲笑一番的那种。她和以往一样紧拥我，对费恩只会点点头，似乎看见他来还有点恼火。我们在院子里站了一阵，哈瓦礼貌却叫人烦躁地东拉西扯，但没有哪句话是对费恩说的。我盼着有人提起晚饭的事，但我很快就明白，费恩走之前是不会有晚餐的。最后他还算识趣：他累了，要回粉色房子去了。门一关上，哈瓦就变回了从前的模样，抓我的手，吻我的脸，还大喊："噢，姐姐，好消息，我要结婚了！"我抱抱她，但感到熟悉的笑容凝固在我的脸上——在伦敦和纽约，听见类似的消息我也摆出同样的笑容。我也体会到同样强烈的背叛感。竟会有如此感觉，我自惭形秽，可就是控制不了，我的心向她关闭了一部分。她抓起我的手，带我进了屋子。

要聊的有很多。他叫巴卡里，他是"台布利厄"，穆沙的朋友，她不会撒谎说他长得很帅，因为其实他恰恰相反，她希望我马上明白这一点，掏出手机作为证据。

"瞧见没？他长得像牛蛙！老实说，我希望他别在眼睛上涂那黑色的玩意儿，别往胡须上用散沫花染剂……他有时候甚至围腰布！我的奶奶们觉得他像个化了妆的女人！但她们肯定错了，因为先知自己也画黑眼睑，对预防眼睛感染有好处，而且真的有太多的东西我不知道，我得学。唉，我的奶奶们白天哭，晚上哭，晚上哭，白天哭！可巴卡里又善良又耐心。他说没人会永远哭泣，你觉得说得有道理不？"

哈瓦的双胞胎侄女们端来了我们的晚饭：米饭给哈瓦，烤薯条给我。我恍恍惚惚地听哈瓦讲她最近去毛里塔尼亚马斯图（旅行传教）的趣事，毛里塔尼亚是她去过的最远的地方了，她在讲座中途经常睡着（"正在讲课的人，你是看不见的，因为他不能看我们，所以他隔着帘子和我们说话，我们女人都坐在地板上，讲座很长，所以有时候我们就想睡觉"），她想在她的背心内侧缝一个口袋，这样就能藏好手机，在更为无聊的诵经环节偷偷给她的巴卡里发短信。但她总用一些听着很虔诚的词汇来给这些故事作总结："重要的是，我对新姐妹的爱。""不是我可以开口问的。""它握在主的手中。"

"总之，"又来了两个年轻姑娘给我们端来马口铁杯子，里面泡的是甜到发腻的"立顿"，这时她说，"重要的是赞美主，把杜亚（世俗）抛在身后。我跟你说，在这个宅子里，你听到的一切都属于杜亚。谁去了集市，谁有了新手表，谁'走后门'，谁有钱，谁没钱，我想要这个，我想要那个！可你旅行时，给人们带去先知的真理时，完全没时间管这些杜亚。"

我纳闷如果说这儿的生活让她如此厌恶，她为什么还在这个宅子里。

"呃，巴卡里人倒挺好的，就是穷。一有机会我们就结婚搬家，但目前他住在马加斯（伊斯兰大学），离主近；我住在这里，离鸡鸭山羊近。可我们能省下很多钱，因为我们的婚礼会办得很小很小，小得像老鼠的婚礼，只有穆沙和他老婆会参加，不奏乐、不跳舞、不宴请，我甚至不需要买新裙子。"她故作轻松地对我说。我突然一阵难过，因为假如说我只了解哈瓦的一点，那便是她有多喜欢婚礼、婚礼礼服、婚礼宴会和婚礼派对。

"所以说，你瞧，肯定会省下很多钱的。"她说着把手叠放在膝盖上，正式宣告这个想法告一段落，我没有反驳她。但我看得出她还有话，看得出她不用过脑就能脱口而出的话像在冒热气的蒸锅上跳舞的盖子，我要做的只是耐心地坐着，等待她煮沸。我还没提问，她就开始聊她的未婚夫了，先是试探性的，后面越说越起劲。说起这个巴卡里，似乎是他的细腻敏感深得她心。他很无聊，长得又丑，可他感性。

"怎么就无聊了？"

"噢，我不该说'无聊'，我的意思是，你该看看他和穆沙在一起的样子，两人一整天都在听这些神圣的磁带，它们是很神圣的磁带，穆沙现在努力多学一点阿拉伯语，我也在学，学了能更好地欣赏磁带，反正现在我觉得它们还挺无聊的，可巴卡里听磁带的时候会流眼泪！他流着眼泪抱住穆沙！有时我去集市都回来了，他俩竟还抱在一起哭！我从没见过无家可归的家伙哭鼻子！除非有人偷他的毒品！不，不，巴卡里很感性。这其实关乎人心。起初我想：我妈是个有学识的女人，她教了我不少阿拉伯语，论伊玛尼（信仰）我会学得比他快，可我完全错了！因为重要的不是你读了什么，而是你感知到了什么。在我和巴卡里一样满心都是伊玛尼之前，我还有很长的路要走。我觉得感性的男人会是个好丈夫，你觉得呢？可我们的马沙拉——我不该那么称呼，'台布利厄'才是正确的说法——对老婆可好着呢！我以前都不知道。我奶奶老说：他们半大不大，他们疯疯癫癫，别跟这些娘们唧唧的男人说话，他们连个工作都没有。噢天呐，她每天都在哭。可她不懂，她太老套了。巴卡里常说，'穆罕默德言行录里有一条是这么说的：最优秀的男人会帮助他的妻儿，对他们仁慈。'就是这么回事。所以呢，如果我们去修行，去马斯图，为了避免别的男人在集市上看见我们，我们的男人会亲自去集市，替我们采购，他们买蔬菜。我刚听到这话时笑了，我想：这不可能是真的，可这千真万确！我爷爷甚至不知道集市在哪！我想把这些解释给奶奶们听，可她们都是老思维。她们整天哭，就因为他是个马沙拉——我的意思是'台布利厄'。要我看，她们是偷偷嫉妒。噢，我真想现在就离开这里。我和姐妹们一起真开心！我们一起祈祷。我们一起走路。吃完午饭，我们中得有人领头祷告，你懂的，其中一个姐妹对我说：'你来领头！'所以我成了当天的伊玛目（领拜人），你知道吗？可我并不害臊。很多姐妹都害羞，她们说：'我不是说话的料，'但通过这次旅行我真的发现自己不是会害羞的人。大家都听我说话——哦！后面甚至还有人问我问题。你能相信吗？"

"我一点儿都不觉得意外。"

"我的题目是六大基本点。是关于人该怎么吃饭的？其实现在我没在遵守，因为你在这里，但下次我肯定会记在心里的。"

有罪的想法一个接一个：她凑过来耳语，脸上忍不住露出一丝笑意。

"昨天我去了学校的电视室，我们看了《埃斯梅拉达》。我不该笑的，"她说完突然停下来，"可你尤其知道我多喜欢《埃斯梅拉达》，我相信你也认为没人能够一下子摆脱所有的杜亚。"她低头看着自己走了样的裙子。"还有到头来我的衣服也得换，不只是裙子，是从头到脚的一切。可我的姐妹们都觉得开头很难，因为你会很热，别人会盯着你看，他们在街上管你叫忍者或奥萨马①。可我记得你第一次来这儿时对我说的话：'谁在乎别人想什么呀？'这个想法挥之不去，因为我的回报是会升入天堂，天堂里没人会管我叫忍者，因为那些家伙肯定是受火刑的命。我仍然喜欢我的克里斯·布朗，我就是喜欢，就连巴卡里也仍然喜欢马利②的曲子，我知道是因为我有一天听见他唱了一首。可我们会一起学习，我们还年轻。我之前说过，我们旅行时巴卡里替我打理了所有的家务事，他替我去集市，就算别人笑话他，他也照样如此。他替我洗衣服。我对我奶奶们说：四十年来，我的爷爷有帮你们谁洗过哪怕一只袜子吗？"

"可是哈瓦，你为什么不能在集市上被男人看见？"

她一脸提不起劲：我又问了最没劲的问题。

"男人看着不是他们老婆的女人时，撒旦就伺机潜入，使他们浑身罪恶。撒旦无处不在！可你是不是连这都不知道？"

我实在听不下去，找了个借口开溜。可我唯一能去或者说知道在黑暗中怎么去的地方就是粉红房子。打老远我就看见所有的灯都熄了，等走到大门口，我发现大门歪挂在一个破烂的铰链上。

"你在吗？我能进来吗？"

"我的门一直开着。"费恩在黑暗中用圆润低沉的声调回答，我

---

① 奥萨马：本·拉登的名字。
② 马利：指鲍勃·马利（Bob Marley，1945—1981），牙买加唱作歌手，雷鬼乐鼻祖。

俩同时笑起来。我进了门，他给我沏了茶，我把哈瓦那里听来的消息学舌了一遍。

费恩听着我叨叨叨，他的脑袋不断后仰、后仰，直到他的头灯射在了天花板上。

"我得说，我倒也没觉得奇怪，"他听完后说，"她在宅子里就像狗一样工作。她几乎大门不出二门不迈。我猜她是急着想要自己的生活，和任何活泼聪明的年轻人一样。她那个年纪，你就不想离开你爹妈的房子？"

"我在她那个年纪时想要的是自由！"

"你觉得她在毛里塔尼亚旅行传教，比起现在被关在家里，自由反而少了吗？"他用凉鞋在塑料地板上积起的一层红土中划出道子。"真有趣。真是有趣的观点。"

"呵，你在激怒我。"

"没，我从来没有那个意思。"他低头看着自己在地板上画的图案。"有时候我会想，是不是比起自由，人更想要的是意义，"他语速缓慢地说，"我是这个意思。至少，这是我的经验。"

如果继续说下去，我们肯定得吵架，所以我换了个话题，给他吃我从哈瓦房间里顺手牵羊的饼干。我记得我的 iPod 里保存了点儿播客节目，于是我俩一人一只耳机，相安无事地坐在一起，边啃饼干边听它讲述美国生活，他们的小剧情和小确幸，他们的乐趣和烦恼以及悲喜交集的顿悟，直到我该离开了。

第二天早上我醒来后第一个想到的就是哈瓦，哈瓦很快就要结婚了，随之而来的还有生子，我想要跟谁聊聊，分担我的失落感。

我穿好衣服去找拉明。我在校园里找到了他，他在芒果树下温习教案。但失落不是他听说哈瓦这则消息后的反应，或者说不是他的第一反应——他的反应是心碎。还没到早上九点，我就让别人的心碎成了渣子。

"可你是从哪儿听来的？"

"哈瓦！"

他努力控制脸上的表情。

"有时姑娘们会说她们要嫁给谁，可她们没嫁。很寻常。以前还有个警察……"他的声音越来越轻。

"抱歉，拉明。我知道你对她的感受。"

拉明不自然地笑笑，继续看教案。

"哦没有啦，你误会了，我们像兄妹。一直如此。我对我们的朋友艾米这样说：这是我的妹妹。如果你问起来，她会记得我说过这样的话。没有啦，我只是为哈瓦的家人感到遗憾。他们会伤心。"

学校铃响了。我一上午都在参观教室，第一次体会到我们不在时费恩在这里取得的成就：既在艾米"身边"工作又排除她的干涉。学校办公室里有她送来的所有新电脑，有更为稳定的网络，从搜索历史我看得出教师至今只用它们做两件事：玩脸书；把总统的姓名输入"谷歌"。每个教室都散布着（在我看来）神秘的 3D 逻辑题和你可以在上面下棋的手持设备。但这些并不是让我心生敬意的创新。在主楼后面，费恩用艾米的一部分钱在院子里搭了个花园——我不记得他在董事会会议上提起过，这儿种着各式各样的作物，他解释说，种的人都有份，其效果之一就是在第一堂课结束后，一半的孩子不会消失去帮他们的母亲干农活，而是待在学校照料他们的幼苗。我听说费恩听取了家长教师联谊会中母亲们的建议，邀请了当地伊斯兰宗教机构里的几名老师到我们的学校来，给他们一个教室教阿拉伯语和经书研究，直接付他们一小笔费用，从而防止了另一大波学生在午间消失或占用每天下午的时间为这些伊斯兰宗教机构的老师做家务活儿——他们以前就这么干，代替学费。我在新建的艺术教室里待了一小时，小女孩儿们坐在桌边把颜料混在一起印手印玩，而艾米原来设想他们都用上的电脑呢——费恩现在说实话了，在运往村子的路上就不见了，没什么意外的，毕竟一台电脑就抵得过两位教师的年薪呢。总而言之，"光芒四射女子学校"并不像我在纽约和伦敦在艾米的餐桌旁听说的那么闪耀，那么新潮，那么史无前例地孕育未来。当地人叫它"新兴学校"，许多有趣的小事每天都在发生，会拿到每周结束时的村会上商榷辩论，从而有进一步的调适和变动，我感觉艾米知道或听说的都很少，但费恩是密切关注的，听所有人说推心置腹的话，写一页页的笔记。这是一所运作良好的学校，虽说建校花的是艾米的钱，但管理上不受她操控，无论我在其诞生中扮演了什么小角色，我都感觉到自己的那份自豪，村里其他的小成员也一样。我享受着这份温暖的成就感，从学校花园走回校长办公室，就在这时，我看见拉明和哈瓦在芒果树下争吵，两人站得很近。

"我不听你的说教。"我走近时听到她这么说，她发现了我，转身重复了一遍观点："我不听他的说教。他要我在这里留守到最后一个。不。"

距离我们三十码的校长办公室那儿，一群八卦的教师刚吃完午饭，站在门口的阴凉处边用盛满水的白铁壶洗手边看他们拌嘴。

"咱们现在不谈了。"拉明意识到围观群众的存在，小声说道。可火力全开的哈瓦拦也拦不住。

"你走了该有一个月了吧？你知道这一个月里多少人离开这儿了？去找阿布杜拉耶呀。你可看不到他了。艾哈迈德和哈基姆？我的侄子约瑟夫？他十七岁。走了！我的叔叔戈弗雷，没人看见过他了。现在我照顾他的孩子。他走了！他不想留在这儿，烂在这儿。走了后门——他们所有人。"

"走后门是发疯，"拉明咕哝着说，可接下来他又给自己壮胆，"马沙拉也是发疯。"

哈瓦朝他逼近一步：他缩回去了。我想，除了爱她，他还有点怕她。我能理解，我自己也有点怕她。

"我九月份去教师学院的时候，"她边说边用手指头戳他的胸口，"你还会在这里吗，拉明？还是说你要去别的地方了？你还会在这里吗？"拉明望着我，一脸的惊恐和心虚。哈瓦只当他是承认了："不，我想你不会留在这里。"

拉明轻轻的声音里浮现出连哄带骗的腔调。

"为什么不去找你爸帮忙？他帮你哥搞定了签证。你只要开口，他一样也能帮你搞定。不是没可能。"

我自己也有好多次想问这个问题，可从没开口问过哈瓦——她似乎不想谈起她的父亲。现在，看到她一脸的义愤填膺，我很庆幸我没问。当一拳头结结实实落在拉明身上时，那群教师像围观拳击比赛一样连声尖叫。

"我和他之间没有爱，你应该知道的。他有了新老婆，要过新日子。有的人只认钱，有的人面对不喜欢的人也笑得出来，只要有利可图。可我不像你们。"她说，"你们"这个代词落在拉明和我之间的某个位置，然后她转身离去，长裙的下摆摩擦着沙子发出沙沙声。

那天下午我让拉明陪我去巴拉。他说是说好，可看上去一副羞愧难当的模样。打车的一路上我们都一言不发，坐渡轮时也如此。我需要换点钱，可等我们来到墙上的小洞口前（窗板的后面，男人坐在高凳上数着用橡皮筋捆着的一大堆一大堆的脏票子），他甩下我自己走了。拉明以前从没把我一个人丢下过，甚至我最希望他走的时候都没有过，现在我发现自己想到这事儿就恐慌。

"可我上哪儿跟你碰头？你要去哪儿？"

"我自己有点小事要跑个腿，但我就在周围，很近，就在轮渡附近。没事的，给我打电话就是了。我要四十分钟。"

我都没机会抗议，他就跑开了。我不相信他要跑个腿的说辞：他只想摆脱我一阵子。可我光换个钱就换了整整两分钟。我先在市场里转悠，后来为了避开招揽生意的，我绕过渡轮到了一个军事碉堡旧址，以前曾是博物馆，现在废弃了，可你仍然可以爬上它的城墙看看河流，看看整个城镇是以怎样令人恼火的方式建成的：它无视河流的存在背水而建，防备着河水一副匍匐的态势，仿佛对岸、大海和跳跃的海豚这些美景叫人讨厌，或供过于求了，或只是携带了太多痛苦的记忆。我又爬下去在渡轮附近徘徊，可我还有二十分钟要消磨，所以我去了可以上网的咖啡馆。平常的场景是这样的：一个个的小伙戴着耳机说"我爱你"或"是呀，我的宝贝姑娘"，而屏幕上呢，年纪不一的白种女人在挥手吹吻，几乎总是英国女人

（从她们的家居内饰判断得出），当我站在桌前，为十五分钟的服务支付二十五个达拉西①时，我能看见她们齐刷刷地从玻璃砖淋浴房里出来，或在吧台上吃早餐，或绕着假山散步，或懒洋洋地躺在暖房的摇椅里，或只是坐在沙发上看电视，手里拿着手机或笔记本电脑。这些都没什么不寻常的，我见过很多次了，可在这个特别的午后，当我把钱放在桌上时，一个疯癫癫、胡言乱语的男人冲入这里，在电脑间穿插而行，手里挥着长长的雕花手杖，咖啡馆老板停下了收钱的活儿围着终端机追他。疯子相貌堂堂、身形高大，像马赛人，赤着脚，穿着绣了金线的传统大喜吉装，可就是又破又脏，他骇人的头发上盖了一顶明尼苏达高尔夫球场的棒球帽。他轻拍年轻人的肩膀，一侧一次，像国王封爵，直到老板从他手里夺过手杖揍他。揍揍的时候他操着优雅到滑稽的英语口音说个不停，叫我想起了好些个年前"老白"的口音。"好心的先生，你不知道我是谁？你们这些傻瓜里有人知道我是谁吗？你们这些可怜的、可怜的傻瓜？你们竟然不认识我？"

我把钱留在柜台上，出门在阳光下等轮渡。

---

① 达拉西：冈比亚货币单位。

4

　　我回到伦敦后和我妈一起吃了饭，她在楼下的"安德鲁·埃德蒙兹"饭店订了座位（"我请客"），可墨绿色的墙壁叫我压抑，其他食客鬼鬼祟祟的目光也让我不解。她撬开我死死抓住手机的右手说："瞧瞧这。瞧瞧她对你做了什么。指甲脱落，手指出血。"我纳闷我妈什么时候开始在索霍区吃饭的，为什么她看着那么瘦，米丽安又在哪里。如果有认真思考的时间，也许我考虑所有这些问题时应该更深入一点儿，可那晚我妈说个没完，用餐的大部分时间都在滔滔不绝地谈论伦敦的"旧城改造"（非但对我讲，也对附近桌边的人讲），从司空见惯的对当代的牢骚抱怨一路演变成一场即兴的历史课。主菜端上来时，我们已经讲到十八世纪初期了。我们就餐（一个后座议员和一个流行歌手的私人助理一起吃牡蛎）的这排联排别墅曾是细木工、窗框工匠、砌砖工和木匠的住所，他们所有人支付的月租金，即使算上通货膨胀的因素，还不够我放入口中的一只牡蛎。"劳动人民，"她一边解释一边把一只苏格兰牡蛎滑进喉咙，"还有激进分子、印度人、犹太人、逃跑的加勒比奴隶。小册子作者和煽动家。罗伯特·韦德伯恩①！'黑鸟'②。这也是他们的根据地，就在威斯敏斯特的鼻子下面……现在这儿可没那种事情了——有时候我倒挺希望有的。给我们所有人团结的理由！或奋进的方向！或打倒的目标也行啊。"她朝她脑袋旁边三百多年历史的木质壁板伸出手，伤感地抚摸了一下。"实际上，我的大多数同事甚至记不起来什么是真正的左派，相信我，他们是不想记起来。哦，以前这儿可是真正的温床……"她就这样继续着，像往常一样没完没了，但火力全开、扣人心弦（附近的食客凑过身来蹭听），没有哪句话是冲着我来的，她所有尖锐的棱角都已锉平。空的牡蛎壳被收走了。我习惯性地开始剥指甲根部的外皮。我思忖，只要她大谈过去，那她就不会问我的现在和将来，不会过问我什么时候不给艾米打工或生孩子，每次见她，避开在这两件事上受到攻击已成为我的首要任务。可她没问艾米，也没问我的任何事。我想：她终于到达了中心，她"掌权"了。是的，即使她喜欢将自己标榜为"党内棘刺"，实际上她终于成了万事的中心，这就有区别了。她现在已经拥有生活中最渴望、最需要的东西：尊重。也许对她来说，我怎么过自己的日子已经无关紧要了。她不必再把我的生活或她养育我的方式看作对我评头论足的工具。虽然我注意到她没有喝酒，但我也将其归因于我妈的形象升级：成熟、清醒、自信，不再处于守势，按她自己的标准获得了成功。

因为沉浸在自己的思路里，接下来的事情叫我措手不及。她关

---

① 罗伯特·韦德伯恩（Robert Wedderburn，1762—1835/1836?）：19 世纪活跃于伦敦的极端激进的废奴运动倡导者。
② "黑鸟"：指藐视法律、用艺术（通常是涂鸦）当武器的一群人。

上话匣，一手托着脑袋说："亲爱的，我有事儿要找你帮忙。"

她说这话时脸部肌肉抽搐了一下。我做好思想准备，她有一场好戏要演了。现在回想起来，这副扭曲的表情很可能是对真切的生理疼痛做出了诚实的、无意识的反应。

"我本想自己对付的，"她说，"不麻烦你，我知道你很忙，可我不知道到了这个节骨眼，还有谁可以帮我的忙。"

"是的——好了，帮什么忙？"

我正忙着刮掉猪扒上的脂肪。等我终于抬眼看着我妈的脸，她和以往见面时一样倦容满面。

"是你的朋友——特蕾西。"

我放下了餐具。

"哦，说起来有点好笑，可我收到了这封电子邮件，口气挺和气……发送到我接待选民的邮箱。我好几年没见过她了……可我想：噢，特蕾西！是她孩子的事，大儿子——他被学校开除了，她觉得不公平，她想要我帮忙，你瞧，所以我回信了，一开始我也没觉得有什么奇怪的，这样的信我一直收得到。但到了现在，你懂吧，我不禁怀疑：这一切是不是在下套？"

"妈，你在说什么？"

"我确实觉得她发送的电子邮件的数量多得有点离奇，可是……唉，你知道的，她没工作，这很明显，我真不知道她有没有工作过，她还住在那栋要命的公寓里……光这点就够让你受不了的。她肯定有大把的时间——她发了很多电邮，一天两三封。她认为学校不公，驱逐黑人学生。我还真去打听了，可在这件事情上，唉……学校认为他们理由充分，我也不好再插手。我给她回了信，她怒了，发了些怒气冲冲的电邮，我以为事情就好结束了，可惜——还只是开始。"

她焦虑地抓她头巾后面，我注意到她脖子顶部的皮肤已经抓破了。

"可是妈，特蕾西写的东西，你为什么要回呢？"我抓住桌沿说，"我早该告诉你的，她精神不稳定。我知道好几年了！"

"好啦，首先她是我的选民，我一直给我的选民回信。她换了名字，你知道的吧，等我发觉她就是你那个特蕾西时，她的电邮就已经变得非常……奇怪，非常怪异。"

"这事儿有多久了？"

"大概六个月了。"

"你之前为什么不告诉我！"

"亲爱的，"她说着耸耸肩，"我哪来的机会啊？"

她瘦了很多，巨大的头颅在天鹅般的脖颈上看起来摇摇欲坠，这前所未有的脆弱暗示凡人的时间在所有人身上都奏效，她也不例外，这比老一套的指责我当女儿的对她不管不顾要有力得多。我伸出一只手覆在她的手上。

"怎么奇怪了？"

"我真的不想在这儿聊这个。我转发几封电邮给你看。"

"妈，别卖关子。你给我讲讲大概就行。"

"都是侮辱的话，"她说，泪水在她眼中泛起，"我难过了好一阵子了，我现在能收到很多，有时候一天就十几封，我知道把它们当真有点傻，可它们搅得我心烦意乱。"

"你为什么不交给米丽安处理呢？她负责处理你的信件，

对吧?"

她把手抽回,换上后座议员的表情,露出紧巴巴、惨兮兮的笑脸,对付针对公共医疗卫生服务的问题倒是蛮合适的,但在餐桌上就叫人心里发毛了。

"嗯,你迟早会发觉的:我们已经分手了。我还住在西德茅斯路的公寓里。我显然得留在社区里,我再也找不到那样的房子了,至少一时半会儿找不到,所以我请她搬出去了。当然啦,严格说来这是她的公寓,但她很体谅我,你知道米丽安的。总之也不是什么大不了的事,我俩没伤和气,没公开。就是这样。"

"哦,妈……我很难过。真的。"

"没必要,没必要。有些人没法应付有点儿权力的女人,就是这么回事。我以前遇到过,以后也还会遇到,我肯定。看看拉吉!"她说,我过了好一阵子才反应过来这是"知名活动家"的真名,其实我根本就是忘了。"我刚写完书他就跟个傻姑娘跑了!他写不完书难不成是我的错喽?"

不,我叫她放心,拉吉写不完那本关于西印度群岛"苦力"的书不是她的错——他都写了二十年了;我妈写玛丽·西戈尔[①]的书,从落笔到成书花了一年半的时间。是的,"知名活动家"要怪只能怪自己。

"男人太可笑了。可结果女人也一样。不管怎么说,也算是件好事吧……有阵子我真的觉得她想插手……唉,她满脑子都是'我

---

① 玛丽·西戈尔(Mary Seacole,1805—1881):牙买加英雄女护士,19 世纪 50 年代在克里米亚战争中救死扶伤,广为人知。

们'在西非的商业行为、人权问题等等——我的意思是，她老鼓励我在下议院提问，都是些我没什么资格发表意见的领域。到头来，虽然有点滑稽，但我觉得她的真实意图是要离间我和你……"还有比这更天方夜谭的吗，但我忍住没说。"……我年纪越来越大了，没有以前的精力了，我真的想把力气用在我的当地事务上，我的选民上。我是当地的代表，这才是我想做的事。我没有更大的野心。别笑，亲爱的，我真的没有。现在没有了。有一次，我对她说，对米丽安说：'瞧，每天都有人来我的选民接待室，有利比里亚的，有塞内加尔的，有冈比亚的，有科特迪瓦的！我的工作面向全球。这就是我的工作。这些人乘着可怕的小船从世界各地来到我的选区，他们有心理阴影，他们目睹别人死在面前，最终来到这里。这是世间万物给我的启示。我真的觉得这是我命中注定的工作。'可怜的米丽安……她的初衷是好的，老天知道她的组织能力有多么出色，可她有时候视角不对。她想拯救所有人。那种人当然无法成为最好的生活伴侣，但我永远将她视为高效的管理者。"这话给我留下了深刻印象，也有点儿伤心。我在想，是不是有一样寒飕飕的题词在等着我：她不是最好的女儿，但她是一个完美的用餐对象。

"你觉得，"我妈问，"你觉得她是不是精神失常……精神错乱或……"

"米丽安是我见过的脑子最清楚的人。"

"不——你的朋友特蕾西。"

"我希望你别再那么称呼她！"

可我妈没听我说话，她在自己的梦里神游："你知道，反正……唉，我觉得对她有愧。米丽安觉得我一开始就该为电邮的事报警，可……我不知道……等你年纪变大，以前的事情就不知怎么……它们压在你身上。我记得她来中心接受辅导时……当然我没看过她的档案，可我和那儿的辅导团队聊过，有这种感觉：那会儿她就有问题了，心理健康的问题。也许我不该把她挡在门外，可事事把她放在第一位真的不容易，我很抱歉，但当时我真心觉得她辜负了我的信任、你的信任、大家的信任……当然她还是个孩子，但那是犯罪呀，涉及的钱还不少——我肯定钱都去了她爸那儿。可如果他们指责你怎么办呢？那时我想，最好的办法就是切断所有的联系。唉，我肯定你对这事有很多想法，你的想法一直挺多，但我希望你明白，把你拉扯大可不容易，我苦着呢，最重要的是我得花心思让自己受教育，让自己有资格，可能在你看来心思花得有点多……可我得为你、为自己谋生啊。我知道你爸做不到。他不够强悍。其他人可指望不上。我们只能靠自己。我分身乏术，这就是我的感觉……"她的手越过桌子抓住我的胳膊肘。"我们本该多做一点事……来保护她！"

我感觉她皮包骨头的手指掐了我一下。

"你是走了运，有这么棒的爹。她可没有。你身在福中不知福是因为你走运，你真是天生走运——可我知道。她基本上算我们家庭的一员！"

她在恳求我。聚集在眼里的泪水此时落了下来。

"不，妈……不，她不是。你记错了：你从来都不喜欢她。谁知道那个家庭发生了什么事，谁知道她需要什么保护或要不要保护？没人告诉过我们——她从来不说。那条走廊上的每个家庭都有秘密。"我看着她心想：你想知道我们家的秘密吗？

"妈，你自己刚刚还说过：你没法拯救所有人。"

她连点好几下头，用餐巾擦拭潮湿的面颊。

"没错，"她说，"很正确。可话又说回来，你总能多做一点的，不是吗？"

5

第二天早上，有人打我的英国手机号，我不认识的号码。不是我妈，不是艾米，不是她孩子的父亲们，也不是我的三个大学同学——每年有那么一到两次，他们仍会希望在我的航班起飞之前勾搭我出来喝一杯。我一开始也没认出这个嗓音：我从来没听过米丽安的声音如此严厉冷漠。

"你可知道，"她在几句尴尬的寒暄后问我，"你妈病得不轻？"

我躺在艾米灰色的丝绒睡椅上，眺望肯辛顿花园——灰色的石板，蓝色的天空，绿色的橡树。米丽安说明情况时，我发现眼前的景色和往昔重叠：灰色的水泥，蓝色的天空，越过马栗树，穿过威尔斯登路，通往铁路。隔壁的房间里，我听得到保姆埃斯特尔在给艾米的孩子们立规矩，她抑扬顿挫的口音像木勺的敲打声，勾起了我最初的记忆：摇篮曲，洗澡时间，睡前故事。路过车辆的灯光在天花板上一闪而过。

"喂喂？你还在听吗？"

晚期：病灶在她的脊椎。手术"部分成功"，是二月份的事了（二月份我在哪?）。现在她的病痛有所缓解，但最后一轮化疗使她身体虚弱。她应该休息，让自己恢复。她居然还去下议院，她居然还出去吃饭，我居然由着她。都疯了。

"我怎么知道？她没告诉我。"

我听见米丽安朝我咂嘴。

"有点儿常识的人只要看她一眼就能知道出问题了！"

我哭了。米丽安耐心地听着。我的第一反应是挂掉电话给我妈打过去，可刚想这么做，米丽安就恳求我不要。

"她不想让你知道。她知道你得南奔北走什么的——她不想打扰你的计划。她会知道我告诉你了。我是唯一知道的人。"

我无法忍受别人这么看待我：我亲妈宁愿死也不想打扰我。为了不做这样的人，我换上夸张的态度，在根本不知道可不可行的情况下提出让艾米在哈利街的许多私人医生去看看。米丽安悲伤地拒绝了。

"私人医生？你到现在还不了解你妈吗？不用，如果你想为她做点什么，我可以告诉你现在最该做的是什么。这个骚扰她的疯女人？我不知道她为什么这么上心，可这事得停，她满脑子想的只有这事——这种时候可不该关心这种事了。她和我说她跟你聊过这事？"

"对。她要转发我邮件的，可她没发。"

"我有，我来发。"

"噢，好的……我以为——我的意思是，她在吃饭时说你俩已经……"

"没错，没错，好几个月之前。可你妈会永远在我的生命里。她不是那种一旦走入你的生活，就能一下子走出去的人。不管怎么说吧，你在乎的人生病了，其他所有事情……都不存在了。"

几分钟后，我挂断电话，邮件一波波陆续到达，最后我收到了五十多封。我呆坐在读信的地方，怒火中烧。文风霸道，只让我觉得自己不中用——仿佛特蕾西对我妈怀揣的情感比我还多，不过信里表露的不是爱，全是恨。她居然写得那么好，也叫我很震惊，一点不无聊，一秒钟也不无聊，她的阅读障碍和众多语法错误都没能成为她的绊脚石：她具备引人入胜的天赋。只要你开始读了，就一定想读完。她对我妈的核心控诉是"忽视"：忽视她儿子在学校的问题，忽视她的投诉和电邮，忽视她（指的是我妈）推进选民利益的职责。老实说，我不觉得最初的邮件是在无理取闹，可后来特蕾西扩大了她的攻击范围：忽视区内的公办学校，忽视那些学校里的黑人孩子，忽视英格兰的黑人，忽视英格兰的黑人阶级，忽视单亲妈妈，忽视单亲妈妈的孩子，以及多年以前忽视一位单亲妈妈的独生女——特蕾西自己。叫我好奇的是，她在这里写了"单亲妈妈"，仿佛她爸根本不存在一样。语气变成了诅咒和辱骂。有些邮件她像是在喝醉或吸毒时写的。没过多久就成了特蕾西一个人的独角戏，系统地剖析她认为我妈让她失望的种种行径。你从来不喜欢我，你从来不想我在旁边，你总想羞辱我，你总觉得我不够好，你害怕跟我扯上关系，你总是两面三刀，你假装心系社区可其实只是为了自己，你告诉所有人是我偷了钱，可你没证据也从来不捍卫我。有一整批邮件只提公租房的事。政府不作为，不去改善公租房居民居住的公寓，这些公寓一副衰败之象（它们几乎都在特蕾西居住的街区），自八十年代初期之后就无人问津了。同时，马路对面的公租房（我家的公租房，市政委员会正忙着低价出售）满是年轻的白人夫妻和他们的宝宝，一副"操蛋的度假酒店"的模样。还有，我妈要怎么处置在托贝路拐角处卖毒品的小伙？怎么处置关门的游泳池？怎么处置威尔斯登街上的妓院？

就是这样：个人的仇恨、苦痛的回忆、精明的政治抗议和作为一名当地居民的牢骚抱怨交织成超现实主义的大杂烩。我注意到，时间一周周过去，信件也变得越来越长，从开始的一两段演变成长篇大论。最近的一些信里，胡思乱想和"你们都想害我"的论调重新登场，我印象中十年前就初现端倪了，就算不是文字的形式，思维上已是如此。黑手在幕后：现在，一个十八世纪的巴伐利亚秘密教派从内部迫害中幸存，终在当今世界立足，其成员中有很多有钱有势、名扬四海的黑人，他们与精英白人和犹太人勾结。特蕾西在深入研究这一切，并愈发相信我妈可能是这些人的工具，虽是小角色却十分危险，一寸一寸成功地打入了英国政府的核心。

刚过正午我就读完了最后一封电邮，穿好外套走上马路，等52路公交车。我在邦斯贝利公园下了车，走完长长的基督堂大道，来到特蕾西的公租房，爬上楼梯按响门铃。她肯定正好在过道，因为她立马就开了门，臀部挂着个四五个月大、脸背对着我的新生儿。她身后，我听见更多孩子吵吵闹闹的声音，还有一台音量很大的电视机。我不知道此行有什么结果，但我面前是一个神色焦虑、体格粗壮的中年妇女，穿的是毛巾布睡裤、室内拖鞋和写着"服从"二字的黑色运动衫。我的样子要年轻得多。

"是你啊。"她说。她用手托住婴儿的头。

"特蕾西，我们得谈谈。"

"妈妈！"屋里传来一声吼叫。"是谁啊？"

"是啊，那个，在我烧了一半午饭的时候聊？"

"我妈活不了多久了，"我说，儿时夸大其词的老习惯不由自主地就回来了，"你得停下你干的……"

这时，她两个年龄大点的孩子在门口探头探脑地看我。女孩看起来像白人，有波浪形的褐色头发和海绿色的眼睛。男孩继承了特蕾西的肤色，梳着弹性十足的非洲头，但看着跟她不怎么像：肯定像他爸爸。婴儿的肤色比我们所有人都深，她朝我扭过脸时，我看见她就是活脱脱的小特蕾西，漂亮得没话说。他们都很漂亮。

"我能进来吗？"

她没回答。她叹了口气，用穿着拖鞋的脚把门踢开，我就跟着她进去了。

"你是谁，你是谁，你是谁？"小女孩问我，没等我回答她就把手塞到了我的手里。我们穿过过道时，我意识到自己的到来打断了正在放映的《南太平洋》①。这一细节打动了我，我几乎快想不起可恶的电邮骚扰者特蕾西，或者十年前把那封信塞入我门缝的特蕾西。我认识的是花一整个下午看《南太平洋》的特蕾西，我爱那个姑娘。

"你喜欢吗？"她的女儿问我，我说我喜欢，她拽着我的胳膊，让我坐在靠背长椅上她和她哥哥之间的位置——她哥哥在玩打电话

---

① 《南太平洋》：20 世纪 40 年代末的百老汇音乐剧，讲述两对恋人克服种族偏见和战争威胁的故事。

的游戏。我穿过邦斯贝利公园时还义愤填膺，可现在我很有可能在这张沙发上坐一下午，握着小女孩的手看《南太平洋》。我问她叫什么。

"玛利亚·幂幂·阿利希娅·香提儿！"

"她叫洁妮。"男孩头也没抬地说。我觉得他看着约莫八岁，洁妮五六岁。

"那你叫什么呢？"我问。我难为情地在自己的声音里听出了我妈的腔调——无论跟多大的孩子说话都不考虑他们的情感。

"我叫波沃！"他模仿我的语调说话，连自己都笑出来，这笑声和特蕾西如出一辙，"你又是什么来头，女人小姐？你是从社会保障部来的吗？"

"不是，我是……你妈妈的朋友。我们一起长大的。"

"唔，也许吧。"他说道，仿佛过去的事是他可信可不信的假设。他再次投入到正在玩的游戏里。"可从没见过你，所以我怀疑着呢。"

"这段就是《快乐谈话》了！"洁妮指着屏幕快活地说，我说，"没错，可我得和你妈妈说个话。"可我浑身上下的每个细胞都想继续赖在沙发里，握着她温热的小手，感受波沃的膝盖不经意地停歇在我的膝盖上。

"好吧，可你说完就赶紧回来吧！"

她在厨房里忙前忙后，女婴挂在她臀部，我进去时她连停都没停。

"讨人喜欢的孩子。"她堆盘子、收餐具的时候我听见自己这么

387

说。"可爱——还机灵。"

她打开烤箱；它几乎剐到对面的墙。

"你烤什么呢？"

她又用力关上烤箱，背对着我把婴儿换到另一侧。什么都颠倒了：我成了殷勤关切、心怀歉意的那个，她倒义正辞严。这间公寓似乎有让我扮演顺从角色的力量。在特蕾西生活的舞台上，我没有别的角色可以演。

"我真的需要跟你谈谈。"我又说一次。

她转过身。起初她一脸正色，可等我俩四目相对，我们都笑了，无意识的笑，两头都是假笑。

"我可笑不出，"她说着重新换上一脸正色，"如果你来这儿是想逗我笑的，你最好还是走吧，因为我可没这心情。"

"我来这儿是想要你别再骚扰我妈。"

"她就这么跟你说的！"

"特蕾西，我看了你写的邮件。"

她把婴儿搁在肩头，轻晃着她，一次次拍她的背。

"听着，我住在这个地方，"她说，"不像你。我知道在发生什么。他们在议会里想说什么都行，可我才是对这里知根知底的人，而你妈的职责就是代表这些街道。她每隔一晚就会上一次电视，可你看见这里有变化了吗？我儿子智商130——听见没？他是测过的。他有多动症，他的大脑转得太快，他在那个狗屁学校里每天都无聊至极。是啊，他摊上事儿了。因为他觉得无聊啊！所有这么些个老师能想到的办法居然是开除他！"

"特蕾西，这事儿我不了解——可你能不能……"

"噢，别哔哔个没完了，帮把手吧。帮我把这些盘子端进去。"

她把盘子递给我，把餐具摆在上面，指示我端回客厅。在客厅里，我为她的家人铺好小圆桌，就像小时候为她的洋娃娃摆好下午茶。

"午餐准备好了！"她似乎是在模仿我的腔调。她调皮地在两个年龄稍大的孩子的后脑勺上打了一下。

"如果还是烤宽面条，我要跪下来哭了，"波沃说，然后特蕾西说，"就是烤宽面条。"波沃摆好造型，滑稽地用拳头砸地板。

"起来，胡闹鬼。"特蕾西说，他们都在笑，于是我不知道该如何继续我的使命了。

餐桌上，我静静地坐着，每件小事都值得他们吵嘴和大笑，貌似所有人都尽可能大声地说话，想骂什么就骂什么，特蕾西一边单手吃饭，一边跟另外两个打打闹闹，小婴儿在她的膝头被上下弹起。也许她们平时就是这么吃午饭的，可我却不由得怀疑这也是特蕾西的一种表演，她要表达的是：看看我的生活多么充实。看看你的生活多么空虚。

"你还在跳舞吗？"我突然打断他们问道，"我的意思是，以此为职业？"

桌上安静了，特蕾西朝我扭过头。

"我看起来像还在跳舞的样子吗？"她低头看看自己，看看桌边，笑得刺耳。"我知道我很棒，可……有点眼力劲儿行么。"

"我……我没跟你说过，特蕾西，我看过你表演《演艺船》。"

她一点儿也没露出惊讶之情。我疑心她是不是当年就发现我了。

"是呀，嗳，都是些陈年烂芝麻的事了。我妈病了，没人照看孩子……日子不好过了。我自己身体也不好。我没那个命。"

"他们的爸爸呢？"

"什么他们的爸爸？"

"他为什么不照看他们？"我刻意使用单数，可特蕾西对委婉和伪善总那么敏感，完全没被障眼法蒙蔽。

"呵呵，正如你所见，我试过香草、牛奶咖啡和巧克力，你猜猜我得出什么结论？剥了衣服他们都一个屌样：男人。"

我被她的措辞吓了一跳，可孩子们的椅子朝着《南太平洋》，似乎没注意或不在意。

"也许问题在于你选了什么样的男人。"

特蕾西翻了个白眼："谢谢你，弗洛伊德博士①！我都没想到！还有什么金玉良言要赐给我？"

我埋头吃宽面条，面条中间还有点冻，但挺好吃的。它让我想起了她妈，我问她还好不好。

"她死了，几个月前。她死了吗，小公主？她死了。"

"外婆死了。她去天使那儿了！"

"没错。现在就剩我们了。但我们很好。这些狗日的做福利救济工作的成天骚扰我们，可我们好得很呢。四个火枪手。"

"我们把外婆一把大火烧了！"

波沃转过身："你真是笨蛋——我们可不只是烧了她，好吧？

---

① 弗洛伊德博士：这里指西格蒙德·弗洛伊德（Sigmund Freud，1856—1939），奥地利精神病医师、心理学家、精神分析学派创始人。

说得像我们把她放在篝火上烤似的！她火一化了。比装在密封盒子里埋进土里好。不要了谢谢。我也想跟她一样。外婆像我，因为她讨厌密封的地方。她有幽闭—恐惧—症。所以她总是爬楼梯。"

特蕾西爱意满满地笑起来，探身去摸波沃，可他一弯腰躲开了。

"可她见过孩子们啦，"她喃喃着，几乎在自言自语，"就连小贝拉也见过了。所以这件事上我感觉还挺好。"

她把贝拉凑到嘴边，一个劲儿地亲她的鼻子，然后看着我指指我的子宫："你在等什么呢?"

我把鼻子翘上天，后知后觉地意识到这个动作是学来的（我洋洋得意或不为所动时就会这样，好多年了），意识到动作的原主人就是坐我对面的女人。

"合适的境况，"我说，"合适的时机。"

她笑笑，脸上是一贯的残酷神情："哦，好吧。祝你好运了。真有意思，不是吗。"她为了突显效果故意让口音更夸张，脸朝着电视机，而不是我："有钱的人不下蛋，没钱的人生一串。估计你妈可没少说三道四。"

孩子们吃完了。我把他们的盘子收进厨房，在厨房的高凳子上坐了一会儿，像艾米的瑜伽老师教我们所有人的那样有意地吸气呼气，透过狭长的窗玻璃眺望停车场。我要从她嘴里得到回答，重新回到主线上来。我努力地思考，重回客厅时怎么才能以对我有利的方式扭转这个下午，可我还没想好特蕾西就走进来说："问题是，我和你妈之间的事情就是我和你妈之间的事情。我都想不通你来这儿干吗，说实话。"

"我在试着理解你为什么会……"

"呵，可这就是问题！咱俩之间再也没有理解可言了！你现在属于不同的体系了。像你这样的人以为能控制一切。可你不能控制我！"

"像我这样的人？你在说什么？特蕾西，你现在是成年人了，你有三个漂亮的孩子，你真该控制一下这种乱七八糟的……"

"你想给它起什么好听的名字都行，亲爱的：体系就是有，你和你狗日的老娘都是其中一员。"

我起身。

"别再骚扰我的家人，特蕾西。"我步伐坚定地走出厨房，穿过客厅走向前门，特蕾西紧随不舍。"如果你再继续，我会要求警方介入。"

"好呀，好呀，走着瞧，走着瞧。"她说完在我身后摔了门。

6

　　十二月初，艾米回来检查她的学校办得如何，随行人员不多（格兰奇、朱迪、她傻乎乎的邮件代写人玛丽-贝丝、费恩和我），没有媒体，唯有一个议程：她想提议在学校里建一个性健康诊所。原则上无人反对，可也很难想象如何光天化日地称之为"性健康诊所"，很难想象费恩说当地姑娘容易在性方面受害的言辞谨慎的报告（他收集信息的过程很慢，获得了少数女教师的极大信任，她们冒着巨大的风险配合他的工作）如何被拿到大庭广众之下却不会导致人际关系混乱、千夫所指，甚至我们整个项目的流产。来程的航班上我们讨论起这个问题。我磕磕绊绊地想告诉艾米谨慎处理的必要性，告诉她我对当地境况的了解（我心里想的是哈瓦），而费恩更有说服力地论述了之前德国的一个非政府医疗机构介入附近一个所有女性都施行割礼的曼丁卡村落的经验：德国护士发现拐弯抹角的方式赢得了好感，而直截了当的谴责毫无效果。艾米对这些对比皱皱眉头，又接起自己刚才的话茬："瞧，我在本迪戈就遇到过，我在纽约也遇到过，这种事到处都有。这跟你说的'本地境况'没半毛钱关系——到处都一样。我有个大家族，堂表兄弟和叔叔伯伯来来往往——我知道怎么回事。我敢跟你赌一百万美元，你走进世界上随便什么地方、随便什么有三十个姑娘的教室，至少有一个姑娘有不能开口的秘密。我至今记得。我无处可去。我想让这些姑娘有地方去！"

相比她的激情和奉献精神，我们的资质和关切显得又小气又狭隘，但我们软磨硬泡终于说服她别用"诊所"这个词（至少跟当地的母亲们讨论时别用），别太强调经期健康——对于很多没钱购买卫生用品的姑娘来说，问题本身就很复杂。但从个人的角度而言，我并不觉得艾米说错了：我记得我自己的教室、舞蹈课、操场、青年团体、生日聚会、女子单身派对，我记得总有那么个心怀秘密的姑娘，她遮遮掩掩、支离破碎。我和艾米一起穿过村子，走进村民的家，跟他们握手，享用他们的食物和饮料，被他们的孩子拥抱，这种时候，我常常觉得又见到了她，这个姑娘活在世上各地、史上各时，这个姑娘正在扫地，或倒茶，或背着别人的婴孩望着你，心怀无法言说的秘密。

这是困难重重的第一天。我们很高兴回来，拜访我们不再感到陌生或另类的村庄、见见熟悉的面孔（对费恩来说已经是亲密的朋友），总有意外的惊喜，但我们也很紧张，因为我们知道尽管艾米尽职尽责，在有拍照任务在身的格兰奇的照片里也能笑靥如花，然而：她满脑子想的都是拉明。每隔几分钟她就朝玛丽-贝丝使眼色，玛丽-贝丝再次尝试接通电话，但只得到语音邮件。我们去拉明亲戚朋友的几个宅子里打听他的下落，可似乎没人知道他在哪，他们昨天或今天一早见过他，他可能去巴拉或班珠尔了，也可能去塞内加尔见家人了。到了傍晚时分，艾米已经在努力掩饰怒火了。我们

394

本来是要问问村民对于村里变化的感受，他们还想看到什么样的变化，可他们跟艾米话一说长，她就两眼呆滞无神，我们在宅子里进进出出，停留的时间都很短，很不礼貌。我想多待一会儿：我在想这会不会是我们最后一次拜访，我急迫地想留住我看见的一切，铭记这个村庄，它穿透一切的光线，绿油油和黄澄澄的植物，那些长着血红色喙的白鸟，还有人，我的族人。然而，在这些街道的某个地方，一个年轻男人正在躲避艾米，对于谁都想巴结一下的她而言，这是种屈辱的、前所未有的感觉。我看得出，为了不被这事烦心，她决意继续前行，虽说她的目的妨碍了我的目的，可我仍对她报以同情之心。我比她小十二岁，但就连我也能感觉到自己的年纪了：我们在每个宅子里遇见的那些个年轻得不像话的姑娘们，她们太漂亮了，她们在那个炎热的午后出现在我俩面前，拥有你身上一旦流逝、再多的权力或金钱也无法挽回的那件东西。

就在日落前，我们到了村子最东端的边界，边界那头就不再是村落，又变成灌木区了。这里没有住宅，只有瓦楞铁皮屋顶的茅屋，在其中一间茅屋里，我们见到了那个婴儿。大家都很累，很热，一开始我们并没注意到这个小空间里除了正在跟艾米握手的女人，竟还有其他人，可当我给格兰奇腾出位子好让他进屋不用晒太阳时，我看到一个婴儿躺在地上的一块布上，旁边有个约莫九岁的女孩，抚摸着婴儿的脸蛋。我们当然见过很多婴儿，但没见过这么小的：三天大。那女人把她裹成小包递给艾米，艾米接过她搂在怀里，站在原地盯着看，人们怀抱新生儿时觉得应该说说的客套话她一句也没说。格兰奇和我尴尬不已，凑过去替她圆场：女孩还是男孩，多漂亮呀，这么小，这样的眼睛，这样可爱浓黑的头发。我机械地说着这些话（我以前说过很多次），直到我看见了她。她的眼睛奇大，黑紫色，眼神茫然，睫毛浓密。不管我使什么办法想让她看看我，她就是不看。她是个拒绝赐我恩宠的小小神灵，尽管我已双膝跪地。艾米把婴儿搂得更紧，背对我，把鼻子贴在孩子的小嘴上。格兰奇去外面透透气。我再次凑近艾米，伸长脖子看着婴儿。时光流逝。我俩肩并肩，距离近到了不自在的地步，汗水蹭到了对方身上，但谁都不愿从能被婴儿看到的地方离开。婴儿的母亲在说话，但我觉得我们谁也没在听她说。最后艾米一万个不愿意地转过身，将婴儿交到我怀里。也许这是一种化学反应，就像在情侣之间流动的多巴胺。我沉溺其中。在此之前，我从未有过类似的经历，而此后也再也没有。

"你喜欢她？你喜欢她？"一个不知从哪儿冒出来的男人快活地说，"带她去伦敦！哈哈！你喜欢她？"

我还是把她重新交回到她母亲手中。与此同时，我想象如果做出不同的抉择，我将会怀抱婴儿径直跑开，打车奔赴机场，飞回家去。

太阳落山了，没法再拜访村民了，我们决定今天到此为止，第二天早上集合去参观学校，参加村里的会议。艾米和剩下的人跟着费恩到了粉红色的房子。我很好奇上次拜访哈瓦后有什么新进展，就去了她家。在一片黑暗中，我无比缓慢地摸索着印象中通往主要十字路口的路，像盲人一样伸手摸树干，每转一个弯都吓得不轻：我能感到很多大人小孩从我身边经过，前往他们的目的地，没有手电筒，但走得很快，也不迷路。我终于走到十字路口，离哈瓦家的大门只有几步之遥了，突然拉明从我身旁出现了。我跟他拥抱了一下，告诉他艾米一直在找他，盼着明天跟他见面呢。

"我就在这里。我哪儿也没去。"

"那个，我要去看哈瓦——你来吗？"

"你可找不到她。她两天前走了，结婚去了。她明天回来省亲，会想见见你的。"

我想说点安慰人的话，可找不到合适的措辞。

"你明天一定要来参观学校，"我又说一遍，"艾米整天找你。"

他朝地上的一块石头一脚踢去。

"艾米是位讨人喜欢的女士，她帮我，我心里感激，可是……"他说到一半打住了，像个跳远半途而废、之后又不管三七二十一突然起跳的人，"她是个老女人了！我还年轻。年轻男人想要孩子！"

我们站在哈瓦家门外，彼此对视。我们离得很近，我的脖子上能感觉到他的气息。我想当时我知道我们之间会发生什么，就在那个晚上，或者下个晚上，也知道没有更清晰更明确的解决办法，不过是用身体提供安慰。我们没有接吻，当时没有，他甚至没有牵我的手。没有必要。我们都明白，一切都已注定。

"好了，进去吧。"他最后说，推开哈瓦家的大门，仿佛是推开自家大门一样。"你来了，不早了。你要在这儿吃饭。"

哈瓦的哥哥巴布站在凉台上向外望，差不多就在我上次见到他的位置。我们很热情地跟对方打招呼：跟我遇到的所有人一样，他将我选择再次返回视为一种美德，或者说他假装是这么回事。对拉明，他只点了下头，是因为熟悉还是冷淡我也说不上来。可当我问起哈瓦，他无疑拉下了脸。

"我昨天去参加了婚礼，唯一的证婚人。就我自己的话，我不介意有没有歌手或礼服或一盘盘的食物——都跟我没关系。可我的奶奶们！噢，她可是在这个地方扔下个炸弹！我这辈子到死都得听女人抱怨个没完！"

"你觉得她幸福吗？"

他笑了，仿佛我终于原形毕露了。

"啊，是啊——对美国人来说这总是最重要的问题！"

晚饭端来了，真心丰盛，我们在露天吃饭，祖母们在凉台的另一端围成一圈唠唠叨叨，偶尔朝我们这里望一眼，但她们实在忙于讨论，没空给我们太多关注。我们脚下有一台太阳能灯，从下往上照着我们：我可以看到我的食物、拉明和哈瓦哥哥面孔的下半部分，再远一点是和平时一样忙碌吵闹的声响：家务活的声音，孩子们哭笑、喊叫的声音，人们穿过院子在外屋来回走动的声音。你从来听不到男人的声音，但现在离我很近的地方就有，拉明突然起身指着宅子的墙——门口的左右两侧各坐了五六个男人，腿朝着马路。拉明上前一步，可哈瓦的哥哥抓住他的肩把他按回到座位上，换自己去了，旁边跟着他的两个祖母。我看到年轻人中有一个在抽烟，此时把烟灰掸落在我们的院子里，但哈瓦的哥哥过去后双方话说得并不多：他说了点什么，一个小伙笑起来，祖母说了点什么，他又开了口，这次口气更强硬，然后六个背影默默地出了视线。刚才开口说话的祖母打开门，目送他们沿着路走远。月亮从云层中露出脸来，从我站的位置能看到他们中至少有一人背着枪。

"他们不是本地人，他们是从这个国家的另一边来的。"哈瓦的哥哥重新回来跟我聊天。他仍摆着没有生气的会议室笑脸，但是透过他的名牌眼镜，我看得出他眼里的摇摆不定。"我们见得越来越多了。他们听说总统想要统治十亿年。他们的耐心要耗尽了。他们开始听其他的声音。外来的声音。或者神明的声音，你若相信，在市场上花二十五达拉西买一盒卡西欧磁带就听得到。是的，他们没耐心了，我不怪他们。就连我们淡定的拉明、我们耐心的拉明——连他也没耐心了。"

拉明伸手取了一片白面包，没说话。

"你什么时候走？"巴布问拉明，满是评头品足、谴责怪罪的口气，于是我以为他说的是"走后门"。我脸上肯定是闪过了惶恐的神色，两人不约而同笑出声来："不，不，不，他会拿到官方文件的。都安排好了，谢谢你们在这里的人。我们已经失去了所有最聪明的年轻人，而现在你们又带走一个。挺伤感的，可社会不就是这个样子吗。"

"你才走了呢。"拉明绷着脸说。他从嘴里拉出一根鱼刺。

"不一样的时候。那时这里不需要我。"

"现在这里不需要我。"

巴布没有回答，他的妹妹不在，没人东拉西扯地填充我们之间的沟壑。等我们沉默地吃完晚饭，我抢在那些许多仍是孩童的侍女之前清空收好盘子，朝宅子最后一个房间的方向走，我以前见那些姑娘去过，现在看出是个卧室。我站在昏暗的光线下，不知道接下来该怎么办，就在这时，五六个在睡觉的孩子里有一个从单人床上抬起头来，看到我手里的重物，指了指让我穿过窗帘。我发现到了室外，又到了院子里，可这次是后院，祖母们和一些年长点的姑娘围蹲在几桶水旁边，水里是衣服，她们正用大块的灰色肥皂洗衣服。一圈太阳能灯照亮了洗衣现场。我来时，她们正巧停下活儿围观动物剧场的一场现场演出：一只小公鸡追一只母鸡，制服了她，用他的爪子压住她的脖子，把她的脑袋揿入土里，终于骑在她身上了。这过程只花了一分钟，但母鸡全程一副无聊的样子，等不及想去干别的事，所以小公鸡野蛮强暴她的行为有点好笑。"大男人！大男人！"祖母中有一个发现了我，指着小公鸡大喊道。女人们笑了，母鸡被放开了：她原地打转，一次，两次，三次，显然是昏了头，最后回到母鸡舍，和她的姐妹、她的小鸡团聚。我把盘子放在要我放的地方（地上），回去时发现拉明已经走了。我明白这是个暗号。我说我也要睡觉了，但我穿着衣服躺在房间里，等着人类活动最后的声响褪去。子夜前，我捎上头灯，轻轻穿过院子，走出宅子，穿过村庄。

艾米以为此次访问是"实况调查之旅"，但在村委会眼里，我们做什么都是举办庆典活动的理由，第二天，等我们参观完学校走进院子，发现芒果树下有一圈鼓手等着我们：十二个中老年妇女，鼓塞在大腿之间。就连费恩也没得到事先通知，计划又要推迟了，艾米心烦意乱，但又逃不开躲不掉：这是一场伏击。孩子鱼贯而出，在他们的鼓手妈妈外围形成第二个大圈，我们"美国人"被要求坐在最内圈从教室里搬来的小椅子上。教师们去端的椅子，他们从学校的另一头走过来，经过拉明的数学教室时，我在他们当中发现拉明和哈瓦走在一起，每人手里都端着四把小椅子。可当我看到他时，我既没觉得哪里不自在，也没觉得惭愧：前一晚的事情与我白天的生活如此泾渭分明，仿佛没发生在自己身上，而发生在一个

400

心怀其他目的、无法示人的影子身上。我朝他俩挥手——他们不像看见了我的样子。击鼓开始了。我没法压过鼓声大喊。我背过身去对着鼓圈，坐在了他们要我坐的地方，艾米的旁边。围成圈的女人们开始轮流把鼓放在一旁，激情四射地热舞三分钟——一种预热，可尽管她们脚下功夫了得、摆臀功夫非凡，她们却没有把脸转向外面的观众，而是一直面朝她们正在击鼓的姐妹，背对我们。第二个女人开始跳舞时，哈瓦进了圈子，坐在我旁边专门为她留的座位上，可拉明只是朝艾米点点头，然后坐在了圆圈的另一侧，想必是能离她多远就离她多远。我捏捏哈瓦的手，奉上我的祝福。

"我很开心。我今天来这儿可不容易，但我想见见你！"

"巴卡里也来了吗？"

"没！他以为我在巴拉买鱼呢！他不喜欢这样跳舞。"她说着稍稍动了动脚，跟在我们几码之外跺脚的女人保持一样的节拍。"可当然我自己又不跳，所以没对不住他。"

我又捏了捏她的手。在她身边有种奇妙的感觉，她会将所有的情况都切割成自己的维度，相信自己可以适应一切，直到正合分寸，也不管"嫁鸡随鸡、嫁狗随狗"的信条已经过时。就在此时，一种为人父母（也许这里我该写"为人母"）的保护欲在我体内奔腾：我紧抓住她的手，紧过了头，（毫无理智地）希望这样便能赐予她保护，保护她免受恶灵的侵扰，就像从伊斯兰隐士那里买廉价护身符一样——我对恶灵的存在已不再怀疑。可当她转身看见我眉头紧蹙，她就笑话我，挣脱我的手，鼓掌欢迎格兰奇进到圈子里来；格兰奇呢，权当这是霹雳舞者的圈子，炫耀起他复杂的脚下动作，颇讨鼓手妈妈们的欢心。片刻的不动声色后，艾米在恰当的火候加入了他的舞蹈。我不想看她，回头回脑地张望这圈子里所有顽钝固执、不可动摇、悲入歧途的爱情。我能感觉到费恩在我右边盯着我看。我看着拉明时不时地抬起头，目光只停留在哈瓦身上，她完美的脸蛋像紧紧包裹的礼物。可到头来我还是躲不开艾米的身影，她为拉明而舞，朝拉明而舞，舞给拉明看。就像为祈雨而舞的人，雨却不会下。

八个女鼓手跳完后，就连玛丽－贝丝也试着跳了一曲，轮到我了。两个妈妈各拉着我的一条手臂，将我拖上前去。艾米已经即兴表演过了，格兰奇已经载入史册了（月球漫步舞、机器人舞、鬼步舞），但我对舞蹈一无所知，唯有本能。那两个女人边朝我跳舞边逗弄我，我看了一阵子，仔细聆听多重的节拍，知道她们跳的我也能跳。我站到她俩之间，一步一步跟上她们的拍子。孩子们嗨爆了。排山倒海的尖叫朝我而来，我听不见鼓声了，继续下去的唯一办法就是回应女人们的动作——她们一个拍子也不落下，她们能透过一切嘈杂听见节拍。五分钟后我完成了任务，比跑了六英里还累。

我在哈瓦旁边瘫坐下来，她从新头巾的褶子里摸出一小片布头，让我擦去脸上的一些汗。

"他们为什么说'太坏'？我跳得有那么坏吗？"

"没！你很棒！他们说的是：太拜，意思是——"她的手掠过我脸颊的皮肤。"所以他们说的是：'虽然你是白人姑娘，可你跳起舞来像黑人！'一点儿没错：你和艾米，你们俩——你们跳起舞来真的像黑人。要我说，这是大大的恭维。我没想过你能这样！我的老天，我的老天，你竟然和格兰奇跳得一样好！"

艾米偷听到了，大笑起来。

7

圣诞节前几天，在伦敦的住所里，我坐在艾米书房的桌子前敲定了新年派对的名单，突然听到埃斯特尔的声音，她在楼上的某个地方说："豪（好）啦，豪（好）啦。"这是星期天，二楼办公室关着门。孩子们还没有从新的寄宿学校回来，朱迪和艾米在冰岛，要住两个晚上，做推广活动。自从孩子们上学后，我就再没看见过埃斯特尔或听见过她的声音（如果说我还想得起她来），以为她已经不在这里干活了。此刻我听到那熟悉的口音："豪（好）啦，豪（好）啦。"我跑上一层楼，发现她在卡拉的老房间里，就是我们以前称为育儿室的地方。她站在推拉窗的边上，向外眺望公园，穿的是舒适的"卡洛驰"鞋和绣着金线（像装饰用的金属箔）的黑毛衣，还有一条实用但和时尚绝缘的起褶的海军裤。她背对着我，可听见我的脚步声后她转过身来，怀里是一个褴褛里的婴儿。它被裹得太紧了，看起来都不像真人，像个道具。我迅速靠近，伸出手来——"你不嫩（能）上来就摸宝宝！你的手得洗干净！"——我狠狠地克制自己，才从她俩身边退回一步，手放到背后。

"埃斯特尔，那是谁的宝宝？"

婴儿打了个哈欠。埃斯特尔宠溺地低头看着她。

"杉（三）个礼拜前收养的，我觉得。你不知道？我以为所有人都知道呢！可她昨晚才到这里。她叫桑科法——别闷（问）我这是什么名字，因为我没法告诉你。为什么有人相（想）给这么可爱的小宝宝起那样的名字，我可说不上来。我就叫她桑德拉，除非有人纠正我。"

一样黑紫色的眼睛，一样飘忽的眼神，从我身上掠过，自得其乐。从埃斯特尔的声音里，我听得出孩子给她的快乐——在我看来，比几乎是她一手带大的杰伊和卡拉带给她的快乐多得多。我努力集中精神，听她讲她怀中这个"好幸运好幸运的小姑娘"的故事，她从"蛮荒之地"被拯救出来，投入"奢华的怀抱"。最好别去琢磨事情是怎么摆平的：在不到一个月的时间里搞定了跨国收养。我再次伸出手。我的手在颤抖。

"我现在可要给她洗澡了，如果你这么相（想）抱抱她，跟我上楼吧，你能洗个手。"

我们去了艾米的大套房，套房已经在什么时候悄悄改造成了宝宝房：一套印有兔耳的毛巾、婴儿爽身粉和婴儿油、婴儿浴绵和婴儿肥皂，澡盆边缘排着五六个颜色各异的塑料鸭子。

"所有这些废物！"埃斯特尔俯下身去看一个古怪的小装置：它是毛巾布料子的，金属的边框勾在澡盆边缘，看起来像给小老头用的太阳椅。"所有这些设备。这么丁点儿大的宝宝只能在水槽里洗澡。"

我跪在埃斯特尔旁边，帮忙打开小小的襁褓。青蛙姿势的手脚舒展开来，她吓坏了。

"吓着了，"宝宝嚎啕时埃斯特尔这么解释，"她刚才挺暖和，裹得又紧，现在冷冰冰的，还松开了。"

我站在一边看她把愤怒尖叫的桑科法向下放入一个价值七千镑的维多利亚风大瓷盆里。我记得是我下的订单。

"豪（好）啦，豪（好）啦，"埃斯特尔边说边用布擦拭孩子密密的皱褶。过了一会儿，她用手托起桑科法小小的后背，吻吻她还在尖叫的脸，让我把褟褓毯子在地暖地板上平摊成一个三角。我坐到脚后跟上，看着埃斯特尔把椰子油涂满婴儿的全身。对于我这种最多也就是把娃娃在手里抱那么一小会儿的人来说，整个过程可谓技艺精湛。

"你有孩子吗，埃斯特尔?"

十八岁、十六岁和十五岁——可她手上很油，所以她让我掏她后面的口袋，我拽出了她的手机。我滑向右侧，看了片刻：一个身穿高中毕业生长袍、干净高挑的小伙，一头站一个面带微笑的妹妹。她告诉我他们叫什么名字，有什么特长，个子多高，脾气如何，还有每个人多久跟她打网络电话或在脸书上回复她（或者不跟她打，不给她回）。不够频繁。我们给艾米打工的十年左右里，这是我俩谈话最长、最亲密的一次。

"我的麻麻（妈妈）替我照顾他们。他们念的是金斯顿最好的学校。接下来他要去西印度群岛大学念工程学。他是个优秀的小伙子。两个姑娘都以他为榜样。他是明星。她们太崇拜他了。"

"我是牙买加人。"我说，埃斯特尔点点头，对宝宝笑容可掬。她这样的笑，我见过很多次，当她委婉地迁就孩子们或艾米的时候。我红了脸，纠正自己的话。

"我是说，我妈的老家是圣凯瑟琳区。"

"噢，是呀。我懂了。你去过辣（那）里吗?"

"没。还没去过。"

"嗯，你还年轻呢。"她将婴儿重新包入襁褓，搂在胸口。"有大把的时间。"

　　圣诞节来了。艾米向我、向我们所有人展示了婴儿，生米煮成熟饭了，合法收养，是孩子父母提出并同意的，没人提出质疑，或者说没有大声质疑。在极度不对等的情况下，"同意"又能意味什么，没人去问。婴儿是艾米的掌上明珠，每个人看起来都为她高兴——这是她的圣诞奇迹。我一肚子狐疑，知道整个过程都瞒着我，直到运作完毕。

　　数月后，我最后一次回到村子，到处询问。没有人愿意跟我谈这事，只说好听的套话。孩子的亲生父母不再在当地生活，似乎没有人知道他们到底搬去了哪。就算费尔南多知道点内幕，他也不会告诉我，而哈瓦也已经和她的巴卡里搬到了萨拉昆达。拉明消沉地在村里瞎转悠，他在为她难过——也许我也是。没了哈瓦，宅子的夜漫长、黑暗、寂寞，她们说话完全用我听不懂的语言。去拉明家时（总共五六次，通常是在深夜），尽管我告诉自己驱动我们的是控制不住的生理欲望，但我认为我俩都非常清楚：我们之间无论存在什么样的激情，不过是借彼此之躯解个渴，解哈瓦的渴，解被爱的渴，或只是向自己证明，我们都是独立于艾米的个体。我们毫无爱意可言地做爱，真正的目的是她，享受假装她当时也在房间里的感觉。

　　有天一大早，五点还没到，刚刚日出，我从拉明家偷偷回到哈瓦的宅子，听见了宣礼的声音，知道为时过晚，有人注意到我了

（拽着倔驴的妇女，在门口挥手的孩子），于是我改变方向，假装我心血来潮正要出门散步，反正大家都知道美国人有时候就这样。绕回到清真寺，我看见费尔南多就在面前，靠在旁边的树上抽烟。我从没见过他抽烟。我试着若无其事地笑着打招呼，可他跟了上来，一把抓住我的胳膊，弄痛了我。他的呼吸里有一股子啤酒味道，一晚没睡的模样。

"你在干什么？你为什么这样做？"

"费恩，你在跟踪我吗？"

他没回答，直到我们走到清真寺的另一侧，巨型白蚁山那侧。我们停下的位置，从三个方向都很难被人看见。他松开我，开了口，仿佛我们之前已经讨论了很久似的。

"我有好消息要告诉你：多亏我，他很快就能去你那了，长期居留，没错，多亏我。其实我今天就要去大使馆。为了让年轻和不那么年轻的情侣在一起，我可在背后使了很大的劲。他们三个。"

我不承认，可没有用。费恩不是随便就被忽悠的人。

"你对他想必是真爱了，冒这么大的风险。这么大。上次你来，你知道吧，我就怀疑过，上上次也是——但得到证实还是让我措手不及。"

"可我对他没有任何感觉！"

一席话说得他斗志全无。

"你觉得这么说能让我感觉好一点吗？"

最终，耻辱袭来。离奇的情绪，如此古老。我们总是建议学校里的姑娘们不要感受耻辱，因为它过时了，百无一用，会导致我们不赞同的行为。可我最终感受到了它。

"求求你什么都别说。求求你。我明天就走了，结束了。刚开始就结束了。求求你，费恩——你得帮我。"

"我试过了。"他说完朝学校的方向走去。

这天剩下的时间全是折磨，第二天也是，飞行也是，穿过机场也是，手机在我后口袋里像个手榴弹。它没有响。我走进伦敦的住所，一切如旧，反倒更快乐了。孩子们都安顿得妥妥当当（至少听不见他们的声音），最新的专辑也广受好评。拉明和艾米两人美美的合照（演唱会前夕杰伊生日那次）出现在各大八卦报刊上，自行其是，比专辑本身还要成功。宝宝头一次亮了相。事实证明，世人对宝宝怎么弄来的并不怎么好奇，报纸评价她讨人喜欢。艾米能像订购日本限量手提包一样轻轻松松就买来一个宝宝，所有人都觉得合乎逻辑。一天拍摄视频的过程中，我和二号助理玛丽-贝丝一起坐在艾米的拖车里吃午饭，试探性地挑起了这个话题，希望能从她嘴里套出一点信息，可我真没必要那么谨慎，玛丽-贝丝巴不得告诉我，我前前后后都知道了：艾米遇到这个宝宝后没几天，负责娱乐业事务的律师就起草了合同，玛丽-贝丝在当场见证了签字环节。她很高兴，因为这证明她很重要，也暗示了我的地位如何。她掏出手机翻阅桑科法的照片，孩子父母和艾米一起笑得正欢，我注意到其中也有合同正本的截图。她去洗手间时把手机留在我面前了，我把截图电邮给了自己。两页的文件。一笔巨款，如果用当地的观念衡量。我们买一年住宅装饰花的金额。我把这事告诉了我最后的盟友格兰奇，他让我惊讶，他竟觉得这是"说到做到"的正面案例，还宝宝长宝宝短地说了一通，相比之下，我要说的话简直是丧尽天良、铁石心肠。我明白理性地对话是不可能了。婴儿施了个咒语。格兰奇和所有靠近过科菲（我们这么称呼她）的人一样深爱着她，天晓得她有多可爱，没有人可以免疫，当然不包括我。艾米不可自拔：她可以一两个小时让孩子坐在她膝头，低头盯着她，其他什么也不做，但凡了解艾米与时间的关系，时间于她的价值和稀缺程度，我们都明白这意味着多深的爱。宝宝把她从各种令人窒息的情境中救赎出来——与会计长时间的会晤，繁琐的试装，公关战略头脑风暴会议。她出现在随便哪个房间的角落就能改变一天的色彩，坐在埃斯特尔的膝头或在架子上的提篮里摇晃，嘎嘎笑，咯咯笑，哭鼻子，一尘不染，焕然一新。一有机会我们就都围着她。男女老少，种族各异，在艾米的团队中工作了一定时间的我们所有人：有像朱迪这样久经沙场的老司机，有像我这样的中层，有初出茅庐的年轻毕业生。我们都在宝宝的圣坛前膜拜。宝宝是一张白纸，宝宝不妥协，宝宝无需劳碌奔忙，宝宝不用在发往韩国的四千张大头照上假冒艾米的签名，宝宝不必从鸡毛蒜皮里寻找意义，宝宝不怀旧，宝宝没有记忆也不会后悔，她不需要化学焕肤，她没有手机，她没有电邮的对象，真的有大把大把的时间。无论之后发生什么事，都不是因为不爱宝宝。宝宝被爱包围。问题是爱给了你什么权利做什么事。

8

在为艾米工作的最后一个月里（实际上就在她炒我鱿鱼之前），我们办了一场小型的欧洲巡回展，第一站在柏林，不是音乐会，是她的摄影展。全是照片的照片，本着"拿来主义"精神翻拍的照片；她从往日的老朋友理查德·普林斯①那儿学来的想法，什么创新也没有，唯独一点，拍照的人是她艾米。尽管如此，柏林最有威望的一家画廊还是兴高采烈地为她的"作品"提供展览场所。所有的照片拍的都是舞者（她认为自己首先是一名舞者，对他们有深深的认同感），可所有的研究都是我做的，大多数照片是朱迪拍的，因为一到去工作室翻拍照片的时候，总有别的事情来搅局：东京的见面会，新款香水的"设计"，有时甚至要实打实地录一首歌。我们翻拍了巴瑞辛尼科夫和列耶夫、帕芙洛娃、弗雷德·阿斯泰尔、伊莎多拉·邓肯、格里高利·海因斯、玛莎·葛兰姆、沙维昂·格洛夫、迈克尔·杰克逊。杰克逊是我争取来的。艾米不想要他，他

---

① 理查德·普林斯（Richard Prince, 1949—　）：美国最有争议的艺术家之一，他的作品是对别人拍摄的照片或创作的绘画进行再加工，然后署上自己的名字，其艺术生涯一直没有与"剽窃"、"挪用"等字眼撇清关系。

不是她心目中的艺术家，但我逮了她忙得四脚朝天的当口成功说服了她，朱迪又游说要加"一个少数族裔女人"。她担心选的人不够有代表性，她常有此顾虑，说到底她担心的是别人会不会觉得选的人不够有代表性，每当我们聊起这种话题，我总有种瘆得慌的感觉：将我自己视为这些事物之一，完全不是人，而是一种物品，缺了它，一系列的其他物品就不完整了，或者说连物品都不算，而是一种概念层面的纱幔、道德层面的遮羞布，保护某某人不受某某批评，除此角色之外鲜被想起。我没觉得很受冒犯：我对这种经历挺感兴趣，就像成了虚构的人物一样。我想起了洁妮·里冈恩。

开车穿越卢森堡（艾米去那儿做点宣传）和德国边境的途中，我的机会来了。我掏出手机在"谷歌"上搜了里冈恩，艾米心不在焉地看着搜索图，同时还在用自己的手机发短信，而我呢，以最快的速度将作为普通人、演员、舞者、符号的里冈恩介绍完毕，努力抓住其飘忽不定的注意力，突然间，她毅然决然对着里冈恩和"宝洋哥"的图片点点头，里冈恩站着跳舞，充满动感的欢脱，"宝洋哥"跪在她脚边，指着她，然后她说："是的，那张，我喜欢，是的，我喜欢逆转，男人跪在地上，女人控制局势。"一旦得到那句"是的"，我至少可以开始研究展览目录里用什么文字好了，几天后，朱迪拍好了照片，微微倾斜的角度，部分边框看不见了，因为艾米要求这样翻拍，就好像"摄影师也在跳舞一样"。有了这些铺垫，它成了摄影展中最成功的一件作品。我很高兴有机会把里冈恩重新挖出来。在欧洲各式各样的酒店房间里，我经常在深夜独自研究她，我意识到自己儿时对她抱了多少幻想，对她生活的方方面面有多么幼稚至极的认识。比方说，我曾想象里冈恩和与她共事的人

（舞者和导演）之间存在值得大花笔墨的友谊与敬意，或者说，我想要相信友谊和敬意是存在的，这种孩子气的乐观精神也曾让一个小女孩想要相信她的父母是彼此深爱的。然而，阿斯泰尔在舞台上从来不跟里冈恩说话，在他心里，她不仅饰演女佣，在现实生活中也就是个帮手的角色，大多数导演也这么想，他们没正眼看她，也很少雇她，除了女佣以外什么角色也不给，没过多久连演这些角色的活儿也没了，她直到到了法国才开始"感觉人模人样"。我了解这一切的时候人在巴黎，坐在奥德翁剧院前的阳光下，试图在手机反光的屏幕上阅读信息，喝着"金巴利"开胃酒，强迫症一样地检查时间。我看着艾米留给巴黎的十二小时一分钟一分钟地流逝，几乎比我的感觉更快，不用多久出租车就会来，然后飞机跑道在我身下渐行渐远，之后我们要去另外一个美丽神秘的城市——马德里度过又一个十二小时。我想起所有那些歌手、舞者、小号手、雕塑家和三流作家，他们自称最后到了这里、到了巴黎才有了做人的感觉，不再是阴影，而是靠本事吃饭的人。这种效应可能要超过十二个小时才生效，我纳闷这些人怎么就能如此精确地分辨是从哪一刻开始感觉像人的。头顶的伞没能起到遮阳作用，我饮料里的冰块都化了。我的影子很大，像一把刀一样投射在桌子下面。它从广场的中央延伸出去，指向广场一角占据了大半个街区的庄严白宫，白宫外，一位导游举着小旗开始介绍一连串的名字，有些我听说过，有些没有：托马斯·潘恩、E·M·齐奥朗、卡密·德蒙朗、西尔薇娅·比琪……一小圈上了年纪的美国游客围着他站着，点着头，流着汗。我收回目光看了看手机。我用拇指轻轻敲出这句话：原来里冈恩到了巴黎才开始感觉人模人样。这也意味着（这部分我没有写下来）多少年前特蕾西完美模仿的那个人、我们看过与埃迪·坎特一起踢着腿摇着头跳舞的姑娘并不是一个真正的人，而不过是个影子。即便是她让我们羡慕至极的可爱名字，就连那也是假的，实际上，她是赫克托·里根和哈里特·里根的女儿，格鲁吉亚移民，佃农的后代，而另一个我们自认为了解的里冈恩，那个无忧无虑的舞者，她是个诞生于排版错误的虚构人物，是卢埃拉·帕森斯①有一天凭空想出来的：她在报业集团《洛杉矶考察家报》的八卦专栏里将"里根"误写成了"里冈恩"。

---

① 卢埃拉·帕森斯（Louella Parsons，1881—1972）：美国首位电影专栏作家和编剧家，巅峰时期，她的专栏在全球拥有 2 000 万读者。

9

手榴弹终于在劳动节这天爆炸了。我们在纽约，离前往伦敦见拉明还有几天日子——他的英国签证搞定了。天气热到变态：腐臭的下水道气味能让街上擦肩而过的两个陌生人相视一笑：你相信我们就住在这里？就像胆汁的味道，那天下午茂比利街就是这个气味。我走路时捂着口鼻，多么有预见性的姿势：走到布隆街街角时，我就被解雇了。朱迪发来的短信，后面还有十来条类似的，字字句句极尽人身攻击之能事，仿佛艾米亲自写了似的。我是个荡妇，是个叛徒，这里他妈的，那里他妈的。即便是艾米的个人怒气，也可以交给代理人发泄。

我有点头昏脑涨，一路走到了克罗斯比街，坐在 Housing Works 慈善书店①前面的台阶上，复古服装的那侧。每个问题都萌生出更多的问题：我以后在哪生活，我以后做什么，我的书在哪里，我的衣服在哪，我的签证状态是什么？如果说我生费恩的气，

① Housing Works 慈善书店：Housing Works 是位于纽约的非营利慈善组织，成立于上个世纪 90 年代，致力于为无家可归者和艾滋病患者提供救助，书店是其下属机构之一。

不如说是生自己的气，没能审时度势。我早该知道是这样的结果：难道我不知道他的感受？他遭的罪我想都想得出来。准备拉明的签证材料，给拉明买机票，安排拉明的离境入境、接车送机，忍受这个过程中的每一步都得和朱迪来回发邮件，奉献所有的时间和精力伺候别人、满足别人的欲望和需求。这是影子般的生活，过一阵子就能让你上火。保姆、助手、代理、秘书、母亲——女人习惯了这样。男人的容忍度要低一点。过去的几个礼拜里，费恩肯定发了一百封拉明长拉明短的电子邮件。发一封摧毁我生活的邮件又有什么可意外的？

我的手机嗡嗡响个没完，仿佛成了个活物。我停下脚步看它，注意力却转到了书店橱窗内一个高个子兄弟身上，他的眉型无比高挑，瘦削的身板举着好些个连衣裙，踩入一双大号的高跟鞋。发现我后他笑起来，收起小腹，微微侧身鞠了一躬。说不清也道不明，可他给了我动力。我起身招了一辆出租车。有些问题很快就有答案。我在纽约的所有东西都在西十街公寓外人行道上的盒子里，锁已经换了。我的签证状态跟雇主一致：我得在三十天内离开这个国家。去哪儿的问题需要更长的时间。我在纽约从来就没花过什么钱：住宿是艾米付钱，吃饭跟艾米一起，外出跟艾米一起，所以当我的手机告诉我在曼哈顿的酒店住一晚要多少钱时，我只觉得自己像从百年沉睡中醒来的瑞普·凡·温克①。坐在西十街公寓前门的台阶上，我搜肠刮肚想有没有别的办法、朋友、熟人、关系。都不

---

① 瑞普·凡·温克（Rip Van Winkle）：美国作家华盛顿·欧文于1819年写的同名短篇小说中的主人公，因喝下奇酒一睡二十年，醒来后发现故乡发生了翻天覆地的变化，其惧怕的妻子也已离世。

是深交，而且都回到了艾米这条线上。我想象了一下这幅不会出现的场景：沿着这条街一路向东，直到它在伤感的梦中跟西德茅斯路的西端交汇，我妈会来开门，带我到她富余的储藏室，储藏室一半的地方埋在书里。还有什么地方？接下来去哪？我没有坐标。无人招揽的出租车一辆辆驶过，漂亮的小姐们牵着小狗。这里是曼哈顿，没人会驻足观看堪比舞台剧的戏码：哭泣的女人坐在一级台阶上，头顶是拉扎露丝的铭牌，周围满是盒子，背井离乡。

我想起了詹姆斯和达里尔。我还是三月份时遇见的他们俩，那是在一个星期天的晚上（我放假的一晚），我一个人去上城区看阿尔文·艾利①美国舞蹈剧院的舞者表演，在剧院里，我和邻座的两位纽约绅士交谈，他们五十八九岁，是两口子，一个白人，一个黑人。詹姆斯是英格兰人，身材高大，谢顶，声音很颓，笑起来倒畅快得很，尽管在这里生活了很多年，但在牛津郡小村子里的酒吧吃个午饭都要精心打扮。达里尔是美国人，梳了个非洲头，发梢灰白，眼镜后面是鼹鼠一样的小眼睛，裤子破了边，溅上了油漆印子，像个学生艺术家。舞台表演、每段舞蹈的历史、纽约芭蕾舞的概况，特别是阿尔文·艾利，他都非常了解，搞得我一开始还以为他肯定是编舞或曾经是舞蹈演员。事实上，他俩都是作家，为人风趣、见解深刻，我喜欢他们小声讨论"文化民族主义"在舞蹈中的使用和局限性，而我呢，对舞蹈没有看法，唯有惊叹，每次灯光变换都会鼓掌，每次帷幕落下都会跃起，也逗乐了他俩。"很高兴遇

---

① 阿尔文·艾利（Alvin Ailey, 1931—1989）：美国黑人舞蹈家和舞蹈编导。

到一个没把《启示录》①看个五十遍的人。"达里尔说，之后他们邀请我在隔壁的酒店吧台喝了一杯，讲了一个生动的长故事：他们在哈勒姆买了栋房子——伊迪丝·沃顿②年代的残垣断瓦，花掉了毕生的积蓄。油漆印子由此而来。在我看来这显然算作壮举，可他们的邻居——一个八十来岁的老太太，对詹姆斯和达里尔两个都不喜欢，也不喜欢街坊邻居有谁进行快速的"旧房改造"：她喜欢在街上朝他们喊叫，往信箱里塞传教的资料。詹姆斯绘声绘色地描绘了这位女士的模样，我笑个不停，喝完了第二杯马提尼。跟不在乎艾米、也不想从我这里得到任何东西的人在一起，感觉如此轻松。"一天下午，"达里尔说，"我独自一个人走路，詹姆斯在别的地方，她从暗处跳出来，抓住我的胳膊说：但是我可以帮你摆脱他。你不需要什么主人，你可以获得自由——让我帮助你！她本可以挨家挨户地为奥巴马·巴拉克作巡回演说，但她不干：詹姆斯奴役我才是她的心头刺。她建议我开挖秘密地下铁路。把我偷偷运到西班牙哈勒姆区！"自此之后，在纽约不用伺候艾米的周日晚上，我偶尔会见见他们。我看着他们铲掉石膏，露出原始的檐口，在深粉色的墙上轻抖油漆斑点来假装斑岩。每次拜访，我都受到触动：他俩在一起多么幸福，风雨同舟多年！我想不出很多其他"幸福"的模式。两个人创造自己生活的时间，受爱庇护，了解历史却不被它压垮。我太喜欢他俩了，尽管我跟他们最多也就算作熟人。可现在我想起他们来。我在西十街的台阶上发了条言辞谨慎的短信，回信马上就

---

① 《启示录》：阿尔文·艾利所编的舞蹈，主要表现黑人对自由生活的向往。
② 伊迪丝·沃顿（Edith Wharton, 1862—1937）：美国多产女作家，代表作有《纯真年代》。

来了，一如既往地慷慨：到了饭点，我就在他们的桌前了，在艾米家从没吃过这般美味。鲜香可口、富含脂肪的油炸食品。他们在闲置的房间里为我准备了一张床，我觉得他们就像深信"癞头儿子自家好"的可爱爹妈：无论我怎么讲述我不幸的遭遇，他们就是不相信我有错。在他们看来，我才该是生气的人呐，所有的错都在艾米，我一点儿错也没有，于是我住进了漂亮的木镶板房间，满眼的玫瑰色叫我很是宽慰。

直到第二天早上朱迪把保密合同传了过来，我才生起气来。我看着那一页电子文档，想必是我二十三岁时签的，但我一点印象也没有。根据那些专横的条款，从我嘴里说出的话不再属于我，我的想法、观点或感受也不再属于我，甚至连我的记忆也不是自己的了。全都属于她。我怒火攻心：我想一把火烧了她的房子。可是这年头，一把火烧掉谁的房子，所需的一切都已在你手中。它就在我手中——我甚至不需要下床。我新建了一个匿名账号，挑了她最讨厌的八卦网站，写了封电子邮件，把我知道的关于小桑科法的一切和盘托出，附上了她的"领养证书"的照片，点了发送。我心满意足地下楼吃早饭，本以为会受到英雄式的欢迎。可等我把自己的所作所为、所思所想告诉朋友们后，詹姆斯的脸变得像大厅里中世纪的圣莫里斯①雕像一样严肃，达里尔摘下眼镜坐了下来，冲着松木餐桌眨巴眼睛。他说，他希望我明白，他和詹姆斯是一下子就喜欢上我的，正是因为喜欢，他们才说实话：我那封电子邮件唯一能表露的，是我还太幼稚。

---

① 圣莫里斯（St Maurice）：相传是 3 世纪罗马帝国的底比斯军团军团长。

10

他们在艾米的褐砂石公寓外面扎了营。叫我丢脸的是，两天后他们就敲响了詹姆斯和达里尔的大门。但不指名道姓的披露是朱迪的风格：非法事件，"恶意报复的前雇员"……朱迪来自不同的时代，在那个时代，不指名道姓真的就不泄露名字，你可以掌控局势。他们才几个小时就知道我的名字了，没过多久又知道了我的住处，天知道他们怎么做到的。也许特蕾西是对的：或许有人成天通过手机监视我们。我窝在床里，詹姆斯端来茶水，对着一个牛皮糖一样的记者把门开了又关，达里尔和我一直在我的笔记本电脑上实时围观事态发酵。未做任何不同之事，未采取任何行动，短短几小时内，我就从朱迪粗俗嫉妒的奴才摇身变为人民勇敢的举报人。刷新，刷新。真上瘾。我妈打来了电话，我还没来得及问她身体好不好，她就说："艾伦在电脑上给我看了，我觉得你真勇敢。你知道，你一直有点懦弱，我不是说真的懦弱——有点胆小。这是我的错，我以前可能太护着你了，太溺爱你了。这是我头一次见你干这么勇敢的事情，我很自豪！"艾伦是谁？她说话拖泥带水，不似她的风格，比从前更有股子假优雅。我轻描淡写地问她身体好不好。她滴水不漏：她之前受了点风寒，可现在已经好了。我知道她在撒谎，可她语气凿凿，说得跟真的一样。我答应她一回英格兰就去看望她，她说："是啊，是啊，你当然会来。"口气里的笃定比她说其他话时少了好几分。

下一个电话是朱迪打来的。她问我想不想突出重围。她已经为我订了机票，红眼航班，今晚的。目的地有一间公寓可以供我住几个晚上直到风头过去，就在劳德板球场附近。我试着感谢她。她使出了海豹式的招牌笑声。

"你以为我是帮你的忙？你吃错了什么药？"

"好了，朱迪，我已经说了我会走的。"

"你现在可真是高风亮节呀，亲爱的。之前给我弄出一屁股的破事。"

"那拉明怎么说？"

"你想拉明怎么说？"

"他盼着来英格兰的。你不能……"

"你还真是好笑。"

电话挂断了。

太阳下山后，门阶上的最后一个人也走了，我和詹姆斯、达里尔一起扔掉了我的那些盒子，在雷诺士街拦了一辆出租车。出租车司机是最深的那种肤色，跟哈瓦很像，名字也很像，哪儿哪儿能看到各种标记和符号。我凑上前去聊我"放空一年"期间热衷的事和杂七杂八的当地见闻，还问他是哪里人。他是塞内加尔人，但是无妨：穿过中城区的隧道出来，我滔滔不绝地一路讲到了牙买加。他时不时用右手掌心在方向盘上打拍子，叹口气，笑笑。

"所以你知道回家的感觉喽！乡村生活！那可不容易，却是我想念的生活！可是小姐妹，你真该来看看我们！你可能走过那条路！"

"其实，我跟你说起过的这个朋友，"我在手机屏幕上翻找一阵后说，"是塞内加尔人？我们刚安排好在伦敦见面，我刚才就在给他发短信。"我遏制住冲动，才没跟这个陌生人说是自己慷慨地支付了拉明的机票。

"哦，好，好。伦敦更好吗？比这里更好？"

"不一样。"

"我在这儿待了二十八年了。这儿压力很大，在这儿生活不生气不行，气都气饱了……真是受不了。"

我们驶入肯尼迪国际机场，我想付他小费，可他退回来了。

"谢谢你去了我的国家。"他说道，忘了我没去过。

11

现在所有人都知道你是什么货色了。

飞机降落时，我们儿时的跳舞视频就已经公之于众了。叫我觉得有趣的是，特蕾西直到整整两天后才发送给我。按她的理解，其他人会比我自己更早地知道我是个什么样的人——不过也许他们一直都知道。这让我想起她是如何编排我俩最早那时候"芭蕾舞者遇险"的故事的，她是如何叫我纠正和修改的："不，那部分放在这里。""如果她在第二页就死了，效果会更好。"变换位置和重新排序，以达到最大的影响。现在她对我的生活重施故伎，将故事的开头放在较早的位置，这样一来，后面的故事读起来就像是一辈子就好这口的变态下场。它比我的故事版本更具说服力。它激起了人们最怪异的反应。谁都想看那段视频，可没人看得到：不管发布在哪，都是几乎刚上传就被撤下。对某些人而言（也许是你），这是一段打擦边球的儿童色情视频，就算目的并非如此，实际效果也如此。其他人认为有幕后黑手，不过也说不清楚谁在利用谁。孩子可以利用孩子吗？会不会不过是几个姑娘闹着玩，不过是两个姑娘在跳舞（两个棕皮姑娘像成年人一样跳舞），天真无辜地模仿成人的动作，但技艺娴熟，棕皮姑娘经常可以如此。如果你觉得不止于此，那么到底谁有问题，是影片里的姑娘们，还是你呢？不管说什么、想什么，似乎都让观影者成了共犯：最好是根本别去看。那是唯一可能安全的地带。否则，这团罪孽的云朵虽说不清到底在哪，可你仍然感受得到。就连我自己看视频时也头疼不已：唉，如果一个女孩在十岁时就表现成那样，你还能说她天真无辜吗？她十五岁、二十二岁、三十三岁时还有什么干不出来的？想跟天真无辜结队的渴望是那么强烈。在所有那些帖子、咆哮和评论中，它一波一波跳出我的手机。相比之下，宝宝才是无辜的，宝宝才是没有罪过的。艾米爱着那个宝宝，孩子的亲生父母爱着艾米，他们希望她抚养他们的宝宝。朱迪广泛散播这个信息。谁有资格评头论足？我算老几？

现在所有人都知道你是什么货色了。

风头又转了，猛地同情起艾米来。虽说朱迪做了万全的准备，门卫也拍了胸脯，可她租来的公寓前还是有人守着，到了第三天，我和拉明一起离开，前往我妈位于西德茅斯的公寓——我知道，在所有可查证的记录里，这栋公寓都是登记在米丽安名下的。门口没人。我按响门铃时无人应答，我妈的电话也转到了语音信箱。最后是一个邻居放我们进去的。当我问起我妈在哪时，她一脸困惑、震惊。这个女人现在也知道我是什么货色了：还没听说亲妈已经去了临终病人安养所的那种女儿。

它看起来和我妈住过的所有地方都差不多，到处都是书和报纸，和我印象中一样，只是更加变本加厉：能实际居住的空间减少了。椅子成了书架，还有全部能用的桌子、大部分地板、厨房的操作台。然而并不混乱，自有它的条理在。厨房里，犹太人流落他乡的小说和诗歌占据主导，浴室则多为加勒比历史。从她的卧室沿着门厅延伸到锅炉的一面墙上，贴的是奴隶叙事文学，上面附了她的评论。我在冰箱上找到了安养所的地址，是别人的手迹。我又难过又愧疚。她请谁写的呢？谁开车送她去的呢？我试着打扫了一下卫生。拉明不怎么热心地帮了把手——他习惯女人打扫卫生，没多久就坐在我妈的沙发上，看我童年时期那台沉重的旧电视。电视机半掩在一把扶椅的后面，说明她从来不看。我把一堆堆的书搬前搬后，毫无进展，没多久便放弃了。我背对拉明坐在我妈的桌子上，打开笔记本电脑，又干起昨天一整天都在干的事情，寻找自己，阅读自己，也在字里行间搜索着特蕾西。她不难发现。一般来说会在第四或第五个评论的位置，她总是全力以赴，每次都是，毫不妥协、寸土必争、设下圈套。她有很多小号。有的名字不易察觉：跟我们共同的历史时刻、我们曾爱的歌曲、我们曾有的玩具都有微小的关联，再或，重新组合我们第一次见面的年份或我们出生日期的数字。我注意到她喜欢使用"龌龊"和"可耻"这些字眼，以及"他们的母亲在哪里？"这样的话。每当我看到这句话或改头换面的版本，我就知道是她。她无处不在，哪怕在最不可能的地方。在其他人发的信息里，在报刊文章下，在脸书留言墙上，跟所有不同意她观点的人开撕。我追逐她的踪迹时，愚蠢的日间节目在我身后你方唱罢我登场。只要我转身看看拉明在干什么，就会发现他仍像一具雕塑一样在看着电视。

"音量调低一点？

之前他看到一档房屋大改造节目时突然调大了音量，我爸曾经爱看的那种节目。

"这男的在说埃奇韦尔。我有个叔叔在埃奇韦尔。还有个堂弟。"

"是吗?"我说,尽量不让自己听起来太抱希望。我等着,但他继续看节目去了。太阳落山了。我的肚子咕咕叫。我没从座椅上起身,一门心思地追踪特蕾西,迫使她从藏身处现身,每隔十五分钟左右就检查一下次级窗口,看看她有没有入侵我的收件箱。然而她对付我跟对付我妈显然不同。那封只有一行字的电子邮件是她发给我的唯一一封。

六点钟,新闻开始了。新闻里说冰岛人民一夜之间穷困潦倒,拉明很受触动。这样的事情为什么会发生?庄稼歉收?总统腐败?可对我来说也是新闻啊,我没法听懂播音员说的全部内容,没法给他解释。"也许我们也会听到桑科法的消息。"拉明说,我笑笑,站起身来,告诉他晚间新闻里不会播那种屁大的事。二十分钟后,我正看着一冰箱正在腐烂的农产品,拉明突然叫我回去。实时新闻尾声的故事,他称之为"英国广播新闻"。屏幕右上角是艾米的库存照片。我们坐在沙发的边缘。画面切到了用荧光灯管照明的什么办公场所,墙上歪歪斜斜地挂着青蛙长相的终身总统的照片,照片前面坐着身穿传统服饰的亲生父母,看起来又热又不自在。领养代理机构来的女人坐在他们左手边,负责翻译。我努力回想这个母亲是否就是当天在瓦楞铁皮屋顶小屋里看到的那个人,但无法确定。我听领养代理机构的女人向外国记者解释情况——他坐在所有人的对面,穿得跟我那套皱巴巴的亚麻布和卡其布制服差不多。该走的流程都走完了，之前我曝光的并非领养证书，只是一份居间协议，显然不是给公众消费的，父母对孩子被领养很满意，知道自己签署的是什么。

"我们没有问题。"母亲用磕磕绊绊的英语说，冲着相机微笑。

拉明两只手垫在脑后，躺回到沙发里，冲我说了一条谚语："钱可通神。"

我关上电视。沉默在屋子里蔓延，我们相对无言，我们三角关系中的第三个点消失了。两天前，我还为自己感天动地的姿态高兴（尽了艾米未尽的照料之责），可姿态本身掩盖了拉明这个实际问题：拉明在我的床上，拉明在这个客厅里，拉明无限期地在我的生活中。他没有工作，没有钱。他辛苦考出的证书在这儿统统一文不值。每次我离开房间去泡茶、去洗手间后，再见到他的第一反应便是：你在我的房子里做什么呀？

八点钟，我下单订了埃塞俄比亚外卖。我们吃饭时，我给他看了"谷歌"地图，指给他看我们目前在伦敦城中的位置。我给他看了埃奇韦尔。有很多途径去埃奇韦尔。

"明天我要去看我妈，当然你也可以随便在附近逛逛。或者，你懂的，去探索探索。"

那天晚上但凡看见我们的人，都会以为我俩是几个钟头前才刚认识的。我再次怕起他来，怕他引以为豪的不牵不挂、不言不语。他不再是艾米的拉明，可也不是我的。我不知道他是谁。等地理的话题显然已说完时，他二话不说就起身去了储藏室。我去了我母亲的房间。我们各关各门。

安养所位于汉普斯特德一个僻静、绿树成荫的死胡同里，离我出生的医院不过丢一颗石子的距离，跟"知名活动家"隔着几条街。这儿的秋天很美，赤褐和金黄映衬着维多利亚时代的红砖建筑，我不禁回忆起我妈在这样爽朗的早晨在其间穿行的模样，她与知名活动家手挽着手，抱怨意大利贵族和美国银行家、俄罗斯寡头和高档儿童服装店，抱怨活生生从泥里刨出来的地下室。她钟爱的地方，久违的放浪不羁结束了。当时她四十七岁。现在她只有五十七岁。在这些街道之中，我想象过她的种种未来，而眼前的模样却是我最无法想象的。我还是孩子时，她是神一般的存在。我无法想象她不轰轰烈烈地离开这个世界，而是在这条安静的街道上，在这些落下金黄色树叶的银杏间告别人世。

在接待台，我报了自己的名字，等待片刻后，一名年轻的男护士接待了我。带我去她的房间前，他告诫我说，我妈用了吗啡，有时候糊里糊涂的。我没怎么注意这个护士，他毫无特点，可等我到了房间门口他打开门时，我妈从自己的床上坐起来大喊："艾伦·潘宁顿！所以你见过鼎鼎大名的艾伦·潘宁顿了！"

"妈，是我。"

"噢，我是艾伦。"护士说，我转身再次打量让我妈喜笑颜开的年轻男人。他个头矮小，黄褐色头发，小蓝眼睛，微胖的脸，不起眼的鼻子，鼻梁上散布着雀斑。在走廊里说话的全是尼日利亚、波兰和巴基斯坦护士，在此背景下他唯一的不寻常之处就是他长了一张英国人的脸。

"艾伦·潘宁顿是这儿的红人，"我妈朝他挥着手说，"他善待病人可是出了名的。"

艾伦·潘宁顿朝我笑笑，露出一对跟小狗一样的尖门牙。

"你俩单独聊聊吧。"他说。

"你过得好吗，妈妈？会不会很疼？"

"艾伦·潘宁顿，"她等他关上门后告诉我，"一心只为别人。你知道吗？你听说过这样的人，可见到他们就是另一回事了。当然啦，我这辈子也是一心为了别人——但跟他不一样。他们都是那样。以前我有个从安哥拉来的姑娘，叫法蒂玛，讨人喜欢的姑娘，她也一样……可惜她不得不走。然后艾伦·潘宁顿就来了。你瞧：他是个护工。我以前从没仔细想过这个词。艾伦·潘宁顿很有心。"

"妈，你干吗老那样喊他艾伦·潘宁顿？"

我妈看着我，像在看个傻子。

"因为那是他的名字啊。艾伦·潘宁顿是个有心的护工。"

"是啊，妈，护工拿钱就是干这个的。"

"不，不，不，你不懂：他很有心。他为我做的那些事！没人有义务为其他人做那些事——可他为我做了！"

听烦了艾伦·潘宁顿的话题，我说服她让我念几段她放在边桌上的小薄书——《桑尼的蓝调》的小小单行本，然后艾伦·潘宁顿端着托盘送来了午餐。

"可我不想吃。"艾伦将午餐置于她腿上时，她难过地说道。

"好了，要不我把它在你这儿放二十分钟，如果你百分百确定不想吃，响个铃就行，我就回来端走？这样如何？听起来怎样？"

我等着我妈手撕艾伦·潘宁顿，她平生最讨厌和惧怕被人屈尊俯就地对待，或被人像孩童一样对待，可现在她认真地点点头，仿佛这是个英明慷慨的提议，她用干枯颤抖的手抓起艾伦的手说：
"谢谢你，艾伦。请别忘记回来哦。"

"忘记这里最漂亮的女人吗？"艾伦说。虽然他明显是个基佬，但我妈这个一辈子的女权主义者爆发出了少女般的傻笑声。他们就保持着这样的姿势，握着彼此的手，直到艾伦笑了笑，松开她的手，甩下我妈和我照顾别人去了。我有个不登大雅之堂的想法，我自己都讨厌：我希望艾米也在这里。我和艾米四次陪人临终，每一次，她对待临终之人的方式、她的坦诚、温暖和率直都让我肃然起敬、相形见绌，房间里的其他人都搞不定，连家人也不行。死亡吓不倒她。她直视死亡，正面临终之人的当前情况，无论情况多么糟糕，没有怀旧，没有虚情假意的乐观，你恐惧就接受你的恐惧，你疼痛就接受你的疼痛。这些所谓的坦白直率的事情，又有多少人做得到？我还记得她的一个朋友，是个画家，重度厌食症折磨了她几十年，最终夺了她的性命。她临终前对艾米说："天呐，艾米——我他妈的居然虚度了那么多的光阴！"艾米的回答是："比你认为的更多。"我还记得床单里那瞠目结舌、骨瘦如柴的身形，她惊讶到索性大笑起来。但这就是事实，之前没人敢说，我发现行将朽木之人也没什么耐心听真话。我对我妈什么大实话也不说，就聊些寻常的家长里短，念念她最爱的鲍德温的作品，听听关于艾伦·潘宁顿的故事，端好她的果汁杯好让她用吸管嘬。她知道我知道她快要死了，但出于什么原因（勇敢、否认或妄想），她在我面前绝口不提，唯有我问她手机去哪儿了、为什么不接时她会回答说："瞧，我可不想把剩下的时间浪费在那破玩意上。"

我在她边桌的小抽屉里找到了它，塞在医院的洗衣袋里，还有一身长裤套装、一个装了文件的文件夹、议员行为指南和她的笔记本电脑。

"你不是非得用它不可，"我边说边开了机，放在桌上，"保持开机，让我有法子联络上你就成。"

消息通知声响起，手机嗡嗡地响，从台子的这里跳到那里，我妈神色惶恐地看着它。

"不，不，不——我不想要它！我不想要它开机！你为什么非得这么做？"

我拾起手机。我看见了未读邮件，不计其数，满屏都是，就连主题栏都是脏话连篇，全部来自同一个发信人。我开始了浏览，尽量不去难过：拖儿带女的苦恼，房租的拖欠，与社会福利工作人员的冲突。最近的信息也是最绝望的：她害怕孩子们会被带走。

"妈，你最近跟特蕾西联系了？"

"艾伦·潘宁顿在哪？我不吃这个。"

"我的天，你现在都病这样了——你不该处理这种事情了！"

"也不来看看，真不像艾伦……"

"妈，你跟特蕾西联系了？"

"没！我跟你说过我不管那事！"

"你没跟她说话？"

她长叹一口气。

"没有很多人来看我的，亲爱的。米丽安常来。你朗伯舅舅来过一次。我在议会的同僚不来的。现在你在。就像艾伦·潘宁顿说的：'你看得出谁是你的朋友。'我大多数时间在睡觉。我梦很多。我梦见牙买加，我梦见我外婆。我回到了从前……"她闭上眼。

"我刚来时真的梦到过你的朋友，我当时用了大剂量的这个"——她拉了拉胳膊上的滴注器——"是的，你的朋友来看过我。我睡着了，等我醒来，她就站在门口，不说话。然后我又睡了，她走了。"

我心力交瘁，时差也没倒过来，回到公寓时只祈祷拉明不在，他还真的没在。他没回来吃晚饭，我如释重负。第二天一早，我敲了敲他的门，轻轻推开后发现他连人带包都不在了，这才意识到他已经走了。打电话过去只有语音信箱。我连着四天每隔几个小时打个电话，情况一直如此。我一门心思想着怎么开口告诉他他必须离开，告诉他我们在一起没出路，我万万没想到，原来他一直都在计划怎么逃离我。

没了他，没了电视声，公寓里死一般的安静。只有我和电脑，还有收音机，我不止一次在电台听到"知名活动家"的声音，中气很足，想法很多。可我自己的故事在网络和其他媒体上都在淡出，所有那些光芒四射的评论都已燃尽，慢慢归于黑暗和灰烬。我怅然若失，花了一天的时间给特蕾西写电子邮件。开头还义正辞严，然后讽刺挖苦，后来发起飙来，再后来就歇斯底里了，最后我意识到，我纵有千言万语也抵不过她一言不发。她凌驾于我之上的力量一如当初——评判，它无需言语。我做什么都改变不了这样的事实：我是她唯一的见证人，唯一知道她有舞蹈才华的人——那些被无视、被浪费的才华，可我还是将她扔在原地，扔在无人见证的地方，扔在你必须尖叫才会有人听到的地方。后来我才知道特蕾西发骚扰邮件时日已久。伦敦"三轮车"剧院的导演（导演没挑中她演，她认为是肤色的关系）。她儿子学校的老师。她的医生办公室里的护士。但这些都不会改变评判。如果她在我妈烛火将熄之际折磨她，如果她试图毁掉我的生活，如果她坐在那间幽闭的小公寓里看着我的电子邮件在她的手机上排成队却选择无视——无论她做什么，我知道都是对我的评判。我曾是她的姐妹：我对她有神圣的责任。即便天下只有她和我知道、承认，也算真理。

有几次我离开公寓去街角的商店买烟和意大利面，其他时候我既不见人，也不跟任何人联络。晚上，我从我妈的那堆书里随手挑几本想读一读，却提不起兴致，又翻起另外的。我突然意识到自己精神抑郁，得找个人说说话才行。我坐着，手里拿着没有任何套餐优惠的新手机，低头看着我从草草断网的旧工作手机上拷贝过来的人名和号码的简短列表，试着想象每个互动会是怎样的一来二去，我聊不聊得好，怎样才聊得好，可每个可能的对话都像舞台剧里的场景：我扮演着长久以来的角色，看着是在跟你吃午饭，实际上心思都在艾米身上，朝朝暮暮、暮暮朝朝地为她效力，想着她的事。我给费恩打了电话。铃声是一曲长长的外国歌，他用西班牙语回应"你好"。他在马德里。

"工作？"

"旅游。我休假一年。你不知道我辞职了？可自由自在我真开心。"

我问他为什么辞职，本以为他会对艾米破口大骂，可他的回答不涉及任何主观情绪，他关心的是她的钱在村子里产生了"扭曲的"效应，政府服务在该地区的崩溃，基金会与政府串通一气的幼稚勾当。他说话时，我不由得想起了我们之间的天壤之别，深感羞愧。我总是一下子就把所有问题解释为个人层面的，而费恩看到的是更宏观的结构性问题。

"呵，有你跟我通话真好，费恩。"

"不，不是我跟你通话。是你跟我通话。"

他无视沉默的弥漫。沉默得越久，要想点儿什么说就越难。

"你为什么打我电话？"

我又坐着听他喘了几秒钟的气，然后我的手机没有余额了。

大约一周后，他发邮件给我，说他在伦敦小住几日。好几天以来，除了我妈，我没跟任何人说过话。我们约在泰晤士河南岸见面，并肩坐在"电影咖啡馆"的窗口，面对水面。我们稍稍叙了叙旧，但终究还是很尴尬，我动不动就耿耿于怀，每一个念头都伸向黑暗，伸向痛苦。我全程都在抱怨，尽管我知道自己惹烦了他，可就是刹不住车。

"好了，我们可以说艾米生活在泡沫里，"他打断我说，"你的朋友也一样，顺便说一句，你也是。可能每个人都这样。无非是泡沫的大小不同。也许还有……你们英语里怎么说的？外皮的厚度——外膜的厚度。泡沫的薄膜。"

服务员来了，我们眼巴巴地看着他。他一走，我们就看着一艘游船沿着泰晤士河顺流而下。

"哦！我知道我想告诉你什么了。"他突然说，一巴掌拍在柜台上，拍得碟子咯咯响。"拉明跟我联系了！他很好——他在伯明翰。他想要我写推荐信。他想求学。我们有些邮件往来。我才知道拉明是个宿命论者。他信里说：'命中注定我要来伯明翰。所以我来了。'有意思吧？没有？好吧，也许我用错了英文单词。我的意思是，对于拉明来说，未来跟过去一样板上钉钉。这是个哲学理论。"

"听着像个噩梦。"

费恩又疑惑了："也许我表达得不对，我不是哲学家。在我看来它很简单，好比在说未来尽在掌握，等着你呢。为什么不坐等静观?"

他一脸的憧憬，我忍不住笑起来。我们找回了一点昔日和睦相处的节拍，坐着聊了很久，我觉得以后喜欢上他也未必不可能。我逐步适应这样的心绪：我哪儿也不用去了，再也不着急了，再也不用赶下一趟飞机了。我有的是时间，和别人一样了。那天下午，新世界的大门向我敞开，我震惊了，接下来的几天甚至接下来的几个小时里发生了什么都一概不知——全新的感觉。等我从第二杯咖啡中抬起头来，看到白日褪去余晖，暮色将我们笼罩，我吃了一惊。

再后来，他想在滑铁卢站坐地铁，其实我去那站也最方便，可我扔下他选择了过桥。我无视两边的围栏走在正中央，走在河的上方，直到一路过了桥。

尾　声

　　我妈在世时，我们最后一次见面聊的是特蕾西。这么说还不够震撼：其实特蕾西是我俩能聊的唯一话题。我妈大多数时候都累得说不了话也听不了话，而且书对她也失去了吸引力，这在她的生命里还是头一遭。我只好给她唱歌，她似乎喜欢——只要我唱摩城唱片的经典老曲子就行。我们一起看电视，这事儿以前从来没有过；我还跟艾伦·潘宁顿攀起了家常，他时不时进来检查我妈严重的打嗝、排便情况和她妄想症的进展。他端来午饭，她再也不会看一眼，更别说吃了，可我们共度的最后那天，等艾伦离开房间，她睁开眼睛用镇定、不容置疑的声音对我说，是时候为特蕾西的家庭"做点什么"了，口气仿佛在谈论明摆着的客观事实，就像外面的天气或盘子上的午饭。起初我以为她又陷在过去的时光里了，她最后的时日经常如此，但很快我就明白过来，她说的是孩子，特蕾西的孩子，就是说起他们的时候，她在他们的现状（她想象的）、我们自己这个小家庭的历史和更深远的历史之间自由穿梭：这是她最后的演讲。我妈说，她太拼了，孩子们看不到她，现在他们想把我的孩子带走，可你爸是个大大的好人，我常常想：我是个好母亲吗？我是吗？现在他们想把我的孩子从我身边带走……可我还是个学生，我在学习，因为你得学习才能生存，我是母亲，我得学习，因为你懂的，我们中一旦有人被他们逮到读书或写作就要蹲牢房或挨鞭子，甚至更倒霉，教我们读书或写作的人也是同罪，蹲牢房或挨鞭子，当时就那么个法律，严得很，这样我们就跟时间、空间脱了节，然后就连我们的时间、空间都不知道了——对待一个种族，还有比这更下作的吗？可我不知道特蕾西是不是个好母亲，尽管我尽全力养活他们所有人，可我清楚地知道你爸很好、很好……

我告诉她她很棒。其余都不重要。我告诉她，每个人都在力所能及的范围内竭尽全力。我不知道她听见了没。

我收拾东西时听见艾伦·潘宁顿从走廊过来，四调不分、五音不全地唱着我妈最爱的奥蒂斯①的一首曲子，讲的是出生于河边，一生奔流②。"听你昨天唱过。"他说着出现在门口，像往常一样开心。"嗓音真好，你。你妈很为你骄傲，你知道的，她总在聊你。"

他朝我妈微笑。可她不是艾伦·潘宁顿能理解的。

"再清楚不过了，"我起身离开时她咕哝着闭上眼，"他们应该和你一起。那些孩子最好的去处就是跟你一起。"

那天下午剩下的光景里，我胡思乱想起来（我不认为是认真的），它不过是首光怪陆离的梦幻曲，在我脑海中播放：突然间，一个现成的家庭填充了我的生活。第二天一早，我在蒂弗顿游乐场

---

① 奥蒂斯：指奥蒂斯·雷丁（Otis Redding，1941—1967），英年早逝的美国灵魂乐歌王。
② 出生于河边，一生奔流：指奥蒂斯经典歌曲《坐在海湾码头》中的歌词。

周围的荒地散步，风嗖嗖地穿过围栏，将扔给狗的棍子吹得老远。我发现自己还在往前走，与公寓的方向相反，也走过了通往安养所的车站。我妈于十点十二分离世，那时我正转入威尔斯登路。

　　特蕾西家高过马栗树的公寓大楼进入了视域，将我的思绪拖回现实世界。这些不是我的孩子，永远不会是我的孩子。要不是因为一个前所未有的念头，我差点就转身了，像猛地从梦游中醒来的人：我也许可以提供别的东西，更简单、更有诚意的东西，虽达不到我妈救困扶危的高度，但总好于什么也不做。我不耐烦地离开原路，对角穿过草地，走向草木掩映的步行道。我正要进入楼梯间时听到了乐声，遂停下脚步抬头张望。她就在我正上方，在她家的阳台上，穿着睡衣和拖鞋，双手举在空中，转啊转，转啊转，她的孩子们围着她，大家都在跳舞。

致　谢

感谢你们当我最早的读者：乔西·阿皮尼亚内西、丹尼尔·凯尔曼、塔姆辛·肖、迈克尔·沙维特、瑞秋·卡德兹·甘沙、嘉玛·塞夫、达里尔·平克尼、本·贝利-史密斯、伊冯娜·贝利-史密斯，尤其是德沃拉·鲍姆，感谢在我最需要的时候给我鼓励。

特别感谢尼克·莱尔德第一个读了这本书，及时给了我时间方面的建议。

感谢我的编辑和代理：西蒙·普罗瑟、安·戈多夫和乔治娅·盖瑞特。

感谢尼克·帕尼斯、汉娜·帕尼斯和布兰第·乔立夫让我回忆起九十年代的工作是何场面。

感谢埃莉诺·瓦克泰尔将独一无二的洁妮·里冈恩介绍给我。

感谢你，斯蒂文·巴克莱，在巴黎为我雪中送炭，提供一隅天地。

我受惠于马洛斯·詹森博士：你引人入胜、发人深思、启人心智的人类学研究成果《冈比亚的伊斯兰、年轻人和现代性：台布利厄组织》是我的无价之宝，为我只有依稀印象之处注入细节，为我答疑解惑，为这个故事提供众多文化支撑，也帮助我为小说中的一些场景创造出身临其境的感觉。地理方面解释一下：在本书中，伦敦北部只存在于心，有些街道不存在于谷歌地图。

尼克、凯特、哈尔——爱与感怀。

图书在版编目（CIP）数据

摇摆时光/（英）史密斯（Zadie Smith）著；赵舒静译. 一上海：
上海译文出版社，2018.10
书名原文：Swing Time
ISBN 978－7－5327－7741－9

Ⅰ．①摇…　Ⅱ．①史…②赵…　Ⅲ．①长篇小说一英国一现代
Ⅳ．①I561.45

中国版本图书馆 CIP 数据核字（2018）第 018576 号

图字：09－2018－071 号

摇摆时光

［英］扎迪·史密斯　著　赵舒静　译
责任编辑/杨懿晶　装帧设计/储平工作室

上海译文出版社有限公司出版、发行
网址：www.yiwen.com.cn
200001　上海福建中路193号　www.ewen.co
上海市崇明县裕安印刷厂印刷

开本 890×1240　1/32　印张 14.25　插页 2　字数 237，000
2018 年 10 月第 1 版　2018 年 10 月第 1 次印刷
印数：0,001—4,000 册

ISBN 978－7－5327－7741－9/I·4739
定价：65.00 元

本书中文简体字专有出版权归本社独家所有，非经本社同意不得转载、摘编或复制
如有质量问题，请与承印厂质量科联系。T：021－59404766